내 여자의
모든 것

닐라 장편소설

2

동아

내 여자의
모든 것 2

초판 1쇄 인쇄일 | 2021년 2월 18일
초판 1쇄 발행일 | 2021년 2월 25일

지은이 | 닐라
펴낸이 | 박성면
펴낸곳 | (주)동아

출판등록 | 제406-3960100251002007000071호
주소 | 경기도 파주시 문발로 115, 세종대학교출판부 206호
전화 | (031)8071-5201
팩스 | (031)8071-5204
E-mail | bear6370@hanmail.net

정가 | 12,000원

ISBN 979-11-6302-462-0 (04810)
      979-11-6302-460-6 (set)

DONGA ROMANCE STORY

닐라 장편소설

내 여자의
모든 것

All About My Lady

2

동아

목   차

07

　오전 9시는 다른 사람에겐 몰라도 밤에 일을 하는 승준에겐 새벽이나 마찬가지였다. 그 새벽 댓바람부터 바득바득 몇 번이고 전화를 걸어 단잠을 깨운 사람이 근 10년 만에 만난 친구가 아니었다면 받자마자 욕을 하고 끊어 버렸을지도 몰랐다.

　그 용건이란 게 별것도 아니고 저녁에 밥이나 같이 먹자는 게 전부였다는 것엔 결국 욕이 튀어나오고 말았지만.

　"매일 먹는 저녁밥이 뭐 대단하다고 아침부터 이 난리야?"

　못마땅해서 한 소리 하긴 했지만 수화기 속 친구의 목소리가 아닌 척해도 부쩍 들뜬 것 같아서 승준은 좀 이른 시간에 출근을 해 오픈 준비를 대강 끝낸 후 가게를 직원에게 맡겨 놓고 약속 장소로 향했다. 태경이 제 이름으로 예약을 해 놓았다고 미리 일러 준 식당은 코스 가격이 두당 기십만 원이 훌쩍 넘어가는 고급 일식집이었다.

'이 새끼 무슨 좋은 일이라도 생겼나.'

태어날 때부터 돈 따위에 구애받지 않고 산 복 많은 팔자답게 태경은 씀씀이가 크고 지갑도 잘 열었다. 승준도 학창 시절에 밥이든 뭐든 그에게 꽤 많이 얻어먹었다.

마음을 쓰는 것보다 돈 쓰는 게 더 편하다는 본인의 재수 없는 말대로 딱히 무슨 날이거나 특별한 일이 있을 때만 후하게 구는 건 아니었지만 오늘은 약간 느낌이 달랐다. 아침부터 설레발을 친 것도 그렇고, 식당 선정도, 좀 더 본격적으로, 뭔가 좋은 일이 있어 한턱내는 그런 분위기인데.

"서태경 뭔 일이래? 갑자기 승진이라도 했대?"

코트를 벗어 옷걸이에 걸고 방석을 당겨 자리에 앉으며 승준이 맞은편에 있던 상현에게 물었다. 상현은 승준보다 먼저 도착해 이미 자리에 앉아 있었다. 농담기가 농후한 승준의 질문에 상현은 자기도 모르겠다는 듯 가볍게 어깨를 으쓱하며 물병에서 물을 따라 컵을 승준의 앞으로 밀어 주었다.

"아님 로또 당첨이라도 됐나?"

"로또는 내가 매주 사는데."

"그럼 왜 이래? 목소리만 들어도 아주 날아다니던데."

"그러게."

"저번에 김서우랑 사귄다고 했을 때도 이 정도는 아니었던……."

말을 하던 승준이 갑자기 입을 다물었다. 상현도 약간 떨떠름한 눈으로 그를 마주 보았다.

"……아니겠지?"

"글쎄."

얼버무린 상현이 슬쩍 미간을 모았다. 난감한 듯 눈을 굴리는 그를 향해 승준이 아닐 거라고, 아무리 서태경이라도 설마 벌써 헤어지기야 했겠느냐며 손을 휘저었다.

"새끼가 답지 않게 얼마나 지극정성인데. 김서우 우리 가게 출근하는 날에도 매일 데려다주고 데리러 오고 난리도 아냐. 그뿐인 줄 알아? 매일같이 전화해서 김서우 굶기지 마라, 너무 늦게 퇴근시키지 마라, 힘든 건 니가 해라, 얼마나 지랄인지 몰라."

"하하."

"반경 1미터 내로 아무도 접근 못 하게 하라는데, 서버가 그게 돼?"

아마 진짜로 하고 싶은 말은 그냥 아무 일도 시키지 말라는 것일 거라며 승준이 고개를 절레절레 저었다. 서우가 퍼플캣에서 일하는 걸 태경이 대놓고 못마땅해하는 걸 상현도 알아서 말없이 쓴웃음만 지었다.

"저러다 아주 나 장사 못 하게 식약처에 투서라도 찔러 넣는 건 아닌가 몰라."

"하하, 설마."

"아냐. 지금은 나름 참고 있는 것 같은데 곧 무슨 일이라도 저지를

9

기세더라고. 김서우한텐 그만두라 소리 못 하니까 나를 그만두게 하겠다는 거지."

상현이 웃음을 터트렸다. 승준도 따라 웃었다.

"그 새끼가 진짜 그럴 줄은 몰랐다."

승준의 말에 잠시 침묵이 흘렀다. 며칠 전 태경이 승준의 가게에서 친구들을 모아 놓고 사귀는 사람이 있다고 폭탄선언을 했을 때와 비슷한 정적이었다.

"나 여자 친구 있어. 그러니까 소개팅 얘기 그만해. 안 받아."

소란스럽던 주위가 음소거라도 한 것처럼 일시에 조용해졌다. 좀 전까지 태경에게 제 회사 동료의 프로필을 줄줄 나열하며 소개 좀 받으라고 다그치던 녀석 하나가 눈이 휘둥그레져 그의 팔을 덥석 잡았다.

"뭐? 누군데? 너 얼마 전까지만 해도 사귀는 사람 없다고 했잖아."

"그땐 없었으니까."

뭔 당연한 소리를 그렇게 시끄럽게 하느냐는 듯 태경이 팔을 빼내며 눈살을 찌푸렸다. 곧 언제, 어떻게 만난 사람이냐는 질문 세례가 폭풍처럼 쏟아졌지만 태경은 제대로 대답도 하지 않았다.

단순히 귀찮은 소개팅 제안을 거절하기 위해 그런 구실을 댈 정도로 성의 있는 서태경이 아니었다. 확실히 누군가 생기기는 한 게 분명했다.

"어떤 사람인데? 우리한테는 얼굴 안 보여 주나?"

"너네한테 왜 보여 줘. 아깝게."

쏟아지는 야유에도 태경은 끝까지 입을 다물었다. 아무리 집요하게 캐물어도 연인의 이름 석 자조차 말해 주지 않아 이 자식 혹시 연예인 사귀는 거 아니냐는 말까지 들었다.

"뭘 그렇게 아끼냐? 그냥 얼굴 한번 보자는 건데."

"자식 얼굴 핀 거 봐. 그렇게 좋냐? 얘 이러는 거 처음 보네."

"이러다 서태경 금방 장가간다 소리 나오겠는데?"

태경은 부정하지도 않고 되레 피식 웃기만 해서 또다시 친구들을 경악하게 했다. 대체 어떤 여자냐고, 너무 궁금하다고 묻는 녀석들 대다수가 고등학교, 대학교 동창들이었다.

승준과 상현은 남몰래 슬그머니 서로 시선을 교환했다. 이 자리에 있는 사람들 중 몇몇은 어쩌면 김서우를, 한 번쯤 이름은 들어 봤거나 얼굴을 알지도 몰랐다. 하지만 태경의 연인이 김서우라는 걸 알고 있는 사람은 승준과 상현 둘밖에 없었다.

승준은 김서우의 고용주라는 특수한 상황에 있다 보니 태경으로서도 신속히 그 신변과 관련된 변동 사항을 알려 참고라는 이름의 주의를 줄 필요가 있었을 터였다. 아울러 이후 톡톡히 간섭을 하겠다는 포고이기도 했다.

그 자리에 상현을 동석시킴으로서 태경은 나름 그를 가장 가까운 친구로 여기고 있다는 사실을 새삼 확인시켰다. 하지만 상현은 그에 뿌듯해할 정신이 없었다. 솔직히 말하면 그때 그는 태경이 바랐던 반응을 하지 못했던 것 같다. 만약 그가 제게 바라는 반응이 있었다면 말이다.

"그래, 그 애가 너희 회사에 다닌다는 얘기를 얼핏 들은 것도 같다……."

상현 역시 서우를 기억하고 있었다. 뿐만 아니라 근 몇 년간의 일들도 남들만큼은 알고 있었다. 모르고 싶어도 그런 종류의 일들은 살다 보면 어떻게든 귀에 들어오는 법이다. 두 명의 사망자를 낸 한밤의 교통사고는 당시 뉴스에도 짧게 보도됐다.

상현은 태경의 새로운 연애를 응원하지도 않았지만 부정하지도 않았다. 그저 그런 일을 어떻게 이제야 얘기하느냐는 타박 한마디만 했을 뿐이었다. 태경을 잘 아는 만큼 쓸데없는 충고나 설득이 통하지 않을 것도 안다. 하지만 내심 놀란 것도 사실이었다. 동시에 염려가 됐다.

30대 초반, 마냥 적지만은 않은 나이다. 아직 결혼 제도가 굳건한 대한민국에서 이 시기의 연애는 특히 인생을 좌우할 중대사와 직결된다. 그저 단순히 좋은 마음 하나만 보고 갈 수는 없다는 얘기다. 하물며 연애와 결혼은 또 다른 영역이다.

'사별보단 이혼이 차라리 낫다는데.'

불필요한 걱정일 터였다. 그동안 쭉 옆에서 지켜본바, 태경의 연애사는 소수 단기로, 질로 보나 양으로 보나 평균 이하였다. 어디에 버튼이 눌리는지 알 수 없는 예측 불허의 성깔에 변덕이 봄 날씨 같아서 그렇게 까다롭게 골라 놓고도 놓을 땐 미련 없이 놓는다는 것도 알고 있었다.

'가뜩이나 상처가 많을 텐데.'

어느 쪽이든 마음이 쓰였다. 서태경은 그렇다 치고, 김서우가 이렇게까지 신경 쓰이는 이유는 상현이 누구 말대로 오지랖이 넓은 탓일 터였다.

이제는 얼굴도 희미해 설령 길에서 마주친다 해도 알아보지도 못하고 지나칠 텐데. 어렴풋이 기억 한구석에 남아 있는 김서우의 이미지는 멀리서 주워들은 그의 개인사와 겹쳐 늘 안쓰럽고 짠하게만 느껴졌다.

그런 애가 하필이면 서태경을 만나다니.

"승준아, 너는……."

"응?"

상현이 막 입을 열었을 때였다. 발소리와 함께 드륵 문이 열리고 태경이 성큼 방으로 들어섰다. 승준이 곧장 고개를 들고 왜 이렇게 늦었냐며 구박을 했다.

"아침 댓바람부터 그렇게 사람을 볶아칠 땐 언제고 당사자가 늦으면 어떡하나? 나 얼른 밥 먹고 가게 들어가 봐야 된다고."

평소 같으면 뻔뻔한 얼굴로 그래서 어쩌라는 투로 일관했을 것이다. 하지만 놀랍게도 태경의 입에서 서우를 집에 데려다주고 오느라 좀 지체했다는 변명이 나왔다.

"그럼 그냥 데리고 오지 왜. 어차피 서우도 밥 먹어야 할 거 아냐."

"안 돼. 서우 오늘 피곤해."

딱 잘라 하는 말과는 달리 확실히 표정이 밝았다. 좋은 일 있네, 하는 의혹이 확신으로 변하는 순간이었다. 불호라면 기막히게 표현

해도 저 정도로 흐뭇한 속내를 드러내는 건 서태경에게 드문 일이었다.

"너 무슨 좋은 일 있냐?"

"……."

"있네, 있어. 뭔데?"

"뭐가."

"어차피 자랑하고 싶어 우리 부른 거 아냐. 들어 줄게, 말해 봐."

"내가 너냐."

오버하지 말라는 듯 흘깃 쳐다보는 눈길에 묻는 사람만 머쓱해졌다. 어차피 뭐든 말할 생각이 없는 거다. 빠르게 판단을 내린 승준과 상현은 그때부터 식사에만 열중했다. 생선회는 언제 먹어도 맛있지만 왠지 겨울엔 더 맛있었다.

"뭔진 모르겠지만 어쨌든 잘 얻어먹었다."

후식으로 나온 수정과를 마시며 승준이 포만감에 찬 느른한 얼굴로 말했다. 앞으로도 좋은 일 많이 많이 생겼으면 좋겠다는 덕담도 함께 건네자 태경이 피식 웃었다. 그 눈매가 정말로 즐거워 보며 상현도 내심 놀랐다.

"공짜로 사 준 거 아닌데. 특히 김승준 너는."

"뭐? 나 왜."

"크리스마스이브에 김서우 근무 빼 줘."

다짜고짜 태경이 말했다. 1초가량 틈을 둔 승준이 안 된다고 고개를 저었다. 근무표 벌써 다 짰고 그날은 없는 인력도 더 데려다 써야 될 판이라고 했다.

"이왕 쓰는 김에 몇 명 더 쓰면 되겠네."

"야, 그게 그렇게 간단한 문제인 줄 알아? 임시로 막 들어온 초짜한 명이랑 몇 달을 같이 손발 맞춘 직원이랑 어떻게 같아. 가뜩이나 바쁜 날에 나보고 알바 가르쳐 가면서 일하라고?"

"그래야 되면 해야지. 너 사장이잖아."

"야!"

"됐고, 그렇게 알아. 슬슬 주말 근무도 대체할 사람 알아보고. 김서우 이제 공부해야 되니까."

"공부?"

"어차피 너네 주말에 그렇게까지 사람 필요하지도 않잖아."

태경이 승준의 눈을 똑바로 쳐다보았다. 그리 규모가 크지도 않은 바에 아무리 주말이라도 상주하는 직원들만으로도 어떻게든 꾸려 갈 수 있다. 승준이 서우를 쓴 건 제 필요보다는 반대의 입장을 고려한 측면이 더 컸다.

"생각해 주는 건 고마운데 오지랖 그만 부려도 돼."

김서우는 이제 내가 알아서 할 테니까. 예사로운 표정이었지만 그 말끝은 결코 가볍지 않았다. 물끄러미 태경을 보고 있던 승준이 이내 기가 막힌 듯한 헛웃음을 흘렸다. 그러곤 상현을 향해 고개를 돌리며 물었다.

"저거 서태경 맞아? 서태경 손톱을 먹은 쥐새끼나 뭐 그런 거 아냐?"

쥐새끼란 말에 유난히 힘이 들어가 있었다. 상현은 그저 웃기만

15

했고 태경은 오히려 칭찬을 들은 것처럼 그를 향해 물컵을 들어 보였다.

＊　＊　＊

그렇게 걸림돌은 다 치웠다고 생각했건만 복병은 따로 있었다. 크리스마스와 동시에 초등학생들의 방학이 시작된다. 30여 년 만에 크리스마스가 가족의 날이라는 것을 처음 깨달은 태경은 잠깐 동안 신선한 충격에 빠졌다.

"그래서, 크리스마스 때 못 만난다고?"

서우가 눈을 깜빡이며 태경을 보다 이내 조심스럽게 고개를 끄덕였다.

"아무래도 이브 때는 좀. 25일 저녁엔 괜찮을 것 같은데……."

당일보다 그 전야인 24일 밤을 더 중시한다는 점에서 크리스마스와 새해는 비슷한 데가 있다. 서우는 별반 달라진 게 없는 태경의 표정을 살피며 제 가슴 위를 사선으로 가로지른 안전벨트를 다소 초조하게 만지작거렸다.

"그날 부모님이 다 근무하셔서, 저 아니면 동생 혼자 크리스마스 보내야 돼요."

그러니 부디 이해를 바란다는 간절한 눈빛에도 태경은 별말을 하지 않았다. 그저 전방을 주시한 채 묵묵히 핸들을 쥐고만 있을 뿐이었다. 서우는 어쩔 줄 몰라 입술을 달싹이며 하염없이 그 옆얼굴을 올려다보았다.

"화나셨어요?"

조마조마한 시선에 볼이 따끔거렸다. 실망한 건지, 허탈한 건지, 어쩌면 조금 화가 난 것도 같은데. 저 미안해하는 표정 하나에 삐죽 튀어나온 가시가 급속도로 무뎌졌다.

어쩔 수 없지. 애 때문이라는데. 그렇게 며칠 동안 분주하게 세운 계획들이 휴지 조각이 되고 말았는데도 빠르게 체념을 해 버리는 스스로를 깨닫자 태경은 되레 어이가 없어졌다.

"……뿌린 대로 거둔 것 같네."

"네?"

작게 중얼거린 태경의 말을 제대로 못 알아듣고 서우가 냉큼 되물었다. 뭐든 대답이 돌아온 자체가 반가운지 뭐라고 하셨어요? 하며 태경을 보는 눈빛이 확연히 밝아졌다.

며칠 전만 해도 억지로 이쪽 보라고 하기 전까지 무슨 대역죄라도 지은 사람처럼 제 무릎만 뚫어지라 보고 있었을 텐데 이제는 그러지 않는다. 제 옆에 앉은 사람 마음속에 제 자리가 확실히 있다는 것을 깨달은 사람의 태도 변화다.

"죄송해요."

"……."

"정말 죄송해요."

연이은 사과에 태경이 한숨 섞인 헛웃음을 흘렸다. 기껏 로비를 해서 알바까지 빼 줬는데 연인이 되고 처음 맞는 크리스마스에 저 아닌

동생을 택했다. 부아가 치밀지 않았다면 거짓말이지만 이 경우 선택은 하는 쪽이 아닌 받는 쪽의 문제였다. 이해는 해 줄 수 있는 사람에게 구하는 것이다.

"됐어요."

김서우가, 저 겁 많은 사람이 드디어 저를 누울 자리라고 발을 뻗어 왔다. 그 소박한 깨달음에 흡족해하며 위안을 얻는 스스로가 기가 막힌다. 태경은 속으로 자조하며 핸들을 잡고 있던 손을 떼어 서우의 손을 잡았다.

"나 화 안 났어요."

"⋯⋯아닌 것 같은데."

"정말로. 화난 게 아니라 그냥 좀 서운한 거예요."

"아."

서운하세요? 하고 서우가 마주 잡은 손에 힘을 주며 굴속의 토끼처럼 고개를 삐죽 내밀어 저를 올려다보며 물었다. 그 표정과 말투가 너무 사랑스러워서 태경은 가슴이 철렁 내려앉았다. 본인은 그런 제 얼굴이 주는 효과에 대해 전혀 모르는 것 같은데, 운전 중에 마음의 준비도 없이 맞닥뜨리기엔 다소 위험할 정도다.

"죄송해요."

화나게 한 것만큼이나 서운하게 한 것도 큰일이라는 듯 서우가 순순히 눈을 내리깔았다. 동시에 위무하듯 혹은 애교를 부리듯 잡힌 손에서 엄지손가락을 빼내 태경의 손등을 슬슬 쓸었다.

"⋯⋯."

그 도발 아닌 도발에 태경이 아랫입술을 지그시 깨물었다. 배 속에 뭐가 든 것처럼 꿈틀거렸다. 지금 잡고 있는 핸들에 제 목숨뿐만 아니라 김서우의 안전까지 달려 있지만 않았어도 당장 어떻게든 하고 말았을 충동이었다.

"괜찮아요."

양꼬치집 앞에서 심야의 추격전을 벌이고 태경의 집에서 함께 밤을 보낸 이후, 서우의 태도에 미묘한 변화가 생겼다. 그래 봐야 소심한 성정은 여전해서 대단하달 건 없었지만 태경을 보는 눈빛이나 말투가 자연스럽게 느슨해진 게 느껴졌다. 가끔은 이런 식으로 자신도 모르게 먼저 가벼운 스킨십을 하다 지레 놀라 멈칫하는 일도 생겼다.

"크리스마스는 원래 어린이들의 날이잖아."

태경이 말했다. 본인이 듣기에도 아무런 감흥이 없는 목소리다. 그 딱딱한 어조와 상반되는 내용에 서우가 소리 내어 웃었다.

"대신 키스해 봐요, 여기."

태경이 손짓으로 제 입술을 가리키며 말했다. 마침 신호에 걸려 차가 선 참이었다.

"죄송하다며, 그럼 풀어 줘야지."

"……신호 바뀌었어요, 선배님."

서우가 무뚝뚝하게 잡지 않은 손을 들어 앞을 가리키며 말했다. 그 귓가와 볼이 발그레하게 달아오른 것을 본 태경이 아쉽다는 듯 작게 혀를 차고 액셀을 밟았다.

"동생이랑 둘이 뭐 할 건데요."

"그냥, 특별한 건 없어요. 외식하고 선물 주고 놀아 주고."

"어디 예약은 했어요? 그날 갈 만한 데는 다 만석일 텐데."

"예약은 안 했는데……."

"내가 알아봐 줄까요?"

서우가 고개를 도리도리 저었다.

"그냥 동생이 좋아하는 거 먹으러 갈 거예요. 아마 예약 필요 없는 곳으로."

"음."

태경이 그러냐는 듯 고개를 끄덕였다. 그사이 저만치 회사 건물이 보였다.

"저기서 세워 주세요."

서우가 앞쪽을 가리키며 말했다. 태경이 조금 더 가서 내려도 된다고 했지만 서우는 안 된다고 했다. 둘은 근처에서 점심을 먹고 돌아오는 길이었다. 요즘 서우는 웬만하면 태경의 요구를 다 들어주지만 회사에 둘 사이를 철저히 비밀로 해야 한다는 것에는 양보가 없었다.

"너무 가까워요. 저기서 내려 주세요."

그냥 확 액셀을 밟아 버릴까 하는 생각도 들었지만 태경은 순순히 서우가 가리킨 횡단보도 앞에 차를 세웠다. 그래 놓고 무슨 심술인지 잠긴 문을 열어 주기 싫었다. 날씨가 추운데, 여기서부터 걷기엔 너무 먼데, 조금 더 타고 가도 아무도 모를 텐데.

혼자 속으로 투덜거리고 있는데 갑자기 볼에 보드라운 무언가가 닿더니 쪽 소리를 내고 곧장 떨어졌다.

"어."

언제 안전벨트를 풀었는지 서우는 한 치의 망설임도 없이 제 손으로 잠금을 풀고 그대로 문을 열고 나가 버렸다. 놀라 순간적으로 굳어 있던 태경이 뭔가를 더 할 새도 없었다.

"……와, 김서우."

저럴 땐 또 날쌔기 그지없다. 해 놓고 부끄러운지 차창 너머로 저를 보지도 않고 손을 마구 흔드는 게 보였다. 그러고는 곧장 신호가 바뀐 횡단보도를 건너 회사로 가는 지름길인 골목 안으로 몸을 감추어 버렸다.

"양심도 없이 진짜 이거 하나로 때우려고."

다시 차를 출발시키며 태경이 혼자 중얼거렸다. 말은 그렇게 해도 표정은 이미 반쯤 녹아내리고 있었다. 흘깃 쳐다본 백미러에서 자신과 눈이 마주친 태경이 피식 실소를 흘렸다. 막 첫사랑에 빠진 10대 청소년도 이보다 얼빠진 얼굴을 하고 있진 않을 것 같았다.

'진짜 등신 다 됐네.'

서태경 손톱을 먹은 쥐새끼가 아니냐는 승준의 말이 무색하지 않다. 태경 본인도 이런 자신이 낯설다.

"김서우 씨."

방금 헤어진 사람에게 굳이 또 전화를 걸었다. 서우는 곧장 전화를 받았다. 바람 소리와 함께 외부의 소음에 가쁜 숨소리가 묻혔다.

선배님, 하고 부르는 다정한 목소리에 또 뭐가 급해 전화를 걸었냐는 성가심은 느껴지지 않았다.

"춥지 않아요?"

—안 추워요. 오히려 걸으니까 시원하고 더 좋은데요.

바깥 기온이 영하 3도인데. 말도 안 되는 핑계를 대는 것에 핀잔을 주는 대신 태경이 제 아랫입술을 지그시 깨물었다. 선배님, 화 좀 풀리셨어요? 하고 물어오는 나직한 음성에 귓속이 간지러웠다.

"화 안 났다니까. 어쨌든 안 풀렸어요."

—네?

"고작 뽀뽀 하나로 때우려고? 김서우 씨 양심 어디 갔어요."

—…….

"키스도 아니고."

—아니, 근데 선배님, 화 안 나셨다면서…….

"화 안 났어요."

—…….

"그래도 아까 건 안 돼요. 무효. 내가 어린애도 아니고 뽀뽀가 뭐예요? 제대로 받을 테니까 이따가 휴게실로 와요."

—네?

"내가 내려갈까요, 서우 씨가 올라올래요?"

—아, 선배님…….

발을 동동 구르고 있을 모습이 안 봐도 훤했다. 회사에선 안 된다고, 진짜 나중에 다 들어드리겠다고 애걸하는 음성에 절로 웃음이 나왔다. 매번 놀림을 당하는데도 그때마다 잘도 넘어간다.

"정말 뭐든 다 들어줄 거예요?"

기다렸다는 듯 네, 하고 대답하는 목소리가 정말 시키면 뭐라도 할 태세였다. 아, 이렇게 착하기만 하면 안 되는데, 이러면 또 나쁜 마음이 든단 말이지.

"크리스마스에 서우 씨 집으로 뭐가 하나 올 거예요."

머릿속에 떠오르는 갖가지 심술궂은 상상들을 누르고 태경이 하고자 한 말을 뱉었다. 차가 막 회사 주차장 진입로에 들어서는 참이었다. 반대쪽에서 아까 지름길로 먼저 간 서우가 정문으로 향하는 모습이 보였다.

"서우 씨는 그걸 그냥 받기만 하면 돼요."

쉽죠? 하고 덧붙이며 시선은 여전히 차창 너머에 두었다. 점심을 먹고 돌아오는 회사원들이 즐비한 회사 앞 인도에서도 휴대폰을 댄 귀 쪽으로 고개를 살짝 기운 채 집중한 듯 눈매를 살짝 찡그리고 있는 하얀 얼굴은 너무나도 쉽게 눈에 띄었다.

―……보내신 게 뭔데요?

"별건 아니고. 그냥 작은 택배인데, 보면 알 거예요."

근사한 곳에서 데이트를 하겠단 포부는 물 건너갔어도 이유 따위 댈 필요 없이 선물을 안겨도 좋을 크리스마스란 기회를 그냥 흘려보낼 수는 없다.

"그리고 25일엔 정말 나랑만 노는 거예요."

―…….

"대답은?"

—네, 네.

서우가 마치 자신이 앞에 있는 것처럼 고개를 몇 번 주억거렸다. 그 모습을 끝까지 응시하다 태경이 이내 핸들을 꺾었다.

"추운데 밖에 서 있지 말고 얼른 들어가요."

—저, 보이세요?

서우가 곧바로 고개를 들어 주변을 휘휘 살피는 게 보였지만 이미 지하로 진입한 후라 보이는 건 차 뒤꽁무니뿐일 터였다. 놓친 사람은 서우인데 태경이 더 아쉬웠다.

그리고 12월 24일.

서우의 집으로 최신형 건조기 한 대가 배달되었다.

* * *

크리스마스가 지나자 정규직 채용과 관련한 1차 필기시험이 약 한 달 앞으로 다가왔다. 태경은 곧바로 수험생을 둔 열성 학부모 모드에 돌입했다.

업무가 끝나면 곧바로 퇴근을 한 서우를 태워다 저녁을 사 먹이고 잠깐 휴식을 취하게 한 다음, 시험 자료들을 꼼꼼히 챙겨 근처 구립 도서관으로 갔다. 시간별로 세세하게 정리한 공부 스케줄을 미리 다 짜 놓고 서우가 공부를 하는 동안엔 저도 옆에서 함께 남은 일을 하거나 책을 보면서 때에 맞춰 부지런히 커피나 간식거리를 사다 날랐다.

서우는 태경이 시키는 대로 군말 없이 따르긴 했으나 필요에 의해 서라기보다는 그런 태경의 모습을 보는 게 좋아서였다.

몰랐는데 태경은 의외로 잔소리가 많았고, 자신은 제법 그걸 좋아했다. 어쩌면 살면서 잔소리라는 것을 별로 들은 적이 없어 그럴지도 몰랐다. 잔소리를 하는 사람이란 주로 엄마인데, 비난이나 질책이라면 몰라도 태경이 지금 하는 것처럼 이런 애정 어린 걱정이나 간섭을 서우는 듣고 자란 기억이 없었다.

그와는 별개로, 밤늦게까지 죄도 없이 자신과 함께 꼼짝없이 도서관에 갇혀 있는 태경을 보면 미안하지 않을 수 없었다. 어차피 결실을 기대할 수 없는 노력이다. 배 팀장이 돌아오면 다 수포로 돌아갈 텐데.

그 점이 양심에 걸려 넌지시 말을 흘려 보기도 했지만 태경은 전혀 신경 쓰지 않는 눈치였다. 오히려 서우에게 핑곗거리 찾지 말고 공부나 열심히 하라고 면박을 주었다.

마지막 날인 31일에는 태경이 휴가를 냈다. 출근을 하지 않아도 여느 날과 다름없이 새벽에 운동을 갔다가 서우를 회사까지 데려다줬다.

서우는 제게도 차가 있다고, 안 그러셔도 된다고 했지만 태경은 서우의 그 오늘내일하는 폐차 직전의 낡은 경차가 영 불안했다. 제 손으로 직접 공업사로 끌고 가 타이어도 겨울용으로 교체하고 간단한 점검도 했지만 요즘처럼 아침에 일어나면 도로 곳곳이 얼어붙어 있는 시기엔 특히 더 걱정이 되지 않을 수가 없었다.

서우를 출근시킨 뒤엔 곧장 집으로 돌아와 새해맞이 대청소를 했다. 퇴근을 하자마자 서우를 낚아채서 곧장 집으로 데려올 생각이었다. 벌써 관대한 척, 오늘은 도서관에 가지 않아도 좋다고 서우에게 일러두었다.

날이 날인 만큼, 근사한 데서 외식도 하고 드라이브도 하고 집으로 돌아와 함께 제야의 종소리를 들으며 새해를 맞이할 계획이었다. 어디 가까운 곳으로 여행이라도 가면 좋겠지만 때가 때인지라 필기시험 이후로 미뤘다.

침대에 새로 산 시트와 이불을 깔고, 머리맡에 똑같은 커버를 씌운 베개를 두 개 나란히 올려 놓으며 태경은 오늘이야말로 크리스마스이브의 한을 단단히 풀 작정이었다. 이번만큼은 어떤 방해물도 없을 거라 생각했다. 그런데.

"종무식? 아니, 우리 회사 종무식 없어진 지가 언젠데."

휴대폰 속에서 흘러나온 소리에 태경의 눈초리가 대번에 사나워졌다. 날 선 반응에 겁을 먹었는지 돌아오는 서우의 목소리가 한결 조심스러워졌다.

—종무식은 아니고, 7층 전체 회식이라고…….

몇 년 전부터 KG는 연말에 부서별로 조촐하게 송년회를 여는 것으로 공식적인 종무식을 대신했다. 아마 태경이 소속된 개발팀도 오늘 어딘가에서 회식을 가지긴 할 것이다.

그래도 이건 아니었다. 7층에 부서가 몇 개인데. 이렇게 작정하고 호텔 리셉션 홀에서 열리면 그게 회식을 빙자한 종무식이지.

"빠지면 안 되나."

쓸데없는 투정을 부려 보다 이내 포기했다. 서우에게 초등학생은 동생 하나로 충분하다.

"몇 시부터 한다고 했죠?"

4시에 출발한다는 대답이 돌아왔다. 근처에도 널린 게 호텔인데 굳이 먼 데도 잡았다. 태경이 푹푹 한숨을 내쉬자 또 죄송하다는 소리가 돌아왔다.

"서우 씨 잘못도 아닌데 뭐. 그래도 빨리 나와야 돼요. 취하지도 말고."

알겠다고 딴엔 야무지게 하는 말을 태경은 믿지 않았다. 누가 잡으면 또 붙들릴 테고 누가 권하면 실랑이하기 싫어서라도 그냥 마시고 말 사람이 김서우다.

"짜증 나네."

담배가 필요했다. 태경은 라이터와 담뱃갑을 챙겨 들고 자리에서 일어섰다. 엘리베이터를 타니 막 쓰레기를 든 사람이라도 타고 내렸는지 불쾌한 냄새가 났다. 갖고 있던 담뱃갑으로 엘리베이터 버튼을 누른 태경의 미간이 조금 더 구겨졌다.

이 낡은 엘리베이터는 아침이고 저녁이고 늘 퀴퀴한 냄새를 풍겨 가뜩이나 탈 때마다 기분이 좋지 않았다. 마감이 벗겨져 나간 표면이나 와이어가 끽끽대는 소리가 매번 거슬렸다. 도장을 해도 낙후된 티를 감출 수 없는 공동 현관의 벽이나 더러운 타일이 깔린 바닥도

궁상스러웠다. 마음에 드는 거라곤 하나도 없다.

짜증이 완연히 묻어나는 걸음걸이로 태경이 흡연 구역으로 향했다. 이사를 해야겠다. 아무래도 여기서 오래는 못 살겠다. 언제 나갈까. 김서우는 어떤 집에서 살고 싶을까. 어디든 다 맞춰 줄 자신 있는데.

새집을 구하는 상상을 하며 담배를 피우다 보니 기분이 좀 가라앉았다. 다시 엘리베이터를 탔을 땐 아까만큼 냄새가 거슬리지 않았다. 욕실에서 한 번 더 샤워를 한 다음, 해가 지길 기다렸다.

[선배님.]
[저희 이제 호텔로 출발해요.]

서우에게서 메시지가 왔다. 저희라니. 태경이 궁금한 건 서우뿐이다. 굳이 다른 사람까지 저와 묶어 전달할 필요는 없는데.

[선배님도 식사하고 계세요.]
[마치면 금방 갈게요.]

"오긴 어딜 와. 내가 갈 건데."

김서우가 나오길 기다리다간 말라 죽을지도 모른다. 대충 근처에서 뭉개다 적당한 틈을 봐서 나오라고 해야지.

벌떡 자리에서 일어난 태경이 옷을 갈아입고 밖으로 나갔다. 동지를 막 지난 해는 토끼 꼬리만큼이나 짧았다. 벌써 사위로 어스름이 내리기 시작했다. 내비게이션에 호텔 주소를 입력하고 근처에 시간을 때울 만한 카페를 물색하는데 메시지 알림이 또 울렸다.

[도착했어요. 이제 호텔이에요.]
[차 되게 막혀요.]

말끝에 놀란 얼굴의 이모티콘이 붙어 있다. 피식 태경의 입에서 실소가 터져 나왔다. 그래도 장족의 발전이다. 이모티콘도 붙일 줄 알고 꼬박꼬박 보고도 잘하고.

'장하네, 김서우.'

초반에 매번 연락을 했던 쪽은 태경이었다. 전화만큼이나 서우는 메시지에도 인색했다. 별 내용도 없고 중요하지도 않은 일상이나 심상을 누군가에게 일일이 말하는 걸 서우는 매우 어색해했다. 따분하기만 한 제 신변잡기를 꺼내는 자체가 민폐라고 생각하는 듯했다.

"그러려고 연애하는 거예요."

"……."

"나 다이어리로 쓰라고."

날씨도 쓰고 기분도 쓰고 뭐 먹었는지도 다 쓰라고 거의 세뇌에 가깝게 주입을 했더니 이제야 결과가 좀 나왔다. 그래도 나름 시키는 건 다 따라서 하려고 하고 태경에게 맞추려고 애를 쓴다. 예쁘지 않을 수 없다.

'보고 싶다.'

얼른 얼굴을 보고 그 갈색 눈에 제 얼굴이 비치는 걸 보고 싶다. 손가락을 얽어 단단히 끌어안고 영영 떨어지지 않을 듯이 꽉 붙들어 매고 싶다. 영역 표시를 하는 짐승처럼 그 보드라운 몸에 고개를 묻고 냄새를 맡고 머리부터 발끝까지 어느 한 군데 제 몸이 닿지 않은 곳이 없게 만들고 싶다. 제 냄새로 떡칠하고 싶다.

생각만으로도 폭력과도 비슷한 욕망이 일었다. 쓴웃음을 지은 태경이 천천히 흘러내린 머리카락을 쓸어 올렸다. 달리는 그의 오른편으로 올해의 마지막 해가 타들어 가듯 지고 있었다. 검은 강의 수면 위로 일몰이 남긴 잔허가 붉게 깔렸다.

"이럴 줄 알았지."

마시던 아메리카노를 탁 소리가 나게 내려놓자 컵 안쪽의 얼음들이 달그락거리는 소리를 냈다. 길가가 훤히 내다보이는 카페 자리에 앉아 휴대폰을 보던 태경의 미간이 사정없이 구겨졌다.

"금방 오기는 무슨."

회식이 시작된 지 벌써 세 시간이 지났다. 태경은 지체 없이 전화를 걸었다.

─아, 여보세요.

자리를 피하느라 그랬는지 서우는 연결음이 한참이나 이어진 후에 전화를 받았다. 태경이 무슨 말을 하기도 전에 다급한 목소리로 이제

다 끝나 간다고, 곧 나갈 테니 조금만 참으라고 했다. 그 참으라는 말이 어이가 없었다. 사람을 무슨 시한폭탄으로 보나.

—선배님, 식사는 하셨어요?

"안 했으면."

—여기 음식 맛있어요. 다음에 같이 와요. 제가 사 드릴게요.

가만히 들어 보니 조금씩 늘어지는 목소리가 태경을 달래려는 게 아니라 그냥 취한 것 같았다. 태경은 터져 나오려는 한숨을 누르고 술 얼마나 마셨냐고 물었다.

—어, 얼마 안 마셨는데. 그냥 맥주 조금 하고, 이름 잘 모르겠는데 샴페인 같은 거 몇 잔 마셨어요. 현 과장님이 맛있다고 먹어 보라고 하셔서.

"몇 잔? 아니, 그걸 왜 마셔? 현 과장이 주면 뭐든 다 받아먹을 거예요?"

—네? 아니, 다 먹은 건 아닌데…….

전화로 이러고 있어 봐야 소용없다. 태경은 목구멍까지 올라온 잔소리를 억누르고 언제 나오냐고 거의 이를 갈 듯 물었다.

—이제 나갈 거예요. 현 과장님이 태워 주신다고 같이 가자고 하셨거든요.

"……"

—지하철역까지만 태워 달라고 했는데, 어차피 가는 길이라고 근처에 떨궈 주신다고 하시더라고요. 저 금방 갈 수 있어요.

목소리가 밝다. 그래서 좋냐? 빈정거리고 싶은 마음을 삼키고 침착하게 그럴 필요 없다고 말하라고 했다.

"현 과장 차 타지 말라고."

—네? 왜요? 그럼 더 빨리 갈 수 있는데…….

"내가 있는데 왜 남의 차를 타."

—선배님이요? 선배님 지금 어디 있는데요?

바로 근처에 있는 카페라고 위치를 알려 주자 서우는 반가워 어쩔 줄 몰라 하면서도 난처해했다. 이미 현 과장과 같이 가기로 얘기를 다 했다는 거다.

"그게 뭔 대수라고. 그냥 혼자 가겠다 해요."

—그래도…… 그럼 왜 그러냐고 물으실 텐데.

"뭔 상관이냐고 해."

서우는 태경이 농담을 하는 거라 여기고 웃었지만 진심이었다. 현진우 그 인간은 대체 뭔 상관이라고 서우 일에 그렇게 간섭을 해 댈까.

'여자 친구도 있다면서 웃긴 자식이야, 아주.'

현진우는 남자 직원들 사이에서 좋게 말하면 무난하고 나쁘게 말하면 존재감이 없는 사람이었다. 딱히 인기가 있는 것도 아니지만 욕을 먹는 일도 없는 그를 태경은 성실하고 실속 있는 남자라고 생각했었다. 정확히 지난번 샌드위치 사건이 있기 전까진.

거기에 서우가 갖고 있던 사내 시험 자료들의 출처를 알게 되면서 현진우에 대한 반감이 극에 달했다. 그 기저에 깔린 게 순수한 호의든 동료애든 다 싫었다. 서우는 그에게는 곧 결혼을 앞둔 연인도 있다고 눈을 동그랗게 떴지만 알게 뭔가. 아직 식장에 들어가지도 않았는데.

'결혼이라.'

군이 따지자면 현 과장은 좋은 애인보다는 좋은 남편감에 속할 터였다. 태경은 지금껏 좋은 남편이란 것에 대해 구체적으로 생각해 본 적이 없었다. 그게 어떤 건지, 어떤 식으로 되는 건지도 모르겠다. 사실 제 일이 아니라고 생각했다. 그건 아마 태경이 좋은 남편으로서의 아버지를 가져 본 적이 없어서일지도 몰랐다.

"현 과장 사람 좋지. 너그럽고 매너 좋고 한결같고."

그와 비슷한 평가를 받은 사람을 알고 있다. 잘났지도, 못났지도 않았지만 그들에겐 현실감이 있었다. 단단히 뿌리를 내린 튼튼하고 듬직한 고목나무처럼 언제까지나 그렇게 변하지도 움직이지도 않고 옆에 있어 줄 것만 같은 신뢰가 있었다. 좋은 남편이란 아마 그런 것일 거라고, 태경은 막연히 생각했다.

어떻게 잘 핑계를 댔는지 잠시 후 유리창 너머로 서우가 혼자 나오는 게 보였다. 곧바로 태경이 자리에서 일어나려는데 서우가 문득 걸음을 멈췄다. 뜬금없이 길바닥을 쳐다보는가 싶더니 허리를 굽혀 뭔가를 주워 들어 옆에 있던 쓰레기통에 버리는 게 보인다.

"……."

담배꽁초였다. 별일도 아니라는 듯 서우는 아주 자연스럽게 손을 탁탁 털고 계속 걸었다. 그 모습 위로 태경이 아주 오래전 보았던 광경이 겹쳐졌다. 고등학교 때, 아직 그가 서우를 모른 척하지 않았을 때의 일이었다.

아무도 없는 학교 앞 버스 정류장에 서우 혼자 앉아 있었다. 종례를 하자마자 고삐 풀린 망아지처럼 달려 나오는 여타 학생들과 달리 서우는 늘 느지막이 나와 한산해진 버스를 타곤 했다.

같이 하교할 친구가 없어서, 와글거리는 학생들 틈에서 혼자만 외따로 떨어져 버스를 기다리는 건 학교 안에서 따돌림당하는 것과는 또 다른 어려움이 있을 터였다.

우연히 그 앞을 지나치던 태경은 굳이 서우에게 말을 걸 생각은 없었다. 고개를 숙인 채, 벤치를 손끝으로 긁는 것 같던 그의 행동이 실은 의자에 붙은 껌을 떼어 내고 있었다는 걸 알기 전까진. 아무 일도 아니라는 듯 떼어 낸 껌을 종이에 싸 쓰레기통에 버리는 걸 보기 전까진.

저 애는 어떻게 저럴까. 대체 왜 저럴까.

그건 10년이 넘게 흐른 지금도 잘 모르겠다. 저를 보고 환하게 웃는 얼굴을 보면서도 태경은 알 수가 없었다.

술에 취해 비틀거리는 서우를 옆자리에 태우고 안전벨트를 매 준 다음, 집으로 출발했다. 날이 날이니만큼 도로엔 차가 많았다.

태경의 기분이 가라앉은 걸 알았는지 내내 눈치만 살피던 서우는 침묵 속에 가다 서다를 반복하는 차 안에서 결국 잠을 이기지 못했다. 꾸벅꾸벅 졸다 혹 떨어지는 고개에 지레 놀라 눈을 뜨기를 반복했다.

그 광경을 못 본 척 태경이 라디오를 켜고 볼륨을 낮췄다. 주파수가 맞춰져 있었는지 스피커에서 곧장 노랫소리가 흘러나왔다. 얼핏 들어도 8, 90년대 흘러간 유행가들이 나오고 있었는데 연말이라 그런지 묘하게 쓸쓸한 느낌을 주는 선곡이었다.

흘러들으며 태경이 운전을 하고 있는데 옆에서 무시할 수 없는 소리가 들렸다. 고개를 돌리자 언제 일어났는지 서우가 창백한 얼굴에 멍한 눈을 하고 라디오에서 나오는 노래를 따라 흥얼거리고 있었다.

"이 노래 알아요? 꽤 옛날 노래인데."

태경이 물었다. 언제인지 정확히는 몰라도 말 그대로 태경이 코흘리개일 때 나온 곡이다. 그리 유명하지도 않은 노래라 서우가 안다는 게 뜻밖이었다.

"선배님이 좋아하시는 것 같아서."

"응?"

"아니에요?"

"내가?"

금시초문이다. 굳이 말하자면 태경이 아니라 어머니가 좋아했던 노래였다. 옆에서 듣다 보니 익숙해졌지만 딱히 좋아한 적은 없는데.

"부르는 거 봤는데."

"내가?"

"네."

"언제요?"

"대학교 때…… 동아리 신입 환영회 때 노래방에서요."

태경의 입술이 살짝 벌어졌다.

"선배가 불렀어요. 이 노래."

"……."

"그때부터 저도 좋아했어요."

정말 너무 좋았어요. 그 말밖에 더 표현할 말이 없는지 서우는 계속해서 너무 좋았다는 말만 반복했다. 그 목소리를 듣고 있던 태경의 눈가가 일그러졌다. 핸들을 쥐고 있던 손에 하얗게 뼈가 도드라져 보일 정도로 힘을 주었다.

작게 입 속으로 뭔가를 사납게 중얼거린 태경이 결국 급하게 핸들을 꺾어 차를 세웠다. 안전벨트를 푼 태경은 살짝 앞으로 쏠린 서우의 몸이 제자리로 돌아가기도 전에 짓누르듯 그 위를 덮쳤다.

"아, 선……."

뭐라 흘러나오려던 말이 태경의 입 속에서 뭉개졌다. 단번에 목구멍까지 침범할 기세로 파고든 태경의 혀가 초반부터 거칠게 서우의 입 속을 헤집기 시작했다.

처음엔 저항하듯 약간 몸을 꿈틀대던 서우가 이내 몸에 힘을 뺐다. 얌전해진 몸을 꽉 붙잡고 한참을 더 주무르고 비비고 핥고 깨물었다. 마침내 태경이 살짝 입술을 물렸을 때 가쁜 숨을 몰아쉬던 서우가 겨우 목소리를 끄집어냈다.

"선, 선배님. 화, 하아, 화나셨어요……?"

"화났다고 하면, 풀릴 때까지 받아 줄 거예요?"

서우가 물끄러미 태경을 올려다봤다. 그 눈에 담긴 대답은 듣지 않아도 알 것 같았다. 태경이 풀썩 웃으며 고개를 떨어트려 서우의 어깨에 묻었다.

"이렇게 착해서 어떡하려고 그래……."

웅얼거리는 음성은 서우에게까지 닿지 않는 듯했다.

"……나는 이렇게 개새끼인데……."

산 사람도 모자라 죽은 사람도 질투했다거나, 자신은 기억도 안
나는 그 사랑 노래를 제대로 된 사람에게 제때에 불러 주기만 했더
라도.

이런 흉한 질투에 시달릴 일도 없었을 거라는 후회와 원망을, 다른
사람도 아닌 김서우에게 할 수는 없었다. 제가 판 무덤에 같이 들어
가 그 어둠을 함께 감당하자고 할 순 없었다.

"선배님, 마음대로 하셔도 되는데……."

서우가 두 팔로 제 목을 감아 왔다.

"저는 정말 괜찮아요. 정말……."

그렇지 않았다. 그럴 리가 없다. 알면서도 아무 말도 하지 않는 자
신은 정말 개새끼였다.

* * *

그날 밤, 서우는 침대에 누워 태경의 팔을 벤 채 태경의 노래를 들
었다. 첫눈을 보며 첫사랑을 떠올리는 내용의 노래를, 그의 엄마가
좋아했고 지금은 서우가 사랑하는 그 노래를 태경은 셀 수도 없을
만큼 몇 번이고 되풀이해 불렀다.

처음엔 마냥 행복했는데 한참 듣고 있자니 왠지 눈물이 날 것 같았다. 서우는 고개를 숙여 태경의 어깨에 이마를 묻고 젖은 눈을 감췄다. 입술을 꾹 물고 들썩이는 호흡을 들키지 않으려 애썼다.

"나도 기억나요. 그 환영회."

"……."

"핑크색 머리에 해골 무늬가 박힌 가죽 점퍼를 입고 있던 신입생도."

그 말만으로도 서우는 가슴이 덜컥거렸다. 오래전 가슴 깊이 묻어 이제는 존재조차 까맣게 잊고 있었던 보물 상자의 뚜껑이 들썩거리는 것 같았다.

더께가 앉고 녹이 슨 낡은 상자 속엔 여전히 아무 걱정할 것도, 거리낄 것도 없었던 시절이 고스란히 들어 있었다. 그 노래방의 어둡고 시끄럽게 귀를 울리던 내부와, 흘린 맥주가 스며든 오래된 소파의 퀴퀴한 냄새까지 맡을 수 있을 것 같았다. 그리고.

따분한 표정으로 누가 억지로 쥐여 준 것 같은 마이크를 삐딱한 자세로 잡고 나른하게 노래를 부르던 태경의 얼굴이 선명하게 떠올랐다. 음영이 뚜렷한 얼굴에 천장에 달린 색색의 조명이 비치던 것과 귀에 솜털이 설 정도로 그윽한 목소리가 귓가에 생생했다.

그때도 지금처럼 눈물이 났다. 어두워서 다행이었다. 서우의 눈에 물기가 고여도, 그렇게 간절한 눈으로 그를 봐도 아무에게도 들킬 염려가 없었으니까.

기억은 덧칠되고 과거는 추억이란 말로 흔히 미화되지만 서우의 그 시절은 정말로 좋은 때였다. 그때는 몰랐지만 돌이켜 보면 그 스무 살, 태경과 같은 학교에 입학했을 때가 서우 인생 최고의 순간이었다. 행복했다. 그 전과 후가 너무도 명확하게 갈려서 더.

"그때 진짜 날라리 같았는데."

서우의 귀를 아프지 않게 잡아당기며 태경이 중얼거렸다. 그곳엔 이제 피어스의 흔적조차 없었다.

"근데 왜 이제 안 해요?"

태경이 서우의 정수리에 다정하게 입을 맞추고 동시에 손가락 사이에 서우의 귓불을 넣고 밀가루 반죽처럼 주무르며 물었다.

"피어스."

"……."

"이제 안 할 거예요?"

"그냥, 안 하다 보니까 이젠 하는 게 어색해서……."

웅얼거리던 서우가 했으면 좋겠냐고 물었다.

"당연하죠. 그러라고 준 건데."

"왜 하면 좋겠는데요?"

"예쁘니까. 예뻤으니까."

태경이 크리스마스 선물이랍시고 준 건 건조기가 전부가 아니었다. 새벽부터 배송된 건조기에 혼비백산한 서우가 그 문제를 따지려고 태경을 찾았을 때, 태경은 되레 서우의 입을 막고 그건 제가 필요해서 준 거고 진짜 선물은 이거라고 작은 상자 하나를 건넸다.

그 속엔 금으로 된 피어스 한 쌍이 들어 있었다. 다른 장식은 하나도 없는, 매끈하고 심플한 고리형 디자인이었다.

"동그랗고 몸에 늘 지니고 다닐 수도 있고."

"⋯⋯."

"비슷한 다른 게 또 있긴 한데 그건 서우 씨가 안 끼고 다닐 것 같아서."

실은 누가 봐도 한눈에 임자 있는 사람이라는 걸 주고 싶었다며 태경이 투덜거렸다. 농담처럼 위장했지만 그 속에 진심이 담겨 있음을 알 수 있었다. 서우는 아무 말도 못 하고 눈만 깜박였다.

"선배, 사실은요."

서우가 느리게 입을 열었다. 평생 말할 생각이 없던 얘기였다. 예쁘다는 말을 들어서인지 아니면 서운해 보이는 태경의 눈빛 때문인지 혹은 술기운 때문인지, 보물 상자 속에 감춰 두었던 비밀 하나가 또 튀어나왔다.

"저 피어스 선배 땜에 한 거였어요."

"음?"

"염색도, 옷 그렇게 입은 것도 다 선배님 때문에."

태경은 어리둥절한 채 말이 없었다.

"아마 선배님은 기억 못 하시겠지만."

고등학교 때, 아마 승준이 아르바이트하던 고깃집에서 고기를 먹다 나온 말이었을 거다. 서우가 알아듣지도 못하는 게임 이야기를 한참이나 하던 승준과 태경의 입에서 한 캐릭터 이름이 나왔다.

"넌 왜 만날 개만 쓰냐. 약한데."

"예쁘잖아. 내 이상형이야."

지금 생각하면 지나가듯 한 말이었을 거다. 하지만 집으로 간 서우는 당장 컴퓨터를 켜고 그 캐릭터 이름을 검색했다. 그리고 좌절했다. 짧은 핑크색 머리에 피어스를 여러 개 박은 게임 속 여자는 척 보기에도 강함과 오만함과 아름다움과 개성의 총 집합체였다. 저와는 정반대로.

듣고 있던 태경이 반쯤 몸을 일으켰다.

"정말 그 말 때문에?"

"……."

"진짜로?"

서우가 고개를 끄덕였다. 부끄러워하지 말자고 다짐했는데 막상 말을 맺고 나자 어쩔 수 없이 민망해졌다. 지금 생각해도 부끄럽기 짝이 없다. 얼마나 우스운 꼴이었을까. 아마 사자 가죽을 뒤집어쓴 당나귀 같았을 거다.

"나 그거 이상형 아니었는데."

"……그러실 것 같았어요."

"그래도 나쁘지 않았어."

미끄러지듯 허리 안쪽으로 들어온 태경의 손이 서우의 몸을 제 쪽으로 더 바짝 끌어당겼다. 그러고는 혀를 내어 둥그런 귓바퀴를 길게 따라 핥았다.

"예뻤어요."

"아, 서, 선배님……."

"앙칼진 고양이 같았어. 약한 주제에 털을 빳빳이 세운."

태경이 쪽 소리와 함께 귓불을 한 번 빨고 입을 뗐다. 가슴 앞에 모여 있던 서우의 두 손을 가져와 하나는 제 허리 위에 걸치게 하고 다른 손은 입술 위에 붙였다.

"……하지 마세요."

서우가 떨리는 음성으로 중얼거렸다. 태경은 유독 서우의 손을 자주 애무하곤 했는데 서우는 그게 입술에 키스를 하는 것보다 더 부끄러웠다. 아마 한 번도 받아 본 적 없는 형태의 표현이라서 그런지도 몰랐다.

연애 때는 달랐던 것도 같은데 결혼 이후의 스킨십은 정해진 절차를 기능적으로 수행하는 것과 비슷했다. 효율적이고 간편했지만 그만큼 설레지도 새롭지도 않았다.

그런 서우에게 태경의 정성 어린 애무는 위무가 될 수밖에 없었다. 사람이 서로 맨살을 맞댄다는 솔직한 행위에는 어쩔 수 없이 연약해지고 마는 부분이 있었다.

"하지 마?"

서우가 미약하게 저항하자 태경이 의외로 순순히 손을 놓았다.

"그럼 다른 거 할게."

손바닥에 그랬듯 태경이 서우의 입술을 물었다. 얼굴을 비스듬히 기울이고 오랫동안 키스를 했다. 거칠지도, 다급하지도 않은 다정하고 부드러운 키스였다.

태경의 혀가 한참이나 정성스럽게 서우의 입 속을 유영하자 서우는 머릿속까지 다 녹아내리는 것 같았다. 태경은 숨이 닳아 헉헉거리며 제게 몸을 붙여 오는 서우의 귓불을 덥석 물고는 한때 피어스가 박혀 있으리라 짐작되는 곳에 새로 구멍을 뚫듯 혀로 쿡쿡 찔렀다.

"아, 선배. 하지 마요."

서우가 진저리를 쳤다. 태경은 빠져나가려는 두 손을 꽉 붙들어 제 몸에 두르고 제 팔 역시 서우의 등 뒤로 돌려 꼼짝 못 하게 했다.

"서우야."

다정한 말투와는 달리 태경의 손은 무람없이 서우의 옷 속을 파고 들어 갔다. 맨살에 태경의 손가락이 닿자 서우가 또다시 부르르 몸을 떨었다. 잠깐 망설이던 손이 이내 못 참겠다는 듯 다시 바싹 달라붙 었다.

"서우야……."

"……."

"김서우……."

무언가를 갈급하듯 애타게 이름을 부르며 태경의 손이 서우의 등 을 쓰다듬었다. 등뼈 하나하나를 확인하듯 누르고 세모꼴로 툭 불거 진 날개뼈를 모양대로 어루만졌다.

서우의 몸을 꼭 껴안은 태경이 목덜미에 얼굴을 묻은 채로 숨을 크게 들이쉬었다. 이를 세워 매끈한 살갗을 살짝 긁어 오는 통에 서 우의 몸이 파르르 떨렸다.

언젠가 태경은 서우에게 좋은 냄새가 난다고 했다. 말린 과일 냄 새 같기도 하고 설탕을 넣어 끓인 우유 냄새 같기도 하다는데 서우로서는 알 수 없는 말이었다. 맡을수록 허기진다는 제 말을 증명이라도 하듯 태경은 한참이나 서우의 목덜미에 코를 박은 채 고개를 들지 않았다.

"키스해 줘."

"……."

"응?"

"……."

"응? 서우야."

조르는 것 같은 속삭임과 동시에 태경의 얼굴이 다가왔지만 서우가 뒤로 고개를 물려 피해 버렸다. 태경이 왜? 하고 묻는 눈동자로 쳐다보자 서우가 입을 달싹였다.

"아까부터 계속……."

"뭐가?"

"하지 마시라는 건 아닌데……."

"뭘? 반말?"

그게 뭐가 어떠냐는 듯 태경이 뻔뻔하게 서우를 응시했다.

"나 이제부터 반말할 거야."

예의 차리는 건 여기까지라는 단정적인 어조와 달리 태경의 손가락은 서우의 이마에 흘러내린 머리카락을 다정히 쓸어 넘겼다. 귀 뒤를 타고 내려온 손가락이 턱선을 따라 볼을 만지작거리며 다시 관자놀이로 올라왔다.

"애인한테 높임말 쓴 적 없어."

"……."

"불만 있으면 너도 반말해."

태경이 서우의 귓가에 제 입술을 가져다 대고 느릿느릿 숨을 쉬었다. 달싹이는 입술이 귓불에 슬쩍슬쩍 닿을 때마다 서우는 솜털이 오소소 돋는 듯했다.

"시험 끝나면 바다 보러 갈까?"

한차례 열기가 가시고 태경이 물었다.

"바다요?"

"응, 겨울이라 수영은 못 하겠지만. 아니면 수영할 수 있는 바다로 가도 되고."

벌써 서우는 잘 알지도 못하는 남태평양 무슨 섬 이름을 들먹이는 태경을 향해 서우가 고개를 저었다.

"어차피 저 수영 못해요. 물을 좀 무서워해서. 아, 그래도 바다 보는 건 좋아해요."

"물이 왜 무서운데?"

"흔한 얘기인데, 어릴 적 바다에 빠질 뻔한 적이 있었거든요. 그 뒤로 물 공포증까진 아닌데, 물에 들어가는 걸 좀 꺼리게 됐어요……."

그런 이야기를 하다 잠이 들어서인지 꿈에 서희가 나왔다. 꿈이면서 동시에 과거의 기억이었다.

지금보다 스무 살쯤 어려진 서우와 서희가 발목까지 잠기는 해변에서 비치 볼을 가지고 놀고 있었다. 여름방학을 맞아 오랜만에 온 바다와 상냥하게 놀아 주는 언니 때문에 서우는 무척이나 들뜬 상태였다. 까르르 터지는 제 어릴 적 웃음소리가 지금 귀에는 퍽 낯설었다.

"아얏!"

그때 조준이 잘못됐는지 서희가 던진 비치 볼이 서우의 왼쪽으로 크게 빗겨 수면 위로 떨어졌다. 놀란 서우가 소리를 지르는 사이, 파도가 금세 저만치로 공을 움켜쥐고 도망쳤다.

"서우야, 공!"

언니의 외침과 점점 멀어지는 비치 볼에 정신이 팔린 서우가 아무 생각 없이 첨벙첨벙 바다로 뛰어들었다. 온 힘을 다해 쭉 뻗은 손끝에 닿을 듯 말 듯 애를 태우던 비치 볼을 서우가 간신히 붙잡고 신이 나 고개를 돌렸을 땐 이미 해변이 저만치 멀어져 있었다.

"어, 언니……."

서희는 그대로 서서 제 쪽을 보고 있었다. 멀어서 표정까지 보이진 않았다. 서우는 언니에게 공을 되찾았다는 것을 알리려고 양손에 꽉 잡은 공을 머리 위로 번쩍 들어 보였다. 그래도 서희는 반응 없이 가만히 서 있기만 했다.

조급해진 서우가 몇 번 더 팔을 휘젓는 순간 갑자기 발밑이 쑥 꺼졌다.

"아!"

서우가 번쩍 눈을 떴다. 머리맡에서 휴대폰이 요란한 소리를 내며 울리는 중이었다. 방금 전까지 그렇게 위태롭게 수면 위에서 일렁이던 햇살이 평온하게 방 안을 에워싸고 있었다. 여전히 꿈의 여운에서 완전히 벗어나지 못했던 서우가 가쁜 숨을 쉬며 손을 뻗어 휴대폰을 귀에 가져갔다.

"여보세요……."

―너 아직도 자니?

쯧쯧, 혀를 차는 영혜의 목소리가 수화기 너머로 들렸다.

―그만 일어나. 일어나서 씻고 나갈 준비해.

"왜요? 어디 갈 데 있어요?"

―너 지금 공항 좀 가야겠다.

"공항?"

갑자기 공항이라니.

―가서 도 사장 좀 태우고 와라.

잠이 단번에 달아났다. 서우가 미간을 찌푸리며 몸을 일으켜 앉았다. 태경은 어디 갔는지 보이지 않았다. 잠깐 귀를 떼 휴대폰 액정을 확인해 보니 시간은 오전 9시를 약간 지나 있었다.

"형부를 왜……."

온 집이 조용했다. 귀를 기울여 봐도 바깥에서 들려오는 소리도 없었다. 서우가 방문을 열고 거실로 나왔다. 아무래도 태경은 어디 나간 것 같았다. 그사이에도 영혜의 말은 계속되고 있었다.

―……그러니까 네가 좀 나가 보라고.

들어 보니 영혜는 윤성이 미국에 간 줄도 모르고 아침부터 떡국 먹으러 오라고 전화를 한 모양이었다. 마침 그때 윤성은 비행기에서 막 내린 참이었는데 아직 짐이 안 나와서 공항에서 대기 중이라고 했다.

　—태평양 건너온 사람인데 얼마나 피곤하겠어. 암튼 엄마가 벌써 너 간다고 얘기해 놨으니까 그렇게 알고…….

　"그게 좀, 형부가 부담스럽지 않을까요?"

　난색을 표하는 서우의 말은 단번에 묵살당했다.

　—부담스럽긴 뭐가. 다른 날도 아니고 새해인데 가족이 나가서 맞아 주면 좋잖아.

　그리고 한술 더 떠 딴 데 가지 말고 바로 집으로 데려오라고 한다. 떡국 끓여 놓았으니 다 같이 먹자고.

　서우가 아랫입술을 잘근잘근 씹으며 종종걸음을 쳤다. 태경은 어디 갔을까. 없다는 걸 알면서도 미련을 버리지 못하고 계속 집 안을 빙빙 헤맸다.

　"엄마, 내가 지금 막 일어나서요…… 그리고 형부도 방금 비행기에서 내렸는데 자기 집 가서 쉬는 게 더 편하지 않을……."

　—너는 어떻게 된 애가 엄마 말을 한 번에 듣는 법이 없어?

　결국 영혜가 소리를 질렀다.

　—말끝마다 토를 달고 꼬박꼬박 말대꾸에, 너도 내가 그렇게 우스워? 같잖아?

　"아니, 엄마. 그게 아니고……."

　—일하는 날도 아니고 지금껏 처자고 있던 주제에 뭐가 그리 잘나서 바쁜 척이야? 가족끼리 그깟 마중 좀 나가는 게 어때서!

엄마의 고함에 조건반사처럼 가슴이 쿵쿵 뛰었다. 서우가 심호흡을 하며 떨리는 몸을 진정시키려 애를 썼다. 새카만 물이 사방에서 저를 잠식해 오는 것 같았다.

─다른 집 애들은 안 시켜도 부모 마음 딱딱 알고 잘만 한다더라. 예전부터 그랬지만 너는 진짜 마음에 드는 구석이 하나도 없어. 피는 못 속인다고 어쩌다 저런 게…….

"가, 갈게요. 지금 갈게요."

별것 아닌 다툼이 더 심한 인신공격으로까지 이어지기 전에 서우가 서둘러 언쟁을 중지했다.

"지금 바로 준비해서 나갈게요."

─꾸물거리지 말고 곧장 가. 가는 길에 도 사장한테 간다고 전화하고.

알았다고 서우가 대답했다.

─이게 나 혼자 좋자고 하는 일도 아닌데.

그 말을 마지막으로 영혜가 전화를 끊었다. 서우가 끊어진 휴대폰을 내려다보며 혼자 중얼거렸다.

"그럼 누구 좋자고 하는 일인데요……."

아무리 생각해도 정상이 아니었다. 서우의 가족과 윤성의 관계는. 영혜는 윤성을 어려워하면서도 그에게 지나치게 의존했고 윤성 역시 그런 장모를 알면서도 선을 긋지 않고 내버려 두거나 더 부추겼다. 그사이 원상은 교묘하게 배제당했고 가뜩이나 사이가 나쁘던 아내와 더 멀어졌다.

윤성과 서희는 서우가 결혼하고 1년 반쯤 뒤에 결혼했다. 만나는 사람이 있다는 말 한마디 없이 서희가 어느 날 불쑥 데려온 게 윤성이었다. 서우의 결혼도 좀 그런 감이 있었지만 서희야말로 번갯불에 콩 구워 먹듯 식이 진행됐다. 윤성 정도의 조건이니, 서우네 집에서야 감지덕지였다. 오히려 영혜는 더 빨리 식을 올리지 못해 안달이었다.

그러니 윤성과 서희가 부부로 지낸 건 따지고 보면 만 1년이 좀 넘을 뿐이다. 서희라는 연결 고리가 있을 때보다 없이 지내 온 세월이 더 길다. 그런데도 윤성은 서희가 살아 있을 때보다 더 깊숙이 처가 안으로 들어왔다. 사랑하던 이의 갑작스러운 죽음과 그로 인한 상처로 서로 할퀴기 바쁜 가족들 사이에서 누구보다 큰 영향력을 행사하고 있었다.

처음엔 절대 그렇지 않았다. 오히려 윤성은 처가에 아주 무관심했다. 겉보기엔 늘 웃는 얼굴에 예의 바른 언행에 금전적으로도 너그러우니 그만한 사위가 없었지만, 실상 그는 처가 식구들에게 길에서 지나치는 행인만큼의 관심도 없었다. 때론 처가뿐만 아니라 자신의 결혼 자체에 아무런 감흥이 없는 것처럼도 느껴졌다.

그런 사람이 왜 갑자기 변했을까.

그 위화감을 느꼈을 땐 서우가 어떻게 할 수 있는 단계가 아니었다.

옷을 갈아입고 침실로 돌아오자 협탁 위에 일어났을 땐 못 보았던 쪽지가 보였다. 태경의 글씨였다. 그답게 갈겨쓴 것 같으면서도 힘있고 멋스러운 필체다.

서우가 쪽지를 집어 들었다. 잠깐 장을 보러 시장에 가니 일어나거든 냉장고에서 뭐라도 꺼내 먹고 TV라도 보면서 얌전히 놀고 있으라는 내용이다.

[맛있는 거 많이 사 올게.]

심장이 뜨끔거렸다. 물끄러미 쪽지를 내려다보던 서우는 이내 곱게 접어 주머니 속에 넣었다. 문자나 전화를 했다간 당장 쫓아올 것같아, 거실에 있던 메모지와 펜을 빌려 사정이 있어 먼저 간다고, 이따가 연락하겠다는 쪽지를 같은 자리에 내려놓았다. 그대로 세수도 안 한 채 겉옷만 걸쳐 입고 밖으로 나왔다. 집에 가서 샤워를 하고 옷을 갈아입은 다음, 공항을 향해 출발했다.

* * *

오랜만에 와 본 공항은 기억보다 훨씬 더 크고 복잡해서 서우는 약간의 두려움과 현기증을 느꼈다. 더 안쪽으로 들어설 엄두조차 나지 않아 입구에 엉거주춤 선 채 윤성에게 전화를 걸었다. 전화를 끊고 얼마 지나지 않아 곧 윤성의 모습이 보였다.

"미안해. 쉬고 있었을 텐데."

"아니에요."

방금 긴 비행을 마친 사람답지 않게 윤성은 흐트러짐 하나 없이 멀끔한, 평소 모습 그대로였다. 오히려 서우가 더 지쳐 보였다. 윤성이 반가운 미소를 띠고 눈동자를 굴려 찬찬히 서우를 훑었다.

"짐은요? 엄마가 짐에 문제가 생겼다고 뭐라고 하시던데……."

앞서 걷는 윤성을 뒤따라 종종걸음을 치며 서우가 그의 손에 매달린 캐리어를 보고 물었다. 그뿐, 다른 짐은 보이지 않았다.

"방금 나왔어."

"아."

다행이라는 서우의 말에 윤성은 별 대답을 하지 않았다. 서우가 가서 차를 빼 오겠다고, 기다리라고 했지만 윤성은 그냥 같이 가자고 했다. 둘은 나란히 걸어서 공항 주차장으로 향했다.

아침까진 분명 조금 흐린 듯했는데 어느새 새파란 하늘이 쨍하니 드러나 있었다. 그 사이로 비행기들이 쉴 새 없이 이착륙하는 게 보였다. 바로 아래서 보는 비행기는 어떻게 저런 쇳덩어리가 공중에 뜰 수 있을까 싶을 정도로 거대하고 압도적이었다. 멍하니 그것을 보고 있자니 뜬금없이 어젯밤 태경이 말한 남태평양의 어느 섬 이름이 떠올랐다.

"새해 복 많이 받아, 처제."

옆에서 들려오는 말에 서우가 화들짝 놀라 고개를 드니 윤성이 저를 똑바로 내려다보며 웃고 있었다. 서우가 더듬더듬 같은 인사를 건네기도 전, 번거로울 텐데 여기까지 데리러 와 줘서 고맙다는 말까지 했다.

"누가 마중 나와 준 게 처음이라 꽤 기분 좋네."

볼을 약간 붉힌 채 서우가 말없이 고개를 숙였다. 영혜의 전화를 받고 인천까지 달려오는 동안 했던 온갖 부정적인 생각들을 떠올려 보면 지금 저의 마중을 받고 기뻐하는 윤성을 똑바로 볼 자격이 없었다.

"별일은 없었지?"

"네……."

말없이 걷던 서우가 문득 윤성을 올려다보며 물었다.

"근데 형부 키가 어떻게 되세요?"

윤성이 대략 186센티미터쯤 될 거라고 대답했다.

"아."

윤성이 고개를 끄덕이는 서우를 쳐다봤다.

"새삼스럽네."

"네?"

"처제가 내 키를 다 묻고."

윤성은 미소를 띠고 있었지만 서우를 쳐다보는 그 눈빛엔 빈틈이 없었다.

"아니, 그냥…… 비슷한 사람이 있어서요."

"비슷한 사람?"

뭐라 설명할 수가 없어 서우가 대충 얼버무렸다. 최근 늘 고개를 돌리면 옆에 있던 사람도 비슷한 높이에 시선이 있었다는 생각이 들자마자 충동적으로 질문이 튀어나왔다는 말은 할 수가 없었다. 윤성도 더는 묻지 않았다.

캐리어를 뒷자리에 싣고 서우와 윤성은 앞자리에 앉았다. 자격지심

일지도 모르겠지만 서우의 낡은 경차와 윤성은 지독히도 어울리지 않았다. 서우는 구겨지다시피 수납된 윤성의 긴 다리를 보고 좌석을 뒤로 더 밀라고 말할까 하다가 그만두었다.

인천대교를 반쯤 건널 때쯤이었다. 태경에게서 전화가 왔다.

'아.'

어쩔까 고민하던 서우는 그냥 전화를 받지 않는 쪽을 택했다. 이어 폰도 없는데 윤성 앞에서 태경과 다 들리게 통화하는 게 내키지 않았다.

"또 오는데? 누군지 모르지만 받지 그래?"

진동이 계속되자 옆에 있던 윤성이 말했다. 서우는 괜찮다고 하고 아예 폰을 무음으로 돌렸다. 전화는 몇 번쯤 더 걸려오는 듯하다 이내 그쳤다.

갑자기 히터를 튼 차 안이 무척이나 덥게 느껴졌다. 서우가 두르고 있던 목도리를 풀어 내렸다. 순간 서우를 보고 있던 윤성의 눈이 뭔가를 발견한 듯 날카롭게 빛났다.

"처제."

"네?"

"……지금 너무 세게 밟는 거 아냐?"

"네? 아."

문득 속도계를 확인한 서우가 얼른 액셀을 밟고 있던 발에 힘을 뺐다. 윤성 말대로 자기도 모르게 속도를 너무 올렸다. 그제야 제 일거수일투족을 관찰하듯 빤히 보고 있는 윤성의 시선도 느껴졌다.

"무슨 급한 일이라도 있어?"

"네?"

"그런 것 같아서."

서우는 아니라고 고개를 저었지만 자신이 생각해도 그리 설득력 있어 보이진 않을 것 같았다. 지금도 온 신경이 태경에게 쏠려 있었으니까. 다행히 윤성은 서우의 어설픈 대답을 곧이곧대로 들었는지 빙긋 미소를 띠며 잘됐다고 말했다.

"네?"

서우가 무슨 뜻인지 몰라 되묻자 윤성이 미소를 띤 그대로 서우를 똑바로 보며 평온한 어조로 말했다.

"그럼, 우리 집으로 먼저 가 주겠어?"

"형부 집이요?"

순간 그와 눈이 마주친 서우는 불현듯 꺼림칙한 기분이 들었다. 윤성의 눈빛이, 말투가 왠지 모르게 불편하다. 그러면서도 그게 자신이 과민한 탓인지, 실제 뭔가 그럴 만한 부분이 있는지 제대로 파악이 되지 않았다.

"곧장 엄마 집으로 가기로 한 거 아니었어요? 그런 줄 알았는데."

"어, 그러려고 했는데 아무래도 어머님, 아버님 뵙기 전에 좀 씻어야 될 것 같아. 옷도 갈아입어야 될 것 같고."

부탁한다는 말에 서우에겐 선택권이 없는 거나 마찬가지였다. 알겠다고 대답한 후 내비게이션의 목적지를 변경하는 수밖에.

* * *

윤성의 집은 단독 주택이었다. 높은 담장과 키 큰 나무에 둘러싸여 밖에선 꼭대기 층의 윗부분만 겨우 보였지만 대문을 열고 정원으로 들어서면 건축가가 사는 집답게 깔끔하면서도 개성 있는 외관이 한눈에 들어왔다.

서희가 사망한 이후, 곧바로 함께 살던 아파트를 정리한 윤성은 평소 은사로 여기던 교수님이 직접 설계해서 거주하던 이 집을 사들여 이사를 했다. 대가족이 살던 내부를 제게 맞게 새로 고쳐서 1층은 주방과 접대용으로, 2층은 침실, 3층은 작업실로 사용하고 있었다.

서우는 윤성의 새집에는 한 번도 간 적이 없었다. 예전 서희와 살던 아파트도 손에 꼽을 만큼 가 봤다. 서희는 친정 식구들이 자기 집에 드나드는 것을 별로 좋아하지 않았다.

"그럼 형부, 저는 이만 가 볼게요."

대문 앞에 차를 세우고 짐을 내린 후 서우가 이따 엄마 집에서 보자고 인사를 하는데 윤성이 붙잡았다. 잠깐 들어왔다 가라는 말에 서우가 손사래를 쳤다.

"네? 아뇨. 괜찮아요."

제가 있으면 씻는 것도 불편할 텐데 그냥 가겠다고 사양했지만 윤성은 요지부동이었다.

"샤워야 2층에서 할 텐데 뭐. 불편할 거 없어."

"아니, 그래도……."

"여기까지 왔는데 들어와서 커피라도 한잔 마시고 가."

"……."

"불편한 게 처제가 아니라면 말이야."

거절할 수 없게 만드는 말이었다. 대부분 일이 그런 식으로 흘러가듯 결국 서우는 윤성의 뜻대로 그를 따라 집 안으로 들어갔다. 현관을 지나 웬만한 중형차 한 대쯤은 너끈히 지나갈 수 있을 것 같은 복도를 통과하자 탁 트인 거실이 나왔다.

"거기 앉아."

윤성이 창가에 놓인 소파를 가리키며 말했다. 블라인드가 걷힌 통유리창으로 햇빛이 넉넉하게 들어오고 있었다. 반대쪽엔 널찍한 조리대가 달린 주방이 있었는데 쪽문이 있어 뒤편의 정원과 바로 연결이 되는 듯했다.

"냉장고에 마실 거 있으니까 뭐든 꺼내 마시고 있어. 금방 내려올게."

그렇게 말하고 윤성은 계단을 돌아 2층으로 올라갔다. 서우는 그대로 꼼짝 않고 소파에 앉아 있었다. 목이 마르긴 했지만 그냥 참기로 했다. 윤성이 허락하긴 했어도 남의 집 냉장고를 마음대로 여는 건 내키지 않았다.

냉장고만이 아니었다. 1층은 접대용으로 쓴다는데, 모르긴 몰라도 손님이 많이 오는 편은 아닌 것 같았다. 모든 것이 먼지 하나, 손때 하나 없이 깨끗한 데다 조금의 흐트러짐도 없이 정돈되어 있어 움직이는 자체가 부담스러웠다.

'진짜 모델 하우스 같잖아.'

이 정도 규모의 살림을 가뜩이나 바쁜 윤성이 직접 하지는 않을 테고, 분명 도와주는 사람이 있을 것이다. 그렇다고 해도 너무 깔끔했다. 태경의 집도 정리 정돈으로 치면 이곳만 못하지 않았지만 아무리 리모델링을 했어도 평범한 평수의 낡은 아파트와 건축가가 자재 하나까지도 고심해 지은 고급 단독 주택은 보기에 차이가 있었다.

'굉장히 꼼꼼한 도우미분이신가 보네.'

아무리 여행을 마치고 막 돌아온 길이라지만 전혀 생활감이 느껴지지 않는다. 시선을 아래로 내리자 슬리퍼를 신은 서우의 발밑으로 흠집 하나 없이 반짝이는 원목 마루가 보였다. 마루의 표면은 서우의 얼굴이 비칠 정도로 광이 났다.

"그 사람이 어떤 사람인지 아무도 몰라."

문득 서우의 머릿속에 아주 오래전에 서희가 했던 말이 떠올랐다.

"아무도 몰라. 가족도 몰라. 물론 나도 모르지. 알고 싶지도 않고."

명절이라 다들 모였는데 윤성만 일이 있어 빠진 날이었다. 그때 서희는 차례를 지낸 아침나절부터 밤까지 내내 술을 마셔 상당히 취한 상태였다. 그리고 실언처럼 그런 말을 흘렸다. 그 전까지 서희는 단 한 번도 자신의 결혼 생활에 대해 그런 식으로 말한 적이 없었다.

"사는 게 다 그렇지 뭐. 서로 속속들이 알고 사는 부부가 얼마나 있어. 평생을 살 맞대고 살아도 모르는 게 사람 속이야."

영혜의 대꾸에 서희는 비웃듯 제 모친을 보았다. 그러곤 옆에 있던 서우에게로 시선을 돌렸다. 빤히 꿰뚫는 듯한 그 눈빛은 취한 사람의 그것이 아니었다.

"너희 부부는 어때?"

"……어?"

서희가 의미심장한 미소를 띠며 술잔을 들어 올렸다.

"서로 사랑해서 결혼했다는 너랑 네 남편은 서로에 대해 얼마나 잘 아냐고."

서희와 서우는 그렇게나 다른 것치고 나름 원만한 관계를 유지했다. 많이들 싸운다는 두 살 차 자매지만 사춘기 때도 심각한 다툼이라곤 한 번도 없었다. 대체로 서희가 서우에게 유했고 서우 역시 무조건적으로 언니를 따랐기 때문이었다.

하지만 어느 순간부터 서희는 서우에게 적의라고밖에 설명할 수 없는 감정을 비치기 시작했다. 그 경계를 서우는 정확히 알고 있었다.

대학교 2학년, 살던 집에서 쫓겨나 거리를 전전해야 할 정도로 가세가 바닥을 친 시점이었다. 한순간에 바뀌어 버린 삶에 서희는 서우보다 더 적응을 하지 못했다.

풍족하진 않아도 부족함은 없이 살았다. 누구 앞에서도 고개 숙여 본 적 없었다. 당시 연예계 데뷔를 준비하고 있던 서희는 좌절감에 모든 것을 놓아 버렸다.

그렇게 자존심 강하던 서희가 갑작스러운 집안의 몰락과 그로 인한 꿈의 상실에 충격을 받은 것도 이해할 수 있었다. 그 원망의 화살이 하필 같은 피해자라 할 수 있는 서우에게로 향한 건 슬픈 일이지만 가장 가깝고, 만만한 상대가 필요했을 거라 나름대로 짐작했다. 하지만.

"사랑으로 한 결혼과 이해관계가 맞아떨어져서 한 결혼 중 어느 게 더 오래 갈까."

서우가 질끈 눈을 감고 고개를 한 번 세게 털었다. 금방 내려온다던 윤성은 한참이나 돌아오지 않았다. 휴대폰을 들고 힐끔 위층의 눈치를 살핀 서우가 복도 구석으로 가 태경에게 전화를 걸었다. 태경은 신호음이 울리자마자 금방 전화를 받았다.

―김서우.

기다렸다는 기색이 역력한 그 조급한 음성을 듣자 서우는 가슴이 조여드는 것 같았다.

"선배."

―…….

"미안해요, 선배. 아까 전화 못 받아서."

―어디야?

"어, 그게 엄마가 급하게 불러서 잠깐 나왔는데. 많이 기다렸어요?"

―기다린 게 아니라 놀랐지. 집에 왔는데 없어져서.

태경이 툴툴거렸다.

―전화 한 통 주고 갈 시간도 없었어?

"죄송해요……."

―됐고, 언제 오는데?

"어, 그게 정확하게는 잘 모르겠어요. 엄마가 시키신 심부름 끝나면…….."

대답하며 무심코 고개를 들던 서우가 멈칫했다.

"그거 내 얘기야?"

윤성이 계단을 내려오고 있었다. 목소리가 제일 먼저 들렸고, 그다음 슬리퍼를 신지 않은 맨발이 보였다.

"그 심부름이란 거."

─……옆에 누구 있어? 사람 목소리 들리는 것 같은데.

수화기 너머로 날카로워진 태경의 음성이 들렸지만 서우는 아무 말도 하지 못했다. 윤성은 서우에게서 한순간도 시선을 떼지 않은 채 천천히 계단을 내려오고 있었다. 남색 면바지를 입은 긴 다리를 따라 올라가자 아무것도 걸치지 않은 상반신이 보였다.

"……어, 형부 있어요."

대답하며 서우가 시선을 떨어트렸다. 윤성은 그런 서우를 보며 비웃음 비슷한 것을 띠더니 태연하게 주방으로 걸어가며 손에 들고 있던 니트 티를 몸에 걸쳤다.

─……형부라고?

"커피 마실래?"

휴대폰 안과 밖에서 동시에 두 남자가 서우에게 질문을 던졌다.

"네, 잠깐 형부 만났어요. 선배, 이따가 내가 다시 전화할게요."

태경이 뭐라 말하는 것 같았지만 서우는 그대로 전화를 끊었다. 윤성은 커피 머신에 캡슐 하나를 넣고 서우를 보지도 않고 물었다.

"라떼 괜찮지? 처제는 단 거 좋아하잖아."

여전히 물기가 가시지 않은 머리카락이 윤성의 이마 위로 부드럽게 흘러내렸다. 평소 왁스를 발라 뒤로 깔끔하게 넘긴 것과는 대조되는 모습이다.

"아니, 전 괜찮아요. 형부 드세요."

그리고 일부러 과장된 동작으로 시계를 확인하는 척했다.

"엄마 아빠가 기다리겠어요. 민재도 배고플 텐데……."

그러니 대충 마시고 얼른 가자는 뜻이었지만 윤성은 모르는 척 어깨만 으쓱하더니 다 뽑은 커피를 머신에서 꺼내고 캡슐 하나를 더 넣었다.

"마셔."

조리대를 돌아 나온 윤성이 서우에게 잔을 내밀었다. 서우가 그 손에 들린 커피를 한 번 쳐다봤다가 그를 다시 올려봤다.

"형부 드세요. 저는 괜찮아요."

"어머님은 신경 쓰지 마. 내가 전화드렸어. 조금 늦는다고."

"……."

"마셔."

조금 더 제 쪽으로 잔을 내밀며 윤성이 짧게 말했다. 목소리에 심이 박힌 듯 단단했다. 당황한 서우가 눈을 깜박였다. 분명 강압이 실린 말투였는데 올려다본 얼굴이 웃고 있어 혼란스러웠다.

"……잘 마실게요."

서우가 잔을 받아 들자 그제야 윤성이 흡족한 듯 활짝 웃었다.

"맛있네요."

다시 소파에 앉은 서우가 커피를 한 모금 삼키며 말했다. 습관적인 인사치레였다. 아까부터 왠지 모를 묘한 분위기에 커피 맛 같은 건 느껴지지도 않았다.

"아까는 누구야? 친구?"

윤성이 제 몫의 커피를 들고 와 서우의 오른쪽에 있는 소파에 앉으며 물었다.

"아⋯⋯."

선뜻 대답이 나오지 않았다. 남자 친구라고 말 못 할 건 없지만 윤성이 알게 되면 온 가족이 알게 되는 건 시간문제였다.

"그냥 선배요."

"선배라면, 회사?"

"네."

엄밀히 따지면 입사는 서우가 먼저 했다. 학교 선배라고 해야 맞겠지만 그런 세세한 것까지 윤성이 알 필요는 없었다.

"혹시 예전에 주차장에서 본 사람인가?"

"네?"

주차장? 하고 고개를 갸웃거리던 서우가 이내 아, 소리를 냈다. 크리스마스 얼마 전, 아파트 주차장에서 윤성과 태경이 잠시 만났던 적이 있었다.

"그런 적이 있었네요, 참."

완전히 잊고 있었던 듯한 서우의 말투에 윤성이 웃는 것도 뭣도 아닌 묘한 표정을 지었다.

"처제는 그게 장점이지."

"뭐가요?"

"잘 잊는 거."

"저 놀리시는 거죠."

그게 무슨 장점이냐고 서우가 눈을 찡그리며 웃었다. 윤성은 따라 웃지 않고 고개를 저었다.

"아무리 해도 그게 안 되는 사람한테는 큰 장점이지."

"지금 그거 형부 머리 좋다는 거 돌려 말하시는 거예요?"

서우가 농담처럼 되묻자 윤성이 그제야 웃었다.

"아니, 잘 잊는다는 건 너그럽다는 뜻이기도 하니까."

"단순하다는 뜻 같은데."

서우가 중얼거렸다. 건축가의 시선인가. 남들이 보기엔 쓸모없는 자투리 공간도 유용하게 활용하는 그들이라면 사람을 볼 때도 그럴지도 모른다.

"그런 것도 장점으로 봐 주는 게 형부의 장점이죠."

윤성이 고개를 갸웃했다.

"내 장점?"

"어떻게든 남의 좋은 점을 찾아내시잖아요."

윤성이 짧게 음, 하고 긍정도 부정도 아닌 소리를 냈다. 그러고는 이어 물었다.

"그래서?"

"네?"

"그때 그 사람 맞아?"

방금 전화를 묻는 것이다. 대충 넘어간 줄 알았는데 끝내 대답을 들을 모양이다. 이런 집요함은 평소 윤성답지 않았다.

"……다른 사람이에요."

대답은 했지만 윤성이 믿지 않을 것 같다는 생각이 들었다. 그렇다고 한들 그가 뭘 어떻게 할 수는 없지만 찔리는 건 어쩔 수 없어 서우는 잔을 들어 입가에 대며 시선을 피했다.

"다른 사람이라."

"……"

"그래서?"

"네?"

"그 선배랑 사귀는 거야?"

서우가 저도 모르게 고개를 번쩍 들었다. 머릿속으로 빠르게 좀 전 태경과의 대화를 되돌려 봤지만 어디서도 연인임을 눈치챌 만한 흔적은 없었다. 반사적으로 고개를 저으면서도 가슴이 쿵쿵 뛰었다.

아직까진 아무에게도 들키고 싶지 않다. 특히 영혜에게는. 언젠가 그런 날이 오더라도 조금만 더 누구의 시선도 간섭도 없이 조용히 서로만 생각하고 싶다.

"아니에요."

초조함이 목 끝까지 차올랐다.

"그냥 친한 선배예요."

"그래? 안타깝네. 연애라도 하면 축하라도 해 주려고 했는데."

"저보단 형부가 먼저죠."

서우가 안간힘을 다해 웃었다.

"찬물도 위아래가 있는데."

그렇게 말하고 서우가 다 마신 컵을 들고 자리에서 일어났다. 주방으로 가는 서우의 뒷모습을 보는 윤성이 무언가를 생각하듯 손가락을 들어 느릿하게 아랫입술을 문질렀다. 속을 알 수 없는 검은 눈동자가 차갑게 빛났다. 싸늘하게 굳은 표정도 비슷했지만 서우가 돌아서는 순간 언제 그랬냐는 듯 다시 평온한 상태로 돌아왔다.

* * *

얼핏 선잠이 들었다가 깼을 땐 막 동이 틀 무렵이었다. 창의 커튼을 걷고 다시 침대로 돌아온 태경은 잠든 서우를 꼭 안은 채 새해가 밝아 오는 것을 보았다. 답지 않게 조금 가슴이 벅찼다.

침대에서 일어난 태경은 여전히 세상모르고 자고 있는 서우의 몸 위로 이불을 꼭꼭 덮어 주고 열려 있던 창의 커튼을 꼼꼼히 친 다음, 주차장으로 내려가 차를 몰고 시장으로 향했다.

난생처음 발을 들인 수산 시장에서 신선한 굴과 해산물을 잔뜩 샀다. 물 좋은 자연산 돔 한 마리를 골라 회도 떴다. 장보기를 마치고 집으로 가는 동안에도 서우에게선 아무런 연락이 없었다. 어제 늦게 잤으니 아마 아직 일어나지 않은 것 같았다.

돌아온 주차장에서 서우의 차가 보이지 않을 때부터 예감이 좋지 않았다. 분명 주차해 둔 자리를 기억하고 있었기 때문에 차가 빠졌음을 금방 알 수 있었다. 아니나 다를까 집에 가 보니 서우가 없었다. 태경을 맞이한 건 사정이 있어 잠깐 나갔다 오겠다고, 나중에 연락하겠다는 쪽지뿐이었다.

보자마자 전화를 걸었다. 받지 않았다. 더 생각할 것도 없이 서우의 집으로 갔다. 차가 없는 걸 보고 예상은 했지만 막상 빈집을 마주하자 짜증과 함께 조바심이 확 올라왔다.

'무슨 사정인데 전화도 못 받아.'

하릴없이 애꿎은 벨만 몇 번 누르다 다시 엘리베이터를 타고 내려왔다. 받을 때까지 전화를 걸 작정으로 휴대폰을 꺼내는데 1층 로비 우체통 앞을 어슬렁거리는 낯선 남자를 발견했다.

그러려니 하고 지나치지 않은 건 남자가 유심히 들여다보고 있던 우체통이 서우의 집인 1801호여서였다.

"거기 뭐 하시는 겁니까?"

노년에 접어든 남자는 막 자른 듯한 짧은 머리에 깨끗하긴 했지만 다 낡아 빠져 보온이 하나도 안 될 것 같은 점퍼를 입고 있었다. 태경이 성큼성큼 그쪽으로 걸음을 옮기며 남자를 똑바로 쳐다봤다. 표정을 읽을 수 없이 그을리고 주름진 얼굴에 탁한 갈색 눈동자가 튕기듯 이리저리 움직였다.

"누구신데 남의 집 우체통을 뒤져요?"

"남의 집 아닌데."

"허."

태경이 기막힌 웃음을 터트렸다. 이런 질문을 하는 사람이라면 그 집에 사는 사람을 알 가능성이 있다는 정도는 염두에 두고 거짓말을 해도 해야 하지 않나.

"거기 내 집인데요."

"……."

"나 아세요?"

여자 혼자 사는 집이라고 알릴 필요는 없을 터였다. 태경의 말에 남자는 당황한 듯 그럴 리가 없는데, 하고 중얼거렸다. 그러더니 허리를 굽혀 태경을 자세히 보려는 듯 눈을 가늘게 떴다.

"여긴 내 딸 집인데, 김서우라고."

그 말을 듣고 태경은 태어나 처음으로 머리가 텅 비는 것 같았다. 순간적으로 아무 반응도 못 했다. 굳어 버린 태경을 보고 뭔가 수상쩍다 여겼는지 남자가 경계심이 가득한 눈초리로 슬슬 뒷걸음질을 치기 시작했다.

"아, 어르신. 죄송합니다."

퍼뜩 정신을 차린 태경이 깊게 고개를 숙였다. 한겨울인데도 등줄기에 땀이 흐르는 것 같았다. 김서우의 아버지라니. 잘 보이는 것까진 바라지 않아도 첫 만남을 이렇게 살벌하게 할 필요는 없었을 텐데.

"제가 실수를 했습니다. 보고 계신 게 저희 집 우체통인 줄 알고."

"흠."

"죄송합니다. 실례했습니다."

태경은 숙인 고개를 들지 않았다. 이미 틀렸다 싶긴 했지만 김서우의 아버지에게 이런 식으로 깊은 인상을 남기고 싶진 않았다.

"불쾌하게 해 드려 죄송합니다."

"뭐, 착각할 수도 있지⋯⋯."

태경이 진지한 태도로 거듭 용서를 빌자 되레 그쪽에서 겸연쩍어했다. 하도 세상이 흉흉하니 그럴 수도 있다며 관대하게 고개를 끄덕인 남자, 아니, 서우의 아버지는 그대로 휘적휘적 밖으로 나가 버렸다.

그 뒷모습을 보던 태경이 작게 중얼거렸다.

"닮았네."

비록 시비조로 말을 붙였지만 그나마 욕은 안 해서 다행이었다. 하필 기분이 바닥이라 하마터면 돌이킬 수 없는 실수를 할 뻔했다. 아버지가 새해 벽두부터 딸도 없는 빈집에 들른 이유는 모르겠지만 서우가 급하게 나간 걸 보면 집에 무슨 일이 있는지도 몰랐다. 그 생각을 하니 아까처럼 마구잡이로 전화를 걸 수가 없었다.

다행히 태경이 답답해서 속이 터지기 전 서우가 전화를 걸어왔다. 통화 같지도 않은 짧은 통화를 마친 태경이 굳은 표정으로 깍지 낀 손을 무릎 위에 올리고 생각에 잠겨 있는데 금세 다시 벨이 울렸다. 서우인가 싶어 얼른 보니 상현이었다.

"너 마침 전화 잘했다."

다짜고짜 하는 말에 상현은 약간 당황한 듯했다.

ㅡ어, 그래. 새해 복 많이 받아라.

"됐고, 너 처제 있지?"

친구의 덕담을 중간에 뚝 잘라 버린 태경이 대뜸 물었다.

"혜원 선배 여동생 하나 있다고 들었는데."

ㅡ어, 맞아. 있어.

"너 처제한테 선물 같은 거 한 적 있어?"

영문을 몰라 어리둥절한 와중에도 상현은 태경의 질문에 성실히 답하려 애쓰는 것 같았다.

ㅡ당연히 있지.

"뭐 사 줬는데?"

ㅡ어?

"뭐 뭐 사 줬냐고."

왜 그런 걸 묻느냐고 상현이 물었지만 태경은 대답부터 하라고 다그쳤다. 상현이 더듬거리며 기억을 되살려 자질구레한 목록들을 읊기 시작했다.

ㅡ음, 고 3 때 스트레스로 피부 나빠졌다고 화장품 사 준 적도 있고, 대학 입학했을 땐 가방 사 줬다. 용돈이나 문화 상품권 같은 것도 종종 줬고, 또, 음, 뭐, 빵이나 초콜릿 같은 먹을 것도 다 얘기해?

수년을 그 언니와 연애한 만큼 소소한 것부터 제법 돈 좀 썼다 싶은 것까지 골고루였다. 그래도 태경이 염두에 두고 있던 품목은 안 나왔다.

"액세서리 같은 건 없어?"

─액세서리? 아, 휴대폰 케이스 사 준 적 있는데.

"아니, 그런 거 말고, 진짜 보석. 금목걸이나 팔찌나 뭐 그런……."

─보석? 아니, 그런 적은 없는데.

생각도 해 본 적 없는 눈치였다.

─내가 그런 거 주면 좀 이상하잖아.

부인에게 줄 금붙이도 없다고 상현이 우스개처럼 덧붙였다.

"그런가……."

길게 끄는 태경의 말투에서 뭘 읽었는지 상현이 약간 빨라진 음성으로 변명하듯 말했다.

─아니, 뭐 처제한테 보석 선물할 수도 있지. 그게 이상하다는 게 아니라 나는 그렇다는 거지. 왜, 남매끼리도 그렇잖아? 매년 생일 꼬박꼬박 서로 선물 챙기는 그런 남매도 있고 대충 말 한마디로 퉁치고 지나가는 그런 남매도 있고.

그렇다고 후자의 남매가 서로 애정이 부족하다는 뜻은 아니지 않냐고 상현이 말했다.

─물론, 나도 우리 처제 많이 좋아해. 귀엽고 착하고 이제 진짜 한 가족이니까 친동생 같고. 그런데 그게 좀 그래. 마냥 편한 존재만은 아니거든, 처가 식구라는 게. 어떨 땐 남보다 어렵기도 하고.

처가 식구도, 친동생도 없는 태경이지만 그 모호한 거리감은 이해가 될 것 같았다. 하지만 동시에 그래서 더 그 서우의 형부라는 사람이 이해가 되지 않았다.

―근데 갑자기 그런 건 왜 물어?

태경은 대답하지 않았다.

―김서우 때문이야? 김서우는 여동생 없지 않아?

태경은 그만 피식 웃어 버리고 말았다. 상현은 은근 예리한 듯하면서도 정작 핵심은 비껴갈 때가 많다. 아마 그의 상식적인 면 때문이겠지만.

"왜 김서우 때문이라고 생각하는데?"

―뻔하지 뭐. 무슨 일인데 그래?

"별일 아냐."

태경이 얼버무렸다. 상현도 그가 더 입을 열지 않을 걸 알았는지 잠시 조용히 있다 실은, 하고 말을 꺼냈다.

―너 한번 보자고 연락했어.

"그래, 봐."

그게 뭐 대수냐는 듯 태경이 무성의하게 대꾸했다. 적당한 날 잡아 연락하라고 대화를 마무리하려는데 상현이 낮게 덧붙였다.

―너한테 할 말이 있어서. 우리 와이프도 같이.

"혜원 선배도?"

대화를 하고 있는 시점에서 굳이 따로 자리를 잡아 할 얘기란 그저 시시콜콜한 신변잡기를 늘어놓자는 건 아닐 것이다. 하지만 지금 태경에겐 그 용건이 별로 중요하게 여겨지지 않았다.

내일 괜찮겠냐는 말에 그러자고, 장소는 너와 혜원 선배가 편한

쪽으로 정하라고 전화를 끊은 태경은 인터넷에 접속해 검색창에 도윤성 이름 석 자를 쳤다. 이미 몇 주 전 보았던 것과 다를 바 없는 검색 결과가 액정 가득 늘어섰다.

그가 대표로 있다는 건축 사무소는 꽤 규모가 있는 회사였다. 허울만 좋은 게 아니라 제법 내실도 있었다. 대표인 도윤성 본인의 이력부터가 화려했고 건축 관련 상도 많이 탔다. 그쪽 계통에선 꽤 유명한지 인터뷰 기사도 제법 떴다.

처음 봤을 때 느껴진 이미지대로 도윤성은 실패와는 거리가 먼 사람이었다. 젊고 잘생기고 전도유망한, 그늘이라곤 전혀 보이지 않는 사람이었다.

'좋지 않은데.'

휴대폰 화면을 까맣게 암전시키며 태경이 눈을 감았다. 불필요한 질투가 얼마나 사람을 질리게 하고 어떻게 관계를 망치는지 안다. 애초에 형부다. 가족이고, 새해에 함께 있다 해서 이상할 것 없는 사람이다. 그러니 이런 감정은 무쓸모할 뿐만 아니라 해롭기까지 하다.

'그래, 형부잖아. 주위 남자 모두를 다 의심할 작정이야?'

그럼에도 전혀 설득이 되지 않았다. 아무래도 자신은 상현처럼 상식적인 인간은 못 되는 모양이었다.

서우는 오후가 다 지나서야 연락이 왔다. 부모님 집이라고, 이제 나간다는 말에 태경이 곧장 자신의 집으로 오라고 했다. 태경의 심기가 불편한 걸 알아챘는지 서우는 순순히 알겠다고, 잠깐 집에 들러서

옷만 갈아입고 가겠다고 했다.

[옷은 왜 갈아입어. 그냥 와.]
[안 돼요. 땀나서. 음식 냄새도 나고. 금방 갈게요.]

하루 종일 증기 뿜는 주전자처럼 씩씩대고 있었지만 곧 얼굴을 볼 생각을 하니 좀 마음이 풀리는 것 같았다. 태경이 벌떡 자리에서 일어나 아파트 아래로 내려갔다. 1초도 더 기다리기 싫었다. 가뜩이나 없던 인내심이 다 닳은 지 오래였다.

그렇게 내려간 공동 현관 앞에서, 태경은 윤성과 함께 나오는 서우와 딱 마주쳤다.

"어, 선배?"

태경을 발견한 서우가 놀란 듯 눈을 크게 떴다. 그것조차 마음에 들지 않았다. 그 놀란 얼굴엔 반가움도 분명 섞여 있었지만 이내 옆에 있는 윤성을 의식하고 표정 관리를 하는 걸 보자 마음이 한층 더 싸늘하게 가라앉았다.

"김서우 씨."

태경이 입을 열었다. 의도했던 것보다 더 딱딱한 목소리가 나왔다. 가족 앞에서 그들이 어떻게 말하고 행동할지 미리 얘기한 적은 없었다. 하지만 별도의 합의는 필요하지 않았다. 회사에서와 마찬가지로, 아무 사적인 관계도 없는 그저 선후배인 것처럼.

"또 뵙네요, 서태경 씨."

윤성이 먼저 나서 태경에게 악수를 청했다. 태경은 아무렇지도 않게 그 손을 잡았다. 빈말이라도 반갑다는 말은 나오지 않았다. 그저 단 한 번 스치듯이 본 사람이 오랜 친구처럼 저를 알아보고, 이름을 부르고 반기듯 악수를 건네는 게 아주 자연스러운 일인 듯 건조하고 차가운 손을 잡고 흔들었다.

"도윤성 씨."

"새해 복 많이 받으세요."

"감사합니다."

중간에 서 있던 서우가 윤성과 태경을 번갈아 보았다. 약간 당혹스럽기도 하고 의아하기도 한 눈빛이었다. 두 사람이 서로의 이름을 기억하는 것도, 친근하게 악수를 나누는 것도 잘 납득이 가지 않는 듯했다.

태경도 그랬지만 저 도윤성이란 사람 역시 사교적인 타입은 아닐 것이다. 타인에게 불필요한 관심 따위 한 줌이라도 흘리고 다닐 사람이 아니었다.

"우리 처제 직장 선배라고 하셨던 것 같은데."

윤성이 물었다. 정말 헷갈려서 묻는 게 아닌 단순한 확인이었다.

"맞습니다."

"같은 팀이신가요?"

"아뇨."

"아, 그럼 태경 씨는."

"개발팀에서 근무합니다."

고개를 끄덕인 윤성이 코트 안주머니에서 지갑을 꺼내 명함을 한 장 빼 들었다. 태경은 그것을 받아 들고 흘깃 눈길을 주었다. 볼 필요도 없이 익히 잘 알고 있는 건축 사무소의 이름 아래 대표 도윤성이라는 이름이 깔끔하게 적혀 있었다.

"저도 드려야 예의인데 지금 가진 게 없네요."

"괜찮습니다. 그보다."

윤성이 너그러운 웃음을 지었다. 은근히 웃음이 헤픈 자였다. 확실히 그의 고객들이라면 단박에 신뢰와 호감을 동시에 가질 법한 미소였다.

"우리 처제 잘 부탁드립니다."

태경도 따라 하듯 슬쩍 입꼬리를 올렸다.

"그건 제가 할 말인데요."

"네?"

"오히려 제가 서우 씨한테 잘 부탁한다고 해야 할 처지라고요."

태연히 대답했지만 불쾌했다. 우리 처제, 우리 처제 하면서 서우와 자신을 한데 묶어 말하는 투가 영 거슬렸다. 선을 그어 태경을 선 밖으로 몰아내려는 듯한 태도도 싫고, 제가 뭐나 되는 양 서우를 '부탁'한다는 그 말도 싫었다.

"도윤성 씨한테도 마찬가지고."

하긴, 윤성의 입장에서 보면 외부인이 맞다. 저들은 어쨌든 가족이니까. 그리고 가족은 가족일 뿐, 다른 무엇이 될 가능성은 없다. 그 생각이 태경으로 하여금 그나마 미소를 잃지 않게 했다.

윤성이 눈썹을 까딱하며 한쪽으로 슬쩍 고개를 기울였다.

"저한테도요?"

"예."

"서태경 씨가 저한테 잘 보여야 할 이유가 뭘까요."

"혹시 압니까. 조만간 제가 집을 지을 일이 있을지도."

태경이 대답하자 윤성은 빤한 시선으로 태경을 쳐다보았다. 잠시 기묘한 침묵이 세 사람을 감쌌다. 뭔지 모를 불안한 눈으로 둘을 보던 서우는 얼른 흩어지는 게 낫겠다는 판단을 했는지 윤성을 향해 조심스럽게 말을 붙였다.

"형부, 그만 가 보셔야죠."

"그래."

대답만 할 뿐, 태경을 향한 시선을 떼지 않고 있던 윤성이 갑자기 뭔가 생각난 사람처럼 아, 소리를 내더니 꾸며 낸 게 분명한 난처한 얼굴로 눈을 찡그렸다.

"아, 근데 내가 처제 집에 차 키를 두고 온 것 같은데."

순간 태경의 관자놀이가 움찔했다.

"집에요?"

"응. 주머니에 있는 줄 알았는데 없네."

"제가 갖고 올게요."

서우가 몸을 돌리자 윤성이 그 옆으로 따라붙었다.

"나도 같이 갈게. 어디 뒀는지 처제 혼자 못 찾을 수도 있으니까."

태경은 그 자리에 서서 한마디 말도 못 하고 둘이 다시 같이 집으로 올라가는 것을 멀거니 보고만 있었다. 서우가 슬쩍 뒤를 돌아보며 잠깐만 기다리라는 듯 눈짓을 했지만 전혀, 아무런 위로가 되지 않았다.

가족이니까, 가족끼리 집 좀 드나드는 게 무슨 문제가 되나.

그러니까 이 불쾌감은 오로지 태경의 몫이다. 이 불합리한, 터질 듯한 질투심도 화도 태경이 감당해야 한다. 괜히 서우에게 내색해서 관계를 망칠 빌미를 줄 필요 없다.

저와 형부를 두고 태경이 이런 감정을 느끼는 걸 알면 서우는 틀림없이 불쾌해할 것이다. 상현만큼, 아니, 그보다 더 상식적인 김서우는 자신과 제 형부를 두고 사리에도 맞지 않는 독점욕과 시기심을 불태우는 태경을 절대 이해하지 못할 것이다.

'적당히 해.'

마음속에서 경고가 메아리쳤다. 태경이 주문처럼 '적당히'란 말을 곱씹었다. 차 키를 두고 온 것 같다는 말을 할 때 윤성이 주머니를 뒤지는 척도 하지 않았다거나 저를 보며 비웃는 듯한 눈빛을 띤 것 같다는 생각은 더 하지 않으려 애썼다.

"아, 씨발……."

얼마나 그렇게 서 있었는지 모르겠다. 몇 분 지나지 않았을 테지만 태경에겐 한없이 길게만 느껴지는 시간이었다. 공동 현관 문이 열리고 윤성이 나타났다. 이번엔 혼자였다.

"어, 아직도 여기 있었어요?"

태경은 대꾸하지 않았다. 윤성이 천연덕스럽게 주머니에서 차 키를 꺼내 보였다.

"이게 코트 안주머니에 있었더라고요."

태경은 눈도 깜빡이지 않고 그 손바닥을 보다가 시선을 올려 윤성을 마주 봤다. 한결같이 재수 없고 가식적인 얼굴로 윤성이 친근한 척 질문을 던졌다.

"서태경 씨도 여기, 사택 거주신가요?"

"예."

"사택에 사는 직원분들이 많은가 봐요?"

"그렇지는 않습니다."

사택에는 기한이 있다. 또 사택이 이 아파트에만 있는 것도 아니라 자녀가 자라면 학군이 좋은 곳으로 옮기는 경우가 많았다. 게다가 수도권 내에 본인과 배우자 소유의 집이 없어야 한다는 게 입주 조건이기 때문에 연차가 늘수록 사택 희망자는 줄었다.

"이래서 복지 좋은 회사에 다녀야 하나 봐요. 그나마 다행이죠. 이런 혜택이 있다는 게. 특히 우리 처제 같은 사람한테는 더요."

"……김서우 씨 같은 사람이 어떤 사람인데요?"

윤성은 못 들은 척 제 할 말만 했다.

"우리 처제가 똑똑하긴 한데 집중력이 부족해서 금방 딴 데 정신을 잘 팔아요. 착하기만 해서 자기한테 득이 될지 해가 될지 계산도 못 하고 아무것에나 휘둘리고."

어이가 없었다.

"그래서 노력에 비해 막상 결과는 좋지 않은 경우가 많은데."

윤성이 안타깝다는 표정으로 말을 끊었다.

"이번에도 또 그러면 안 되잖아요."

"……."

"정규직 안 되면 자칫 우리 처제 직장은 물론 집까지 다 잃을 텐데."

윤성이 의미심장하게 눈매를 좁히며 낮은 목소리를 냈다.

"그럼 큰일이잖아요?"

태경은 걱정하는 척도 하지 않는 그 얼굴을 물끄러미 바라보았다. 그는 평소 직감을 신봉하는 타입은 아니었다. 이번 역시 감이 아니었다.

윤성은 아주 명백하고도 확실하게 태경을 도발하고 있었다. 마치 제 영역을 침범한 맹수에게 하듯 그렇게 시퍼런 적의를 드러내며.

'이거 완전 개새끼잖아.'

그 말을 입 밖으로 내지 않은 건 순간 서우의 얼굴이 떠올랐기 때문이다. 그 얼굴이 실낱같이 남아 있던 이성을 간신히 붙들어 주었기 때문이다.

"쓰레기네요. 도윤성 씨."

순간 윤성의 눈이 번쩍 빛났다. 그에 담긴 감정은 불쾌감이나 당황 같은 게 아니었다.

"그게 걱정하는 사람 태도입니까?"

즐거움이었다.

"그나마 가족이라고 대우해 줄 때 작작하세요."

"서태경 씨야말로 작작하세요."

윤성이 턱을 살짝 위로 젖히며 눈을 내리떴다.

"버젓이 직장 생활 하는 사람 목에 그런 걸 남기면 어떡합니까?"

"……."

"보는 사람 기분 더럽게."

엇비슷하게 장신인 두 남자의 시선이 첨예하게 부딪쳤다. 누구 하나 피할 기색이 없었다. 태경이 한쪽 눈썹을 치켜올리며 차가운 미소를 지었다.

"그거참 잘됐네요. 앞으로 기분 더러워질 일 많을 것 같은데, 불편할 일 없게 처제분을 아주 안 보시는 걸 권해 드립니다."

윤성의 미간이 일순 좁아졌다. 불쾌를 넘어 혐오스러움까지 비쳤던 얼굴이 한순간 무표정해졌다. 속을 알 수 없는 어두운 눈동자가 태경을 지나 허공을 더듬듯 한 번 구르고는 다시 제자리로 돌아왔다.

"그거참 안타깝네요. 나와 처제는 누구와 달리 아무리 기분이 더러워도 볼 수밖에 없거든요."

"……."

"그게 가족이란 거라."

* * *

"도윤성 씨, 어떤 사람이야?"

불쑥 던진 물음에 서우가 멈칫했다. 손에 들고 있던 찻잔을 내려놓고 말끄러미 뜬 눈으로 태경을 보았다. 형부요? 하고 반문한 서우의 얼굴에 찰나 스친 표정은 약간 뜬금없다고 생각하는 것 같기도 하고 조금 긴장한 것 같기도 했다.

"그, 형부가 어떤 사람인지 특별히 생각해 본 적은 없는데."

"꽤 사이가 좋아 보이던데."

"그런가요?"

"도윤성 씨가 가족을 많이 아끼는 것 같더라고."

그 말에 서우가 아, 하고 가벼운 웃음을 흘렸다.

"굳이 따지자면 엄마랑 친한 편이죠. 저랑은 그냥 보통 형부 처제 사이 정도예요."

"그냥 보통 형부 처제 사이에 공항에 일부러 마중까지 나가고 그래?"

"그건 엄마가 시키셔서요."

형부도 아마 원하지 않았을 거라는 말에 태경이 눈을 굴리며 입술을 비틀었다.

"진짜 원하지 않았으면 오지 말라고 했겠지."

서우는 대답하지 않고 눈만 깜박였다. 이 대화에 담긴 의도를 읽으려는 눈치였다.

"오늘 같은 일이 자주 있어?"

"오늘 같은 일이요?"

"도윤성 씨가 집에 자주 드나드냐고."

태경은 최대한 날카롭게 들리지 않도록, 둥글둥글하게 모서리를 다듬은 단어 하나하나를 신중하게 발음했다.

적당히 해야 된다. 질투는 어디까지나 귀여운 수준일 때나 봐주는 거지 질릴 정도가 되면 안 된다. 서우가 겁에 질린 눈으로 저를 보는 건 더는 사양이었다. 서우에게 도윤성은 어디까지나 자신과 같은 상처를 가진 형부일 터였다.

"자주 안 드나들어요."

거짓말 같진 않았다.

"거의 온 적 없는데, 오늘은 저 도와주느라 잠깐 올라갔던 거고……."

"도와줘?"

"엄마가 뭘 좀 많이 싸 주셔서요……."

뭔지는 말하고 싶지 않은지 서우가 말끝을 흐렸다. 태경 역시 그게 그리 궁금하지 않았다.

"선배님은요?"

"어?"

"오늘 뭐 하셨어요? 장 보고 와서 집에 계속 있었어요?"

"아, 응."

"운동은 안 갔어요?"

태경이 고개만 끄덕였다. 운동 생각은 나지도 않았다. 그저 서우가 일어나면 아침으로 제철 굴을 넣은 떡국을 끓여 주고 싶었다. 예정대로라면 서우의 위 속에 들어갔을 그 굴은 지금도 포장된 상태 그대로 냉장고 어딘가에 박혀 있을 것이다.

"그럼 이따 저녁에 같이 운동 갈까요?"

공부보다 운동을 더 하기 싫어하는 사람 입에서 나온 소리답지 않았다. 태경의 얼굴에 절로 어쩐 일이냐는 표정이 떠올랐다.

"저도 새해부턴 운동 좀 하려고요."

눈이 마주치자 서우가 빙그레 웃었다. 태경이 평소보다 가라앉아 있는 걸 알아채고 그걸 풀어 주려고 하는 게 뻔히 보인다.

"그래?"

"네."

"그럼 저녁에 말고 지금 당장은 어때?"

당장이요? 어디서요? 하는 말이 끝나기도 전에 태경이 서우를 밀어붙였다. 소파 위로 넘어간 몸 위에 제 몸을 겹쳤다. 그것도 모자라 한 손으로 서우의 턱 전체를 움켜쥐고 꼼짝도 할 수 없게 만든 후 입을 맞췄다. 입술을 빨고 혀를 삼키며 제 온몸으로 서우의 몸을 밀어 댔다.

"응, 지금 당장. 여기서."

"서, 선배님…… 아, 선배, 잠깐……."

서우가 뭐라 하는 것 같았지만 들리지 않았다. 금세 서우의 숨이 가빠지는 게 느껴졌다. 김서우는 키스할 때 코로 숨을 쉴 줄도 몰랐다. 벌써 수도 없이 입을 맞췄는데 여전히 천 년이고 만 년이고 숨을 쉬지 않아도 괜찮을 것처럼 태경을 받아 내다 이내 숨이 닳아 헐떡대곤 했다.

바들바들 떨던 서우가 몸 아래 깔린 팔을 빼 달라는 듯 꿈틀거렸다. 슬쩍 몸을 풀어 주자 양팔을 간신히 뻗어 태경의 목에 감았다.

소파에 파묻히다시피 한 상체를 들어 태경에게 매달리듯 안겼다.

"하아, 하아."

입술을 비틀어 떼어 내자마자 서우의 입에서 가쁜 숨이 터져 나왔다. 태경은 곧장 고개를 내려 길게 흘러내린 머리칼을 비집고 하얗게 드러난 목덜미를 빨아 대기 시작했다. 여린 살을 입술 사이에 머금고 우물거리듯 씹었다. 지난 흔적 위를 덧칠하듯 혀로 쓸었다.

키스가 멈춘 찰나 이제 끝인가 싶어 잠깐 안도한 기색을 띠던 서우가 금세 제 착각을 깨닫고 도로 어깨를 세우고 몸을 긴장시켰다.

"선배님, 지금, 왜, 갑자기⋯⋯."

"운동하자며."

"저, 제가 말한 건⋯⋯ 이런, 게 아니고⋯⋯."

"그래서, 싫어?"

쇄골 부근을 한참이나 지분거리던 태경이 눈만 들어 서우를 올려다보았다. 시선이 마주치자 가뜩이나 발갛게 달아올라 있던 서우의 얼굴이 아주 터질 듯했다. 눈을 마주하지도, 그렇다고 피하지도 못하고 빠르게 깜빡이자 조금 젖어 있던 속눈썹이 무겁게 오르내렸다.

"아니, 싫은 건 아니고⋯⋯."

"그럼 좋아?"

서우가 보일 듯 말듯 고개만 끄덕였다. 물기 어린 눈망울이 흥분되면서도 불만스러웠다. 아주 온통 축축하게 흥건하게 온 얼굴을 적시고 싶었다.

"말로 해야지."

"……아, 네."

"나도 좋아."

입술을 붙인 채로 태경이 속삭였다. 마지막 숨을 내뱉는 것처럼 절실한 떨림이 느껴졌다. 그대로 번쩍 서우의 몸을 안아 들자 서우가 반사적으로 태경의 허리에 제 다리를 감았다. 자신에게 착 붙어 오는 따뜻한 몸을 안정적으로 받친 태경이 성큼성큼 침실로 걸어 들어갔다.

"그래서 적당히가 안 돼……."

"네? 뭐라고 하셨……."

제대로 알아듣지 못한 서우가 되물었지만 태경은 더 말할 기회를 주지 않았다. 숨길조차 틀어막을 듯 거칠게 서우의 입술을 삼키는 태경의 머릿속에 떠오른 것은 날 선 경계를 드러내던 윤성의 눈빛과 말투였다. 아예 결혼을 한 적 없는 사람처럼 사망한 아내의 흔적조차 찾을 수 없던 윤성의 프로필과 인터뷰 내용이었다.

* * *

다음 날, 태경은 퇴근 후 상현과 혜원을 만났다. 상현에게서 '어디서 볼까' 하는 메시지가 오기 전까지 태경은 오늘 그와 약속을 했다는 것도 까맣게 잊고 있었다.

서우와 저녁으로 뭘 먹을까 고민하고 있던 태경은 짧게 혀를 찬

다음, 서우에게 먼저 퇴근하라고 이르고 상현에게 전화를 걸었다. 다행히 상현의 집 근처에 믿을 만한 장어요릿집이 있었다.

먼저 도착한 태경이 안쪽 방에 자리를 잡고 앉았다. 거리는 상현 쪽이 더 가까웠지만 운전을 하는 혜원이 퇴근 후 상현을 태우고 오느라 조금 늦는다고 했다. 주문을 하고 서우에게 메시지로 현재 상황을 보고하고 있는데 상현과 혜원이 도착했다.

"태경이 오랜만이다."

혜원이 코트를 벗어 벽에 있는 옷걸이에 걸고 태경의 맞은편에 허물없이 털썩 주저앉으며 말했다. 반가움이 역력한 얼굴이었다. 작년에 결혼한 뒤 집들이 뭐다 몇 번 보긴 했는데 해가 바뀌어서 그런지 태경도 정말 오랜만인 것 같은 기분이 들었다.

"근데 웬 장어니? 너 요즘 기운 딸려?"

혜원이 메뉴판을 훑으며 농담처럼 건네는 말을 태경 역시 아무렇지 않게 받아쳤다.

"내가 아니라 상현이가 좀 그런 것 같아서요."

"뭐, 나? 아닌데? 난 자신 있어. 당당해."

상현이 손가락으로 자신을 가리키며 거세게 부정을 했다. 그 표정과 말투가 어찌나 절박하게 진정성을 주장하는지 혜원과 태경 모두 픽 웃고 말았다.

"이런 덴 법인 카드 없이 오면 안 되는데."

"내가 살 테니까 많이 먹어요."

"우리가 불렀는데 네가 왜 사."

태경이 서우에게 메시지를 보내느라 잠깐 입을 다문 사이, 때맞춰 잘 손질된 장어가 들어왔다. 상현이 장어를 굽는 동안 혜원은 남편의 입에 삶은 풋콩을 까 넣어 주었다.

앞자리의 신혼부부가 금슬을 과시하건 말건 휴대폰 액정만 들여다보고 있던 태경이 문득 빙그레 웃었다. 혜원과 상현의 시선이 동시에 그에게로 꽂혔다.

"쟤가 저렇게도 웃네."

"내 말이 맞지?"

"네 말 무슨 말?"

보지도 않고 태경이 건조하기 이를 데 없는 목소리로 끼어들었다. 아니라고 고개를 젓는 상현 대신 혜원이 대답했다.

"뭐겠어, 네 여자 친구 얘기지."

"아."

"서태경 장가간다는 소문이 파다하더니."

"그래요?"

"김서우가 그렇게 좋아?"

느슨하게 풀어져 있던 태경의 눈초리가 팽팽하게 당겨졌다. 기습이었다. 혜원이 아무렇지도 않게 서우의 이름을 꺼내는 순간 태경은 저도 모르게 그 옆에 있는 상현을 쳐다봤다.

"괜히 선량한 내 남편한테 레이저 쏘지 말고."

혜원이 손을 저어 태경의 시선을 제게로 도로 가져왔다.

"부부 사이에 비밀이 어디 있어? 게다가 여자 친구 있다고 동네방네

다 떠들고 다닌 건 너잖아."

"동네방네 떠든 적은 없고요. 설령 떠들었다고 해도 내가 이름을 말한 사람은 선배 남편 외에 한 명밖에 없거든요."

태경이 침착하게 오류를 지적했다.

"그리고 부부 사이에 비밀이 없는 줄은 미처 몰랐네요. 내친김에 정말인지 한번 시험해 보고 싶은 충동이 들긴 하는데."

태경이 말끝을 흐리며 날카롭게 눈을 굴리자 상현이 약간 불안한 눈빛으로 그를 보았다.

"내가 물어봤어. 그것도 아주 집요하게. 네 친구는 너희의 우정을 위해 할 만큼 했다는 사실만 말해 둘게."

이상현, 나 못 이기는 거 알지 않냐며 혜원이 남편을 감쌌다.

"소문은 무성한데 정체를 아는 사람이 아무도 없잖아. 아니, 너랑 나 사이에, 내가 네 여자 친구 이름도 모른다는 게 말이 되니?"

태경이 눈썹을 찌푸렸다. 말로 하지 않아도 나랑 선배 사이가 무슨 사이냐는 목소리가 들리는 표정이다. 역시 하루 이틀 그를 본 게 아닌 혜원은 아무렇지도 않게 그 불퉁한 시선을 넘겼다.

"처음엔 누군가 했는데 금방 기억이 나더라. 김서우라니, 좀 놀라긴 했어. 네가 왜 말을 안 했는지도 알 것 같긴 한데……."

"내가 말을 안 한 건 선배나 다른 사람들이 놀라는 게 걱정돼서가 아닌데요."

"뭐, 그거야…… 야, 근데 너 왜 그렇게 날을 세워?"

혜원이 눈을 흘기며 짐짓 겁먹은 척 어깨를 슬쩍 움츠렸다.

"나 아직 아무 말도 안 했어. 그냥 놀랐다고밖에."

태경이 쓴웃음을 지으며 슬쩍 눈을 내리깔았다. 예민하게 군 건 사실이지만 별로 사과하고 싶은 생각은 들지 않았다.

"뒷조사까지 했다는 거 알면 장어로 내 목 조르는 거 아냐?"

뒷조사? 태경이 다시금 와락 눈썹을 찌푸렸다.

"서태경, 다 좋은데 혜원 선배 내 와이프다."

상현이 끼어들어 경고처럼 하는 말에 태경이 누가 모르냐고 톡 쏘아붙였다.

"그래, 알면 됐어."

그 와중에도 상현은 잘 구워진 장어만 골라 얼른 먹으라며 혜원의 접시 위에 나르고 있었다. 태경이 한숨을 내쉬며 서로를 끔찍이 아끼는 사이좋은 부부를 빤히 쳐다보았다.

언제까지고 비밀로 할 일도 아니고 어차피 상현에게 알린 이상 혜원이 알게 되는 것도 시간문제였다. 다만 뒷조사 같은 건 얘기가 다르다.

"그게 무슨 소리예요? 뒷조사라니."

"말해도 화 안 낼 거야?"

"하든 안 하든 화낼 거예요. 어차피 말하려고 꺼낸 얘기잖아요."

"그럼 장어라도 맘 편하게 먹고 얘기하면 안 될까?"

반쯤은 장난조로 얘기하던 혜원이 이내 진지하게 어조를 바꿨다.

"뒷조사라고 했지만 사실 그렇게 거창한 얘긴 아냐. 아예 모르는 얘기도 아니고."

"……"

"김서우 그 애, 동아리 후배라 하기도 뭐하고 동문이라고 할 수도 없는데, 그래도 몇 년 전에 소식 들었을 땐 마음이 안 좋았어. 장례식 때 가 보고 싶기도 했는데 괜히 부담스러워할 것 같아서 안 가긴 했지만."

서우가 정재호와 싸우고 동아리를 나갔을 때 회장이 혜원이었다. 그때 좀 더 둘 사이를 제대로 중재하지 못하고 되레 가해자를 남기고 피해자를 내보낸 꼴이 된 것을 책임감 강한 혜원은 두고두고 아쉬워했었다.

"그렇게까지 생각할 건 없어요. 어차피 서우, 그다음 해에 자퇴했는데요."

"알아. 집안 사정이었지. 그래도 잘 알지는 못해도 안면 있는 사이였는데 그런 소식 들으니까 마음이 안 좋더라. 놀라기도 했고. 너무 젊었잖아."

박수영과 김서희의 교통사고 사망 사고는 당시 뉴스에도 보도됐다. 매일 아침, 혹은 저녁에 아나운서의 한마디로 짧게 지나가는 사고 소식은 너무도 흔해서 그게 실제 하루에도 몇 건이나 일어나고 있는 현실이라는 실감도 희박하게 했다.

혜원은 사고가 있고 며칠 뒤 지금은 뭐였는지 잘 기억도 안 나는 모임에서 그 뉴스에 실린 사망자들이 몇 년 전 잠깐 같이 동아리 활동을 했던 김서우의 남편이자 언니임을 알았다.

"정말 놀랐어. 결혼한 줄도 몰랐는데."

불행은 늘 그 반대보다 더 빠르고 멀리까지 퍼지게 마련이었다.

"그 김서희 씨 본인도 그렇지만 뭣보다 남편이 보통 집안 사람도 아니고, 업계에서 꽤 유명한 사람이라 더 이런저런 말들이 많았지."

"이런저런 말들이요?"

"그 왜, 흔히 말하는 찌라시 같은 거 있잖아."

태경은 그때 외국에 있어서 그런 것까진 알지 못했다.

"뭐였는데요?"

혜원이 약간 주저하는 빛을 보였다.

"그게, 그렇잖아? 아무래도 사고 시간이 늦은 새벽이었고, 처형과 제부 사이인 두 사람이 그 시간까지 단둘이 있었다니까."

"……."

"말 만들어 내기 좋아하는 사람들, 너도 알잖아. 별별 소문이 다 돌았어. 아마 김서희 씨가 알 만한 사람들은 다 아는 SNS 유명인이라 더 그랬을 거야. 연예인 준비했었다는 소리도 있던데. 잘나가는 기업가 남편을 깎아내리고 싶은 사람들도 있었을 테고."

"말 그대로 헛소문이네요."

태경의 얼굴엔 별 동요가 나타나지 않았다. 들을 가치도 없는 얘기다. 태경이 아는 박수영은 절대, 그것도 다른 사람도 아닌 처형과 부적절한 일을 만들 사람이 아니었다.

"박수영 씨 내 사수였어요."

"……."

"그럴 사람 아니에요."

"그야, 그렇겠지만……."

혜원이 말끝을 흐리며 의구심을 표했다. 왠지 그 주저에 근거가 담긴 것 같아 태경이 혜원을 똑바로 응시했다. 혜원이 크게 한숨을 내쉬었다. 아마 여기부터가 그 뒷조사에 해당되는 부분인 것 같았다.

"너 우리 동아리에 고유영 선배 알지? 나보다 두 기수 위, 법학과 선배."

태경이 고개만 끄덕했다.

"그 선배가 법원 앞에서 법무사 사무실 하고 있거든."

"알아요."

"며칠 전에 잠깐 만나서 얘기 좀 하다가 김서우 얘기가 나왔는데, 예전에 그 선배 사무실에 서우가 찾아왔었대."

"……."

"그, 사고 나기 바로 얼마 전에."

물론 서우가 고유영을 알고 찾아온 것은 아니었다. 우연이었고, 하도 불안해하는 김서우의 긴장을 풀어 주기 위해 대화를 나누던 중, 서로 한때나마 같은 대학에 몸담고 있었다는 걸 알게 되었지만.

"거길 왜 찾아왔대요?"

묻는 순간 태경은 차가운 무언가가 등줄기를 훑고 지나가는 듯했다. 혜원이 입술을 한 번 축이고는 빠르게 말을 뱉었다.

"이혼 상담을 했었대."

단 한 번 상담으로 끝났고 소송으로 이어지진 않았지만 그런 사례가 셀 수도 없이 많았기에 고유영은 곧 잊어버렸다고 했다. 얼마 뒤

박수영의 사고 소식을 들을 때까진.

"사유는 뭐였는데요."

혜원이 고개를 저었다. 들을 수 없었다는 뜻이다. 태경은 한참 동안 말이 없었다. 무슨 생각을 하는지 표정도 없었다. 혜원이 침울한 얼굴로 말을 이었다.

"오늘 너 만나자고 할 때까지 고민 많이 했어. 이제 와서 이런 게 무슨 의미가 있는 얘기인지 모르겠지만 어쨌든 그래도 내가 아는 걸 네가 모르면 안 될 것 같아서."

태경이 대답 없이 잔을 들고 비웠다. 거의 무의식중에 한 행동이었다. 상현이 안절부절못하는 얼굴로 술병을 들어 다시 태경의 잔을 채웠다.

고등학교 때부터 내내 붙어 살다시피 한 태경과 상현이었다. 이제는 표정만 봐도, 음성만 들어도 서로의 속내가 뻔히 보인다고 생각했다. 태경은 그런 상현조차 처음 보는, 무슨 생각을 하는지 짐작조차 할 수 없는 얼굴을 하고 있었다.

그래도 불가피한 일이었다. 자신들이 알고 있는 걸 태경이 모르는 게 말이 안 된다는 혜원의 의견에는 상현도 전적으로 동의했다.

자리가 파한 시간은 10시쯤이었다. 오랜만에 만났는데 집에 가서 술 한잔 더 하자고 상현이 제안했지만 태경이 고개를 저었다. 상현도 혜원도 더 권하지는 않았다.

"그래, 그럼 조심해서 들어가고."

"네, 선배. 다음에 봐요. 조심해서 들어가라."

상현과 혜원을 먼저 보내고 태경은 대리 기사를 기다리며 혼자 도로가에 서 있었다. 평일이라 그런지 상가는 인적이 드문 편이었다. 태경이 주머니에서 담배를 꺼내 물었다. 건조하고 냉랭한 바람이 그를 훑고 담배 연기를 날려 보냈다.

담배를 들지 않은 손에 습관처럼 휴대폰을 쥐었지만 그뿐이었다. 하염없이 허공을 배회하던 태경의 시선에 건너편 교회의 크리스마스 장식이 들어왔다. 철 지난 오색 전구의 불빛들은 어딘가 초라하고 애잔해 보였다.

대리 기사가 운전하는 차를 타고 집으로 돌아왔다. 주차를 하고 대리비를 지불한 뒤 기사를 보낸 태경은 잠시 303동 앞에 서서 그 위를 올려다보다 휴대폰을 꺼냈다.

도착했다고 서우에게 전화를 걸까 하다가 도로 주머니에 집어넣고 대신 담배를 꺼냈다. 불도 붙이지 않은 담배를 입술 사이에 물고 느린 걸음으로 흡연 구역으로 향하는데 정적을 깨고 휴대폰이 울렸다.

서우였다. 태경이 왼손으로 물고 있던 담배를 빼고 오른손으로 전화를 받았다.

―선배님.

"응."

짧게 저를 부르는 목소리가 어딘가 들떠 있는 것 같다. 태경이 반사적으로 고개를 기울여 휴대폰에 더 바짝 귀를 가져다 댔다.

―지금 어디세요?

"이제 집에 들어가려고."

—아…….

"……."

—저는 어딘지 안 물어보세요?

확실히 들뜬 게 맞았다. 태경의 입술이 늘어지며 한숨 같은 웃음이 새어 나왔다.

"어딘데?"

—뒤돌아보세요.

수화기 안에서 멋쩍은 듯한 웃음소리가 났다. 귀가 간질거리고 가슴이 뜨끔거렸다. 좋은데, 조금 아픈 것 같기도 한 느낌이다. 동시에 휴대폰 밖에서도 같은 소리가 울렸다.

태경이 고개를 돌렸다. 저만치 가로등 아래 서우가 휴대폰을 귀에 댄 채 서 있었다. 완전히 돌아선 태경이 말없이 담배를 버리고 그대로 양팔을 쫙 펼쳤다.

서우는 쑥스러운 듯 조금 머뭇거렸지만 태경이 계속 그 자세로 꼼짝도 하지 않자 결국 팔 사이로 걸어 들어와 태경의 어깨에 이마를 댔다.

"일찍 왔네요."

태경이 서우의 등을 꼭 끌어안으며 응, 하고 대답했다.

"늦을 줄 알았는데. 술 많이 안 마셨어요?"

"응."

"많이 마신 것 같은데."

서우가 고개를 들고 태경의 얼굴을 살폈다. 사실 적게 마셨다곤 할 수 없었다. 앉아 있던 시간과 사람 수에 비해 빈 술병이 많았다. 그럴 수밖에 없었다. 서우가 킁킁대며 태경의 턱이며 목덜미 이곳저곳의 냄새를 맡았다.

"왜 그렇게 많이 마셨어요?"

"기분이 좋아서."

"오랜만에 친구들 봐서요?"

서우에겐 그냥 친구 몇을 만난다고만 했다. 태경이 고개를 끄덕이자 서우가 약간 미안하기도 하고 곤란하기도 한 눈으로 그를 올려다보았다.

"선배님."

"응."

"혹시, 그, 친구들이 뭐라고 하지 않아요?"

"뭐라고."

"어, 그러니까, 뭐 여자 친구 생겼다고 친구들 등한시한다며 의리 없다 그러거나……."

태경이 손등으로 서우의 볼을 쓸어내리다 그대로 귓불을 만지작거리며 희미하게 웃었다.

"내 인간관계 걱정해 주는 거야?"

"……걱정은 아니고……."

"넌 그런 걱정 안 해도 돼."

서우가 뭔가 할 말이 있는 듯 우물쭈물했다. 태경이 한 번 더 괜찮다고 말하려는데 서우가 진지한 투로 입을 열었다.

"나중에……."

그러더니 잠시 곰곰이 생각을 더 한 다음 덧붙여 말한다.

"좀 더 있다가, 저 시험 다 끝나면요. 그때 선배 친구들 만나도 돼요?"

"어?"

"선배 친구들, 뭐 이상현 선배나 그런 분들……."

태경이 물끄러미 서우를 내려다봤다. 제 표정이 어땠는지 모르겠지만 눈이 마주치자 서우가 슬며시 얼굴을 붉히며 시선을 돌렸다. 와락 서우를 끌어안은 태경이 귓가에 얼굴을 비볐다.

속수무책으로 머릿속이 뜨거워지고 가슴이 뭉클해졌다. 제 무게에 휘청거리는 몸이 오늘따라 더 작고 애틋해서 왠지 눈시울이 뜨거워졌다.

"그리고 있잖아요, 선배."

"……응."

"배 팀장님이요."

"……."

"병가 끝나고 팀으로 복귀 안 하신대요."

울산 지사로 전근 신청을 했더라고 속삭이는 목소리가 조금 떨리고 있었다. 그거였나. 들뜬 까닭이. 태경은 그저 아아, 소리만 냈다. 그러고 보니 그 인간이 벌써 복귀할 시기가 됐다.

입원한 배 팀장의 병실을 찾아가 그동안 그가 거래처로부터 사적으로 접대받은 내역들을 들이밀며 사규에 따른 처분이냐, 지사 이동이냐를 놓고 선택을 종용할 때가 어제 일 같은데.

"잘됐네. 울산이 여기보단 공기도 좋을 텐데 말년을 거기서 보내는 것도 좋겠지."

"네?"

"근데 왜 하필 상현이야?"

"네?"

"왜 콕 집어 이상현 이름을 말하냐고."

급하게 튄 화제에 서우가 멍한 눈으로 태경을 쳐다보았다. 배 팀장 얘기를 길게 하고 싶지 않아서였는데 또 영 마음에도 없는 트집인 것도 아니었다.

"상현이 만나고 싶어?"

"네? 아뇨! 그런 게 아니고, 선배 친구들 중에 이름 아는 사람이 이상현 선배밖에……."

"이상현 결혼했다고 내가 얘기했나?"

서우의 입술이 슬쩍 벌어졌다. 그게 나랑 무슨 상관이냐는 표정이다.

"그러고 보니 나 군대 가고 나서 둘이 같이 동아리 활동도 했겠네."

"……."

"같이 술 마시고 어울려서 MT도 가고."

"그러게……."

서우가 드물게 새침한 눈으로 태경을 힐끔 일별했다.

"그러게 누가 그렇게 빨리 군대 가래요."

"뭐?"

얼빠진 음성으로 되묻는 태경의 얼굴을 본 서우가 픽 웃음을 터트렸다. 이내 하하 소리 내어 웃자 천진한 웃음소리가 종소리처럼 퍼져 나갔다. 태경은 웃고 있는 서우를 끌어안고 제 얼굴을 감췄다.

그러게, 내가 그때 왜 그랬을까. 한없이 가벼운 중얼거림과 달리, 질끈 감긴 눈꺼풀 속 눈동자가 서글픈 빛을 냈다.

* * *

1월 마지막 주, 서우는 정규직 전환 1차 필기시험을 치렀고 합격을 했다.

[그럴 줄 알았어.]

퇴근 무렵, 담담하게 메시지로 합격 소식을 알리는 서우에게 태경역시 담담한 척 답장을 보냈다. 눈앞에 있는 그의 컴퓨터 화면엔 이미 합격자 공고가 떠 있었다. 공고가 올라오기로 예정된 시간 훨씬전부터 계속해서 새로 고침을 눌러 댄 결과였다.

[선배한테 크게 한턱내야 되는데.]
[뭐 드시고 싶은 거 있으세요?]

"당연히 있지."

태경이 작게 혼잣말하는 사이 서우가 제가 저녁을 사겠다는 메시지를 보냈다. 태경이 빠르게 손가락을 놀려 미리 준비한 답장을 보냈다.

[됐고, 마치고 우리 집으로 가.]

마침 금요일이었다. 공부 때문에 몇 주를 독수공방한 태경은 오늘만 기다렸다. 어차피 합격할 건 알고 있었고 축하 파티로 이어지는 건 당연한 수순이었다. 2차 면접은 거의 형식에 불과했기 때문에 좀 일찍 샴페인을 터트린다 한들 아무 상관 없었다.

"서 과장, 오늘 별일 없으면 퇴근하고 한잔……."

"안 됩니다."

주말이라 술 생각이 났는지 김현태가 슬그머니 말을 붙였지만 채 끝나기도 전에 단호하게 거절당했다.

"다음에 하죠. 오늘은 일이 있어서."

"무슨 일이 그렇게 많아? 요즘 서 과장 매번 그러더라."

그러면서 이거 이거 영 수상한데, 하고 의미심장하게 눈을 굴렸다. 옆에 있던 이민기도 거들었다.

"정말 서 과장님 요즘 만날 칼퇴하시고, 집에 무슨 꿀단지라도 숨겨 두셨어요?"

꿀단지라. 태경이 웃는 듯 마는 듯 미묘한 표정으로 입술을 달싹이며 민기의 말을 되풀이했다. 뜬금없지만 제법 마음에 드는 단어였다.

"저 봐, 저 웃는 거. 뭐가 있긴 있다니까."

"먼저 가 보겠습니다."

의혹에 찬 표정을 짓고 있는 동료들을 향해 의례적인 미소를 보인 태경이 곧바로 사무실을 나왔다. 엘리베이터를 타고 지하 주차장으로 내려가는데 7층에서 문이 열리더니 총무팀과 영업팀 직원들이 우르르 들어섰다.

가볍게 묵례를 하며 뒤로 물러서던 태경의 눈에 작고 하얀 얼굴이 잡혔다. 이미 저를 보고 있었는지 눈이 마주치자 슬그머니 갈색 눈동자를 아래로 돌린다. 그러면서 흐트러진 머리칼을 매만지는 손길이 분주했다.

"김서우 씨 진짜 집에 갈 거예요?"

누군가가 서우에게 말을 걸었다. 태경의 시선이 그에게로 향했다. 총무1팀의 남자 직원이었다.

"이런 좋은 날에 합격주 한잔해야지."

"죄송한데, 오늘은 정말 중요한 일이 있어서요."

"그러니까 그 중요한 일이 뭔데요."

태경이 자연스럽게 끼어들었다.

"김서우 씨, 뭐 좋은 일 있나 봐요."

"네? 아, 그게 그러니까……."

"서 과장님 모르시죠? 오늘 계약직 필기 합격 발표 난 거."

옆에 있던 누군가가 친절하게도 부연 설명을 해 주었다.

"김서우 씨가 붙었거든요."

"아, 그래요? 그거 정말 잘됐네요."

웃고 있는 태경과 서우의 눈이 마주쳤다.

"축하해요, 김서우 씨."

"네, 감사합니다."

"오늘 같은 날은 집에서 가족들하고 파티라도 해야겠어요."

"네, 어, 저도 그러려고요……."

작게 대답한 서우가 습관처럼 어깨를 움츠리며 고개를 숙이고 둘둘 두르고 있던 목도리에 아래턱과 입술을 파묻었다. 그러는 사이 엘리베이터가 1층에 도착했다.

내리는 서우에게 태경이 주말 잘 보내세요, 하고 인사하자 서우는 눈도 마주치지 않고 뭐라 중얼거리며 고개를 숙였다. 아마 과장님도 잘 보내세요, 비슷한 말인 것 같았다.

저래서야 티를 내지 말자던 게 누군지 모르겠다. 집에 도착한 태경이 먼저 공기 청정기에 전원을 넣고 난방 온도를 조절한 뒤 욕실로 들어갔다. 서우는 집에 잠깐 들렀다 온다고 했다.

간단히 샤워를 하고 나와 저녁을 먼저 주문해 놓는 편이 좋을 것 같아 서우에게 뭘 먹겠느냐는 메시지를 보냈다. 예상대로 선배님 드시고 싶은 거 시키시라는 답이 돌아와서 그렇게 했다.

요리엔 재주도 없고 취미도 없는 태경이라 집에 있을 땐 거의 시켜 먹거나 사다 먹곤 했다. 쓰레기가 생기고 기름이나 연기로 인해 주방이 지저분해지는 자체를 기피하다 보니 지난번 굴떡국 같은 건 정말 특별한 이벤트에 속했다. 서우가 자신이 요리를 하겠다 했지만 그건 더 싫었다. 제집에서까지 일을 시키고 싶지 않았다.

"요리는 좋아하고 잘하는 프로들한테 맡기고 그 시간에 우리는 건설적인 일을 하는 게 낫지."

"건설적인 일? 그게 뭔데요?"

서우가 막 도착한 초밥의 포장을 벗기며 물었다.

"뭐, 간단하게 예를 들면."

태경이 테이블 위에 접시와 수저를 내려놓던 손을 멈추고 서우의 입술에 입을 맞췄다. 짧게 쪽 맞닿았다 떨어지는 와중에도 성적인 의도가 다분했다.

"이런 거?"

서우의 얼굴이 빨개졌다. 얼른 시선을 피하며 테이블 위를 둘러보다 물을 가져와야겠다며 허둥지둥 몸을 일으켰다. 태경이 재빨리 그 허리를 붙잡았다.

"양심이 있으면 도망가면 안 되지."

"아……."

"공부 핑계로 사람을 몇 주씩이나 독수공방시켜 놓고."

허리가 붙들려 끌려오는 와중에도 서우는 억울하다는 표정이었다. 독수공방이라니. 그사이에도 할 건 다 하지 않았냐, 하는 항의가 느껴졌다.

"선배님, 일단 밥부터 먹고……."

"응."

"아니, 말만 하지 마시고요."

서우가 얼굴 위로 쉴 새 없이 쏟아지는 입맞춤을 애써 피하며 갑자기 불이 붙은 태경을 어떻게든 진정시켜 보려 했다.

"시간 많잖아요, 오늘."

"시간이 많아?"

태경이 고개를 갸웃했다. 눈썹 아래까지 흘러내린 머리카락이 살짝 흔들렸다. 간신히 고개를 뒤로 빼낸 서우와 태경의 눈이 마주쳤다.

"……나는 별로 없는 것 같은데."

"……."

"나는 지금도 일분일초가 아까워 죽을 것 같은데."

그 말이 신호라도 된 것처럼 누가 먼저랄 것도 없이 둘의 입술이 엉겨 붙었다. 밤은 이제부터 시작이지만 입술이 닿기도 전부터 태경은 초조함에 애가 탔다.

"하아……."

긴 날숨과 함께 떨어진 태경의 입술이 곧 서우의 이마 위에 내려앉았다. 눈꺼풀에도, 콧잔등에도, 인중에도 뜨거운 숨결이 봄비처럼 떨어져 내렸다. 목덜미를 따라 내려간 태경의 입술이 쇄골 가운데 움푹한 부분에 닿자 서우의 몸이 뒤로 스르르 넘어갔다. 긴 머리카락이 카펫 위에 해초처럼 펼쳐졌다.

태경이 두 팔로 제 몸을 지탱한 채 서우를 내려다보았다. 서우는 태경의 눈을 피하지 않고 똑바로 응시하고 있었다. 태경이 서우의 머리칼 한 줌을 쥐고 그 끝에 입을 맞출 때도 마찬가지였다.

"서우야."

태경이 서우의 이름을 불렀다. 대답을 듣지도 않고 두 번 세 번 연거푸 불렀다. 서우야, 김서우, 부를 때마다 서우의 긴 속눈썹이 응답하듯 파르르 떨렸다.

"……방으로 갈까요?"

그렇게 말한 것은 서우였다. 태경의 목울대가 크게 울렁였다. 서우가 그를 향해 두 팔을 뻗었다. 태경이 서우의 등을 안아 올리자 서우가 태경의 목을 끌어안았다. 그대로 한 몸처럼 침실로 걸어갔다.

발로 차 문을 열고 몸을 겹친 채로 태경이 새로 깔아 놓은 시트 위로 쓰러졌다. 서우의 등이 침대 위에 닿기도 전에 날 선 태경의 혀가 그 입 속을 침범하듯 밀고 들어갔다.

길을 잃은 것처럼 한참을 그 안에서 빠져나오지 않는 동안 손은 다급하게 서우의 티셔츠를 벗겨 냈다. 서우의 손이 더듬더듬 그의 셔츠를 끌어 내리자 널찍한 어깨와 두툼한 가슴팍이 드러났다. 태경은 미적거리는 서우의 손이 답답해 스스로 셔츠를 마저 벗어 던졌다.

불을 켜지 않아 방 안은 캄캄했지만 어둠에 눈이 익자 희끄무레하게 떠 있는 몸의 윤곽이 보였다. 그 희미한 빛이 현실 같지 않아 불안해졌다. 눈 감았다 뜨면 그대로 사라져 버릴 것 같았다.

가슴이 더럭 내려앉은 태경은 황급히 서우의 어깨를 감싸 안고 입술을 덮었다. 흐릿한 시각뿐 아니라 손과 코와 입술과 혀, 몸의 모든 부분을 다 동원해서 지금 저와 연결되어 있는 김서우가 꿈도 환상도 아님을 확인하려 몸부림쳤다. 온몸을 끊임없이 누르고 자극하고 만져서 서우가 내는 소리를 두 귀로 들으려 했다.

"서우야……."

마지막으로 허락을 구하는 것 같은 부름이 찐득하고 숨 막히게 뜨거운 어둠과 함께 서우의 눈꺼풀 위로 떨어졌다.

들끓었던 공기가 가라앉은 건 한참 전이었다. 좀 전의 그 팽팽하던 열기와 소음은 어디로 갔는지 적막한 어둠 속에서 빛나는 것이라곤 한 쌍의 반딧불이 같은 태경의 눈동자뿐이었다.

서우는 태경의 것보다 조금 아래에 있는 베개를 베고 아기처럼 고요히 잠들어 있었다. 두 사람이 겨우 기절에 가까운 잠이 든 시각은 거의 새벽이 다 되어서였다.

태경도 잠이 들긴 했다. 찰나에 불과한, 잠이라기보단 의식이 잠깐 끊어졌다 돌아온 수준이긴 했지만 그것만으로도 충분했다.

태경은 눈도 깜빡이지 않은 채 서우를 가만히 들여다보았다. 커튼까지 쳐서 제대로 보이는 것도 없을 텐데 태경은 전혀 어둠에 구애받지 않는다는 듯 시선을 떼지 않았다. 많이 피곤했는지 서우는 정말 죽은 사람처럼 꼼짝도 하지 않고 잤다. 한참을 지켜봤는데 조그마한 뒤척임도 없어 신기할 정도였다.

세상에 봐도 봐도 지겹지 않은 게 존재한다면 그중 하나가 서우의 자는 얼굴일 것이다. 안 그래도 입술이 도톰하고 턱이 짧은 동안인데 잠든 얼굴은 더욱 어린아이 같아서 태경에게 있는 줄도 몰랐던 보호 본능을 불러일으켰다. 마치 연약하고 무력한 작은 짐승의 새끼를 볼 때처럼 귀엽고 가슴이 아렸다.

이런 감정은 어디서 오는 걸까. 단순히 좋고 예쁘고를 넘어 아무 논리도 근거도 없이 그저 한없이 가엾고 애달픈 이런 마음은.

'김서우⋯⋯.'

저도 모르게 태경이 손을 움직여 서우의 얼굴 가까이로 가져갔다. 미지근한 숨결이 규칙적으로 태경의 손끝을 스쳤다 사라진다. 그대로 얼굴을 만지고 싶었지만 꾹 참은 태경이 베개 아래로 늘어진 서우의 머리카락을 살며시 움켜쥐었다. 매끄러운 머리카락의 감각과 함께 손바닥에서 쿵쿵 뛰는 맥박이 느껴졌다. 손바닥뿐만 아니라 머리도, 목구멍도, 배 속부터 발끝까지 모두 쿵쿵 뛰었다.

서우와 몸을 겹치면 겹칠수록 죽을 만큼 좋았다. 단순한 쾌감이 아닌 머릿속이 새하얗게 날아갈 만큼, 자기 자신이 누구인지조차 잊어버릴 정도로 사고를 정지시키고 사지를 마비시킨 일체감을 느꼈다. 경험이 없어도 확신할 수 있었다. 이런 감정은 서우가 아닌 누구도 줄 수 없을 거라고.

하지만 지금 태경이 느끼는 것은 그런 것만이 아니었다. 어릴 적, 혼자 방에서 낮잠을 자다 문득 깨어 저물어 가는 해를 볼 때면 느껴지곤 했던 알 수 없는 감정이 들었다. 그건 외로움 같기도 하고 불안 같기도 하고 두려움 같기도 했다.

태경이 꽉 쥐고 있던 손아귀에 살짝 힘을 풀었다. 부드럽고 가느다란 머리카락이 금세 사르르 손가락 사이로 떨어져 내렸다.

이렇게 또 놓쳐 버리면 어떡하지. 그러면 이제는 정말로 못 견딜 것 같은데.

바보 같은 생각이었다. 왜 이런 상황에, 이런 순간에 이런 생각이 드는지 모르겠다. 갑자기 아무것도 할 줄 모르는, 혼자 잠에서 깬 무지하고 무력한 어린애가 된 것 같았다. 동시에 근원적이고도 실제적인 두려움이 와락 몰려왔다.

태경이 성급하게 몸을 당겨 서우에게로 바짝 붙었다. 베개 아래 한쪽 팔을 집어넣어 서우의 머리를 제 품속에 안았다. 코끝에 달착지근한 향이 느껴지자 마음이 약간은 가라앉는 듯했다. 태경은 충동을 참지 못하고 살짝 혀를 내어 하얀 목덜미를 핥았다. 커피에 넣는 크림을 먹었을 때와 비슷한 맛이 났다.

"이혼 상담을 했었대."

태경이 아는 서우는 이혼 같은 건 할 사람이 아니라고 생각했다. 먼저 누군가의 손을 놓는 일은 생각조차 할 줄 모르는 바보라고 여겼다. 하긴 그러고 보면 뭐든 제대로 아는 게 없다. 태경은 서우를 잘 안다고 생각했는데 정작 중요한 건 하나도 몰랐다.

고등학교 때도 미술에 관심이 있는 줄도 몰랐고 대학교 때도 마찬가지였다. 미대라고만 들었을 뿐, 전공이 뭔지, 회화인지 조소인지 디자인인지 아무것도 몰랐다. 집안은 어쩌다 어려워진 건지, 그 때문에 대학을 그만두고 난 뒤 무슨 일을 하고 살았는지, 만약 그림을 그렸다면 이제 더 그리고 싶지 않은지.

어쩌다 그렇게 어린 나이에 결혼까지 하게 됐는지, 어째서 박수영과 이혼을 해야겠다고 마음을 먹은 건지, 김서희와는 진짜로 어떤 자매 사이였는지, 그렇게 힘들 때 누구 하나 기댈 사람은 있었는지.

비단 과거만도 아니었다. 지금도 마찬가지로 무슨 생각을 하는지, 어떤 불만이 있는지, 뭐가 좋고 싫은지 서우는 지나치게 제 속내를 터놓을 줄 몰랐다. 정말 알기 쉬운 애라고, 물처럼 투명한 애라고 생각했는데 시간이 갈수록 김서우처럼 어려운 사람이 없는 것 같았다.

"후."

저도 모르게 태경이 허공을 향해 한숨을 내쉬었다. 동시에 품속에서 서우가 꿈틀하는 게 느껴졌다.

"……."

다행히 서우는 깨지 않았다. 잠시 얼어 있던 태경은 속으로 안도의 숨을 내쉬며 등 뒤로 팔을 뻗어 늘어진 서우의 머리카락을 가만가만 쓸었다.

눈을 감기 했지만 잠들진 않았다. 잘 생각도 없었다. 잠든 서우를 맘껏 보고 안을 수 있는 시간을 의식 없이 보낼 생각은 추호도 없었다. 불편한 자세에 곧 팔이 저려 왔지만 영영 풀고 싶지 않았다. 영영 잠들고 싶지 않았다. 다른 꿈은 필요 없었다. 가능하다면 태경은 이대로 시간이 멈췄으면 했다.

* * *

잠이 깬 서우의 눈에 제일 먼저 들어온 것은 최근 자주 보아 익숙해진 커튼이 쳐진 창문이었다. 몽롱한 눈을 깜박이며 태경이 어디 갔는지 생각하는데 곧바로 등 뒤에 맞닿아 있는 체온이 느껴졌다.

최대한 기척을 내지 않고 고개를 돌리니 태경이 제 목덜미에 이마를 붙인 채 잠들어 있었다. 조용히 눈을 비빈 서우는 태경을 한 번 봤다가 창을 한 번 본 후 벽에 걸린 시계를 봤다가 다시 태경에게로 시선을 돌렸다.

"선……."

무심코 선배, 하고 부르려다가 입을 다물었다. 서우의 눈동자가 고요하게 눈을 감고 있는 태경의 얼굴을 훑었다.

늘 제가 먼저 잠들고 태경이 먼저 일어났기에 잠든 모습을 보는 건 처음이었다. 눈앞의 얼굴을 보며 새삼스레 서우는 태경이 얼마나 미남인가를 상기했다.

'어떻게 옆으로 누운 얼굴도 이렇지?'

서우가 손가락을 들어 태경의 얼굴 위로 흘러내린 머리카락을 슬쩍 치웠다. 요철 하나 없이 매끈한 이마는 깎아 놓은 조각 같았고 그 아래 짙고 반듯한 눈썹 역시 붓질한 것처럼 가지런했다. 길고 섬세한 속눈썹을 따라 깎아지른 것 같은 콧날과 도톰한 입술까지, 서우는 아주 오랜 시간을 들여 핥듯이 찬찬히 훑었다.

그리고 싶다.

문득 든 충동에 서우 스스로도 놀랐다. 그림을 그리고 싶다는 생각이 들다니. 10년 가까이 한 번도 들지 않았던 생각인데.

그리고 싶어.

처음 대학을 그만둘 때는 곧 돌아갈 수 있을 줄 알았다. 등록금을 빼서 부모님께 드릴 때 한 치의 망설임도 없었던 것은 그런 이유에서였다. 세상에서 자신을 제일 좋아하는 듯 보이던 박수영과 결혼을 할 때도 평생 그렇게 살 줄 알았다. 그래서 결혼을 했다.

그 결정은 오로지 서우 혼자 내린 것이었다. 참고가 될 만한 의견을 준 사람은 아무도 없었다. 숙모인지 삼촌인지 이제는 기억도 안나는 누군가가 안타까운 어조로 아직 결혼하기엔 어린 나이라는 말을 했을 때도 정작 서우는 그 말이 와닿지 않았다.

그땐 다 겪은 줄 알았고 다 본 줄 알았다. 어린 나이가 뭐 어떻다는 건지, 그 나이로 뭘 할 수 있다는 건지, 그게 인생에 어떤 가치가 있는지 서우는 알지 못했다. 서우가 몰랐던 건 너무도 많았고 그 때문인지 인생에서 서우의 생각대로 된 것은 하나도 없었다.

멀리서 어렴풋이 익숙한 벨 소리가 났다. 거실에 있는 제 휴대폰이 울리는 소리였다. 제일 처음 머릿속을 스친 것은 민재였다. 주말, 이 시간에 연락 올 데가 달리 없다. 서우가 빠르게 몸을 일으켰다. 최대한 소리가 나지 않게 조심하며 발끝을 세워 문을 열고 밖으로 나갔다.

달칵하고 문이 닫힘과 동시에 태경의 눈꺼풀이 스르르 올라갔다. 또렷한 눈빛엔 잠기운이라곤 없었다. 잠시 후, 서우가 다시 방으로 돌아오는 소리가 들렸다.

"선배."

마치 깨기를 바라지 않는 듯 작은 음성이었다. 하지만 태경은 곧바로 고개를 들고 서우의 부름에 답했다.

"응?"

"나 가 봐야 할 것 같아요."

반사적으로 확인한 시계의 시침은 8시를 지나고 있었다. 태경은 아무 말도 하지 않았지만 그 표정을 확인한 서우가 난처한 웃음을 지었다.

"금방 올 건데."

"왜, 갑자기, 무슨 일인데."

"잘 모르겠어요."

서우가 이맛살을 찌푸렸다.

"조금 있다 집에 온다고 해서."

"누가? 어머님이?"

"……네."

"그럼 가 봐야지. 기다려. 나도 같이 나가."

태경이 몸을 일으켰다. 순간 서우가 얼굴을 굳혔다.

"선배……."

"괜찮아. 같이 가."

"아니, 그게."

"공동 현관, 아니, 엘리베이터 앞까지만 갈게."

"아니, 그게 아니고 선배 지금."

그제야 태경이 멈춰 서서 의아한 눈으로 서우를 보았다.

"지금 나 뭐?"

서우가 말없이 눈을 굴리다 시선을 피하는 것으로 답을 대신했다. 그 궤적을 좇던 태경이 문득 제 몸 아래를 내려다봤다.

"아."

어제 잠자리에 들 때 옷을 하나도 걸치지 않았으니 자연히 일어날 때도 그 모습 그대로였다. 태경이 고개를 들었다. 저와 다르게 옷을 다 갖춰 입은 서우는 스스로의 예의 바름을 증명하듯 조용히 입을 다문 채 다른 곳을 보고 서서 얌전히 눈만 깜박이고 있었다.

"이런."

태경이 미간을 구기며 느리게 입을 열었다.

"소득도 없을 유혹을 했네, 내가."

"……."

"잠깐 기다려. 금방 씻고 나올게."

태경이 태연한 얼굴로 천천히 서우의 곁을 스쳐 욕실로 들어갔다. 아무 거리낌도 없는 당당한 태도에 서우만 더 어색해졌다. 평소보다 빠르게 샤워를 마치고 나온 태경이 아침 준비를 하려 했다. 서우는 시간이 없다고 오래 걸리지 않을 테니 갔다 와서 먹겠다고 했다.

"선배님은 먼저 드시고 계세요."

"누가 나 배고픈 것 때문에 이래?"

투덜투덜하면서도 태경은 겉옷을 걸쳐 입은 채 엘리베이터 앞까지 서우를 배웅 나왔다. 평소와 달리 가볍게 마른 상태 그대로 끝이 약간 삐쳐 있는 머리카락과 살짝 부은 눈을 보자 서우는 묘한 애정이 솟구쳤다. 어젯밤 내내 그랬듯 갈비뼈가 으스러지도록 꼭 끌어안고 머리를 쓰다듬고 볼을 마구 비비고 싶은 충동이 들었다.

"왜 그렇게 봐?"

"네? 아, 선배 머리가 조금……."

서우가 핑계를 대며 손을 뻗어 태경의 머리를 만졌다. 이상해? 하고 태경이 엘리베이터 문에 비친 제 모습을 확인하며 물었다.

"아니, 그런 건 아니고……."

귀엽다는 말을 하려다 말았다. 그 말을 하면 진짜로 앞으로는 귀엽게까지 보일 것 같아서였다. 잘생기고 멋있는 것만으로도 서태경은 충분하고도 넘쳤다.

"금방 올 테니까 뭐라도 드시고 계세요."

엘리베이터에 올라타며 서우가 말했다. 별일 아닐 것임을 예감하는 어조였다. 그도 그럴 것이 어서 오라고 하면서도 영혜의 말투는 별로 조급하지 않았다. 아마 종종 그랬듯 돈을 달라고 연락한 것일 거라 짐작했다.

"아니, 너 올 때까지 굶고 있을 거야."

"네?"

"그러니까 빨리 와."

손을 잡고 있지 않아도, 한 걸음 떨어져 서 있어도 실없는 대화를 주고받으며 웃는 두 사람 사이엔 어느새 한눈에도 숨길 수 없는 연인들만이 가지는 공기가 흘렀다. 엘리베이터에서 내려 빠른 걸음으로 공동 현관을 나서던 서우의 걸음이 우뚝 멈췄다.

"……"

토요일 오전이라 아파트 단지는 아직 조용했다. 마치 폐장 직전의 놀이공원처럼 간간이 지나가는 차 소리와 어느 방향에서 들리는지도 모를 만큼 먼 곳에서 울리는 의미 모를 소음만 간혹 들려왔다.

윤성 역시 그 정적의 일부처럼 조용히 서 있었다. 검은색 코트에 손을 넣은 채 장승처럼 서서 서우를 똑바로 보고 있었다. 언제부터 거기 있었는지 모르지만 왠지 한참이나 그러고 있었던 것 같은 기분이 드는 모습이었다.

"형부……?"

서우가 입술을 달싹였다. 너무 뜻밖이라 아무 생각이 들지 않았다. 윤성은 못 들은 척 대답을 하지 않았다. 그저 조용히 서우를 응시하는 눈동자는 그 속이 전혀 비치지 않아 불투명한 유리구슬 같았다.

그가 왜 지금 이곳에 있는지, 서우의 집 앞도 아닌 태경이 사는 집 현관 앞에 마치 저를 기다리듯 서 있는 이유가 무엇인지 서우는 전혀 짐작이 가지 않았다. 다만 그를 본 순간, 저를 기다리고 있다는 사람이 영혜가 아닌 윤성임을 알 수 있었다.

"아침부터 어쩐 일이세요."

겨우 마음을 가라앉힌 서우가 작은 목소리로 물었다.

"처제야말로 왜 거기서 나와?"

"……."

"서태경 씨 집이 거긴가 봐."

"……."

"찬물도 위아래가 있다더니."

조소 섞인 어조였다. 서우가 아무 말도 없이 서 있자 윤성이 먼저 어머님한테 전화받았냐고 말을 돌렸다. 서우가 받았다는 의미로 고개만 끄덕이자 윤성은 서우에겐 시선을 주지도 않고 먼저 뒤돌아 걸음을 옮겼다. 복잡한 얼굴이 된 서우도 천천히 그 뒤를 따랐다.

가족에겐 태경과의 교제 사실을 알리고 싶지 않았는데 어쨌든 윤성이 알게 되었다. 그에게 입을 다물어 달라고 해야 할지 말아야 할지 머릿속이 어수선해졌다.

불과 며칠 전, 아니, 몇 시간 전만 해도 망설일 것도 없이 비밀로 해 달라고 했을 것이다. 어쩌다 보니 태경과 연애를 하고 있긴 하지만 그 시작도 끝도 아무도 몰랐으면 했다. 특히 가족들에겐 더 그랬다. 하지만 오늘 아침은 좀 달랐다. 그냥 다 내려놓고 포기하고 싶은 충동이 들었다.

아무려면 어떤가. 어차피 서우에게 진심으로 관심 있는 사람은 없다. 영혜도 원상도 서우가 연애를 하건 말건 혼자 늙어 죽건 말건 신경 쓰지 않을 것이다. 슬프지만 그게 사실이었다. 서우의 마음 따위에 신경 쓰는 사람은 아무도 없었다. 서태경 외엔.

윤성은 서우의 집으로 가지 않았다. 주차장에 세워 둔 자신의 차에

탔다. 운전을 할 생각은 없는지 조수석에 앉은 서우가 한참을 기다려도 시동을 걸지도, 안전벨트를 매지도 않았다.

"언제부터 그렇게 된 거야?"

침묵을 깨고 윤성이 입을 열었다. 서우는 아무 말도 하지 않았다.

"어머님이 아시면 걱정이 크시겠네."

"엄마한테는 비밀로 해 주세요."

반사적으로 말했다. 서우가 말하자 윤성이 왜? 하고 되물었다.

"그냥, 걱정시키고 싶지 않아서요."

8년 전, 서우가 박수영과 만난다는 걸 안 영혜는 서우 모르게 그에게 돈을 빌렸다. 서우는 그 사실을 뒤늦게 알았다. 물론 그때와 지금은 상황이 다르다. 그때는 정말 온 가족이 하루 벌어 하루 살기도 급급한 때였다. 네 가족이 한집에 살 방조차 없어 뿔뿔이 흩어진 채 고시원과 반지하 방을 전전하던 때였다.

다 내려놓고 싶다는 건 그저 제 욕심일 뿐, 서우는 그럴 수 없었다. 그때와 지금은 상황이 다르다 해도 그럴 가능성조차 남겨 두고 싶지 않았다. 만에 하나, 천에 하나라도 이전과 같은 일이 생긴다면.

영혜가 태경과 마주 선 광경을 상상만 해도 서우는 그냥 곧바로 죽어 버리고 싶을 것 같았다.

"걱정할 만하면 하셔야지."

묘한 대답이었다. 서우가 눈을 들고 윤성을 똑바로 보았다.

"……형부가 보기엔 어떤 것 같은데요?"

윤성이 무슨 뜻이냐는 듯 서우를 보았다.

"태경 선배, 걱정할 만한 사람 같아요?"

어쩌면 정말로 친한, 서로를 믿고 의지하는 진짜 가족 같은 처제와 형부 사이라면 했을 질문일지도 모른다.

"글쎄."

윤성이 입술을 비틀며 애매한 미소를 띠었다.

"확실히 매력적인 사람 같았어. 잘생기고 자존감도 높아 보이고 주관도 뚜렷하고."

"……."

"여자들이 열이면 열 좋아할 타입인데, 그렇다고 걱정하지 않아도 되냐면 그건 또 다른 얘기지."

서우는 묵묵히 듣고만 있었다.

"물론 몇 번 스친 걸로 이렇게 말하는 것도 우습지만."

어쨌든 잘 만나 봐, 하면서 윤성이 뒷좌석에 둔 가방에서 뭔가를 꺼내 서우에게 건넸다. 반으로 접힌 서류 봉투였는데 뭐가 들었는지 제법 두툼했다.

"이게 뭔데요?"

반사적으로 받아 든 서우는 묻자마자 알 것 같았다. 윤성이 빙긋 웃었다. 가슴이 두근거리기 시작했다.

"어머님 전해 드려. 드리면 알 거야."

"……."

"계좌가 동결되어서 현금으로 줬으면 하시더라고."

빠르게 뛰던 심장이 아예 멈추는 것 같았다. 잠시간 숨조차 제대로 쉬지 못하고 있던 서우가 겨우 목소리를 쥐어짜 물었다.

"······얼만데요?"

"이천만 원."

예상했던 것보다 훨씬 큰 금액이었다. 서우가 저도 모르게 숨을 크게 들이쉬며 입술을 꽉 물었다. 그러자 불쑥 뻗어 온 윤성의 손이 그 위를 무심하게 툭 건드렸다.

"입술 다쳐."

화들짝 놀란 서우가 몸을 뒤로 뺐다. 등에 닿은 차창에서 한기가 느껴졌다. 윤성의 손 역시 그만큼이나 차가워 소름이 돋았다. 서우가 짧게 여러 번 숨을 내쉬며 침착한 음성을 내려 애썼다.

"······죄송해요, 형부."

윤성은 말이 없었다.

"엄마가 또 그렇게, 그런 곤란한 부탁을 해서 정말 죄송해요. 이 돈은 안 받을게요. 이건 너무······ 일단 제가 엄마랑 먼저 얘기를 해 보고······."

"카드론 상환일이 한참 지나셨대. 좀 있으면 집으로 우편도 가고 할 텐데, 그럼 아버님도 아시게 될 테고."

서우가 빠르게 눈을 깜빡였다.

"그렇게 되면 어머님이 곤란해지시지 않겠어?"

입 안이 바짝바짝 탔다. 빚이라면 정말 지긋지긋했다. 아는 사람의 돈이건 모르는 사람의 돈이건 남의 돈이 얼마나 무서운지는 스물한 살 때부터 뼈저리게 느꼈다.

근데 왜 정작 엄마는 그걸 모르는 걸까.

"제가, 제가 꼭 갚을게요. 이자도, 당장은 안 되겠지만……."

할 말이 없었다. 그러지 않으려 해도 목소리가 마구 떨려 나왔다. 서우는 시선을 제 손끝에 박은 채 죄송하단 말만 했다. 손가락 열 개가 모두 제멋대로 덜덜 떨리는 게 제 눈에도 보였다.

"정말 죄송해?"

윤성이 되물었다. 스치면 베일 듯한 음성이었다. 서우는 고개를 들어 그를 확인할 기력도 없었다.

"그럼 나도 곤란한 질문 하나 해도 될까?"

서우는 여전히 고개를 들지 않았다.

"어제 서태경 씨하고 잤어?"

말뜻이 조금 늦게 이해됐다. 서우가 망연한 눈동자를 들어 윤성을 쳐다봤다.

"형부, 방금 뭐라고 하신……."

"들었잖아."

처음 보는 눈빛이었다. 아니, 어쩌면 몇 번 본 듯도 했다. 하지만 그때마다 낯선, 적응이 되지 않는 눈빛이다. 차갑고 오만하고 잔인한. 윤성이 그런 눈으로 서우를 보고 있었다.

"……제가 왜 그런 질문에 대답해야 되는지 모르겠어요."

목이 멘 듯한 제 목소리가 마음에 들지 않았다. 떳떳하다고까진 못해도 죄를 지은 것도 아니고, 아무리 윤성이 가족이라도 제 사생활까지

왈가왈부할 수는 없었다. 이성적으론 그게 맞는데 실제 느껴지는 건 그렇지 못했다. 무례한 건 그런 질문을 한 윤성인데, 서우는 자신이 발가벗겨지는 기분이 들었다.

"그렇지. 처제가 꼭 대답을 할 의무는 없지."

윤성이 한 걸음 물러나는 투로 말했다.

"나도 꼭 대답을 들을 필요도 없고."

침묵이 흘렀다.

"이거 가지고 얼른 집에 올라가 봐. 어머님 계실 거야."

다시 입을 열었을 때 윤성의 표정은 평소대로 돌아와 있었다. 친절하게 문까지 열어 주는 손을 서우가 멀거니 보다 가까스로 밖으로 몸을 빼냈다.

"어머님한텐 비밀로 해 줄게."

"……."

"너무 그런 얼굴 하지 말고. 오히려 내가 섭섭해지려고 하는데."

닫히는 문 사이로 윤성과 서우의 눈이 마주쳤다. 윤성이 다정한 미소를 지어 보였다.

"우린 가족이잖아."

서우는 차가 완전히 보이지 않게 될 때까지 멍하니 서 있다 집으로 올라갔다. 현관에 들어서자 안쪽에서 영혜가 누군가와 통화를 하는 소리가 들렸다. 응, 고맙네, 알겠네, 도 사장, 이라는 단어가 흙탕물처럼 산발적으로 서우의 귀로 튕겨 들었다.

"돈은?"

거실로 들어온 서우를 보자마자 영혜가 물었다. 서우는 아무 말 없이 들고 있던 봉투를 영혜 앞에 놓았다.

"넌 어딜 그리 싸돌아다니니?"

"……."

"도 사장이 너 그렇게 함부로 외박하고 돌아다니는 걸 알면 뭐라고 생각하겠어."

"어디다 쓴 거예요?"

의미 없는 타박을 끊으며 서우가 물었다. 봉투에서 돈을 꺼내 확인하던 영혜는 서우를 쳐다보지도 않았다.

"그거 카드 빚 아니죠? 그 큰돈을 어디다가 다 썼어요?"

"너는 아무리 도 사장이 그냥 간대도 그렇게 보내면 어떡하니? 아침이라도 먹고 가라고 데리고 올라와서……."

"어디다 쓴 거냐고요!"

서우가 낮게 외쳤다. 감정을 싣지 않으려 노력했지만 실패했는지 목소리가 형편없이 떨렸다. 영혜가 둥그렇게 뜬 눈으로 황당하다는 듯 서우를 올려다보았다.

"어디다 썼긴."

"……."

"생활비에 보탰지."

"엄마."

"왜 그런 눈으로 봐? 내가 거짓말하는 것 같아?"

영혜가 얼굴을 일그러뜨렸다.

"네 아비가 주는 돈 꼴랑 이백도 안 되는 거랑 내가 버는 것만 갖고 어떻게 생활이 돼. 너도 살림 살아 봐서 알잖아. 아무리 아끼고 아껴도 그걸로는 민재 간식비도 안 돼."

"……."

"나도 돈 빌리고 싶어서 빌린 줄 알아? 미용실 못 간 지도 반년이 지났어. 머리가 허옇게 돼도 염색도 내 손으로 하고 옷은 언제 사 입었는지 기억도 안 나. 화장품도 애들이나 사서 쓰는 몇천 원짜리 쓴다고!"

말하다 보니 점점 더 북받치는지 영혜의 주름진 눈가가 새빨개졌다. 억울해서 견딜 수 없다는 표정이었다.

"은행 이자에 월세에 전기세에 가스비에, 살아서 숨만 쉬어도 지금 버는 걸론 어림도 없어. 그것도 모르고 너는 나만 비난하지. 네 아비는 나한테 돈 아끼라는 소리만 해. 참 기가 막혀서. 쥐꼬리도 안 될 월급 갖다주면서 뭘 더 아끼래. 그러면서 생색은 어찌나 내는지 반찬 투정은 민재보다 더해."

어느새 서우의 얼굴엔 표정이 없었다. 영혜의 말에 틀린 건 없었다. 살아서 숨만 쉬어도 드는 게 돈이다. 빚이 없어도 지금 부모님의 벌이로 세 가족 살기에 빠듯하다.

하지만.

"아빠도 애쓰고 있잖아요."

10년 전까지만 해도 서우의 집은 부유하진 않아도 그럭저럭 먹고 살 만큼은 되었다. 아버지는 중견 기업 중간 관리자였고 부모님께 물려받은 것이지만 서울에 번듯한 집도 있었다. 딸 둘을 대학에 보내면서도 저축해 둔 자산도 제법 되었다. 그때만 해도 가족 중 누구도 지금과 같은 삶은 생각지도 못했다.

"지금이라도 노후 준비 하시려고, 민재랑 나한테 피해 안 끼치려고 그러시는 거잖아요."

눈덩이 같은 빚이 그럭저럭 정리된 것도 몇 년 되지 않았다.

"그게 다……."

서우의 음성이 사정없이 떨렸다.

"그게 다 엄마 도박 빚 때문이었잖아요."

처참했다. 맨몸으로 차가운 흙탕물에 뒹군 기분이었다. 누군가에게 머리채를 잡혀 내동댕이쳐진 것 같았다. 몇십 분 전까지 침대 위에서 태경을 보며 다시 그림을 그리고 싶다는 생각을 했다는 게 믿어지지 않을 정도였다.

서우는 부들부들 떨리는 주먹을 말아 쥐며 숨을 몰아쉬었다. 서우가 영혜를 향해 도박 빚이라는 단어를 입에 담은 건 오늘이 처음이었다.

영혜가 눈을 크게 뜨고 서우를 쳐다봤다.

"도박? 내가?"

마치 그 얘기를 처음 듣는 사람처럼 되묻는다.

"내가 도박을 했다고?"

서우는 대답하지 않았다. 분노와 원망, 혼란과 자책을 담고 노려보는 그 눈동자를 멀거니 쳐다보던 영혜가 갑자기 큰 소리로 웃음을 터트렸다.

"그랬지, 참. 내가."

서우의 얼굴이 아연해졌다.

"그래, 내가 그랬지. 그래, 잊고 있었어."

영혜가 뚝 웃음을 그치고 표정이 싹 지워진 얼굴로 씹어뱉듯이 말했다.

"어떻게 매일 네 얼굴을 보면서 그걸 잊고 있었나 몰라, 내가."

높낮이가 거의 없어 더 무감정하게 느껴지는 말이었다. 폭이 큰 쌍꺼풀에 살짝 아래로 처진 듯한 영혜의 눈매는 서희가 그대로 물려받았다.

그 눈빛에 거의 원한에 가까운 감정이 실려 있다는 걸 알아챘지만 서우는 그게 더 이상 궁금하지도 않았다. 살다 보면 이유 없이 좋은 게 있는 것처럼 이유 없이 싫은 것도 있으니까.

"……갚을 거예요, 형부 돈."

잠시 후 서우가 침착하게 말했다.

"이자도 줄 거고 원금도 분할해서 꼬박꼬박 갚을 거예요, 제가."

그러든지 말든지라는 듯 영혜는 대꾸도 하지 않고 고개를 돌렸다.

"그때까지 집에 돈 못 드려요."

그제야 반응이 있었다.

"뭐?"

영혜가 도끼눈을 뜨고 서우를 쏘아봤다.

"너 지금 뭐라고 했어?"

"다 들으셨잖아요."

"줄일 게 없어 지 부모한테 주는 돈을 줄여?"

"줄일 게 없어요."

계약직 월급이라고 해 봐야 빤하다. 아까 영혜가 하소연했던 자신의 사정이나 서우나 별반 다를 것도 없었다. 서우 역시 미래에 대한 준비 같은 건 꿈도 꾸지 못하는 상황이었다.

"그럼 나중에 갚으면 되잖아!"

차마 안 갚으면 된다는 말은 못 하겠는지 영혜가 그렇게 말했다.

"도 사장이 그 돈 없으면 죽는 사람도 아니고, 당장 안 갚아도 되잖아. 나중에 여유 생기면…….."

"나중에 여유가 생겨요?"

"……."

"어떻게?"

"너 요즘 네 동생도 팽개치고 만날 공부하잖아. 정직원인가 뭔가 된다고!"

"그건 쉬운 줄 아세요?"

서우가 나직이 말했다. 소리치지 않으려 억지로 목소리를 억누르다 보니 거의 들리지 않을 정도로 낮아져 있었다.

"그것도 쉬운 일 아니에요. 엄마 일 아니라고 쉽게 말하지 마세요."

"그래! 엄마 일 아니니까 쉽게 말했다. 나는 아무것도 모르고, 아무것도 못 하는 사람이다, 왜?"

영혜도 감정이 북받쳤는지 얼굴이 벌겋게 달아올랐다. 실팍한 가슴이 급하게 오르락내리락거리는 게 보였다.

"너는 뭐가 그렇게 너만 힘든 척이야?"

"힘든 척이요?"

너무 어이가 없어 도리어 웃음이 나올 것 같았다. 원상의 사고와 영혜의 도박 빚으로 집이 하루아침에 풍비박산이 났을 때, 가족 서로가 서로를 세포 하나, 먼지 한 톨까지 미워하고 질책하고 헐뜯을 때도 서우는 원망 한마디 없이 학교도 포기하고 돈을 벌어 보태며 묵묵히 버텨 냈다. 어떻게든 가족을 지키려 고군분투했다.

"누가 너더러 학교 포기하랬어? 누가 너한테 내 빚 갚으라고 했냐고?"

"엄마."

"다 네가 하고 싶어서 한 일 아냐. 자퇴도 취업도 결혼도. 네가 잘난 척, 착한 척하면서 혼자 네 마음대로 한 거 아냐! 그러면서 매번 너만 피해자인 척, 희생자인 척 생색내고."

"엄마, 제발!"

서우의 음성에 힘이 들어갔다.

"진짜 피해자가 누군데? 진짜 희생자가……!"

영혜가 갑자기 누군가에게 입이 틀어막히기라도 한 것처럼 뚝 말을 끊었다. 저러다 튀어나오지 않을까 싶을 정도로 부릅뜬 눈이 기이하리만큼 붉게 충혈되어 있었다. 잠시 후 서우가 입을 열었다. 발끝까지 낮아진 음성이었다.

"……언니라고 말하고 싶은 거예요?"

영혜의 입술이 파르르 떨리며 눈이 크게 일렁이는 게 보였다.

"언니 대신 내가 죽었어야 했는데. 그렇죠?"

담담한 말이 새빨간 동백꽃처럼 모가지째 툭 떨어졌다. 영혜는 끝까지 서우를 보지 않았다. 서우는 대답을 기다리지 않고 그대로 일어났다. 느린 걸음으로 밖으로 나가 엘리베이터 앞에 서서 가볍게 버튼을 누르는 얼굴은 아무 일도 없다는 듯 무감하기만 했다.

나와도 달리 갈 곳은 없었다. 발이 움직이는 대로 놀이터로 간 서우는 구석의 벤치에 등을 구부정하게 웅크리고 앉았다.

고개를 들자 가지만 앙상한 나무 틈으로 새파란 겨울 하늘이 보였다. 구름 한 점 없는 맑은 날이었지만 눈이 부셔 오래 쳐다볼 수가 없었다. 차가운 바람에 생리적인 눈물이 눈가에 고였다. 서우가 코를 훌쩍이며 시선을 내리고 어깨를 움츠렸다.

추웠다. 목덜미로 옆구리로 발목 틈새로 한기가 시퍼런 손가락을 뻗쳐 오는 듯했다. 서우가 최대한 몸을 웅크려 조금이라도 온기를 모으려 했다. 마음이 부서져도 몸은 살아 안락을 추구한다. 어느새 제법 위로 올라온 햇살이 서우의 정수리를 어루만지며 온기를 나눠 주었지만 그것만으로는 부족했다.

좀 더 뜨겁고 무게감 있고 부드러운 뭔가가 필요했다. 예를 들면.

"……."

지금 제 머리 위에 내려앉은 태경의 손 같은.

서우는 아무 말도 하지 않았다. 말없이 가만히 제 옆에 앉은 태경을 향해 고개를 돌리지도 않았다. 그대로 바닥에 고정되어 있던 시야

끝에 눈에 익은 태경의 하얗고 둥근 운동화의 코가 걸렸다.

"뺑소니였어요."

한참 후 서우가 입을 열었다. 그전부터 하던 얘기를 이어 하듯 평이한 어조였다. 태경은 조용히 허공에 시선을 고정한 채 저 먼 어딘가를 보는 눈을 하고 있었다. 아무것도 듣고 있지 않은 모습 같았지만 제 말에 귀를 기울이고 있다는 걸 서우는 알 수 있었다.

"내가 스물한 살, 언니가 스물세 살 때였어요. 아버지는 아직 정년이 꽤 남은 회사원이셨고 엄마는 주부였어요. 그때는 민재도 아직 태어나기 전이었고…… 특별한 거라곤 하나도 없는, 그냥 그런 보통의 평범한 집이었어요."

경제적으로도 안정되고 사회적으로도 어느 정도 위치를 가진 중년 부부와 이제 막 성인이 되어 대학을 다니는 건강하고 영특한 두 딸. 겉으로 보기엔 그만큼 모범적인 가정도 없는 듯했다. 서우 스스로도 그렇게 생각했다. 나만 빼면, 나만 좀 잘하면 우리 집은 완벽하다고.

"평소엔 차를 가지고 다니시는데, 그날은 엄마가 낮에 차를 쓸 일이 있다고 해서 그냥 출근하셨어요. 퇴근하고 직장 동료분들과 술을 한잔하시고 집으로 오던 시각이 새벽 2시쯤인가 그랬을 거예요. 그냥 집 앞까지 곧장 택시를 타고 오셨음 됐을 텐데, 중간에 편의점에 들르셨더라고요. 그러고도 큰길로 오셨으면 좋았을 텐데 어둡고 좁은 지름길로 가셨대요."

여러 우연이 겹쳐 만들어진, 그 어둡고 좁은 골목에서 불쑥 튀어

나온 게 어느 쪽이 먼저인지 몰라도 차도 사람도 서로를 피하지 못했다.

"운전자는 그대로, 사람이 죽었는지 살았는지 한번 내려서 보지도 않고 그대로 달아났어요."

하필 CCTV도 없는 사각지대라 가해 차량은 끝내 찾지 못했다. 워낙 늦은 시각이라 목격자도 없었다. 더 문제는 그 때문에 발견이 늦어진 원상이 길바닥에서 한 시간도 넘게 방치돼 있었다는 점이었다.

"처음엔 못 살 거라고 했어요. 그다음엔 못 걸을 거라고 했고."

하지만 지금 원상은 살아 있고 걸을 수도 있다. 비록 체력이 보통 사람보다 현저하게 떨어지고 후유증으로 신장과 간이 나빠져 매일 한 움큼이나 되는 약을 먹어야 하고 몸에 커다란 흉터가 남긴 했지만 멀쩡하게 움직이고 경비 일도 한다. 할 수밖에 없었다.

"심장이 몇 번이나 멈추고 수술을 몇 번이나 했는지 몰라요. 뺑소니라 보상받을 곳도 없었고. 보험금이 나오긴 했는데 그 뒤의 입원비, 재활비, 약값은 고스란히 다 우리 몫이더라고요."

"……."

"우리 집은 가난하진 않았는데 그렇다고 부유하지도 않았거든요. 아빠 혼자 외벌이로 대학교 다니는 딸 둘 뒷바라지하는데 여유가 있으면 얼마나 있었겠어요."

들어오는 것 없이 나가는 일만 생기자 저축은 금세 바닥이 났다. 직장도 다닐 수 없게 된 원상은 집을 담보로 대출을 받으려 했다.

진짜 붕괴는 그때부터였다.

"엄마한테 도박 빚이 있었어요."

하나뿐인 집으로는 이미 대출을 낼 대로 다 낸 상태였다. 빚은 하나를 자르면 두 개의 머리가 돋아나는 신화 속 괴물 같았다. 결국 사금융에까지 손을 대야 했고 서우의 가족은 집을 팔고 월세를 얻어 이사를 가야 했다. 당연히 부모님의 사이는 최악으로 치달았다. 파탄에 다다른 부부를 끝내 붙여 놓은 건 예정에도 없던 민재의 탄생이었다.

"이게 내가 자퇴를 하게 된 이유."

서우가 깔끔하게 말을 맺었다. 그 어조로만 보면 유쾌한 옛날이야기라도 한바탕 한 것 같았다.

"우리나라에 하루에도 몇백 건씩 교통사고가 난다잖아요."

태경은 아무 말도 하지 않고 침잠한 눈빛으로 서우의 말을 듣고만 있었다.

"그러니까 그렇게 신기하거나 특별한 일도 아닌 거예요. 한 집안에서 몇 명이나 교통사고를 당한 건."

"……."

"통계란 게 그렇잖아요. 평생 아무도 교통사고 같은 거 안 당하는 집도 많으니까."

서우가 설핏 웃었다. 그리고 계속 말을 이었다.

"결혼하고, 이 아파트에서 여섯 명이 살았어요."

내내 미동도 없던 태경의 어깨가 움찔했다. 서우가 자신의 결혼에 대해 얘기한 건 처음이었다.

"언니는 대학 졸업반이었으니까, 계속 학교를 다녔고 저는 학교를 그만두고 일을 했어요. 돈을 벌 사람이 나밖에 없었으니까."

안 해 본 일이 없었다. 그 일들에 대해 구구절절 말할 필요는 없을 것이다.

"스물세 살에 회사 1층 카페에서 아르바이트를 하다가 만났어요. 나중에 KG에 파견직으로 들어가게 된 것도 그 사람이 소개를 해 줬어요. 그렇게 연애를 하고 결혼을 했죠. 지금 생각하면 어떻게 그렇게 빨리 결혼을 할 수 있었을까 싶은데 그땐 잘 모르겠더라고요."

서우가 고개를 갸웃하며 웃었다. 스물넷 신부에 서른 살 신랑이었다. 아직 설익은 그들의 판단력 탓을 하기엔 그냥 짜여진 듯 일이 그렇게 흘러갔다. 박수영의 아버지가 당시 폐암 말기로 사실상 회생 가능성이 없다는 판정을 받은 것도 그렇고, 당시 두 살밖에 안 되었던 민재가 반지하의 곰팡이 탓에 기관지병을 달고 살던 것도 그렇고.

"어차피 이 사람과 결혼을 할 건데 그게 좀 빠르든 늦든 뭐가 문제일까, 그렇게 생각했던 것 같아요."

파란 하늘을 가로지르며 보기 드문, 제법 큰 새가 날개를 펼치고 날아갔다. 서우와 태경은 약속이나 한 듯 고개를 들고 그 새의 궤적을 좇았다.

"선배 생각은 하나도 안 났어요."

뒤늦은 고백이었다. 이런 식으로 할 줄은 하는 순간조차 몰랐던 고백이었다.

"그렇게 많이, 오랫동안 좋아했는데. 열여덟엔 진짜 죽을 때까지 선배만 좋아할 거라고 맹세까지 했는데."

서우가 또 조금 웃었다.

"이상하게 선배 생각은 하나도 안 나더라고요, 그땐."

짧게 얘기를 했다고 생각했는데 시간이 꽤 많이 흐른 모양이었다. 어느새 그림자가 짧아지고 놀이터 일대가 북적이기 시작했다. 끈 떨어진 인형처럼 맥없이 앉아 있던 서우가 스륵 자리에서 일어났다. 이 제 그만 어린이들에게 자리를 내줄 시간이다.

"그만 갈까요, 선배. 저 배고파요."

태경은 자리에서 일어나지 않았다. 천천히 뻗어 온 손이 조심스럽게 서우의 손목을 잡았다. 커다란 손바닥이 뜨겁게 서우의 손목을 휘감았다. 짧게 숨을 한 번 들이마신 태경이 목이 따끔거리는 사람처럼, 아니, 목에 구멍이라도 난 사람처럼 억눌린 목소리를 냈다.

"……많이 힘들었겠네, 우리 서우."

서우는 태경과 눈이 마주친 채로 움직이지 않았다. 딱히 무슨 말을 듣고 싶다는 기대는 없었다. 위로받고 싶은 생각도 없었다. 사실 태경이 갑자기 나타나지 않았다면 이런 이야기도 하지 않았을 것이다.

집안 얘기도, 가족 얘기도 별로 입 밖에 내고 싶지 않았다. 묻는다면 못 할 것도 없지만 가능하다면 평생 누구에게도 하고 싶지 않았다. 사람들은 타인의 불행을 동정하고 안타까워하면서도 마치 그것이

역병이라도 되는 듯 터부시한다. 요구하지도 않은 불행의 원인을 찾아 주려 기를 쓰고 결국 빙 돌아온 비난의 화살은 불행의 당사자들에게 꽂힌다.

그걸 누구보다 잘 알면서도 말할 수밖에 없었다. 이야기가 다 끝난 뒤 불편하게 흐르는 침묵이나 어설픈 위로, 어디로 둘지 모르는 시선 같은 것은 충분히 겪었다. 그래서 태경이 그중에 어떤 반응을 보이든 담담하게 대처할 수 있을 거라 생각했는데.

"고생했어."

그 한마디를 듣는 순간 서우는 자기도 모르게 울컥 치미는 감정에 목이 콱 막혔다. 가슴이 아파서 숨도 잘 쉬어지지 않았다. 동시에 그 말이 정말 맞는다는 걸 깨닫자 제 안에 아직도 관심과 위안에 굶주린 외로운 소녀가 있다는 걸 인정할 수밖에 없었다. 태경을 처음 만났을 때에서 한 치도 자라지 않은.

"미안해."

떨리는 어깨를 태경이 감싸 안았다. 서우가 눈물과 웃음을 동시에 터트리며 고개를 저었다.

"무슨, 선배님이 왜, 갑자기……."

"정말 미안해."

"……."

"알고 있었는데. 나는 네가……."

"……."

"내가…… 나도 다 알고 있었는데."

135

뒤늦은 고백의 답이었다. 태경에게 꼭 안긴 채 서우는 그냥 울며 웃기만 했다. 알고 있었다고 하지만 여전히 태경이 모르는 게 있었다. 그래도 그것도 나쁘지 않을 터였다. 자신만 아는 추억 하나 가지는 것도.

"약속할게."

"……."

"앞으로 너 혼자 모든 걸 감당하는 그런 일은 더는 없을 거야."

태경이 한 자 한 자 힘주어 말했다.

"앞으로 네 문제는 내 문제야. 네 걱정은 내 걱정이고 네 적은 내 적이야. 나는 죽을 때까지 네 편이고 너는 죽을 때까지 내 책임이야."

서우가 고개를 들었다. 말로 다 할 수 없는 감정을 담은 태경의 눈이 저를 똑바로 내려다보고 있었다.

"알겠어, 김서우? 이제 무슨 일이 생기면 무조건 나한테 먼저 오는 거야."

"선배."

"결혼하자."

서우는 드디어 제 머리가 고장 났다고 생각했다. 귀가 먹먹하고 눈앞이 흐려져 아무것도 보이지 않았다. 제 볼을 닦아 내는 손의 감촉마저 없었다면 아마 이 모든 게 다 제 상상이거나 꿈이라 여기지 않았을까.

"나랑 결혼하자, 서우야."

순간 서우는 그 어느 때보다도 강렬하게 치솟는 욕망을 느꼈다. 지금 당장 죽고 싶었다. 그냥 이 자리에서 곧바로 심장이 멎어 버렸으면 좋겠다고 생각했다.

08

일요일까지도 서우는 내내 기운이 없었다. 정신적으로 고단했는지 배터리가 방전된 사람처럼 계속 잠만 자는 걸 태경이 억지로 깨워서 늦은 아침 겸 점심을 먹였다.

식사를 마치고 태경이 설거지를 하는 동안 서우는 거실에 있었다. 흘깃 보니 그새 또 소파에 앉은 채로 불편하게 꾸벅꾸벅 졸고 있기에 태경이 그대로 들어다 침대에 눕혔다. 몸이 막 떨어지려는 순간 서우가 태경의 옷자락을 잡으며 어딜 가냐고 물었다.

"어디 안 가. 설거지하고 올게."

"……."

"자고 있어."

손을 떼어 내고 도닥여 주자 서우는 금방 다시 잠이 들었다. 설거지를 마무리하고 태경은 샤워를 하고 옷을 갈아입었다. 해가 흐리고 기온이 뚝 떨어져 칼날 같은 바람이 불었다.

커튼을 꼼꼼히 쳐 어둑어둑한 침실로 들어간 태경이 서우 곁에 조심스레 앉았다. 낮게 두어 번 이름을 부르자 서우는 곧 으응, 하고 대답인지 잠꼬대인지 모를 소리를 냈다.

"나 잠깐 나갔다 올게."

"……어디?"

"앞에 마트."

"아…… 그럼 나도 같이……."

일어나려는 몸을 태경이 도로 눕혔다. 눈도 못 뜨면서 어딜 같이 가. 희미하게 웃으며 다시 이불을 덮어 주었다.

"잠깐 갔다가 금방 올게. 자고 있어."

"으응……."

가물거리는 눈이 금세 다시 감겼다. 태경은 서우의 얼굴에 흘러내린 머리카락을 정돈하고 동그랗게 드러난 이마에 가볍게 입을 맞춘 후 자리에서 일어났다. 겉옷을 입고 장갑과 휴대폰을 챙겨 들고 현관을 나섰다.

엘리베이터가 오길 기다리며 지갑 속에서 네모난 명함 하나를 꺼냈다. 전화를 걸자 상대는 기다렸다는 듯 곧장 전화를 받았다.

"서태경입니다."

갑작스러운 전화에도 도윤성은 놀란 척도 하지 않았다.

"잠깐 좀 만나죠. 어디든 내가 그쪽으로 가겠습니다. 예, 지금요. 상관없습니다, 좀 기다려도. 그럼 제가 그리로 가죠."

짧은 통화를 마치고 주차장으로 내려간 태경이 차에 올라타 내비게이션에 목적지를 입력했다. 일요일인데도 출근을 했는지 윤성이 지정한 곳은 그가 운영하는 건축 사무소 근처의 카페였다.

목적지 부근에 도착하자 윤성의 회사로 짐작되는 건물이 보였다. 좀 특이한 심미안을 가진 자가 소유한 주택 같기도 하고, 어떤 기업의 홍보관 같기도 한 그곳은 확실히 몰개성한 주변 건물들 사이에서 눈에 확 띄었다. 외벽이 베이지 톤 벽돌로 마감되어 있고 간판은 따로 없이 현관 옆에 매달린 심플한 동판이 다였다.

"어서 오세요."

추운 날씨 탓인지 한낮인데도 카페엔 손님이 별로 없었다. 태경은 출입문이 한눈에 들어오는 곳에 자리를 잡고 앉았다. 휴대폰을 꺼내 서우에게서 온 연락이 없는 걸 확인하고 도로 넣었다.

주문한 커피를 3분의 1쯤 마셨을 때 헤링본 무늬 코트를 걸친 윤성이 카페 안으로 들어왔다. 태경을 본 그는 곧바로 직원에게 뭐라 짧게 주문을 했다. 거리가 있어 내용까진 들리지 않았지만 서로 주고받는 웃음이나 표정을 보면 꽤 단골인가 보았다.

"여기까지 오시게 해서 미안합니다. 회사에 급하게 처리할 일이 좀 있어서."

윤성의 인사치레에 태경은 이해한다는 듯 고개만 까딱했다. 급하게 불러낸 건 이쪽도 마찬가지다. 윤성이 그런 태경을 보고 살짝 입꼬리를 끌어 올렸다.

"그보다 뜻밖이네요. 서태경 씨가 저를 다 보자고 하고."

거짓말이다. 도윤성은 분명 태경이 한 번쯤은 제게 연락을 할 거라 생각했을 거다. 아마 그 명함을 줬을 때부터. 태경은 빤한 눈으로 매끄러운 음성을 뱉어 내는 입술과 대조적인 차가운 눈동자를 물끄러미 쳐다보았다.

"일전엔 실례가 많았습니다."

윤성이 허리를 젖혀 의자 등받이에 몸을 기대며 긴 다리를 꼬았다. 거만한 자세와 달리 얼굴엔 여전히 그 특유의 접대용 미소를 띤 채였다.

"노파심에 선을 넘었던 것 같네요, 내가."

"됐습니다. 피차 선을 넘은 건 마찬가지였으니까, 그보다."

의례적인 사과 따위 주고받을 생각 없던 태경이 말을 자르며 제 용건을 꺼냈다.

"얼마입니까."

윤성이 무슨 소리냐는 듯 눈썹을 슬쩍 치켜들었다.

"어제 서우 만나셨죠."

"……."

"건넨 봉투 속 돈이 얼마였는지 묻는 겁니다."

윤성은 잠시 말이 없었다. 다시 입을 연 그의 목소리엔 꾸며 낸 친근함이 조금 가신 채였다.

"……처제가 그런 말까지 하던가요."

태경이 침묵으로 긍정했다. 의심스러운 눈으로 가만히 그 얼굴을 보고 있던 윤성이 오만한 자세로 손을 들어 제 턱을 어루만졌다.

"액수까지는 말 안 하던가요."

"그야, 돈 받을 사람한테 물어보면 그만 아닙니까."

"그래서, 서태경 씨가 지금 그 돈을 갚겠다?"

윤성이 피식 웃었다.

"그건 내가 장모님께 빌려드린 건데, 그걸 왜 서태경 씨가 갚아요?"

역시 돈이었다. 태경이 차가운 눈으로 윤성을 쏘아보았다. 서우는 어제오늘 윤성에 대한 얘기는 한 마디도 하지 않았다. 돈은 물론, 윤성을 만났다는 말도 하지 않았다.

거실 창으로 윤성을 따라 그의 차에 올라탔다 내린 서우의 손에 들린 봉투를 보고 그 속에 든 것이 돈이라고 짐작한 건 오로지 태경 혼자만의 추측이었다. 반으로 접힌 서류 봉투를 곧바로 돈과 연결 짓기엔 무리가 있었지만 서우를 수수료 없는 ATM쯤으로 생각하는 그의 모친을 떠올려 보면 어려운 일도 아니었다.

도박은 손을 자르기 전엔 못 끊는다던가.

"어차피 서우가 갚을 거라는 거 도윤성 씨도 아시지 않습니까."

태경이 냉담한 어조로 말했다. 그러려고 빌려준 돈이잖아. 김서우한테 빚 지우려고.

"다시 물을게요. 얼맙니까."

도윤성, 이자가 서우에게 품은 감정이 정확히 무엇인지 모르겠다.

뭔가 특별 취급을 하는 건 알 것 같은데 그게 가족애가 아닌 것만은 분명했다. 가족애라도 불쾌할 판에, 태경은 그가 더는 돈으로 서우를 휘두르는 걸 보고만 있을 수 없었다.

"처제가 이 돈이 왜 필요한지는 말 안 하던가요?"

"……."

"그에 대해선 안 물어봤어요? 이천만 원이면 큰돈도 아니지만 그렇다고 푼돈도 아닌데."

태경은 대답하지 않았다. 그저 이천만 원이라는 액수를 듣자마자 휴대폰을 꺼내 은행 앱을 실행시켰다. 이체 금액에 곧장 이천만이란 숫자를 쳐 넣고 계좌 번호 입력란을 띄워 제 앞으로 내미는 것을 윤성은 남 일처럼 멀거니 내다보기만 했다.

"혹시 처제가 또 어머니 도박 얘길 하던가요?"

"……."

"한 가지만 말씀드리자면 저희 장모님은 도박을 하신 적이 없습니다. 예전이든 지금이든."

"얼른 입력하지 않으면 로그인이 풀립니다."

태경이 덤덤하게 말했다. 제 말 따위 귓등으로 흘려듣는다는 그의 태도에도 윤성은 별반 기분 나쁜 기색 없이 말을 이어 나갔다.

"같은 회사 직원이니 알고 있겠죠. 제 처와 박수영, 그러니까 제 동서 되는 사람이 어떻게 죽었는지."

"……."

"그 사고가 있기 전부터도 처제는 상태가 별로 좋지 않았어요. 수면

장애에 알코올 의존 문제도 심각해서 병원도 오래 다녔고 우울증이
심했지요."

윤성이 일부러 그러는 것처럼 말을 한 번 끊었다. 뜬금없이, 내가
왜 이런 얘기를 듣고 있어야 하는지 모르겠다는 듯 짜증스럽게 찌푸
려져 있던 태경의 눈동자가 굳었다.

"힘들었겠죠. 그럴 만한 상황이었다고 생각은 합니다. 사고 후엔
더 나빠져서 결국 병원에 입원까지 했어요. 그대로 계속 두다간 다른
사람은 둘째 치고 자기 자신에게 해를 입힐 것 같아서."

"그게 무슨 말이죠?"

"극도의 자기혐오와 불안, 죄책감으로 인한 착란 증세와 그에 따른
자해."

태경이 잠시 숨을 멈추었다.

"……내가 그 말을 믿어야 합니까."

"믿든 안 믿든 그건 서태경 씨 자유죠."

윤성이 가볍게 어깨를 으쓱했다.

"서태경 씨가 보기엔 제가 지나치다 생각할 수도 있겠죠. 하지만
가족으로서, 또 같은 상처를 가진 사람으로서 전 제가 과하다고 생각
하지 않아요. 처제가 그 지옥 같은 시간을 어떻게 지나왔는지 곁에서
똑똑히 봤으니까."

윤성이 눈살을 찌푸리며 희미한 미소를 띠었다.

"이제 겨우 안정을 찾았는데, 또 무너지는 일이 생기면 안 되잖
아요."

"……."

"이해하시겠지요?"

전혀 이해하지 못했다. 하지만 지금 그게 중요한 게 아니었다.

"죄책감이라는 건 무슨 뜻입니까. 살아남은 자의 죄의식 같은 걸 말하는 겁니까?"

그게 전부가 아니라는 암시를 이미 윤성은 보냈다. 그에 말려든다는 걸 알면서도 태경은 물었다. 묻지 않을 수가 없었다. 머릿속에 일전에 들었던 혜원의 말이 맴돌았다.

"그게, 그렇잖아? 처형과 제부 사이인 두 사람이 그 시간까지 단둘이 있었다니까."

윤성은 잠시 입을 다물었다. 무슨 말을 해야 할지 모른다기보단 이 침묵을 즐기는 것 같았다. 말없이 커피 몇 모금을 들이켜던 그가 내내 미동도 없이 저를 빤히 보고 있던 태경을 마주 보았다. 그러고는 뜬금없는 소리를 했다.

"희곡 좋아하십니까?"

"글쎄요, 딱히 아는 게 없어서."

"그래도 오셀로는 아시겠죠?"

"……."

"질투에 미쳐 아내를 살해한 베니스의 장군 이야기 말입니다."

"……더 얘기할 필요 없을 것 같군요."

태경이 막 자리에서 일어나려는 참이었다.

"우리나라 교통사고 사망률이 얼마나 되는지 아세요? OECD 국가들

중에서도 최고 수준이죠."

태경이 반쯤 일어선 자세 그대로 멈췄다.

"그러니까 이상한 일도 아니죠. 한집에서 그렇게 몇 명씩 교통사고를 당하는 일도."

"……."

"통계라는 게 그렇잖아요?"

윤성이 태경을 빤히 바라보며 빙긋 웃었다.

* * *

급하게 신발을 떨치듯 벗고 들어와 침실까지 가는 동안, 집 안은 쥐 죽은 듯 조용했다. 방문을 연 태경은 나갈 때와 똑같이 웅크린 자세로 잠들어 있는 서우를 확인하고 곧바로 욕실로 들어갔다. 후다닥 손만 씻고 옷도 갈아입지 않은 채로 다시 침실로 들어갔다.

이불을 들쳐 잠든 사람의 손을 더듬어 잡는 손길이 다소 급했다. 손이 닿는 순간 서우의 손가락이 반사적으로 움츠러들었다. 따뜻한 물로 씻었어도 내내 자고 있던 사람에겐 차가웠던 모양이다. 그럼에도 태경은 서우의 손을 놓을 수가 없었다. 뼈마디가 드러난 가느다란 손가락을 일일이 쓰다듬는 일을 그만둘 수가 없었다.

서우는 조금 뒤척거릴 뿐 일어나지 않았다. 상체와 얼굴 이곳저곳을 검사라도 하듯 주무르고 쓸어 대던 태경의 손이 이내 이불 속으로 들어가 마른 발목과 발을 쥐었다.

살이 없어 뼈대의 형태가 고스란히 만져지는 발은 그럼에도 딱딱하지 않고 갓 태어난 새끼의 그것처럼 무르고 부드러웠다.

그렇게 한참이나 서우의 팔다리가 제자리에 무사히 있나 확인하는 사람처럼 주물러 대던 태경이 길게 한숨을 내쉬고 자리에서 일어났다. 제가 만져 대느라 흐트러진 이불을 가지런히 정리한 몸 위에 꼼꼼히 덮어 준 후, 옷을 벗어 던지고 욕실로 들어가 샤워를 했다.

다 씻은 후에는 물기만 닦고 옷은 입지 않은 채로 방으로 들어갔다. 침대로 올라가 이불을 들치고 곧장 서우의 품으로 파고들자 서우는 잠결에도 반기듯 태경의 등을 끌어당겼다. 제 등을 감싸는 작은 팔의 온기를 느끼며 태경은 스륵 눈을 감았다.

잠깐 사이 여러 가지 꿈을 꾸었다. 번쩍 눈을 뜬 태경이 반사적으로 고개를 돌려 옆에 누운 사람을 확인했다. 상체를 들어 그 얼굴 위에 귀를 가져다 대자 고요하게 내쉬는 숨소리가 들렸다. 그것을 확인하자마자 태경의 입술 사이로 탄식 같은 한숨이 터져 나왔다.

"……서우야."

끄집어낸 목소리는 까칠했다. 마치 꿈속에서 내내 소리를 지르거나 먼지를 들이마시며 오래달리기라도 한 것 같았다.

"왜 이렇게 오래 자."

어느새 사위가 컴컴했다. 보이는 건 아무것도 없었고 들리는 것도 없었지만 해가 저문 지 오래라는 게 직감적으로 느껴졌다.

"……"

태경의 눈가가 일그러졌다. 귓가에 거센 비바람 소리가 환청처럼 윙윙 울렸다. 빗방울이 양철 지붕을 사납게 두드리는 소리와 그 속에서 끊어질 듯 이어지던 가냘픈 노랫소리가 들렸다. 태경의 목울대가 쓴 무언가를 억지로 삼키는 것처럼 크게 일렁였다. 눈을 감아도 떠도 자꾸만 그 애처롭고 작은 얼굴이 매달리듯 달라붙어 왔다.

그건 꿈이되 꿈이 아니었다. 자신이 어린 서우를 못된 말로 상처 주고 더럽고 외진 폐공장에 버렸던 건, 낯설고 너절한 모텔방에 홀로 내박쳐 두고 도망치듯 달아나 버렸던 건 이미 일어나 버린 과거고 그래서 돌이킬 수 없는 현실이었다.

그 얼굴이 이제서야 태경의 가슴을 짓눌렀다. 날이 무딘 칼날이 끊임없이 가슴을 후벼 파는 듯했다.

그러지 말았어야 했다. 그렇게 매몰차게 외면하지 말았어야 했다. 되지도 않는 충고를 잘난 척 늘어놓을 게 아니라 무서워하지 말라고, 이제 괜찮다고, 떨고 있는 그 몸을 안아 줬어야 했다.

이제 열일곱밖에 안 된, 아무에게도 어떤 해도 끼치지 않은 어린애에게 그런 짓을 한 나쁜 새끼들을 모조리 조지고 두 번 다시 이런 일은 없을 거라 안심시켜 줬어야 했다. 제 사물함을 닦아 주던 그 가냘픈 손을 잡아 줬어야 했다.

순간순간이 전부 후회였다.

동아리 신입생 모집 때 저를 올려다보던 그 기대에 찬 시선을 모른 척하지 말았어야 했다. 나도 반갑다고, 너를 다시 보게 되어서 너무 기쁘다고 그렇게 말했어야 했다. 그 새벽 모텔에서 혼자 그렇게 내뺄 게 아니었다. 연락 한번 안 됐다고 포기할 게 아니라, 될 때까지 계속,

하다못해 김서우가 그랬듯 집 앞이라도 찾아갔어야 했다.

너무 후회스러워 뼈마디 하나하나가 아릴 지경이었다.

이미 지나간 일이고 지금 제 옆에 있는 게 그 사람이라는 걸 알아도 가슴이 아팠다. 여전히 그때의 어린 소녀가 여전히 그 공장과 모텔방에서 그렇게 외롭고 지치고 슬프고 당황한 얼굴로 자신을 기다리고 있을 것만 같아 심장이 저미는 것 같았다.

물론 태경이 어떻게 행동했든 그 뒤 서우의 집에 일어난 불행과는 아무런 관계가 없었다. 군대에 있었든 아니든, 태경이 서우 아버지의 사고를 막을 수도 없었을 것이고 어머니의 도박 중독을 말리지도 못했을 것이다.

서우의 불행, 그 후의 고통은 태경의 책임이 아니다.

"선배 생각은 하나도 안 났어요."

그래도, 그런데도 왜 다 제 잘못인 것만 같은지.

"그렇게 많이, 오랫동안 좋아했는데. 열여덟엔 진짜 죽을 때까지 선배만 좋아할 거라고 맹세까지 했는데."

나도 좋아했는데. 어쩌면 김서우보다 내가 먼저 좋아했을지도 모르는데.

"그 사고가 있기 전부터도 처제는 상태가 별로 좋지 않았어요. 수면 장애에 알코올 의존 문제도 심각해서 병원도 오래 다녔고 우울증이 심했지요."

어떻게 후회를 하지 않을 수 있는지 태경은 알 수 없었다.

"서우야……."

낮게 불러도 깊이 잠이 든 서우는 아무 대답도 없었다. 잠든 얼굴을 내려다보던 태경이 조심스럽게 웅크리고 있던 서우의 몸을 바로 폈다. 뭉쳐서 품고 있던 이불 대신 자신의 몸을 넣었다. 팔다리를 서우의 것에 맞춰 끼워 넣고 여전히 잠들어 있는 몸을 꼭 끌어안자 잠든 사람 특유의 뜨끈뜨끈한 체온이 느껴졌다.

왠지 눈물이 날 것 같았다. 태경이 고개를 수그려 서우의 가슴으로 파고들었다. 서우는 무의식중에도 제 품속에 들어온 태경을 끌어안고 토닥거렸다. 안아 주려 했는데 오히려 제 쪽이 안기는 형국이다. 위로를 해 주고 싶었는데 제가 또 위안을 구하는 꼴이 됐다.

"미안해."

어떻게 생각해도, 무슨 변명을 한다 해도 태경의 책임이었다. 그렇게 오래 그 마음을 무시하고 제 마음도 모른 척 외면하고 결국 너무도 먼 길을 돌아오고 말았다. 그 아집의 대가는 자신이 아닌 서우가 치러야 했다.

"내가 잘못했어."

태풍 속에 갇혀 있던, 모텔방에 혼자 버려졌던 소녀에게 너무도 늦은 사과였다. 할 수만 있다면 태경은 시간을 되돌리고 싶었다. 아직 제가 아무 짓도 하지 않았던 때로, 서우가 상처받지 않고 다치지 않았던 때로 되돌아가고 싶었다.

그래서 이번에야말로 꼭 그 옆에 있어 주고 싶었다. 여린 어깨엔 너무도 버거웠던 그 고단한 삶의 무게를 번쩍 들어 내던져 주고 싶었다. 선택이라고 할 수도 없는, 그런 선택을 하지 않을 수 있도록.

'내가 죽여 줬을 텐데.'

내가 다 죽여 줬을 텐데. 내가 다 죽여 줘야 했는데. 네가 그렇게 괴롭기 전에 너를 괴롭게 만드는 모든 것들을 내가 다 없애 버렸어야 했는데.

도윤성이 오늘 지껄인 소리들이 어디까지 진실인지 태경에겐 중요하지 않았다. 그 말들의 진의보다 그런 말을 한 의도가 태경에겐 더 중요했다. 다만 한 가지만은 거짓이길 바랐다. 서우가 그간 지옥 같은 시간을 지나왔다는 그 말만은.

하지만 어쩔 수 없었다. 어쩔 수 없이 알 것 같았다. 다른 건 몰라도 그것만은 도윤성이 진실을 말했다는 것을.

다음 날부터 태경은 서우에게 당장 필요한 물건만 간단히 챙겨 오게 한 후 아예 제집에 눌러 앉혔다. 출근도 같이 하고 퇴근 후에도 곧장 함께 집으로 와 내내 붙어 있었다.

사심이 있어서가 아니라 걱정이 되어서였다. 평소와 다를 바 없는 듯하면서도 서우는 묘하게 기운이 없었다. 달리 아픈 데도 없는데 계속 멍한 상태로 특히 잠이 부쩍 많아졌다.

체력이 좀 안 좋긴 했어도 그렇게 잠이 많은 편은 아니었기에 태경은 좀 불안했다. 반차를 내게 하고 병원으로 데려가 검진도 받았지만 가벼운 감기 기운이 있을 뿐, 특별한 이상은 없다고 했다.

다만 태경은 서우가 검사를 받기 전 문진에서 최근 6개월간 먹은 약이 있는지를 묻는 항목에 뭔가를 써넣는 걸 보았다. 유심히 보아 둔 약명을 나중에 검색해 보니 항우울제와 수면제였다.

2월 첫째 주, 주말엔 서우의 동생을 만났다. 소개를 받았다기보단 서우가 동생을 만나는 자리에 태경이 억지로 따라나선 거나 다름없었다. 그렇게 민재를 보자마자 태경은 이 꼬마가 일전에 쓰레기장 근처에서 저에게 아파트 흡연 구역에 대해 충고를 하던 녀석이라는 걸 알았다.

"어, 아저씨?"

민재 역시 첫눈에 태경을 알아보았다. 놀랍지도 않았다. 사람들이 제 얼굴을 유독 잘 기억하는 걸 태경 스스로도 알고 있으니까. 아직 뇌 용량이 모자란 꼬마라도 예외는 아닐 거다.

놀란 건 오히려 서우 쪽이었다.

"어떻게 둘이 알아요?"

서우가 눈을 동그랗게 뜨고 저를 바라보자 태경은 남매가 좀 닮긴 했다는 생각이 들었다. 그러자 문득 자신이 민재를 처음 만났을 때도 이 비슷한 기시감을 느꼈던 게 기억났다.

이중 주차 문제로 서우를 다시 만났던 바로 전날이다. 그때 태경과 함께 있던 민재가 기다리고 있던 사람이 김서우였다는 게, 그가 서우의 동생이라는 게 묘한 기분이 들게 했다. 촌스러울 정도로 낭만적이고 비합리적인 생각인 건 알지만 인연이 닿아 있다는, 그런 간질거리는 느낌이 들었다.

"아저씨 우리 누나랑 친구였어요?"

민재가 눈을 크게 뜨고 물었다. 서우가 민재의 흐트러진 옷매무새를 바로잡는 사이, 태경이 느슨하게 대답했다.

"아니."

대답이 떨어진 순간 서우와 눈이 마주쳤다. 시선을 떼지 않은 채로 태경이 태연하게 지껄였다.

"그것보단 좀 더 복잡한 사이지."

"그게 뭔데요?"

"음, 고등학교, 대학교 선후배 사이이자 회사 동료 직원, 같은 아파트 주민에."

곧 결혼할 사이.

태경은 뒷말을 삼키고 어리둥절해하는 민재에게 그러니까 내가 너보다 먼저, 더 오래 누나를 알았다고 뻐겨 댔다. 민재는 입술을 삐죽이며 뭔가 대꾸할 말을 찾는 듯했지만 결국 실패했다. 뾰로통한 얼굴로 분해하는 민재를 달래며 서우가 태경을 향해 가볍게 눈을 흘겼다.

"그러지 마요."

아이들이 좋아할 법한 뷔페식 레스토랑으로 들어서며 서우가 태경의 어깨를 쿡 찌르며 속삭였다. 태경은 내가 뭘 어쨌냐는 듯 결백한 표정을 지어 보였다.

"틀린 말 한 것도 없잖아. 내가 너 먼저 만난 건 사실인데."

"그렇다고 애한테 그렇게……."

"그렇지. 애한테 그러면 안 되지."

서우가 의아한 눈이 되었다. 어쩐 일로 이렇게 순순히 수긍을 하나 싶은 모양이다. 안내받은 테이블에 자리를 잡고 주문을 마치자마자 벌떡 일어난 민재가 먼저 음식을 가지러 갔다.

"솔직하게 결혼할 사이라고 말해야 했는데."

태경의 말에 민재 쪽을 살피던 서우의 눈이 와락 이쪽으로 돌아왔다.

"나 언제 결혼해, 서우야."

"……."

"오늘도 대답 안 해 줄 거야?"

서우의 눈꺼풀이 살짝 떨렸다. 살짝 긴장하면서도 또 시작이구나 하듯 체념이 뒤섞인 모순적인 표정이 그 얼굴에 떠올랐다.

서우는 아직 태경의 프러포즈에 아무런 답도 주지 않았다. 태경 역시 점잖고 인내심 많으며 사려 깊은 남자 친구처럼 조용히 대답을 기다리고 있지만은 않았다.

언제 대답해 줄 거냐. 신혼집은 어디로 알아보면 되겠냐. 회사에 사택 빼겠다고 하면 되냐. 꽃 피는 봄에 괜찮은 식장 잡으려면 빨리날부터 잡아야 하는 거 모르냐. 틈만 나면 채근하며 답변을 종용해 댔다.

"그래, 프러포즈를 그딴 식으로 해 놓고 긍정적인 대답을 바라는 것도 양심 없는 소리지."

"아니, 그런 게 아니고……."

"예고."

태경이 선언하듯 짧게 끊어 말했다. 서우는 또 무슨 소릴 하려고 그러나 불안한 눈으로 그를 보았다.

"다음 주, 밸런타인데이에 정식으로 프러포즈할 거야."

태경의 검은 눈이 서우의 갈색 눈을 지그시 바라보았다.

"꽃과 반지, 촛불, 감동적인 음악, 로맨틱한 분위기, 뭐든 하나도 빼놓지 않을게. 그러니까."

서우의 목울대가 크게 울렁였다.

"그땐 너도 정식으로 대답해."

한없이 가벼운 어조였지만 눈빛만큼은 진지했다. 서우의 표정은 굳은 채 풀릴 줄을 몰랐다. 어쩔 수 없이 태경이 먼저 손을 들어 그 얼굴을 쓰다듬었다. 뭘 그렇게 겁을 내냐고 경직돼 있는 입꼬리를 어루만지고 눈가를 쓸었다.

"정 아니다 싶으면 한 번은 차여 줄게."

"……."

"하지만 두 번은 안 돼."

서우의 눈가가 일순 일그러졌다. 입술을 달싹이며 뭐라 말을 하려는 순간, 태경의 휴대폰이 울렸다.

"네, 어머니."

서우의 몸이 덜컥 멈췄다. 그 반응을 못 본 척하며 태경이 모친과의 대화를 이어 나갔다.

"다음 주요? 다음 주에 내가 어머니 집에 간대요? ……아, 설날이구나. 깜빡 잊고 있었어요. 네, 네. 그럼 그때 갈게요. 네, 알겠어요."

태경이 전화를 끊은 뒤에도 서우는 약간 멍한 얼굴이었다. 아무렇지도 않게 태경이 먼저 입을 열었다.

"그러고 보니 벌써 다음 주가 설이네."

워낙 명절에 의미를 두지 않고 살아와 잊고 있었다. 서우가 여전히 정신을 딴 데 둔 얼굴로 그러네요, 하고 중얼거리자 막 테이블로 돌아온 민재가 누난 그것도 몰랐냐며 끼어들었다.

"설날은 사흘이나 쉬는데 어떻게 까먹어."

"그러게, 누나가 정신이 없네."

서우가 희미하게 웃으면서 하는 말에 민재가 그럴 수도 있지, 하며 금세 태세를 바꿔 관대한 척을 했다.

"누나 그동안 시험공부 하느라 바빴잖아. 까먹을 수도 있지."

무슨 시험인지 정확히는 몰라도 민재도 서우가 겨울 내내 도서관까지 다니며 열심히 공부한 것을 알고 있었다. 얼마 전, 그 시험에 통과한 것까지도.

"공부하는 거 되게 힘들잖아."

그러더니 태경을 향해 고개를 쳐들었다.

"우리 누나 얼마 전에 회사에서 치는 중요한 시험에 합격했어요."

마치 제가 장원 급제라도 한 듯 뻐기는 투였다. 태경이 피식 웃었다.

"그래? 몰랐네."

"그럴 수도 있죠."

"합격 축하 선물은 줬어?"

"네?"

태경의 물음에 민재가 잠시 주춤했다. 으스대던 얼굴에 아차 하는 기색이 서렸다.

"축하한다고 했는데……."

"축하는 말이 아니라 돈으로 하는 거 몰라?"

"민재야, 저기 너 좋아하는 와플 있던데 누나가 가져다줄까?"

그때 서우가 태경의 말을 자르고 끼어들었다. 민재 몰래 태경을 향해 눈을 찡그리더니 먹고 있으라는 말을 남기고 자리에서 일어났다. 태경과 민재가 약속이라도 한 듯 나란히 서우의 뒤를 시선으로 좇았다. 조심스럽게 접시를 빼 든 서우가 차례를 기다려 커다란 집게로 와플을 집어 기계 속에 넣는 모습이 노란 조명 아래 밝게 비쳤다.

"우리 누나 예쁘죠?"

문득 앞에서 들려온 소리에 태경이 서우를 보고 있던 눈을 떼고 민재를 보았다. 언제부터였는지 민재가 말똥말똥한 눈으로 태경을 빤히 쳐다보고 있었다.

"뭐라고?"

"우리 누나라서 하는 소리가 아니라 정말 그런데, 누나는 만날 내가 그렇게 말할 때마다 네 누나니까 그렇지, 라고 해요."

자신은 그렇게 객관성 없는 사람이 아니라는 듯 민재가 입을 삐죽였다.

"내가 본 사람 중에 우리 누나가 제일 예쁜데. 텔레비전에 나오는 사람 빼고요. 실제 사람 중에서요."

"그래?"

"아저씨도 그렇게 생각하는 거 아니에요?"

"응?"

"아저씨 우리 누나 좋아하는 거 맞죠?"

뜻밖의 물음이라는 듯 잠시 멈칫하던 태경이 곧 가늘게 눈을 접고 웃었다. 이 조그만 녀석의 눈치가 그보다 몇 배 더 산 누나보다 낫다.

"티 나?"

"음, 아뇨. 조금?"

"그래?"

"그래도 들키기 싫으면 조심하세요. 우리 누나가 알면 놀랄지도 몰라요."

자못 진지한 태도에 태경도 웃음을 꾹 참고 진지한 척 물었다.

"왜? 그냥 들키면 안 돼?"

"안 될걸요, 아마."

"어째서."

민재가 지금 하는 얘기는 비밀이라는 듯 저만치 떨어져 있는 서우의 동태부터 살피고는 낮은 목소리로 말했다.

"엄마가 싫어하거든요. 그래서 안 돼요."

그전에도 누나에게 관심을 보이던 남자가 몇 있었지만 엄마 때문에 누나가 모두 거절했다고 했다.

"엄마가 무슨 상관인데? 누나가 좋으면 그만이지."

"그렇긴 한데…… 누나는 너무 착해서 엄마가 싫어하는 건 안 하거든요."

"너는 어떤데?"

"……저는 누나만큼은 안 착해서…… 가끔 엄마 몰래 나쁜 짓 하기도 하는데……."

"아니, 그거 말고."

너도 누나가 다른 사람 좋아하는 게 싫으냐고 묻자 민재는 한참이나 고민을 했다. 그사이 서우가 돌아와 와플이 담긴 접시를 내려놓았다. 잠시 중단된 대화는 서우가 화장실을 감으로써 다시 이어졌다. 정확히 말하면 협상이었다.

"너 이번 방학 때 누나 공부한다고 어디 놀러 가지도 못했지?"

"네?"

"어디 가고 싶은 곳 없어? 하고 싶은 거나."

태경이 민재의 접시 위에 있던 와플을 먹기 좋게 잘라 주며 그와 눈을 마주쳤다.

"가고 싶은 곳이요? 어디요?"

"어디든. 뭐 놀이공원이라든가. 스키장이라든가."

놀이공원, 이라는 말이 떨어지자마자 민재의 눈이 확 빛났다.

"가고 싶어요! 놀이공원."

"같이 갈까?"

"정말요?"

"그럼."

태경이 고개를 끄덕이자 민재가 함박웃음을 지었다. 벌써부터 놀이공원에 들어선 듯 신이 나 몸까지 들썩였다. 둘은 비장하게 새끼손가락까지 걸고 무언의 약속을 나눴다. 타이밍도 좋게 협상이 끝나자마자 서우가 자리로 돌아왔다. 세수를 했는지 얼굴이 약간 젖어 있었다.

"이제 좀 앉아서 먹어. 음식 내가 가져올게."

서우를 자리에 앉힌 태경이 부실한 테이블 위를 둘러보며 혀를 찼다. 자신도 뷔페를 싫어하지만 이 남매는 둘 다 뷔페 먹을 줄을 모른다. 이 많고 많은 음식 중에 고른 게 고작 감자튀김에 김밥에 와플이라니.

성큼성큼 자리를 떠난 태경이 곧 양손 가득 수프와 샐러드가 담긴 접시를 들고 돌아왔다. 그러고도 자리에 앉지 않고 부지런히 먹이를 물어 나르는 어미 새처럼 접시를 날랐다. 나중엔 민재의 손을 잡고 함께 뷔페를 돌기도 했다. 그러는 중에도 서우에게 많이 먹으라고 잔소리하는 것도 잊지 않았다.

민재를 집에 데려다준 후, 태경은 곧장 집으로 가지 않고 차를 돌려 근처 공원으로 향했다. 해는 이미 저물 기미를 보이고 바람은 쌀쌀해지고 있었지만 집으로 가면 서우가 또 잠들 기세기에 한 선택이었다.

서우는 어디로 가냐고 묻지도 않고 차가 방향을 틀자 태경의 얼굴만 힐끔 쳐다봤다. 공원에 도착해 내리기 전, 태경은 서우의 목도리를 고쳐 매 주고, 장갑을 끼워 주고, 차 뒷좌석에 있던 모자도 덮어 씌웠다.

아직 겨울의 한복판이다. 추운 날씨 탓인지 공원엔 나와 있는 사람들이 거의 없었다. 하지만 이렇게라도 걷지 않으면 서우가 정말 운동을 하나도 하지 않는 것 같아서 어쩔 수 없었다. 아무래도 계속 졸려 하는 게 체력 문제도 있는 것 같아 태경은 의식적으로라도 실외 활동을 늘리는 중이었다.

"선배는 설날에 뭐 하세요?"

이제 시험도 끝났으니 같이 체육관엘 가자고 할까 태경이 고민하고 있는데 서우가 먼저 입을 열었다. 대답을 하기 전, 태경은 서우의 손을 잡아 그쪽만 장갑을 벗기고 제 코트 주머니 속에 넣었다.

"설날? 딱히 하는 거 없는데."

"차례 같은 거 지내지 않아요?"

"우리 집은 그런 거 없어."

"아, 혹시 기독교예요?"

"그런 건 아니고 딱히 기릴 만한 조상이 없다고 어머니가 생각하셨나 봐."

"……어머님께서?"

"응, 아버지는 없으니까."

그 말에 서우가 걸음을 멈추고 태경을 올려다봤다. 태경이 눈썹을 으쓱하고 서우를 끌어당기며 계속 걷기를 종용했다.

"괜찮아."

정면의 나무에 시선을 둔 채로 천천히 걸음을 옮기며 태경이 말했다.

"네?"

"묻고 싶은 거 있으면 다 물어봐도 괜찮다고."

"……."

"아버지가 없어서 슬플 나이는 지났잖아."

태경이 고개를 돌려 서우와 눈을 맞추며 허물없이 웃었다. 서우가 생각에 잠긴 듯한 시선을 바닥으로 돌렸다. 태경이 주머니 속에 잡고 있던 서우의 손을 더 꼭 힘주어 움켜쥐었다.

"내가 성인 되고 이혼하셨어. 그 전부터 같이 안 산 건 오래였고."

서우는 아무것도 묻지 않았는데 태경은 스스로 제 이야기를 하기 시작했다.

"어차피 너는 나한테 아무것도 안 물어볼 거 아냐. 근데 나는 네가 나에 대해 다 알았으면 좋겠거든."

서우는 반대였다. 서우는 태경이 저에 대해 다 아는 걸 원치 않았다.

"난봉꾼이라고 하지, 그런 사람을."

태경의 아버지는 도대체 저런 사람이 어째서 결혼을 할 결심을 했는지 의아할 정도로 분방하고 불성실한 사람이었다. 결혼 초부터 숱하게 밖으로 돌던 그는 어느 순간부터 아예 집에 들어오지도 않았다. 덕분에 태경은 어릴 때, 부모란 원래 따로 살면서 가끔씩 보는 그런 사람들인 줄 알았다.

"어찌나 뻔뻔한지, 그러고도 내키면 제멋대로 불쑥불쑥 찾아왔어."

그럼에도 어느 쪽도 쉽사리 이혼을 할 생각은 하지 않았다. 당시 제 모친이 무슨 생각을 하고 있었는지는 태경도 잘 몰랐다. 적어도 태경의 기억 속에 남아 있는 어머니는 그렇게 슬퍼하진 않았던 것 같다. 어쩌면 그럴 시기는 태경의 기억이 제대로 형성되기도 전인 아주 어릴 때 이미 지나가 버린 건지도 몰랐다.

"아마도 때를 보고 계셨던 것 같은데, 진짜 속내는 어머니만 아시겠지."

상처받았음이 분명할 아내는 최소한 아들 앞에서만큼은 남편의 험담을 한 적이 없었다. 분명히 밉고 원망스러웠을 텐데 당신의 증오를 아들에게 전가하지 않으려 노력했다. 별거 중에 남편이 마음대로 찾아올 때도 그녀는 단지 태경에게서 아버지를 볼 권리를 빼앗아선 안 된다는 이유로 기꺼이 그가 제집에 발을 들이는 걸 허락했다.

"그래서 어릴 땐 엄마가 아빠를 안 싫어하는 줄 알았어. 실제로 그랬을지도 몰라. 미련 없고 뒤끝 없는 스타일이시거든. 안 되는 건 빨리 포기하고 그 시간에 다른 최선이 무엇일지 모색하는 그런 사람."

그렇게 별거 상태를 유지하던 부모님은 결국 태경이 성인이 되던 해 이혼에 합의했다. 그간 차곡차곡 모아 둔 증거들을 토대로 태경의 모친은 가장 유리한 입장에서 합의를 이끌어 냈다. 그때 그 승리감에 찬 후련하고도 의기양양한 표정은 지금도 태경의 기억 속에 생생했다.

"해방이었겠지."

태경 역시 별 충격이나 갈등 없이 부모의 이혼을 받아들였다. 화목한 가정 따위 원래부터 없었으니 아쉬울 것도 없었다. 시간이 흐르고 나이를 먹으며 그나마 간간이 얼굴 보던 횟수도 줄어들었고,

아버지가 재혼을 한 지금은 남처럼 지내고 있었다.

"그래서 우리 집은 명절이라도 별다를 게 없어. 외가 어른들도 다 돌아가셨고 친가 어른들이 계시긴 하지만 딱히 명절을 챙기진 않고."

태경에겐 조금 긴 휴가일뿐이다. 그래도 명절이라고 가급적 어머니와 함께 시간을 보내려고 하긴 하는데 그것도 딱 하룻밤 본가에서 자고 오는 게 전부다. 태경이 길게 얘기를 하는 동안 서우는 한 번도 끼어들지 않고 귀담아듣기만 했다. 그러다 가만히 입을 열었다.

"선배는, 어머님을 닮았네요."

"내가? 그런가? 내가 좀 더 잘생겼다고 생각하는데."

"아니, 그런 것 말고, 성격이……."

"성격?"

태경이 슬쩍 고개를 갸웃했다. 서우가 생각을 정돈하듯 한동안 눈을 들어 허공을 더듬다 천천히 입을 열었다.

"현명하신 것 같아서요. 인내심도 많고."

"……."

"그거, 아닌 줄 알아도 그렇게 놓는 거, 정말 쉬운 일 아닌데……."

"난 안 그런데."

태경의 말에 서우가 고개를 돌려 그를 보았다.

"난 성질 급하고 뒤끝 길고 미련 넘치는 사람인데."

"……선배가요?"

"아닌 것 같아?"

서우가 고개를 끄덕였다.

"네가 몰라서 그래."

태경이 주머니 속에 쥐고 있던 서우의 손을 더 힘주어 잡았다. 손에 땀이 차 축축한 게 느껴졌다. 몇 번 눈치를 살피던 서우가 주머니에서 손을 빼내려 했다. 하지만 태경은 꿈틀대며 빠져나가려는 서우의 손을 꽉 잡고 놓아주지 않았다. 몇 번 더 시도하던 서우는 안 되겠다 싶어 말로 설득을 시작했다.

"땀났는데, 찝찝하시잖아요."

"내가 찝찝해, 서우야?"

"아니, 아뇨. 나 말고 선배가."

"나는 괜찮은데."

거짓말이다. 아무것도 안 건드리고 가만히 외부에 노출된 상태로도 손을 씻지 않고 한 시간이 넘어가면 못 버티는 태경이다.

"안 괜찮잖아요."

"아닌데."

태경이 부정했지만 서우는 믿지 않았다. 태경이 깔끔하다는 건 고등학교 때부터도 알고 있었지만 알고 보니 그 이상이었다.

외식을 자주 하면서도 모르는 식당은 거의 가지 않았고 외출했다 돌아오면 먼저 샤워를 하지 않고는 방에 들어가지 않았다. 청소기를 돌린 후엔 곧장 먼지 통 청소를 했고 욕실을 사용한 뒤엔 내부를 물기 하나 없이 깨끗이 닦고 나왔다. 티는 안 내려고 하지만 장갑을 끼지 않고는 엘리베이터 버튼도 누르기 꺼려 해서 휴대폰 모서리를 이용하는 것도 안다.

서우는 그런 그의 결벽이 숨 막히지 않았다. 집 안에서는 손끝도 까딱 못 하게 해서 별도리가 없었지만 밖에 나오면 자연스럽게 제가 먼저 문을 열거나 엘리베이터 버튼을 누르거나 사람 많은 곳에선 가림막이 되어 주거나 했다. 정말 별것 아닌 하찮은 것들이지만 그런 것이라도 할 수 있어 기뻤다.

　"네가 몰라서 그러는데."

　"뭘 매번 저는 모른대요."

　"너는 괜찮아."

　그 말에 바르작거리던 서우의 손이 우뚝 멈췄다.

　"너는 다 괜찮아."

　"……."

　"알잖아."

　당연한 사실을 알리듯 담담한 어조였다. 서우는 고개를 돌려 태경을 보고 싶었지만 몸이 움직이지 않았다. 목은 물론 팔도 다리도 이상하게 삐걱거리고 심장마저 제멋대로 뛰었다.

　'정말 나는 다 괜찮아요?'

　확인하고 싶었다. 하지만 서우는 그렇게 하지 않았다. 돌아올 대답이 뻔해서, 그리고 그 대답을 자신은 믿지 못할 게 뻔해서.

　"……선배는 어떻게 그렇게 말도 잘해요."

　서우가 작게 중얼거렸다. 거의 들리지 않을 정도였는데 용케 알아들은 태경이 내가? 하고 되물었다.

　"그런 말 많이 들었죠?"

시큰거리는 코끝을 장갑을 낀 손으로 비비며 애써 밝게 물었다. 태경은 음, 하고 모호하게 말꼬리를 늘일 뿐 얼른 대답하지 않았다.

"부럽다."

"딱히 그럴 정도는."

"말 예쁘게 하는 게 얼마나 장점인데요. 말 한마디로 천 냥 빚을 갚는다는 속담도 있잖아요."

자신이 태경에게 갚아야 할 빚은 얼마일까. 최소한 천 냥은 훨씬 넘을 텐데. 아마 죽을 때까지도 다 못 갚겠지.

훌쩍이는 소리를 내며 서우가 손등으로 코끝을 연신 비볐다. 태경은 서우가 추워서 그러는 건 줄 알았는지 흘러내린 목도리를 꼼꼼히 여며 주고 어깨를 감싸 제게로 바짝 붙였다. 서우는 한 몸처럼 태경의 몸에 들러붙어 걸었다. 시린 맞바람에 눈가가 따끔거리고 목구멍이 쓰라렸다.

그렇게 천천히 공원을 두 바퀴쯤 돌았다. 주로 말을 하는 건 태경이었고 서우는 듣는 쪽이었다. 맞잡은 손에 땀이 날 때쯤 산책을 끝내고 집으로 돌아갔다.

"먼저 올라가. 난 잠깐 누구 좀 만나고 올게."

아파트 앞에 차를 세우고 태경이 말했다. 막 안전벨트를 풀고 내리려던 서우가 멈칫하고 그를 쳐다보았다.

"……누구요?"

"좀 아는 사람."

"아……."

어쩐 일인지 서우는 평소보다 반응이 느렸다. 늦지 않는다고 쉬고 있으라고 해도 고개만 끄덕일 뿐 잠금을 풀어 놓고도 미적이며 차 문을 열지 않았다. 무슨 할 말이라도 있나 싶어 막 물어보려는 찰나 서우가 망설이듯 입을 열었다.

"많이 늦어요?"

"응? 아니, 금방 올 거야."

"네에……."

"왜, 미리 말 안 해 줘서 섭섭해?"

서우의 입술이 살짝 떨어졌다. 아니라고 하려는 듯했지만 새어 나오는 건 숨소리밖에 없었다. 태경이 미소를 띠고 서우의 몸을 당겨 볼에 입을 맞췄다.

"미안, 깜빡했어."

"아니, 안 섭섭한데……."

"금방 올게. 쉬고 있어."

서우는 하릴없이 혼자 집으로 올라갔다. 어느새 자신의 집처럼 익숙해진 태경의 집에선 그의 냄새가 났다. 침실엔 그가 사용하는 섬유 유연제 냄새가 났고 옷방엔 그가 자주 뿌리는 향수 냄새, 욕실엔 그의 몸에서 나는 보디 클렌저 향이 났다.

서우는 주인 냄새를 좇는 강아지처럼 집 이곳저곳을 하염없이 빙빙 돌다가 침대로 내려앉았다. 제집과는 달리 태경의 집에서는 가장 마음 편한 곳이 침실이었다. 이곳에선 태경 본래의 체취가 가장 짙게 났다.

금방 온다던 태경은 한참이 지나도 감감무소식이었다. 기다리려고 했는데 어느새 또 잠이 든 모양이었다. 약간 거칠게 제 몸을 끌어당기는 손길에 언뜻 잠이 깼다. 서우가 깬 걸 귀신같이 알아챈 태경의 큰 손이 도로 저를 재우려는 듯 천천히 등을 토닥였다. 안심하고 그의 가슴으로 파고들던 서우가 문득 눈을 떴다.

옷을 한 겹 사이에 두고 볼에 와 닿는 심장 박동이 비정상적으로 빨랐다. 그러고 보니 희미하게 술 냄새도 났다.

서우가 고개를 들었다. 술 마셨어요? 묻고 싶었는데 태경이 이내 제 몸을 꼭 껴안는 바람에 말할 기회를 놓쳤다. 가만히 있자 서우가 다시 잠들었다고 생각했는지 태경은 깊은 한숨을 연거푸 쏟아 냈다. 볼에 맞닿은 가슴이 크게 들썩거렸다.

서우가 꿈틀거리며 겨우 머리만 빼내 태경의 얼굴을 들여다보았다. 어두워서 잘 보이지 않았지만 그의 숨이 불안정하다는 건 알 수 있었다.

"선배, 선배."

서우가 몇 번이나 부르자 태경이 겨우 낮고 꺼칠한 음성으로 응, 서우야, 미안, 하고 말했다.

미안하다는 말을 들으려던 건 아니었는데.

"깼어?"

"네."

"미안, 내가 좀 취했지."

"……"

"조금만, 진짜 조금만 마시려고 했는데……."

진짜 조금만 마시려던 술을 어째서 그렇게 많이 마셔 버렸는지는 말해 주지 않고 태경은 그대로 까라지듯 눈을 감았다. 태경이 완전히 잠들 때까지 방해가 되지 않도록 숨죽이고 가만히 있던 서우 역시 까무룩 잠이 들고 말았다.

누가 먼저 잠들었는지는 정확히 알 수 없었지만 서우는 가물거리는 의식으로도 제 등을 끌어안은 커다란 손이 약간 떨리고 있었다는 건 알 것 같았다.

* * *

최근 자신이 잠이 많아졌다는 건 서우 스스로도 느끼고 있었다. 이상하게 자도 자도 계속 잠이 왔다. 낮밤을 가리지 않고 졸음이 몰려왔고 깨어 있을 때도 정신이 맑은 시간이 얼마 되지 않았다.

그런 날들이 이어지자 감각이 무뎌지고 사고가 더뎌졌다. 일상을 기계적으로 수행하면서도 허공에 부유한 채 그런 자신을 보고 있는 또 다른 자신이 있는 것 같았다. 뿌연 연통 속에 갇힌 듯 좁아진 시야에 뭔가가 자꾸 다가오는 것 같은 기분은 이전에도 느껴 본 적 있는 예감이었다.

어느 영화에 나온 말이었던가. 인생은 초콜릿 상자와 같아서 그것을 열어 보기 전까진 어떤 맛을 고를지 알 수 없다고.

서우는 종종 습관처럼 제 초콜릿 상자를 헤아려 보곤 했다. 탄생과 동시에 주어지는 초콜릿의 개수와 맛이 이미 정해져 있다는 건 안도와 불안을 동시에 주었다. 싫어하는 맛을 다 먹어 버리면 좋아하는 맛만 남게 마련이다. 반대로 잡는 족족 좋아하는 맛만 골랐다면 그다음엔 싫어하는 맛이 나올 차례다.

설 연휴를 앞두고 인사 발령이 났다. 문서에 적힌 이름은 여럿이었지만 서우의 시선을 끈 것은 하나밖에 없었다.

"서태경 과장, 팀장으로 승진했네요."

"서 과장이 지금 몇 살이더라? 거의 최연소 팀장 아닌가요?"

"그럴걸요. 아마."

현정과 진우가 주고받는 소리가 들렸다. 아, 그랬구나. 서우가 멍한 눈으로 모니터 속 태경의 이름을 더듬으며 생각했다. 몰랐다. 태경 역시 어떤 내색을 한 적도 없었다.

'축하한다고 해야⋯⋯.'

서우의 손이 무의식중에도 휴대폰이 있는 쪽으로 움직였다. 팀장 승진이라니. 방금 현정이 말하기도 했지만 30대 초반에 이례적인 고속 승진이다.

잠시 잊고 있었다. 태경이 어떤 사람인지. 최근 제 곁에만 붙어서, 저만 보고 있어서 그와 제가 비슷한 사람이라 착각하고 있었다.

'내가 왜 이러지.'

이상하게 기쁘지가 않았다. 그 사실에 서우는 또 충격을 받았다. 할 말을 찾아내지 못한 사이 태경에게서 먼저 메시지가 왔다. 승진에 대한 말은 한 마디도 없이 오늘 점심은 팀원들과 밖에서 먹는다는 내용이었다.

[네, 점심 맛있게 드세요.]

잠깐 망설이다 짧은 메시지를 덧붙였다.

[선배님.]
[축하드려요.]

겨우 그렇게 답장을 보냈다. 무성의하기 그지없는 내용이었지만 어떤 말을 해야 할지 도무지 알 수가 없었다. 차라리 태경이 먼저 말로만? 하고 농담을 걸어 준다면 뭐라도 대꾸를 할 수 있을 것 같은데.

"자, 밥 먹으러 갑시다."

현진우가 자리에서 일어나며 유쾌한 어조로 말했다. 오후 근무만 소화해 내면 이제 설 연휴라 마음이 가벼운 모양이었다. 서우도 하던 일을 정리하고 자리에서 일어났다. 옆에서 지갑과 휴대폰을 챙겨 들고 따라 일어서던 주은이 이쪽을 향해 흘깃 눈길을 주었다.

"서우 씨, 오늘은 나가서 점심 안 먹어요?"

"네? 아, 네."

"왜?"

서우가 고개를 들자 주은과 눈이 마주쳤다. 특별한 의미를 담은 건 아니었는지 주은은 금방 무심하게 시선을 돌리고 앞서가던 현정에게 따라붙었다.

점심시간이 끝날 때까지도 태경은 아무런 연락이 없었다. 연휴를 앞두고 있어서인지 사무실 분위기가 어수선했다. 2시가 넘자 현정은 시댁이 지방이라 일찍 나가야 된다며 먼저 퇴근해 버렸고 주은 역시 딱히 일할 기분이 나지 않는지 모니터에 쇼핑몰이 떠 있었다.

그때 책상 위에 놓여 있던 서우의 휴대폰이 짧게 진동했다.

[잠깐 옥상으로 올라올래.]

태경이었다. 답장을 보낼 새도 없이 서우가 자리에서 일어났다. 주은은 저를 돌아보지도 않았고 빈 현정의 자리 너머로 머리통만 보이는 진우 역시 모니터에만 정신을 팔고 있었다.

조용한 복도를 소리 없이 빠져나와 옥상으로 향하는 계단을 올랐다. 비상구 문을 열고 들어서자 저만치 난간에 기대 담배를 피우고 있는 태경의 뒷모습이 보였다.

"……선배님."

태경이 고개를 돌렸다. 약간 놀란 표정이었다. 서우가 답장을 보내지 않아 이렇게 빨리 올 줄 몰랐던 모양이다. 급하게 담배를 비벼 끈 태경이 손을 몇 번 젓는 시늉을 하기도 전에 연기는 2월의 싸늘한 바람을 타고 저 멀리로 날아가 버렸다.

"춥지?"

코트도 없이 사무실에 있던 상태 그대로 올라왔다. 태경이 바람이 불어오는 쪽으로 한 걸음 옮겨 서며 입고 있던 재킷을 벗었다. 그대로 재킷을 서우의 어깨 위로 둘러 주려는 손을 서우가 한 발 물러서며 사양했다.

"괜찮아. 아무도 안 와."

"그래도……."

"잠깐 문 잠그면 되지 뭐."

태경이 간단하게 옥상 문을 잠그고 다시 돌아왔다. 뭔가 한마디 하려던 서우가 그냥 입을 다물었다. 오래 있을 것도 아니고, 그 말대로 잠깐이면 괜찮을 것 같았다.

"미국 지사 가기 전에 당시 팀장님이 그러셨어."

서우는 아무 말도 하지 않고 그를 쳐다보기만 했다.

"가능성 있으니까 욕심내 보라고, 몇 년 해외에서 고생하고 오면 다른 동기들보다 몇 발짝은 더 앞서가 있을 거라고."

"……."

"그렇다고 확실히 승진이 보장된 것도 아니라 이번에 이렇게 될 줄은 나도 며칠 전에 알았어."

태경은 자신이 승진을 한 것을 두고 서우에게 변명을 하고 있었다. 그 입에서 더 긴 말이 나오기 전에, 그런 말이 나오게 한 자신이 더 싫어지기 전에 서우가 말을 가로챘다.

"선배님."

"응."

"승진 축하드려요."

태경이 입을 다문 채 눈만 내리깔아 살피듯 서우를 보더니 잠깐의 틈을 두고 조용히 웃었다.

"저번에 누구 동생한테도 말한 것 같은데, 축하는 몸으로 하는 거라고."

단어 하나를 제멋대로 고쳐 말하는 표정이 어느새 뻔뻔했다. 덤덤한 표정으로 그를 올려다보던 서우가 한 발짝 걸음을 떼어 거리를 좁히며 팔을 뻗어 그의 등을 끌어안았다. 태경의 눈가에 놀란 빛이 스쳐 갔다. 서우가 그의 어깨 부근에 살짝 머리를 비볐다.

"이러려고 올라오라고 한 건 맞는데."

"……뭐 갖고 싶은 거나 필요한 거 있으시면."

"있다고 하면 다 해 줄 거야?"

서우가 고개를 들어 그를 올려다봤다. 대답은 필요도 없다는 눈빛이었다. 그 눈과 지그시 제 눈을 맞춘 채 태경이 손을 들어 바람에 흐트러진 서우의 머리칼을 정리했다. 이마와 귓등을 지나 목덜미까지 굳이 스치는 손길이 간지러워 서우가 어깨를 살짝 움츠렸다.

"회사에서 이러고 있으니 좋네."

태경이 다정하게 웃으며 말했다.

"월급 도둑 된 것 같고."

된 것 같은 게 아니라 됐다는 말은 태경의 입에 가로막혀 나오지 않았다. 가볍게 입술 사이를 가르고 들어온 혀가 부드럽게 입 속에서 움직이기 시작했다. 버릇처럼 숨이 차오르는 것을 느끼며 서우는 눈을 감고 얌전히 입을 벌렸다.

잠긴 옥상 문도, 사방이 열려 있는 공간이라는 것도 신경 쓰이지 않을 만큼 다정하고 달콤한 키스였다. 심장이 쿵쿵 뛰고 가슴이 저릿했다.

"축하는 네가 받은 것 같은데."

눈을 뜨자 태경이 웃음기 섞인 눈으로 저를 내려다보고 있었다. 서우는 뒤늦게 얼굴이 달아올랐다. 엄지로 입술 주위 타액을 정리해 주는 그의 눈길을 피하면서 서우가 조금 더듬거리며 말을 이었다.

"선배님은……."

"응?"

"오늘 퇴근 언제 하세요? 본가 가시면 좀 일찍……."

"본가는 내일 가. 가서 하룻밤만 자고 다음 날 아침 먹고 바로 올 거야."

저번에 그렇게 얘기했던 것 같다.

"너는?"

"네?"

"부모님 댁."

"아."

그러고 보니 그에게 할 말이 더 있었다.

"저 오늘은 저희 집으로 퇴근할게요."

"왜?"

"저희 집은 차례를 지내서."

서우의 아버지는 장남이었다. 할아버지, 할머니가 살아 계셨을 적은 물론, 돌아가신 다음에도 명절이면 온 집이 친척들로 북적북적했다. 형편이 어려워진 뒤에도 참석 인원이 줄었을 뿐, 차례를 지내는 건 변함없었다. 친척들은 받아먹은 게 있으니 어쨌거나 할 도리는 해야 된다고 했다.

부모님도 마찬가지로, 허울뿐인 껍데기일수록 더 놓지 못했다. 그때 서우는 세상이 이렇게 바뀌어 버렸는데도 변하지 않는 것들이 있다는 걸 알고 놀랐다.

"내일 일찍 장도 보고 음식도 하고 그래야 해요."

"그게 무슨 상관이야. 내일 내가 일찍 깨워 줄게. 다음 날도 우리 집에 와서 자."

"네?"

"어차피 잠은 집에 와서 잘 거 아냐."

"그렇긴 한데……."

"우리 집에서 자."

태경이 이상한 고집을 부리기 시작했다.

"그래도, 선배도 없는데 나 혼자……."

"나 없으면 어때."

"……."

"우리 집에 있어."

말끝이 단호하다 못해 약간 강압적이기까지 했다. 잠시 침묵하던 서우는 그대로 고개를 끄덕였다. 굳이 그럴 필요가 없다는 건 중요한 것도 아니었다. 태경이 원하는 건 뭐든 들어줄 수 있었다. 할 수 있을 때, 할 수 있는 한 잘해 주고 싶었다.

연휴 첫날, 서우는 일찍부터 장을 보고 음식을 만들었다. 영혜는 종일 근무가 있는 날이라 서우가 설거지를 끝내고 집에 돌아갈 때까지도 오지 않았다. 어쩌면 일은 핑계고 서우를 피하는 건지도 몰랐다. 윤성에게서 돈을 빌리고 그로 인해 말다툼을 한 이후 영혜는 서우에게 전화 한 통도 하지 않았다.

회사 출근할 때보다 더 녹초가 되어서 집에 돌아오니 밤 10시였다. 서우는 기름 냄새에 전 몸을 씻지도 않고 냉장고를 뒤져 사 둔지 한 달도 넘은 듯한 맥주를 팩째로 꺼냈다. 불도 켜지 않고 거실 창 앞에 오도카니 앉아 멀거니 밖을 보며 맥주를 마셨다. 창 너머로 태경의 집에서 보는 것과는 조금 다른 각도의 하늘이 보였다.

오랜만에 마신 술이라 그런지 얼마 안 마셨는데도 눈앞이 어릿했다. 빈 캔들을 한쪽으로 밀어 놓고 서우가 그 옆에 머리를 대고 웅크렸다. 샤워를 하고 갈아입을 옷만 챙겨 태경의 집으로 건너갈 심산이었는데, 한번 누워 버리니 쉽사리 일어날 기분이 들지 않았다.

"……."

이렇게 어두운 곳에 혼자 누워 바깥의 불빛을 보고 있노라면 몸이 허공에 붕 떠 있는 기분이 들었다. 아래도 위도 옆도 아무것에도 연결되어 있지 않은 조그만 큐브에 갇혀 있는 것 같다.

까딱 잘못하면 언제 균형을 잃고 저 바닥으로 곤두박질치게 될지 모른다는 아득한 기분이 드는데 서우는 그게 꼭 무섭지만은 않았다. 가끔은 그런 감각을 기대하며 술을 마시기도 했다.

술을 마시면 그런 느낌이 가중되고 실체화되어 정말로 눈앞이 휘청거리고 가슴이 철렁해질 때도 있었다. 누구의 것인지 모를 큰 손이 제가 든 큐브를 비스듬히 기울여, 제 몸이 휴지 조각처럼 쓸려 떨어지는 걸 구경하고 있는 것 같았다. 가끔은 그 손이, 구경하는 눈이 자기 자신의 것 같기도 했다.

창에서 잡아떼듯 눈을 돌린 서우가 구르듯 등을 대고 바닥에 드러누워 천장을 보았다. 오래되어 변색된 벽지는 마치 다른 아파트인 것처럼 태경의 집과 달랐다. 입주 전 인테리어를 새로 했다는 태경의 집은 마치 그 자신처럼 흠 하나 없이 번쩍였다.

서우가 천천히 눈을 감았다. 그러다 어느 순간 깜빡 잠이 든 모양이었다. 오한이 든 몸을 부르르 떨며 눈을 떴다. 손을 저어 자신을 깨운 원흉을 집어 들었다. 불빛과 함께 요란한 소음을 쏟아 내고 있는 기기의 액정엔 태경의 이름이 떠 있었다.

"여보세요?"

—……어, 서우야?

전화를 해 놓고 막상 받으니 놀란 기색이었다. 왜 그러냐고 물을 새도 없이 잤느냐는 태경의 질문이 이어졌다.

"네, 잠깐 누워 있다가 깜빡하고."

—그래? 어쩐지 너무 전화를 안 받아서, 나는…….

태경이 그답지 않게 말끝을 흐렸다. 전화했었냐고 물으니 어설픈 웃음소리만 돌아왔다. 바깥인지 희미하게 바람 소리 같은 게 들리는 듯했다.

─그냥 생각 없이 하다 보니까 그렇게 됐어.

"네?"

─혹시나 해서 말해 두는데 나 집착하고 그런 사람 아냐.

영문을 모르겠는 중에도 서우가 알아요, 하고 순순히 대답했다. 태경이 살짝 웃는 소리가 들렸다. 속이 약간 편해지는 기분이 들었다.

"늦었는데, 선배님은 안 주무시고 뭐 하세요?"

─너 없으니까 잠이 안 온다.

태경이 혼잣말처럼 높낮이 없는 어투로 중얼거렸다.

─아직 하루도 안 됐는데……

"……"

─보고 싶네.

"……"

─이럴 땐 나도 보고 싶다고 하는 거야.

답을 가르쳐 줬음에도 서우는 아무 말도 못 했다.

─오늘 많이 바빴지? 피곤해?

"조금요."

─그래……

"……"

─얼른 자. 깨워서 미안. 내일 일찍 일어나야 될 텐데.

내용과는 달리 아쉬움을 숨기지 못하는 말투였다. 서우가 좀 더 통화해도 괜찮다고 말하려는데 태경이 먼저 말을 맺었다.

―문단속 잘하고. 냉장고에 녹즙 있으니까 아침에 일어나면 마시고.

"아, 네……."

―까먹지 말고 먹어. 내일 집에 가면 다 확인할 거야.

알겠다고 대답한 후에 전화를 끊었다. 무심코 휴대폰 액정을 훑던 서우의 눈이 약간 커졌다.

부재중 전화 열일곱 통. 모두 서태경이었다.

―혹시나 해서 말해 두는데 나 집착하고 그런 사람 아냐.

"와."

하지만 서우에겐 그 부재중 전화 옆에 새겨진 숫자보다 그 숫자만큼이나 전화벨이 울렸음에도 깨지 않은 자신이 더 감탄스러웠다.

"아무리 술을 마셨다지만."

고개를 절레절레 저으며 그대로 휴대폰 액정을 끈 서우가 머리맡에 늘어서 있던 빈 캔들을 끌어안고 자리에서 일어났다. 샤워는 태경의 집에서 해야 할 것 같았다.

설날 아침은 늘 그렇듯이 조용해서 차례상 앞에 켜 둔 향이 타들어 가는 소리까지 들릴 정도였다. 서우는 감흥 없는 눈으로 뒤에 물러서서 차례상에 절을 하는 원상과 민재, 그리고 뒤편 벽에 기대앉아 있는 영혜를 보았다.

그들은 모두, 어린 민재조차 며칠간 햇빛도 못 본 사람처럼 무기력하고 우울해 보였다. 제 얼굴 역시 그들과 별반 다를 바 없을 거라는 걸 서우는 알았다.

원상이 사고를 당하기 전만 해도 명절이면 집 안이 시끌시끌했다. 서우는 이젠 기억도 잘 나지 않는 옛집을 떠올렸다.

서우에게 고향이란 게 있다면 할아버지, 할머니가 계시고 서희와 서우가 태어났던 그 집일 것이다. 창밖엔 사철 모습을 바꾸는 나무가 있어 심심할 틈이 없었고 발밑을 간질이는 흙이 있어 외롭지 않았던 그곳을 서우는 오랫동안 그리워했었다.

서투른 연기자들처럼 어색하게 스스로도 의미를 찾을 수 없는 차례를 마치고 상을 치우고 있는데 초인종 소리가 울렸다. 민재가 후다닥 달려가 문을 열어젖혔다.

빚더미에 오른 이후로 친척들은 거의 발길을 끊다시피 했지만 바로 아래 삼촌 내외만큼은 가끔 얼굴을 비치곤 했다. 이번에도 그들일 거라고 서우는 생각했다.

"안녕하세요."

"어, 민재 잘 있었어? 많이 컸구나."

역시나 삼촌 내외였다. 그리고 그 뒤에 뜻밖의 인물이 따라 들어왔다.

"어머, 도 사장!"

"요 밑에서 만났어요."

영혜의 호들갑스러운 음성에 서우의 고개가 절로 현관 쪽으로 돌아갔다. 고만고만하게 모여 선 사람들 중 단연 머리 하나는 우뚝 큰 사람이 영혜를 향해 옅은 미소를 지어 보이고는 저를 쳐다보았다.

서우는 인사를 하는 것도 잊고 멍하니 그를 마주 보았다. 그리고 머릿속으로 윤성이 명절에 집에 온 적이 있었나 헤아려 보았다. 아무리 생각해도 떠오르는 게 없었다.

"들어와. 어서들 들어와요. 추워."

영혜는 언제 그렇게 무기력하게 늘어져 있었냐는 듯 금세 활기차졌다. 좁은 거실에 여러 사람이 모이자 발 디딜 틈도 없었다. 재빠르게 상이 치워지고 또다시 차려졌다. 서우는 음복을 할 새도 없이 부엌에서 뒷정리를 시작했다.

"도 서방도 이제 슬슬 새 출발 해야지."

몇 차례 술잔이 오가고 어느 정도 술기운이 오른 삼촌이 얼굴이 벌게진 채 입을 열었다.

"우리 입장에선 너무 고마운데 사실 미안하기도 해서 하는 말이야."

윤성 옆에 앉아 있던 영혜가 말은 못 하고 쏘는 듯한 눈빛으로 그를 노려보았다. 우리라니? 정작 그의 장인 장모도 가만히 있는데 네가 뭔데 나서냐는 빛이 역력했다.

"도 서방 아직 젊고 앞날 창창한데 언제까지 혼자 살 순 없잖아."

윤성은 미소만 띤 채 아무 말도 하지 않았다. 삼촌의 걱정을 보탠 술주정이 이어지자 염려해 주셔서 감사하다는 말만 짧게 했을 뿐이었다.

거실을 일별한 서우가 이내 시선을 돌려 설거지한 제기의 물기를 닦아 정리하는 일을 계속했다. 민재가 자기도 돕겠다고 옆을 기웃거렸다. 서우는 그런 민재의 손에 유과 하나를 쥐여 주었다. 민재는 유과를 우물거리며 눈치껏 부지런히 빈 그릇들을 개수대로 나르기 시작했다.

"나중에 해. 민재 조금 더 커서 여기까지 오면 그때 누나랑 엄마 도와줘."

서우가 제 어깨 부근에 손날을 세워 보이며 민재를 타일렀다. 사실 부엌이 워낙 좁아서 돕는 게 돕는 게 아니었다. 민재는 아니라고 할 수 있다고 고개를 저었다.

"나 세뱃돈 받아야 한단 말이야."

"안 그래도 줄 거야."

"아니, 누나 말고."

"응?"

"아저씨가 설날에 누나 열심히 도와야 세뱃돈 준다고 했단 말이야. 치사하게. 세뱃돈은 세배만 하면 그냥 주는 돈인데."

아저씨? 누군지 묻지 않아도 누구를 지칭하는 말인지 알고도 남았다. 서우의 놀란 얼굴을 어떻게 해석했는지 민재가 의미심장한 웃음을 배시시 지으며 비밀 이야기라도 하듯 은밀한 목소리로 소곤댔다.

"누나 몰랐지?"

"……."

"그 아저씨 누나 좋아해."

"누가 뭘 좋아한다고?"

끼어든 목소리는 윤성이었다. 서우보다 민재가 더 놀라 화들짝

목을 움츠렸다. 묻긴 했지만 궁금하진 않다는 듯 윤성이 그냥 웃으며 민재의 머리를 쓰다듬었다. 둘을 보고 있던 서우가 몸을 일으켰다. 마침 뒷정리도 어느 정도 마무리된 참이었다.

"형부, 잠깐 저 좀 보실래요."

명절이 지나면 윤성에게 연락을 하려 했다. 오늘 그가 집에 올 줄 몰랐다. 그래도 어쨌든 만났으니 따로 연락해서 볼 필요가 없어진 셈이었다. 거실의 동태를 살짝 살핀 후 서우는 윤성에게 안방을 향해 손짓을 해 보였다. 뒤따라 들어온 윤성이 문을 닫았다.

"왜?"

윤성이 몇 걸음 서우에게 다가서며 물었다. 동향이라 볕이 좋지 않은 빌라의 안쪽 방은 낮인데도 어두컴컴했다. 서우는 고개를 들고 윤성을 올려다봤다. 반쯤 그늘진 얼굴이 그럴 이유가 없음에도 위압감이 들었다.

"이거요."

서우가 들고 있던 봉투를 내밀었다. 윤성은 받지 않고 이게 뭐냐고 묻는 시선으로 서우만 쳐다보고 있었다.

"저번에 형부한테 그, 빌린 돈 이자예요."

말이 매끄럽게 나오지 않았다. 소심한 빚쟁이는 돈을 갚을 때도 위축이 된다. 당당하지 못한 태도로 서우가 윤성을 똑바로 보지 못하고 봉투 끝에 시선을 주었다. 그래도 제가 하고자 하는 말만은 정확하게 전달하려고 애를 썼다.

"이자는 은행 이율로 계산했어요. 원금도 지금 당장 드리기는 어렵지만, 다음 달부터 나눠서 갚을게요. 죄송한데 다 갚으려면 좀 걸릴 것 같아요."

윤성은 말이 없었다. 봉투를 받기는커녕 눈길조차 주지 않고 서우만 빤히 보고 있었다.

"이거 외에도 엄마가 알게 모르게 빌려 간 돈이 많은 거 아는데……."

"아는데 왜 새삼 이러는 거지."

비난인지 뭔지 알 수가 없었다. 서우가 중얼거리듯 낮게 말했다.

"더는 모른 척할 수가 없어서요."

"왜?"

윤성이 고개를 숙여 서우와 눈을 맞추려 했다.

"왜 모른 척할 수가 없어?"

이번에도 질문의 의도를 알 수 없었다. 서우는 살짝 난처한 얼굴로 그 날카로운 시선을 마주했다.

"죄송하고……."

서우가 두서없이 중얼거렸다. 새삼 지금까지 알았는데 모른 척했다는 사실이 낯 뜨거웠다. 제가 쓴 돈도, 빌린 돈도 아닌데도 그랬다. 동시에 서희가 떠올랐다.

"염치가 없어서요."

"……."

"아무리 가족이라도, 부모 자식 사이라도 지킬 건 지켜야 하는 건데."

이제 와서 그 돈이 뭔가의 대가처럼 느껴진다는 말은 할 수 없었다. 서우의 말에 윤성이 한동안 침묵했다. 그러더니 길고 가는 한숨과 함께 약간 누그러진 어조로 입을 열었다.

"내가 이걸 처제한테 어떻게 받겠어."

"괜찮아요. 드릴 수 있으니까 드리는 거예요."

"아니, 그런 뜻이 아니라⋯⋯."

윤성은 뭔가를 말하려다 마는 듯 입을 다물었다. 그답지 않은 모호한 태도였다. 한참을 망설이다 서우가 굽히지 않을 것을 알았는지 결국 손을 내밀어 봉투를 받아 갔다.

"일단 받긴 하는데."

"고마워요, 형부."

서우가 냅다 인사를 하며 한결 마음을 놓은 얼굴로 웃었다. 윤성은 눈가를 찡그렸다. 여전히 뭔가를 갈등하는 듯했다. 제 처지 때문일 거라고 생각한 서우는 그의 태도에 큰 의미를 부여하지 않았다.

"회사, 이제 면접만 남았지?"

"네."

2차 면접시험은 2월 중순으로, 설이 지나면 금방이었다. 나름 준비도 했고 그동안 근태도 좋았고 근무 평가도 나쁘지 않았다.

"그 친구하고는, 여전히 잘 지내?"

"네? 아⋯⋯."

"명절날 결혼 문제로 시달리는 건 나 같은 사람보다 그쪽이 더 심할 텐데."

윤성이 가벼운 농담을 하듯 웃었다. 서우는 입을 다물었다. 예고, 밸런타인데이에 청혼할 거야, 라고 말하던 단호한 음성이 문득 떠올랐다. 그때 바깥에서 쿵, 하고 뭔가 무거운 물체가 떨어지는 둔탁한 소리가 났다. 잠깐의 시간 차를 두고 찢어질 듯한 비명 소리도 들렸다.

"아빠!"

"형!"

놀란 서우가 굳어 있는 사이, 윤성이 먼저 문을 열고 거실로 나갔다. 뒤늦게 정신을 차린 서우가 뒤따라 나가기도 전에 윤성의 굳은 얼굴이 다시 나타났다.

"겉옷하고 가방 챙겨서 따라 나와."

서우는 멍하니 알 수 없는 지시를 내리는 그를 올려다보았다.

"아버님 쓰러지셨어."

* * *

"일단 조사를 요청하신 세 분 중 김서희 씨를 중심으로 보고를 드리는 게 빠를 것 같습니다."

태경이 남자가 건네준 두툼한 자료의 앞부분을 눈으로 더듬는 사이, 그가 말했다.

"김서우 씨의 과거는 이미 알고 계신 사실과 크게 다른 부분이 없으니 따로 설명드릴 필요 없이 자료만 확인해 보시면 되겠습니다.

다만 김서희 씨는."

그러잖아도 가느다란 남자의 눈이 실금같이 길쭉해졌다.

"꽤 묘한 자매더군요, 두 사람."

태경은 여전히 시선을 손에 든 서류에만 고정했다. 중학교 교복을 입고 찍은 서우의 증명사진에 오래 눈길이 갔다. 흑백 프린터로 출력해 어쩐지 오래전 사람처럼 느껴지는 얼굴을 보자 애틋한 그리움이 느껴졌다.

"어린 시절에 있었던 자잘한 일들은 자료를 참고해 주십시오. 지금 김서우 씨 오른쪽 이마 안쪽에 흉터가 생긴 이유도 거기 3페이지쯤에 포함되어 있습니다. 아홉 살 때 김서희 씨 부추김으로 집 담을 넘다가 떨어져서 생긴 일이라 합니다."

이마가 깨져서 피를 철철 흘리던 서우보다 그런 동생을 본 서희가 놀라 울다 못해 숨이 넘어갈 지경이 되어 함께 병원으로 실려 갔다고 했다. 어찌나 야단이었는지 동네 사람들은 아직도 그 일을 인형처럼 예쁘고 천사같이 여린 마음씨의 여자애가 말썽꾸러기 동생을 걱정하다 큰일 날 뻔한 사건으로 기억하고 있었다.

"그리고 열다섯 살 때 그 김서우 씨 친구분과 사귀었다는 같은 학교 남학생을 만나 봤는데요."

중학교 때 김서우가 결정적으로 동급생들 사이에서 따돌림을 당하게 된 계기가 된 일이었다. 당시 단짝이던 친구의 남자 친구를 꼬셔서 둘 사이를 파탄에 이르게 만들었다는.

"그 친구 말론 처음엔 별생각 없었답니다. 그냥 여자 친구의 친구다

보니 자주 어울렸을 뿐이었는데."

김서희가 몰래 그를 찾아와 부탁을 했다고 한다.

"자기 동생이 그쪽을 좋아한다고요. 그것도 한두 번이 아니라 여러 번 그렇게 말했답니다. 이 친구가 김서우 씨에게 고백을 할 때까지요."

실제 그가 고백하고 싶었던 대상은 김서희였던 것 같은데, 이건 자신의 개인 의견이라고 남자가 덧붙였다.

"그 뒤로도 비슷한 일이 몇 번 더 있었던 것 같습니다. 즉, 김서우 씨가 학창 시절에 겪은 안 좋은 일들 대부분이 김서희 씨가 아니면 겪지 않아도 될 일들이었단 말이죠. 그 서태경 씨가 고 2 여름 방학 때 손봐 줬던 채지훈 씨도 포함해서 말입니다."

그 채지훈 씨, 여전히 서태경 씨에게 앙금이 남은 것 같던데요, 하고 남자가 말하는 사이, 트레이를 든 승준이 룸 안으로 들어왔다. 아무것도 들이지 말고 잠시 자리만 빌려 달라 했지만 막상 그가 들고 온 트레이에 놓인 보드카 병을 보자 숨통이 좀 트이는 것 같았다.

"필요할 것 같아서."

"마침 적절한 타이밍이었어."

태경은 마주 앉은 남자에게 잔을 권하고 자신도 한 잔 마셨다. 도수 높은 알코올이 식도를 태울 듯 위장으로 흘러들었다. 남자는 감사를 표하고 계속 보고를 이었다. 승준은 안주까지 세팅한 후 편하게 이야기하라며 룸을 나갔다.

"지금까지 말씀드린 것만 보면 이해가 안 갈 수도 있겠지요. 하지만 의외로 남보다 못한, 아니, 원수만도 못한 가족 관계가 드문 건 아닙니다. 가정이란 것도 좀 특수한 인간관계와 다를 게 없어 똑같이 권력과 서열을 두고 정치 싸움을 하게 마련이죠. 아이들도 마찬가지로, 부모의 사랑이나 물려받을 재산, 하다못해 새 장난감이나 운동화를 두고도 서로를 경쟁 관계로 의식하고 경계를 하곤 합니다. 서태경 씨가 어렸던 시절엔 아직 형제가 없어 잘 모르시겠지만."

남자는 제법 말을 잘하긴 했으나 쓸데없는 사족을 붙이는 경향이 있었다. 그를 지적하고 태경이 계속 말을 잇기를 종용했다.

"그런데 김서희 씨 경우는 좀 달라요."

남자가 손끝으로 테이블 위 종이를 톡톡 쳤다. 거기엔 김서희의 생전 얼굴이 프린트되어 있었다.

"그 자매가 이미 자신의 경쟁 상대가 전혀 되지 못했거든요."

그렇게 견제할 필요도 없이 김서우는 김서희에 비해 주목할 부분이 하나도 없었다. 외모나 성격이나 신체 능력, 학업 성적이나 인간관계까지, 김서우는 김서희의 발끝에도 미치지 못할 만큼 서툴렀다.

"김서희 씨 학창 시절 평판은 아주 좋았습니다. 학교 선생들이나 친구들도 좋은 말만 하더군요. 물론 죽은 사람 험담을 굳이 왜 할까 싶겠지만 이 일을 하다 보면 그렇지도 않다는 걸 알게 되거든요."

특출 나게 뛰어나진 않았지만 김서희는 공부도 꽤 잘하는 편이었다. 오히려 그 성취가 너무 뛰어난 외모에 묻히는 면이 있었다. 주변 사람에게도 친절하고 잘 베풀었지만 호구 소리는 듣지 않았다. 마냥 착하기만 했다면 고깝게 보기도 했을 텐데, 불필요하게 다정하지 않고 어느 정도 성깔도 있다는 게 되레 호감이었다.

"그 당시만 해도 김서우 씨도 자기 언니를 무척이나 따랐다는군요."

아마 김서우는 자신의 언니가 자기 뒤에서 어떤 짓을 했는지 몰랐을 터였다.

"대학 진학 후, 김서희 씨는 몇 개의 연예 기획사와 접촉합니다. 그중 한 곳과는 거의 계약까지 갔는데 모종의 일로 불발되었습니다. 4학년 때 부친이 사고를 당하고 곧바로 집안이 빚더미에 앉죠. 상세 날짜는 30에서 35페이지 사이에서 확인하시기 바랍니다. 그리고 이 빚 부분은 모친에 속하는 부분이라 자세히 조사하진 않았는데."

"따로 비용을 지불하겠습니다."

"예, 그럼 그 건은 조사를 보강한 후에 보고하겠습니다. 아무튼 모친이 도박을 했는지는 모르겠지만 도박장에 드나든 적이 있는 건 확실합니다. 그 뒤에 집을 담보로 대출을 받고 사채를 쓴 것도 맞고요."

남자는 목이 탔는지 잔을 들었다. 독주를 물처럼 꿀꺽 삼키고 태연하게 계속 말을 이었다.

"원래도 사는 형편에 비해 씀씀이가 큰 편이었죠, 김서희 씨는. 부모의 편애로 원하는 건 다 누리고 산 것도 맞고요. 집이 그렇게 된 후엔 스폰 관계로 생활을 유지했던 걸로 보입니다."

"스폰이요?"

"예, 아마 처음 스폰을 제안받은 건 20대 초 연예 기획사에서였던 것 같은데, 그땐 거절했었습니다. 그 뒤에 쥐가 뛰어다니는 반지하 방에서 살게 되니 아마 유혹을 이기지 못한 것이겠죠. 본인이 먼저 소개를 해 달라고 당시 모 기획사 매니저로 일하고 있던 김 모 씨를 찾아갔답니다."

태경이 테이블 위에 팔꿈치를 세우고 양손을 깍지 낀 채 고개를 들었다.

"그렇게 만난 거군요."

"예."

남자가 고개를 끄덕였다.

"도윤성 씨와 김서희 씨는 스폰 관계였습니다."

도윤성이 누구나 이름만 들어도 알 만한 기업 회장의 아들이라는 건 놀랍지도 않았다. 그는 가업을 잇지 않고 해외에 기반을 잡은 가족을 떠나 한국에서 독자적으로 회사를 차렸다. 그에서도 짐작할 수 있듯 도윤성은 대단히 독립적이면서도 독선적이고 누군가 제게 영향력을 미치는 걸 못 견뎌 하는 성품이었다.

인간관계도 마찬가지로, 그는 연애라고 할 만한 무언가를 한 적이 없었다. 그는 오롯이 자신만이 권력을 가지고 통제할 수 있는 관계만을 맺었다. 연애도 결혼도, 갑을이 명시된 계약 관계일 뿐이었다.

"아마 혼전 계약서를 작성했을 것이고 하나부터 열까지 세부 항목이

193

들어갔을 겁니다. 잠자리 횟수에서부터 아이는 언제, 몇을 낳을지, 그때마다 얼마의 금액이 오고 간다든지 그런 것들이요."

김서희와의 혼전 계약서는 손에 넣을 수 없었지만 도윤성이 이전의 파트너들과 작성한 스폰 계약서를 보고 유추한 내용이라고 했다.

"보시면 아시겠지만 이분도 뱉은 말은 꼭 '지키는 사람이더군요."

남자가 턱짓으로 가리킨 부분엔 도윤성과의 계약을 어겼던 여자들이 어떤 대가를 치렀는지가 적혀 있었다.

"웬만하면 이분의 원한은 사지 않는 편이 좋을 듯합니다."

"참고할게요."

태경은 씩 웃고 말았다.

"결과적으로 결혼 생활은 1년 하고도 2개월쯤 됩니다. 아마 계약 사항과 맞지 않았을 테지만 김서희 씨는 보복을 걱정할 필요는 없겠죠."

이미 죽었으니까. 하고 남자가 말끝을 잘랐다. 보고는 자연스럽게 김서희의 사망 원인인 사고로 이어졌다.

"정확한 사고 시간은 11월 9일 23시 48분입니다. 두 사람 모두 현장에서 사망했고요. 집에 있던 박수영 씨에게 김서희 씨가 술에 취해 데리러 오라고 전화한 건 그보다 두 시간 전쯤의 일이었습니다."

종종 있던 일이라고 했다. 김서희는 결혼하기 전까지 다른 가족들과 함께 동생의 신혼집에 얹혀살았다. 원한다면 얼마든지 스폰서로부터 제공받은 오피스텔을 사용할 수 있었지만 가족과 함께 사는 편을 택했다. 그러다 보니 보통의 인척 관계보다 더 거리가 가까울 수밖에 없었다.

실제로 박수영과 김서희는 상당히 친밀했다. 한밤중에 술에 취해 남편이 아닌, 제부를 불러내 데리러 오라고 하는 것도 이상하지 않을 만큼.

"……."

태경이 미간이 찌푸려졌다. 그에게 생각을 정리할 시간을 주듯 잠시 틈을 두던 남자가 다시 말을 이었다.

"소문은 무성했지만 실제 그 소문만큼의 관계였는지는 알 수 없습니다. 당사자들이 입을 열지 않았으니까요. 제 개인적인 의견을 말씀드리자면 충분히 합리적 의심이 가는 상황이라고 할 수 있겠습니다. 또한, 사고가 나기 몇 달 전, 김서우 씨가 이혼 상담을 하러 법무사를 찾았다는 건 사실입니다."

그리고.

"김서우 씨가 자살을 시도한 적이 있다는 것도 사실로 보입니다."

* * *

보드카 한 병이 다 비워질 무렵 남자의 보고가 끝났다. 남자는 태경이 테이블 위에 올려 둔 봉투를 들고 내용을 확인했다. 말없이 시선을 보내는 것에 태경은 그를 쳐다보지도 않고 수고비조로 조금 더 넣었다고 했다.

"감사합니다."

"예."

"윤 여사님은 잘 계십니까."

그제야 태경이 남자를 올려보았다.

"최근 그쪽을 찾을 일이 없는 걸 보면 그런 것 같네요."

"하하. 그러셔야죠."

남자를 처음 본 건 10년도 더 전이었다. 지금의 태경보다 더 젊었을 그때부터도 남자의 실력은 탁월했고 덕분에 윤정희는 이혼 당시 재산 분할에서 목표하던 이상의 것을 얻었다.

"그럼 다음에 뵙겠습니다."

금방 연락드리겠다는 말을 남기고 남자는 룸을 나갔다. 그가 떠난 뒤에도 한참을 움직이지 않던 태경은 보드카 한 병을 더 주문했다. 빨리 간다고 했는데, 서우에게 금방 가겠다고 했는데. 급한 마음만큼 술잔을 비우는 속도도 빨랐다. 하지만 좀체 일어나지지가 않았다.

'지난 일이야.'

벌써 4년이 넘게 흘렀다. 1460일, 35040시간, 2102400분. 그보다 더 많은 시간이 지났다.

'어차피 대충 예상했던 일들이고.'

술이 떨어지자 태경이 몸을 일으켜 룸에서 나왔다. 걱정스러운 눈빛을 보내는 승준에게 간다고 짧게 인사를 건넸다. 계단을 올라가 미리 불러 놓은 대리 기사에게 차 키를 건넸다.

아파트에 도착해 엘리베이터에 올랐다. 먼저 타고 있던 사람이 경계하듯 저를 흘깃거렸을 때에야 태경은 제 숨이 거칠다는 걸 알았다. 숨을 고를 겨를도 없이 계기판의 숫자 하나하나가 바뀔수록 심장이 더 빠르게 뛰었다.

불이 다 꺼진 집에 들어섰을 땐 가슴이 터질 것 같았다. 태경은 신발만 벗어 던지고 곧바로 침실 문을 열어젖혔다. 동그마니 웅크린 등이 보이고 무슨 생각을 할 겨를도 없이 그 작은 몸을 끌어안고서야 헉 숨이 터졌다.

"선배, 선배."

"······깼어?"

"네."

"미안, 내가 좀 취했지."

"······."

"조금만, 진짜 조금만 마시려고 했는데······."

진짜 조금만 마시려던 술을 어째서 그렇게 많이 마셔 버렸는지는 말해 주지 않고 태경은 그대로 까라지듯 눈을 감았다. 태경이 완전히 잠들 때까지 방해가 되지 않도록 숨죽이고 가만히 있던 서우 역시 까무룩 잠이 들고 말았다.

누가 먼저 잠들었는지는 정확히 알 수 없었지만 태경은 가물거리는 의식으로도 서우의 등을 끌어안은 제 손이 약간 떨리고 있었다는 건 알 것 같았다.

* * *

다음 날 아버지가 입원한 병원을 나온 서우는 지친 얼굴로 차에 올랐다. 곧바로 집으로 가다가 충동적으로 방향을 꺾었다. 어디로 가는 줄도 모르게 한참을 기계적으로 달렸다. 그저 길을 따라가다 가 신호가 바뀌면 서고 다시 출발하고를 반복했다. 낯선 도로, 낯선 동네를 스치는 동안 몇 번인가 전화가 오는 것 같았지만 받지 않았다.

딱히 어딜 가겠다는 생각은 없었는데 무의식중에 목적지가 있었던 모양이었다.

이윽고 서우가 멈춘 곳은 어느 주택가 옆 상가였다. 커피숍, 이불 가게, 제과점 따위가 줄줄이 늘어선 중간에 작은 옷 가게 하나가 있 었다. 할로겐등이 환하게 밝혀진 가게 안에는 주인 혼자 카운터 뒤에 앉아 무료한 듯 휴대폰을 들여다보고 있었다.

수영의 누나인 현영이었다.

서우는 잠시 그대로 차에 앉아 현영을 본 게 얼마 만인가를 되짚 어 보았다. 잘 기억이 나지 않았지만 현영은 변함이 없었다. 약간 살 이 오른 것 외에는 어제 본 사람처럼 똑같았다.

휴대폰을 꺼내 현영의 번호를 찾아 전화를 걸었다. 시선은 현영에 게로 둔 채였다. 약간의 시간 차 후, 현영이 동작을 멈춘 그대로 멀 거니 휴대폰을 쳐다보는 게 보였다.

정확한 표정은 읽을 수 없었지만 얘가 웬일인가 싶을 것이다. 그도 그럴 게 수영이 죽고 서우가 현영에게 먼저 연락을 한 적은 거의 없었다.

—어쩐 일이야? 네가 전화를 다 하고.

받자마자 퉁명스러운 목소리가 쏟아졌다. 서우는 나오지 않는 목소리를 억지로 끄집어내 의례적인 안부 인사를 건네고 잠시 뵐 수 있겠냐고 물었다.

—오늘? 나 지금 가게인데. 바빠서 자리 못 비워.

"네, 알아요. 괜찮으시면 제가 가게로 들를게요."

—네가?

약간의 경계심이 서린 음성이었다.

—무슨 일인데 그래? 전화로 얘기하면 안 돼? 지금 나 좀 바쁜데.

몇십 분째 구경하는 손님 하나 없는 걸 뻔히 알고 있었지만 서우는 그런 기색을 비치지 않고 차분하게 말했다.

"마침 근처에 와서요. 잠깐이면 돼요."

—근처? 그래, 그럼…… 오든가.

내키지 않음이 역력한 어조로 그렇게 말하고 현영은 전화를 끊었다. 갑자기 자리에서 일어나 뭔가를 부산하게 정리해 대는 현영을 보다가 차에서 내린 서우는 바로 옆에 있는 제과점으로 들어갔다. 눈에 보이는 대로 케이크 하나를 집어 들고 커피 두 잔까지 계산을 마친 후 느린 걸음으로 현영의 가게로 갔다.

손바닥에 땀이 났다. 이렇게 충동적이지 않았다면 아마 절대 여기까지 올 결심을 못 했을 것이다.

"빨리 왔네?"

"네, 안녕하셨어요."

난방을 하지 않은 가게 안은 춥고 건조했다. 숨을 몇 번 쉬지도 않았는데 콧속이 깔깔하고 불편해졌다. 좁은 가게 안은 앉을 곳조차 마땅치 않았다. 현영이 서 있는 카운터 뒤에 전기요가 깔린 긴 의자가 있었지만 그렇게 친근하게 붙어 앉을 사이는 아니었다.

서우는 카드 결제 단말기와 계산기 따위가 놓인 카운터를 사이에 두고 안쪽에 앉은 현영을 마주 보고 섰다.

"이건 뭐, 케이크야?"

"네."

"축하할 일이 뭐가 있다고."

현영은 코웃음을 친 뒤 케이크 상자를 열어 힐끔 내용물을 확인하고 그대로 바닥에 내려놓았다.

"그래, 명절에도 시부모님한테 연락 한 통 없는 네가 나 보고 싶어서 찾아왔을 리는 없고."

현영이 운을 떼며 눈을 치뜨고 서우를 올려다보았다. 똑같다고 생각했는데 가까이서 보니 세월이 느껴졌다. 수영보다 세 살이 더 많았으니 현영도 벌써 40대였다.

"돈 얘기 하러 온 거야?"

서우는 잠시 말문이 막혔다. 알아서 말을 꺼내 주니 고맙다고 해야 할 것도 같은데 그 뾰족한 말투에 찔린 듯 가슴이 뜨끔거렸다.

"제가 급하게 사정이 생겨서요."

"무슨 사정인데?"

"아버지가 많이 아프셔서……."

현영이 눈살을 찌푸렸다. 돈을 갚을 사람이 현영이 아니라 서우인 것 같았다. 빌려줄 때는 서서 주고, 받을 때는 무릎 꿇고 받는 게 돈이라더니 이럴 때는 그 말이 맞는다.

"그런 얘기를 이렇게 급하게 하는 경우가 어디 있어?"

"당장 다 달라는 건 아니고요. 일부라도……."

"일부?"

"반만이라도……."

"그런 큰돈을 갑자기 어디서 만들어?"

현영이 언성을 높였다. 마치 강탈이라도 당하는 사람처럼 분하고 억울한 눈으로 서우를 노려보았다. 서우는 침착하게 말하려 애썼다. 저로서도 다른 방법이 있다면 여기 오지도 않았다.

"죄송해요. 급하게 말씀드린 거 아는데 저희 아버지 병원비가……."

"그 돈이 어디 네 돈이니?"

서우의 말을 자르고 현영이 언성을 높였다.

"그 돈이 어디 네 돈이기만 하냔 말이야?"

"……."

"그거 내 동생 목숨값이잖아! 억울하고 불쌍하게 죽은 내 동생! 너 지금 그런 돈을 가지고 어딜 와서 큰소리를 치고 유세를 떨어? 넌 우리 수영이한테 미안하지도 않아? 죄책감도 없어?"

서우가 덜덜 떨리는 손을 부여잡으면서도 현영의 핏발 선 눈을 피하지 않았다. 목숨값이라는 말에 심장이 두들겨 맞는 것처럼 욱신거렸다.

수영이 사망하고 적지 않은 보험금이 나왔다. 서우는 그 돈이 통장에 들어왔다는 사실도 잊고 있었다. 그것뿐만 아니라 그 당시 서우는 많은 것을 기억하지 못했다. 제대로 된 사고를 할 수 없던 시기였다.

장례를 치르고 얼마 지나지 않아 현영이 시부모님을 통해 연락을 해 왔다. 주인집이 전세금을 터무니없이 많이 올려 달라고 하는 바람에 이사를 해야 하는데 돈이 좀 모자란다고, 그러면서 서우가 의식조차 하지 못하고 있던 수영의 사망 보험금을 빌려 달라고 했다.

서우는 두말없이 현영의 계좌로 그 돈을 몽땅 보내 주었다. 갚고 말고는 생각할 겨를도 없었다. 안 갚아도 상관없다고 생각했다. 지금도 이 정도로 궁지에 몰리지 않았다면 절대 현영을 찾아오지 않았을 것이다.

"몰라. 어쨌든 나도 지금 여유 없어. 당장 그만한 돈을 어디서 구해?"

현영이 한풀 꺾인 어조로 핑계를 늘어놓기 시작했다. 가게 때문에 집도 대출이 잡혀 있고 설상가상 장사도 잘 안되고 매달 몇백씩 적자가 난다고.

"가게 내놓고 딴 거 하고 싶어도 잘 나가지도 않고."

서우는 묵묵히 듣고만 있었다. 당장 어디에 머리라도 처박고 싶을 만큼 괴롭고 불편한 자리였지만 그걸 버티는 게 사는 거였다.

"신장 이식해야 된대요."

"어?"

"아버지가, 신장이 기능을 다해서 투석으로도 얼마 못 버티실 거라고……."

"너네 부모는 보험 같은 것도 안 들었어?"

"……."

"하긴, 너네 친정 형편이 좀 그랬지?"

현영이 비꼬듯 말했다.

"그래서 내가 결혼 전에 그렇게 반대를 했는데, 아무리 급해도 상한 건 먹는 게 아니라고."

그 말 그대로였다. 현영은 수영과 서우가 결혼하는 걸 결사반대했다. 어리고 배운 것도 없고 빚만 가득한 집의 딸을 데려다 어쩔 거냐는 것이었다. 어리고 배운 것도 없는 건 사실이었기에 할 말도 없었다. 현영과 수영의 아버지가 폐암으로 시한부 선고를 받지 않았다면 수영의 의지가 아무리 굳건했어도 아마 결혼까지 가기는 어려웠을지도 모른다.

아들은 죽었는데 시한부 선고를 받은 그 아버지는 아직도 살아 있었다. 결혼 이후 기적적으로 상태가 호전된 것을 두고 수영은 집안에 복덩이가 들어와서 그렇다고 했다.

시부모는 아들 말을 못 들은 척했다. 암이 더 진행되지 않는 것을 반기면서도 서우를 보는 눈빛에 나날이 아쉬움이 늘어 갔다. 그때는 급한 마음에 결혼시켰는데 이렇게 될 줄은 몰랐다는 속내가 들리는 듯했다.

"그 죽은 네 언니 남편이라는 사람도 있잖아."

현영이 갑자기 윤성을 언급하는 바람에 서우가 저도 모르게 눈을 들고 현영을 보았다.

"그 사람 보통 집안사람 아니라며? 가서 좀 도와 달라 그래."

"……그건 제가."

목이 막혀 서우가 잠시 말을 끊었다.

"제가 어떻게 그런……."

"왜 못 해? 나한텐 얼굴 들고 잘만 찾아오면서!"

현영이 소리를 질렀다. 불꽃이 튀듯 확 터지는 목소리였다.

"우리 수영이가 누구 때문에 죽었는데."

"……."

"다 자기 마누라 때문인데. 네 언니 때문이잖아."

말을 하면서 흥분했는지 현영의 몸이 떨리기 시작했다.

"걔가 왜 죽었는데, 다 거지 같은 너네 집구석 때문이잖아."

"……형님."

"우리가 아무것도 몰라서, 억울한 게 없어서 입 다물고 있는 줄 알아? 엄마 아빠는 아직도 밤마다 우셔. 다 키운 아들 그렇게 보내고 그분들이 지금 살아도 사는 것 같아? 그런데 너는, 네가 감히 나한테 와서 한다는 소리가!"

"……."

"네 언니만 아니면 수영이가 왜 죽어! 걔가 그 밤에 거길 왜 가고 운전을 왜 해!"

서우가 눈을 감았다. 어지러웠다.

"네 그 잘난 언니라는 여자가 한 짓을 우리가 모를 것 같아? 밤마다 술 처먹고 돌아다니면서 제 종처럼 우리 수영이 불러내서 심부름시키고 운전시키고, 제 처형 더러운 짓거리 뒤치다꺼리하다 내 동생 죽은 거, 내가 모를 줄 알아?"

악에 받친 외침의 메아리가 사라질 때까지 미동도 없이, 숨도 쉬지 않고 눈을 감고 있던 서우가 천천히 눈을 떴다.

"······돈, 언제쯤 되는지 연락 주세요."

"뭐?"

"저는 그만 가 볼게요."

"진짜 뻔뻔하네. 언니나, 동생이나. 재수 없는 년들! 애초에 망할 집구석하고 더럽게 엮여서!"

돌아서는 등 뒤로 욕설이 날아들었다.

차로 돌아와 휴대폰을 열자 부재중 통화가 열세 통이나 와 있었다. 두 개는 영혜에게서 온 것이고 나머지는 태경에게 걸려온 것이다. 무감한 눈으로 화면을 내려다보던 서우가 태경의 번호를 눌렀다.

─어, 서우야.

신호음이 몇 번 울리기도 전에 태경은 기다렸다는 듯 전화를 받았다. 분명히 그 전까진 괜찮았는데 그 목소리를 듣자 갑자기 목구멍이 콱 막히는 것 같았다.

"······선배."

─어디야? 아직도 병원이야?

어제 쓰러진 원상을 병원으로 옮기고 정신이 없어 저녁때가 다 되어서야 태경과 통화를 할 수 있었다. 소식을 들은 태경은 곧장 병원으로 오고 싶어 했지만 서우가 거부했다. 아버지의 상태도 별것 아닌 것처럼 하루 이틀 있다가 퇴원할 거라고만 했다.

"아뇨, 지금 나왔어요."

―아, 집에 오고 있어?

"아뇨, 엄마 집 가요. 민재 혼자 있어서."

―그래…… 저녁 먹어야지. 같이 먹을까? 민재도 같이.

"아뇨, 저녁은 안 될 것 같고, 제가 나중에 연락드릴게요."

태경은 뭔가 더 할 말이 있는 듯했지만 서우가 운전 중인 걸 생각해서였는지 도착하면 전화하라고 하며 통화를 끝냈다. 이윽고 서우가 차를 세운 곳은 제집도 엄마 집도 아니었다. 퍼플캣이었다.

약 30분 후 퍼플캣을 나온 서우는 곧장 근처 백화점으로 향했다. 백화점에 온 건 오랜만이었는데 생각보다 사람이 많아서 조금 놀라고 말았다. 명절 연휴라 한산할 줄 알았는데 그 반대였던 모양이다.

한참을 이 층, 저 층을 빙빙 돌기만 했다. 1층 명품 매장에서부터 남성복 매장과 스포츠 매장을 몇 바퀴나 돌았지만 적당한 걸 찾을 수 없었다. 마음에 찬다 싶으면 가격이 문제고 가격과 타협을 하자면 성에 차지 않았다. 저답지 않은 고집이 머리를 들었다.

서우는 다리가 아플 정도로 걷고 또 걸었다. 연휴라 백화점은 연장 영업을 했지만 그것도 곧 종료를 앞두고 있었다. 오늘이 아니면 안 된다. 오늘이 아니면 이럴 용기조차 없어질지 모른다. 돈이라는 게 얼마나 사람을 비굴하고 졸렬하게 만들 수 있는지 서우는 알고 있었다.

서우의 귀에 빈 초콜릿 상자가 덜컥거리는 소리가 들리는 듯했다.

마지막으로 서우가 들어간 곳은 1층 명품 매장이었다. 벌써 세 번째 방문이었다. 매장 직원은 서우를 알아본 것 같았지만 내색 없이 그린 듯한 미소만 지었다.

"선물하실 거면 지금 보고 계신 그런 것도 좋아요."

멍하니 넥타이를 보고 있던 서우를 향해 직원이 상냥한 목소리로 말했다.

"받으실 분 나이 대가 어떻게 되세요?"

"젊은데, 30대 초반……."

"그러시면 이런 건 어떠세요?"

직원이 이것저것 다른 넥타이들을 꺼내 보여 주었다. 가만히 보고 있던 서우가 고개를 젓고 물었다.

"넥타이 말고…… 다른 거, 손수건 같은 건 없나요?"

"물론 있습니다. 보여 드릴까요?"

사실은 근사한 정장이나 번듯한 구두, 시계 따위를 사 주고 싶었다. 하지만 아무리 궁리를 해 봐도 서우의 능력으로 살 수 있는 건 이미 태경이 갖고 있는 것보다 못한 것들뿐이었다. 그럴 바엔 손수건 한 장이라도 그가 가진 것 중 제일 좋은 걸로 주고 싶었다.

일곱 자리 숫자가 찍힌 가격표를 단 손수건이 곱게 포장되었다.

안녕히 가시라는 직원의 인사를 뒤로하고 나오니 어느새 백화점이 문을 닫을 시간이었다. 시계를 들여다본 서우가 집으로 향했다. 아파트 아래에 도착해 위를 올려다보자 태경의 집에 불이 켜져 있는 게 보였다.

휴대폰을 꺼내 태경의 번호를 눌렀다.

―여보세요.

태경은 벨이 한 번 채 울리기도 전에 전화를 받았다. 아래에 있다고 하자 전화를 끊지도 않고 곧장 내려왔다. 부스럭거리는 소리와 발소리만 들리는 휴대폰을 귀에 댄 채 서우는 공동 현관을 나와 저에게로 곧장 달려오는 남자를 보았다.

"괜찮아?"

좁은 차에 몸을 구겨 넣듯 올라타자마자 태경이 물었다. 그러면서 쉴 새 없이 손을 놀려 서우의 팔이며 어깨를 주무르고 볼을 쓰다듬었다. 그 다급한 꼴을 지켜보던 서우가 피식 웃고 말았을 때에야 약간 안심한 듯 손끝이 느려졌다.

"괜찮아요."

"……."

"내가 안 괜찮을 게 뭐 있어."

그 말에도 태경은 불안한 눈빛을 감추지 못했다. 서우가 뭔가 숨기는 거라도 있는 사람처럼 자세히 얼굴을 뜯어보다 이내 한숨 같은 웃음을 뱉었다.

"그럼 다행이고."

"……."

"잠깐 뭐 따뜻한 거라도 마실까? 시간 괜찮아?"

"잠깐이면."

태경은 그대로 서우를 차 안에 앉혀 둔 채 편의점으로 가 뜨거운 캔 커피 두 개와 따뜻한 꿀차 하나를 사서 차로 돌아왔다.

"그건 마시라고 산 거 아냐."

태경이 캔 커피 풀 탭을 뜯으려던 서우를 말렸다. 서우가 의아한 표정으로 쳐다보는 것도 아랑곳없이 태경은 서우가 입고 있던 코트 양쪽 주머니에 캔 하나씩을 핫 팩처럼 넣어 주었다.

"별로 안 추운데……."

서우가 떨떠름하게 말했다. 시동을 끈 지 얼마 되지 않아서 차 안 공기는 아직 미지근했다.

"그럼 선배 마셔요."

캔 커피를 꺼내 태경에게 주려 했지만 태경은 고개를 저었다. 하릴없이 서우 혼자 꿀차를 마셨다. 태경이 건네기 전에 뚜껑을 열고 후후 불어 주어서 적당히 먹기 좋을 정도로 따뜻하게 식어 있었다.

"저녁은 먹었어?"

"네."

"누구랑? 민재랑?"

서우가 말없이 고개만 끄덕였다. 잠시 침묵이 흘렀다. 병을 쥔 손을 꼼지락거리던 서우가 태경을 흘깃 쳐다봤다. 태경은 여전히 저만 보고 있어 금세 눈이 마주쳤다. 얼른 눈을 피한 서우가 아무렇지 않은 척 꿀차를 마셨다. 손이 떨리는 게 스스로도 느껴졌지만 뜨거워지는 눈가를 감추는 게 더 급했다.

"나 사택 퇴사 신청했어."

뜻밖의 말에 놀란 서우가 번쩍 고개를 들었다.

"이제 네가 안 받아 주면 나 갈 데도 없어."

장난기 어린 웃음을 띠고 있는 태경의 얼굴이 보였다. 서우가 억지로 잡아떼듯 시선을 돌렸다. 가슴이 너무 뛰어 겁이 날 정도였다. 가까스로 콘솔에 마시던 병을 내려놓고 껴안고 있던 가방에 손을 넣었다.

"선배님."

"응?"

"이거……."

서우가 내민 것은 아까 백화점에서 산 손수건이었다. 포장된 종이백을 그대로 건네는 것을 태경은 가만히 바라보기만 했다.

"선물이에요."

목이 메어 기어들어 가는 목소리를, 그저 수줍어서 그런 거라 생각해 주면 좋겠다. 서우가 애써 활짝 웃으며 태경을 바라보았다.

"승진 축하드려요."

태경은 아무 말도 하지 않았다. 그저 서우를, 그 표정과 눈빛만 아니라 속내까지 세세히 읽을 기세로 뚫어지게 쳐다보기만 했다. 그를 신경 쓰기엔 지금 서우는 저 자신을 추스르는 데만도 급급했다.

서우가 짧게 숨을 들이마셨다. 성급한 손이 태경의 어깨를 붙잡고 떨리는 입술을 그의 볼에 가져갔다. 한 번 더 건넨 축하한다는 속삭임은 허망하게 태경의 입 속으로 사라졌다. 태경의 몸이 반쯤 운전석으로 넘어왔다.

제 몸을 덮치는 두툼한 몸이 주는 온기와 안도감, 입 속으로 들어오는, 가슴을 저밀 정도로 다정한 열기를 느끼며, 서우는 이게 제게 남은 마지막 초콜릿이 아닐까 생각했다.

"이거 지금 봐도 돼?"

태경이 선물 받은 종이 백을 슬쩍 들어 보이며 물었다. 별것도 아닌 질문에 오래 고민을 하는 서우를 이상하게 여기지도 않고 착실하게 시선을 고정한 채 대답을 기다리고 있었다.

"아니요……."

목소리가 조금 잠겨 나왔다.

"집에 가서 보세요."

어설프고 치사한 술수였다. 어떻게든 조금이라도 이 시간을 연장해 보고픈 서우의 서글픈 발버둥이었다.

"왜? 궁금한데."

"그냥…… 부끄러워서요."

뭐가 부끄럽냐고 타박하면서도 태경은 순순히 종이 백을 발치에 내려놓았다. 서우의 볼을 어루만지며 웃는 얼굴이 한 점의 불순물도 없이 다정했다.

"그럼 뭔지만 말해 줘."

"그것도 그냥 나중에 보세요……."

"내가 맞혀 볼까?"

태경은 기분이 좋은지 계속 웃었다. 평소엔 잘 하지 않는 시답잖은 말장난을 치면서도 연신 미소를 머금고 있었다.

"승진도 할 만하네. 축하 선물도 다 받고."

"……."

"고마워."

아니라고 서우가 고개만 저었다. 자꾸 눈시울이 뜨거워졌다.

"오늘 못 볼 줄 알았는데 봐서 좋다."

"……."

"아버님은 좀 어떠셔? 큰 병은 아니지?"

왜 갑자기 쓰러지신 거냐 묻기에 대충 과로라고 둘러댔다. 원래도 사고 후유증으로 몸이 좋지 않았다고, 틀린 말은 아니었다. 교통사고 후유증으로 신장이 나빠진 것도 맞고 푹 쉬어야 하는 몸이 일을 하느라 무리해서 병이 생긴 것도 맞으니까.

"퇴원은 언제 하셔? 내일?"

"네……."

"그럼 내일 밤엔 집에 올 수 있어?"

도무지 말이 나오지 않아 고개만 저었다. 당분간은 제가 부모님 댁에 머물며 좀 도와드려야 될 것 같다는 말에 태경은 못마땅한 기색을 드러내지 않으려 애를 썼다. 어쨌든 서우의 가족 일이고 아파서 생긴 일이니 불만이 있어도 참고 말조심을 하려는 게 눈에 보였다.

"어쨌거나 그만하기 다행이네."

"……."

"우리 서우 또 울 일 생길까 봐 걱정했지, 난."

장난처럼 말하는 진심에 가슴이 저렸다. 서우가 웃는 척 고개를 숙이며 표정을 숨기는데 태경이 뭔가 생각난 듯 아, 소리를 냈다.

"그러고 보니 나 아버님 뵌 적 있는데."

뜻밖의 말에 서우가 반짝 고개를 들었다.

"언제요?"

"저번에, 언제였더라. 너네 집 공동 현관 우체통 앞에서……."

태경이 서우의 아버지를 만난 날을 설명했다. 말 그대로 만나기만 했을 뿐, 사건이라 할 무엇도 없어 설명은 금세 끝났다.

"……아버지가 거기 계셨다고요?"

서우가 의아한 얼굴로 고개를 갸웃했다. 원상이 제게 말도 없이 여길 찾았을 리가 없는데. 원상은 이 아파트를 싫어했고 이곳에서 산 기억을 수치로 여겼다. 용건이 있더라도 서우를 불렀으면 불렀지, 자신이 왔을 리는 만무한데.

"응, 너랑 좀 닮았던데."

그 말에 서우의 입가에 애매한 미소가 스쳤다.

"그런 말 처음 들어요."

"그래? 눈이 똑같던데."

원상은 무쌍이고 서우는 얕게나마 쌍꺼풀이 있다. 전혀 생김새가 다른 둘의 어디에서 공통점을 발견했는지는 모르겠지만 서우는 그냥 고개를 끄덕이고 말았다. 태경이 그렇게 느꼈다면 그런 거겠지.

"눈 색깔이 똑같았어."

태경이 손을 들어 서우의 눈가를 스치듯 어루만지며 말했다.

"눈 색이요?"

"응, 너 눈동자 색 연한 갈색이잖아."

어느새 태경의 얼굴이 한 뼘 간격으로 가까워져 있었다. 태경이 현미경을 들여다보는 사람처럼 집요하게 제 눈동자를 뜯어보는 바람에 서우는 눈도 깜박이기 어려웠다.

"선배 잠깐, 너무 가까워서……."

"커피 사탕 색이잖아."

"……."

"그래서 늘 생각했어. 한번 빨아 보고 싶다고."

서우의 눈동자가 크게 벌어졌다. 그 움직임을 하나도 놓치지 않고 주시하던 태경이 그답지 않은, 약간 어설픈 미소를 흘렸다.

"이상해?"

이런 생각을 하는 내가.

"……아니요."

할 수 있으면 꺼내서 드리고 싶어요. 말이 떨어짐과 동시에 태경의 입술이 반사적으로 내리감긴 서우의 눈두덩 위에 닿았다. 눈꺼풀의 얇은 피부가 파들거리는 감촉이 고스란히 느껴졌다. 입술이 닿은 곳에서부터 뜨거운 기운이 얼굴 전체로 번져 나갔다.

열린 입술 사이로 나온 혀가 서우의 속눈썹을 쓸었다. 제법 힘이 실린 움직임에 눈꺼풀이 딸려 올라가려 했다. 정말 눈동자를 핥기라도 할 기세로 혀끝이 집요하게 눈두덩과 점막 사이를 오갔다.

무의식적으로 미간에 주름이 생길 정도로 꽉 눈을 감았던 서우가 이내 얌전하게 힘을 풀었다. 이물감에 몸이 절로 거부 반응을 보였지만 태경이 하고 싶다면 하게 해 주고 싶었다.

각오와 달리 태경은 감긴 눈 사이를 억지로 비집고 들어가진 않았다. 다만 위로 이동한 입술이 여기저기 도장을 찍듯 살갗을 눌러 대다 참기 어렵다는 듯 이를 세워 서우의 둥근 이마를 살짝 긁었다. 덜덜 떨리는 서우의 손이 태경의 얼굴을 잡아 끌어 내렸다. 그러곤 정신없이 입을 맞췄다. 갈급한 새끼가 어미에게 매달리듯 태경의 입술을 깨물고 혀를 얽어 빨아 댔다.

여기가 언제 누구든 오갈 수 있는 아파트 주차장이고, 태경의 차처럼 빈틈없이 선팅이 되어 있지도 않은 제 낡은 경차 안이라는 것도 신경 쓰이지 않았다. 그저 당장 세상이 끝날 사람처럼, 그와 떨어지는 순간 죽기라도 할 것처럼 필사적으로 몸을 붙이고 키스를 했다.

"……하, 김서우…… 너 이거 반칙이야."

태경이 잠긴 음성으로 중얼거렸다.

"금방 가야 된다면서 사람을 이렇게……."

"……."

"이런 식으로 하면 어떻게 보내."

서우가 매달리듯 태경의 몸을 끌어안았다. 하나뿐인 구원처럼, 다시 없을 구명줄처럼 양팔이 떨릴 정도로 힘을 주어 세게 안고 머리를 그의 목덜미에 바싹 붙였다.

'……가지 말까요?'

가고 싶지 않다. 놓고 싶지 않다. 계속 이대로 한 몸처럼 붙어 있고 싶다.

'가지 말까요, 저?'

하지만 그럴 수 없다. 입 밖으로 꺼내 물을 수도 없다. 어떤 대답이든 하게 만들어 그에게 부담을 주진 않을 것이다. 훗날이라도 그때 그러지 말았어야 했다는 회한을 가질 여지조차 주지 않을 것이다.

"오늘 좀 이상하네. 아, 그렇다고 싫다는 건 아니고."

농담처럼 말하면서도 태경은 신중하게 서우의 몸을 주무르며 반응을 살폈다. 아직 채 열기가 가시지 않은 눈이 예리하게 서우의 얼굴을 들여다보았다.

"민재한테 혼나겠어요……."

서우의 입에서 잔뜩 잠긴 목소리가 흘러나오자 태경이 뭐라 들리지 않게 혼잣말을 중얼거리며 작게 한숨을 쉬었다. 꽉 힘주어 서우를 한 번 껴안은 그가 이내 가볍게 몸을 뗐다. 끝까지 그의 어깨에 둘러져 있던 서우의 손가락이 허망하게 떨어져 내렸다.

둘 모두 먼저 가라는, 가겠다는 말이 나오지 않아 공백과도 같은 침묵이 흘렀다. 그때 정적을 깨고 서우의 휴대폰이 울리기 시작했다.

"민재야?"

"아뇨, 엄마가…… 잠깐만요, 선배, 저 전화 좀."

차 문을 열려는 서우를 저지하고 태경이 편하게 통화하라는 몸짓을 하며 차에서 내렸다. 서우가 영혜와 이야기하는 동안, 태경은 조금 떨어진 곳에서 들고 내린 종이 백을 만지작거리고 있었다.

"선배님."

지금 어디냐고, 언제 오냐는 용건이 전부라 영혜와의 통화는 금방 끝났다. 서우가 차에서 내려 태경을 불렀다. 태경은 저를 등지고 선 채 고개를 살짝 숙이고 꼼짝도 않고 서 있었다. 서우가 그쪽으로 걸어가며 한 번 더 그를 불렀다. 입김이 나와 눈앞을 흐렸다.

"선배님."

"……."

"저 그만 가 봐야 할 것 같……."

서우의 말이 중간에 끊어졌다. 돌아서는 그의 손에 들린 흰 봉투를 보았다. 순식간에 상황을 알아챈 발이 그대로 뿌리박힌 듯 멈췄다.

"이게 뭐야?"

"……."

"이게 뭐야, 김서우."

머릿속에서 뭔가가 와르르 무너지는 소리가 들렸다. 진공 상태에 빠진 것처럼 아무것도, 시간의 흐름조차 느껴지지 않았다. 공허하게 태경의 손을 응시하던 서우가 천천히 눈을 감았다 떴다.

217

"뭔지 아시잖아요."

이렇게 되는 걸 바라지 않았다. 하지만 그건 헛된 희망이었을 터였다.

"선배님이 저 대신 저희 형부에게 갚으신 이천만 원이요."

서우가 아는 어떤 이별도 결코 아름답지 않았다.

태경은 잠시 말이 없었다. 그대로 우뚝 선 채 서우를 바라보기만 했다. 그렇다고 딱히 당황한 것 같지도 않았다. 얼핏 난감한 기색이 스쳐 간 것처럼도 보였지만 곧 차분해진 얼굴로 서두르지도 않고 천천히 긴 다리를 움직여 서우와 거리를 좁혔다.

"미안해."

그리고 곧바로 사과를 했다.

그 사과가 얼마나 서우를 죽고 싶게 만드는 줄도 모르고.

"너한테 말 안 해서, 묻지도 않고 마음대로 행동해서 미안해. 계속 숨기려던 건 아니었는데……."

"아뇨, 사과하지 마세요."

서우가 태경의 말을 끊으며 단호하게 고개를 저었다.

"저도 선배한테 말 안 한 거 많으니까…… 그러니까 그런 걸로 저한테 사과할 필요 없어요."

"서우야."

"형부한테 들었어요. 그날, 제가 돈 빌린 날 저녁에 선배가 바로 갚았다고. 형부 회사 앞까지 찾아갔었다면서요. 송금해 준다고 해서 받지 않겠다 했더니 현금으로 바로 찾아 주셨다고."

심장 박동이 점점 빨라졌다. 서우는 태경을 보지 않고 쫓기는 사람처럼 말을 이었다.

"선배가 저한테 말 안 한 거는…… 왜 그랬는지 알아요. 저 생각해서 그러신 거죠. 제가 알면 부담스러워할 테니까, 괜히 빚진 기분 들게 하고 싶지 않아서…… 선배는 원래 그런 사람이니까. 항상 그러셨잖아요. 예전에도……."

늘 냉담한 척, 심술궂은 척하다가도 결국엔 다정했으니까.

"이해는 가요."

"서우야."

"근데, 그런데요, 선배……."

"나 보면서 말해."

태경이 말했지만 서우는 무시했다.

"제가 진짜 묻고 싶은 거는."

"……."

"선배는 제가 불쌍한 거죠."

내내 무표정하던 태경의 미간이 그제야 구겨졌다. 입술이 꾹 다물리고 턱에 힘이 바짝 들어갔다. 이내 가볍게 한숨을 내쉰 그가 손바닥으로 이마를 한 번 쓸더니 다시 침착해진 얼굴로 입을 열었다.

"일단 자리 옮기자. 딴 데서 얘기해."

"……."

"추워. 너 지금 떨고 있잖아."

서우는 이 순간에도 그런 걸 걱정하는 그가 지금만큼은 견딜 수가 없었다.

"다른 데 가기 싫으면 차에라도 타자."

"아니, 싫어요."

"서우야."

"그런 식으로…… 그렇게 어린애 달래듯 말하지 마세요."

도리질 치는 서우의 턱이 덜덜 떨렸다.

"제가 물었잖아요. 그런데 왜 못 들은 척하세요."

"못 들은 척하는 게 아니라……."

"아님 선배도 제가 우스워요?"

"뭐?"

태경의 눈이 일순 날카로워졌다. 말을 내뱉은 서우 자신이 더 놀랐다. 이렇게까지 말할 생각은 없었는데. 입술이 바르르 떨렸다.

저도 모르는 사이 그간 서태경이 편해지긴 했나 보았다. 그 끝 모를 다정함과 화수분처럼 쏟아붓는 애정에 어느새 기가 살다 못해 이런 심한 말까지 내뱉을 정도로.

"왜 그런 말을 해."

"……."

"그렇지 않은 거 알잖아. 내가 널 왜 우습게 봐. 어떻게 그래."

"……."

"김서우, 나 봐. 나 좀 봐 봐."

고집스레 시선을 마주하지 않는 서우를 설득하려다 포기한 태경이 한풀 꺾인 듯 약간 힘 빠진 어조로 말했다.

"네가 화내는 거 이해해. 너 모르게 도윤성 씨 만나고 내 멋대로 행동해서 미안해. 결국 그 얘기를 도윤성 씨 입에서 듣게 해서 더 미안하고."

"……."

"그래도 그런 거 아닌 거 알잖아."

서우가 고개를 저었다.

"모르겠어요."

"……."

"선배님이 왜 이러는지 모르겠어요. 정말 잘 모르겠어서, 이해가 안 가서, 저는……."

왜 선배 같은 사람이 나 같은 사람을 좋아하는지.

"불쌍해서, 그냥 안돼 보여서 그러신 거라고 생각하면……."

"서우야."

"그냥 그만두는 게 나을 것 같아요."

정적이 흘렀다. 설 연휴의 마지막 밤, 서울 한가운데 기천 세대에 달하는 아파트 대단지가 이렇게 조용할 리 없는데 서우와 태경만 다른 차원에 들어와 버린 듯 아무 소리도 들리지 않았다.

"너 지금 뭐라고 했어?"

태경이 억양 없는 어조로 되물었다.

"다시 말해 봐. 내가 지금 잘못 들은 것 같아."

"불쌍한 사람하곤 결혼하면 안 돼요, 선배."

서우가 천천히 호흡하며 입을 뗐다.

"결혼은 그렇게 하는 게 아니에요."

한순간의 감정으로, 오래가지 못할 동정으로.

"너 지금 무슨 말 하는 거야?"

성급하게 뻗어 온 태경의 손이 서우의 어깨를 꽉 쥐었다.

"미안해. 미안하다고 했잖아. 내가 실수했어. 사과할게."

"……."

"그래도 어떻게 그런 말을 해. 어떻게 그렇게 쉽게……."

그만두자는 말을 입에 담을 수 있냐는 태경의 표정은 아직도 제 귀를 의심하는 듯했다.

"쉽게 말한 것처럼 보여요?"

서우가 쥐어 짜내는 듯한 음성으로 중얼거렸다.

"감히 네가 어떻게 내게 그런 말을 할 수 있냐는 게 아니라?"

"김서우."

태경의 손에 힘이 바짝 들어갔다. 서우는 여전히 태경을 보지 않았다.

"다투자는 게 아니에요. 다만 선배도 저도 이 상황을 제대로 보자는 거예요."

"이 상황?"

"저는 선배가 저한테 잘해 줘서 좋았어요. 친절하게 대해 주고 잘 챙겨 주고 불쌍한 눈으로 봐 주고. 저는 항상 그런 사람들을 좋아했어요."

"서우야."

"근데 선배가 그랬잖아요. 그거 이상한 거라고."

"뭐?"

아무나 좀만 잘해 주면 다 좋다는 거 웃기지 않느냐고. 서우가 열일곱에 태경에게 들었던 말을 다시 읊었다.

"선배 말이 맞죠."

서우가 희미하게 자조적인 웃음을 흘렸다.

"사실 벌써 깨달았어야 했는데."

태경의 입에서 헛웃음이 터졌다. 사납게 치뜬 눈에서 불길이 쏟아지는 것 같았지만 그래도 지금까지는 아슬아슬하게나마 평정심을 유지하고 있는 것처럼 보였다.

"그래서 너 지금 고작 내가 동정심 때문에 너한테 결혼하자고 했다는 거야?"

"……."

"너야말로 나를 우습게 봤네."

"……아니라고요?"

"김서우 너 정말."

힘이 실린 말투에 더럭 겁이 났다. 도망치고 싶었다. 하지만 서우는 그 앞에 버티고 선 채 한 발짝도 움직이지 않았다. 각오했는데, 몇 번이고 되풀이해 마음을 다졌는데 그가 화를 내는 것이, 화를 내고 저를 미워하게 될 것이 두려웠다.

"애초에 선배 결혼 생각 없었잖아요. 그때도, 제 과거 이야기 듣고 충동적으로 말한 거 맞잖아요."

"누가 그래? 나 결혼 생각 없다고."

"누가 그렇게 프러포즈를 해요. 또 그런 프러포즈를 누가 받아 주겠어요."

"그래서 말했잖아! 제대로 다시 한다고."

"그런 문제가 아니에요."

"그럼 뭐가 문제인데?"

"선배가 선배이고, 제가 저인 게 문제예요."

열일곱 살 때부터 저를 알던 사람이고 제가 누구와 어떻게 결혼했는지, 그 결혼 생활이 어떻게 끝났는지 모두 아는 사람.

"선배랑 만나면 저는 계속 평행선만 달릴 거예요."

그럼에도 나를 좋아한다고 말해 주었던 사람. 나만 없으면 흠 없이 완벽할 사람. 그런 사람을 또 내가 있는 진창으로 끌어내릴 수 없어서.

"헤어지고 싶어요."

처음부터 차이는 건 내 몫이라 여겼는데. 내가 지겨워질 때까지 버티려 했는데.

"그만 만나요, 우리."

아무리 생각해도 선배는 나한테 헤어지잔 말 안 할 것 같아서.

서우가 눈을 들어 태경을 보았다. 그가 예쁘다고 말했던, 빨고 싶다던 커피 사탕 같은 눈으로 그에게 비수를 꽂았다.

"헤어져요."

태경은 할 말을 잃은 듯 멍하니 서 있었다. 처음 보는 표정이었다. 모든 것을 박탈당한, 마치 낙원에서 추방된 천사 같은 얼굴은 그에게 어울리지 않았다. 서우의 귀에 뭔가가 부서지는 소리가 들렸다. 허공에 매달린 채 아슬아슬하게 버티고 있던 큐브가 기어코 박살이 나 산산이 흩어지는 소리였다.

09

2월 중순의 면접 날은 이른 봄이 온 것처럼 따뜻했다. 적당히 달궈진 온돌 같은 길을 걸으며 서우는 누가 아래서 발목이라도 잡아당기는 것처럼 몇 번이고 휘청거렸다. 면접이라 특별한 일이 있을 때만 꺼내 신는 구두를 신었더니 길이 들지 않아 발이 아팠다.

면접은 우호적인 분위기에서 끝났고 크게 실수한 것도 없었다. 대답이 너무 무난하다면 무난했다고도 할 수 있겠지만 서우가 몇 년간 몸담고 있던 조직은 튀는 사람을 원치 않았다.

그럼에도 불안함을 떨치지 못한 서우는 머릿속으로 면접장에 입장한 뒤부터 인사를 하고 나올 때까지 자신의 입에서 나온 말들을 하나

하나 되짚어 보기 시작했다. 형식적인 면접이라 해도 확정이 아닌 이상 언제든 떨려 나갈 수 있는 게 제 위치였다.

원상이 기약 없는 투병 생활에 들어간 지금, 서우는 앞일이 어떻게 흘러갈지 그림처럼 빤히 보였다. 이미 한 번의 경험이 있다. 저축을 깨고 살던 집을 줄이고 빚을 내고. 하물며 이번 추락은 그 속도가 이전과 비할 바도 못 될 것이다. 이미 벼랑 끝에 서 있었으니까.

따라서 서우는 어떻게든 회사에 붙어 있어야 했다. 안정적인 수입과 조직의 보호가 절실하게 필요한 시점이었다. 그러려면 꼭 이번 채용에 최종 합격 해야 했다.

버스 정류장에 도착해 긴 의자 한편에 엉덩이를 붙였다. 오랜만에 하이힐을 신은 탓인지 얼마 걷지도 않았는데 무릎이 쑤시고 발목이 뻣뻣해졌다. 발뒤꿈치가 송곳으로 찌르듯 쑤시고 아파 살짝 발을 들어 보았더니 검은 스타킹 아래 헤집어진 여린 살과 500원짜리 동전만 한 핏자국이 보였다.

역시 차가 없으니 불편하구나. 서우가 가볍게 혀를 찼다. 언제 고장이 날지 몰라 조마조마하던 서우의 낡은 경차가 끝내 이틀 전 사망 선고를 받았다.

가장 필요할 때 그나마 있던 기동력까지 잃게 된 것에 제일 낙담한 건 영혜였다. 병원이며 집이며 하루에도 몇 번을 왔다 갔다 해야 되는데, 하필이면 이럴 때 퍼질 게 뭐냐며 재수가 없는 년은 뒤로 넘어져도 코가 깨진다고 넋두리를 해 댔다.

"저기요"

그때 옆에서 저를 부르는 소리와 함께 어깨를 톡톡 두드리는 손길에 놀라 서우가 퍼뜩 고개를 들었다.

"발 다치신 것 같은데 이거 붙이세요."

의자 끄트머리에 앉아 있던 대학생쯤으로 보이는 여자가 조심스레 일회용 밴드 두 개를 건넸다. 서우가 당황해 손을 내저었다.

"아, 아니, 괜찮은데……."

"저는 지금 필요 없으니까 쓰셔도 돼요."

한사코 사양하는 서우의 무릎 위에 떨구듯 밴드를 내려놓은 여자는 서우가 미처 고맙다는 말을 할 새도 없이 금방 도착한 버스를 타고 가 버렸다.

"감사합니다……."

들을 사람이 없는 인사를 중얼거리며 서우가 손끝으로 밴드를 만지작거렸다. 기대도 없던 낯선 이의 선의에 마음이 따뜻해지기는커녕 더 헛헛해졌다. 점점 뿌옇게 흐려져 가는 도로를 멍하니 바라보고 있던 서우가 자리에서 일어났다. 밴드를 손에 쥔 채 다음 정류장을 향해 걷기 시작했다.

"그러면 안 돼?"

조금이라도 틈이 생기면 떠올리고 싶지 않은 목소리가 끼어들고 만다.

"내가 너 좀 동정하면 안 돼?"

기어이 평정을 잃은 태경의 말끝이 깨어진 유리 조각처럼 날카로 웠다.

"왜 안 돼? 내가, 잘난 부모 형제 만나 마음고생 몸 고생 다 하고, 돈 없고 백 없어서 알량한 직장 하나 있는 거 잘릴까 부당한 일 당해도 어디 말도 못 하고, 피죽도 못 얻어먹은 꼴로 투잡이나 뛰면서 그 돈은 밑 빠진 독에 다 끌어다 붓고, 그러고도 누구한테 말 한마디 못 하고 그러고 사는 너를 내가 좀 불쌍하게 여기면 안 돼?"

"그, 그렇게 말하지……."

서우가 새하얗게 질린 얼굴로 뒷걸음질을 쳤다. 비틀거리는 어깨를 갈퀴 같은 손이 악착같이 얽어맸다.

"왜 안 돼? 내가 널 불쌍하게 생각하면."

눈을 꽉 감고 고개를 저었다. 원했던 대답인데, 제가 유도했던 답변인데 듣기가 괴로웠다. 마비돼 버렸을 거라 여겼던 통각이 첨예하게 되살아나는 기분이었다.

"나는 할 수 있어. 나만 할 수 있어."

태경이 한 자 한 자 짓씹듯이 말했다. 오만하기 그지없는 말투와 달리 그의 손은 당장이라도 서우가 어디로 사라져 버리기라도 할까 불안한 듯 과도하게 힘이 들어간 채 떨리고 있었다.

"세상에서 나만 너 불쌍해할 수 있다고."

"……."

"그러니까 그딴 소리 하지 마. 두 번 다시 그런 말 입에 담지 말라고."

화를 내면서도 태경은 서우를 꽉 끌어안았다. 몇 번이고 밀어 내리는 서우의 손을 막무가내로 막고 미안하다고 사과를 했다가 그래도 어떻게 그런 말을 할 수 있냐고 화를 냈다가 서우를 달랬다가를 정신 나간 사람처럼 반복했다.

"헤어지는 건 안 돼. 헤어진 거 아냐."

"……."

"그냥 싸운 거야."

그게 그가 용납할 수 있는 최대치인 모양이었다. 그 뒤로 일주일, 서우가 열심히도 그를 피해 다니는 동안 그는 스스로 명명한 이 냉전 상태를 타개하기 위해 고군분투했다.

받지도 않는 전화를 걸고 보지도 않는 메시지를 보내고 응답 없는 사과를 계속했다. 다행히 회사에서까지 돌발 행동을 하진 않았는데, 못 해서가 아니라 그렇게까지 해 버리면 서우가 정말로 화를 낼까 두려워서인 것 같았다.

'내가 뭐라고…….'

절룩거리는 걸음을 옮기며 서우가 생각했다. 목구멍에 걸려 넘어오지 않는 울음만큼이나 뜨끈한 무언가가 발뒤꿈치와 구두 안쪽을 질척하게 적셨다.

'그냥 버리면 될 것을.'

긍지 높고 자존심 강한 사람이라 하루 이틀이면 구차해서라도 돌아설 줄 알았는데.

태경은 서우가 생각했던 것보다 더 인내심이 많았다. 그가 그럴수록 서우의 마음속에 절망과 희망이 발작을 일으킨 환자의 심전도 그래프처럼 위태로운 파형을 그렸다.

'희망이라니.'

미친. 제 몰염치함에 진저리가 났다.

한 정거장을 더 지나쳐 걸었다. 이제 어디랄 것도 없이 아픈 발이 칼날 위를 걷고 있는 것 같았다. 어디든 아프면 다른 생각이 나지 않을 줄 알았는데 착각이었다. 구두 안이 피로 질퍽여도, 발등과 발꿈치가 다 닳아 없어져 버린다 해도 서우는 태경의 생각을 멈출 수가 없었다.

* * *

다음 날 출근을 하니 현진우가 면접 잘 봤느냐고 물었다. 서우가 고개를 끄덕이며 신경 써 주셔서 감사하다고 인사를 했다. 점심시간이 되자 서우는 구내식당으로 가지 않고 혼자 매점으로 갔다. 진열대를 돌며 포장지에 뭐라 적혀 있는지 제대로 보지도 않고 삼각 김밥두 개와 에너지 음료 하나를 골랐다.

계산대 앞에서 차례를 기다리는데 뒤에서 뭐라 소곤대는 소리가 들렸다.

"저 사람 아냐?"

"맞지?"

"맞아. 총무2팀……."

계산을 마치고 유리문 밖으로 나왔을 때에야 체에 남은 모래처럼 귀에 몇 마디가 걸렸다. 서우가 얼핏 뒤를 돌아보려는데 맞은편 복도에서 낯익은 형체가 다가오는 게 보였다.

화들짝 놀란 서우는 얼른 반대편으로 방향을 꺾어 도망치듯 몸을 숨겼다. 태경인가 싶어 불안과 기대로 쿵쿵대던 가슴이 이내 그가 아니라는 걸 깨닫고 바람 빠진 풍선처럼 내려앉았다.

제 모순을 알고 있다. 그를 보기 두려워 구내식당에도 못 가면서 막상 눈에 들어오는 사람은 모두 그처럼 보였다. 알고 보면 어떻게 그로 착각할 수 있는지 어이가 없을 만큼 비슷한 데가 전혀 없는데, 회사든 집 근처든 병원이든 길거리든 장소를 불문하고 서우의 눈은 매시 매초 착시를 일으켰다.

매점에서 산 것들을 들고 탕비실로 들어가는데 휴대폰이 울렸다. 영혜였다. 지금껏 계속 중환자실에 있던 원상이 상태가 안정되어 일반 병실로 옮긴다는 소식이었다. 다행이라는 서우의 말에 영혜가 지친 투로 대꾸했다.

―다행이기야 다행이지. 중환자실 하루 병실비가 얼만데.

전화를 끊은 서우가 삼각 김밥을 입 속에 우겨 넣으며 머릿속으로 바쁘게 계산을 시작했다. 일단 정직원이 되면 금리가 저렴한 사내 대출을 이용할 수 있다. 빌라도 빼고 서우의 사택과 합치고 보증금을 보태면 어떻게든 급한 불은 끌 수 있을 터였다.

예상은 했지만 현영은 그 후로 연락이 되지 않았다. 정말이지 조금의 실망감도 들지 않는 걸 보고 서우는 자신이 그와 관련해 일말의 기대도 하지 않았음을 깨달았다. 그렇다고 괜히 찾아갔다는 후회는 들지 않았다. 다만 이제 다신 그와 볼 일이 없을 거라는 깨달음 혹은 예감 같은 것만 들었다.

"욱······."

넘어가지도 않는 찬 밥덩이를 급하게 삼키느라 사레가 들렸다. 격한 기침을 하던 서우는 결국 김밥 두 개를 다 먹지도 못하고 탕비실을 나왔다. 점심시간이 끝날 때까지 총무2팀에서 열쇠를 관리하는 비품실 구석에 앉아 시간을 보내다 오후 근무에 들어갔다.

퇴근 시간이 가까워 해가 서쪽으로 바짝 기울었을 무렵 휴대폰 메시지 알림이 울렸다.

[서우 씨, 지금 시간 나면 가게로 내려올 수 있어?]
[커피 한잔 마시러 와.]

1층 카페 사장이었다. 그는 가끔 이런 식으로 종종 서우를 챙기곤 했는데, 최근 서우가 영 얼굴을 보여 주지 않자 메시지를 보낸 모양이었다. 서우가 조용한 사무실을 한 번 둘러보았다. 마침 오늘 할 일은 얼추 다 마무리된 뒤였으니 잠깐 휴식 좀 취한다 해서 별일은 없을 것 같았다.

서우는 알겠다고 지금 가겠다고 답장을 보내고 자리에서 일어나 1층으로 향했다.

"안녕하세요."

"어, 서우 씨 왔어? 거기 앉아."

회사 1층 로비의 한 구역을 당당히 차지하는 널찍한 카페엔 드문 드문 자리가 차 있었다. 사장은 서우를 카운터 바로 앞 2인 테이블에 앉히더니 주문을 받지도 않고 카페라떼 한 잔과 따끈하게 데운 스콘을 버터와 잼과 함께 가져다주었다.

"출출할 시간이잖아. 먹어."

"아, 감사합니다. 저 아직 계산도 안 했는데……."

"나중에 해, 나중에."

서우가 기다란 톨 사이즈 커피를 한 모금 들이켰다. 정량보다 우유가 더 많이 들어갔는지 평소보다 훨씬 고소했다. 입맛은 없었지만 내어 준 정성을 봐서 포크를 들어 스콘 끄트머리를 조금 잘라 입에 넣었다.

카운터 뒤로 돌아갔던 사장이 다시 나와 서우의 맞은편에 앉았다. 그와 만난 지도 햇수로 거의 8년째인데 그는 여전히 처음 만났을 때와 거의 달라진 게 없는 것 같았다.

"어제 면접 봤다면서."

사장이 입을 열었을 때 서우의 뒤에서 누군가 의자를 끌어다 앉는 소리가 났다.

"……네."

서우의 음성이 어쩔 수 없이 조금 흔들렸다.

"어떻게, 잘 봤어?"

"그냥, 그럭저럭이요……."

"그럭저럭이면 어떡해. 잘 봤다고 해야지."

서우가 작게 웃음으로 얼버무렸다. 사장이 그런 서우를 보고 혀를 쯧쯧 찼다.

"요즘 바빠? 왜 이렇게 얼굴 보기가 힘들어?"

"아……."

"일이 많아? 보니까 그 팀 현 과장하고 대리 두 분은 수시로 커피 마시러 오던데."

"그렇게 바쁜 건 아닌데 그냥 어쩌다 보니까…… 죄송해요. 자주 올게요."

"아니, 누가 사과받자고 그러나. 그냥 자주 보이던 사람이 안 보이니까 그러지."

사장이 손수 스콘을 잘라 주며 어서 먹으라고 권했다.

"얼굴은 또 왜 그래?"

"네?"

"살이 좀 빠진 것 같은데."

"그래 보여요?"

"가뜩이나 작은 얼굴 아주 없어지겠다."

할 말을 찾지 못한 서우가 그저 옅게 웃고 말았다. 금방이라도 꺼질 듯 위태로운 미소를 짓는 얼굴을 가만히 바라보던 사장이 몸을 일으켰다.

"내일부터 아침에 출근하기 전에 들러."

"네?"

"직장인 아침 대용으로 신 메뉴 개발 중인데 모르모트 좀 되어 달라고."

그러니까 달리 말하면 아침마다 와서 식사하고 가라는 얘기였다.

"사장님……."

"시식해 보고 괜찮다, 아니다 한 마디만 해 주면 돼. 그럼 도와주는 걸로 알고 내일부터 준비한다."

"저……."

"안 오면 버려야 돼."

사장이 그렇게 엄포를 놓고 카운터 뒤로 돌아갔다. 그 뒷모습을 눈으로 따라가던 서우가 동그랗게 말고 있던 등을 펴 의자 등받이에 기댔다. 그러자 등 뒤에서도 미세한 인기척과 함께 의자가 삐걱대는 소리가 났다.

바로 옆에 버티고 있는 두꺼운 통유리창에서 늦은 오후의 부드러운 햇살이 여과 없이 쏟아져 내렸다. 마침 매장의 스피커에서 올드팝송 하나가 막 시작되는 참이었다.

아마도 이 곡의 러닝 타임이 대략 3, 4분. 그 정도는 모른 척 서로 등을 맞대고 앉아 있어도 좋지 않을까.

"……."

천천히 눈을 내리 닫은 서우가 숨을 크게 들이마셨다. 커피 향 사이에도 뚜렷이 구분되는, 처음 자리 잡을 때부터 모를 수가 없었던 낯익은 향수 냄새가 났다. 폐가 울릴 정도로 서우는 온 힘을 다해 한 숨 한 숨을 정성껏 들이켰다. 이 공기 중에 섞여 있을 그의 숨결 하나, 향수 입자 하나조차 놓치고 싶지 않았다.

*　*　*

3월을 얼마 앞두고 계속 봄 같은 날씨가 이어졌다. 환한 햇살이 내리치는 가운데 막 돋아난 새싹을 위하듯 잠깐씩 약한 비를 뿌리기도 했다. 벌써부터 이러다가 금세 폭염 오는 거 아니냐면서도 사람들은 선물 같은 이른 봄을 즐기고 있었다.

"아 참, 서우 씨 최종 합격자 발표 오늘이죠?"

오전 회의를 마치고 회의실을 나오던 중 현정이 생각난 듯 물었다. 서우는 회의록을 정리하며 고개를 끄덕였다.

"네."

"잘돼야 될 텐데."

현정의 응원에 서우가 미소를 지으며 감사를 표했다. 간밤에 자다가 한 번밖에 깨지 않았고 깨면 기억도 못 할 꿈에 시달리지도 않았다. 그 덕분인지 오랜만에 컨디션이 좋았다. 머리가 흐릿하지도, 눈알이 시리거나 팔다리가 무겁지도 않았다.

"불합격?"

옆자리에서 새된 음성이 들려왔다. 주은이었다. 주은의 모니터에도 서우와 마찬가지로 정규직 전환 시험 합격자 공고가 떠 있는 상태였다.

"아니, 왜 김서우 씨 이름 없어요? 왜 불합격이야?"

주은이 따지듯 서우를 향해 물었다. 마치 불합격된 이유가 서우에게 있기라도 하다는 듯 해명을 요구하는 눈빛이었다. 잠깐만요.

현진우가 자리에서 일어나 서둘러 어딘가로 나갔다. 현정도 그 뒷모습을 보다가 사내용 메신저를 열고 뭔가 바쁘게 키보드를 두드리기 시작했다.

세 사람이 허둥지둥하는 사이, 막상 당사자인 서우는 꼼짝도 하지 않고 모니터만 뚫어지게 바라보았다. 아무리 그렇게 보고 있어도 합격자 명단에 김서우란 이름이 나타나는 일도 없었고 불합격을 알리는 메일이 사라지는 일도 없었다.

방심했네.

서우의 마른 입술이 웃음처럼 떨렸다. 시험도 면접도 다 잘 봤다. 근무 평가도 좋았고 다들 이번엔 서우의 차례라고 했다. 혹시나 하는 불안한 마음이 전혀 없었다면 거짓말이지만 서우도 내심 이번엔 당연히 될 거라고 생각했다.

'당연하다니.'

그런 건 없는데.

피식, 한숨 같은 웃음이 새어 나왔다. 아무것도 느껴지지 않는 게 단순히 실감이 나지 않아서인지 어떤 건지도 모르겠다. 그저 온몸에 힘이 쭉 빠지는 듯 허탈해졌다.

"저기, 서우 씨, 지금 휴대폰…… 전화 들어오는 것 같은데……."

주은이 조심스럽게 서우의 책상 위를 가리키며 말했다. 층층이 쌓인 서류 꼭대기에 놓여 있던 휴대폰이 몸을 떨며 조금씩 미끄러지고 있었다. 진동이 한참 전부터 울리고 있었던 것 같은데 서우는 깨닫지 못했다.

"……."

태경이다. 엎어 둔 휴대폰을 들어 발신자를 확인한 서우는 진동을 죽이고 다시 그대로 엎어 놓았다.

"안 받아요?"

왠지 제가 더 초조한 듯 주은이 물었다. 서우는 주은을 보지도 않고 고개만 저었다.

"전화 계속 오는데, 급한 거 아니에요?"

"괜찮아요. 그보다 대리님, 아까 말씀하신 자료 오전까지 달라고 하셨죠."

서우가 마우스를 쥐고 모니터 창을 바꿨다. 그전까지 작업하고 있던 문서 창을 띄우고 기계적으로 한 줄씩 수정을 해 나가는데 키보드 위에 뭔가가 툭 떨어졌다.

코피였다. 어머, 하고 놀라는 주은의 탄성이 들렸다. 현정도 고개를 빼고 이쪽을 보았다. 서우는 티슈를 뽑아 코를 막은 채 그들을 향해 잠깐 자리 좀 뜨겠다는 눈짓을 하고 화장실로 갔다.

아무도 없는 화장실 세면대 앞에서 물과 함께 하수도로 흘러 들어가는 피를 바라보다가 고개를 들어 거울을 쳐다보았다.

"……."

푸르스름한 낯은 그 아래 그렇게나 붉은 피가 흐르고 있다는 게 의심스러울 정도로 창백했다. 죽은 생선 눈깔처럼 흐리멍덩한 눈동자와 눈이 마주치자 서우는 이상하게 웃음이 터질 것 같았다.

제일 먼저 민재 얼굴이 떠올랐다. 정규직, 비정규직이 뭔지는 잘 몰라도 누나가 무슨 시험을 쳤다는 건 안다. 이럴 줄 알았으면 그런 얘기도 안 할 걸 그랬다. 부끄러운 게 아니라 실망시킬 게 미안해서였다. 아니, 사실 민재가 이런 걸로 실망할 아이가 아니란 건 알고 있으니 자랑스러워할 부분이라곤 없는 누나인 게 창피한 건 그저 제 몫이었다.

'엄마도⋯⋯.'

영혜야말로 크게 실망을 할 것이다. 본인의 좌절이 더 커서 서우가 미안해할 틈도 주지 않을 것이라는 건 차라리 다행일지도 몰랐다.

'그리고⋯⋯.'

반사적으로 떠오르는 이름을 돌처럼 씹어 삼켰다. 질끈 눈을 감은 서우가 머릿속에 자꾸 아른거리는 얼굴을 지우고 그 자리를 민재와 병원에 누워 있는 아버지와 간병 중인 어머니로 채우는 시도를 했다. 그제야 겨우 가슴속에서 뭔가 뜨거운 게 울컥 올라오는 것 같았다.

"서우 씨."

그때 주은이 화장실로 들어왔다. 서우가 얼른 표정을 갈무리하고 천천히 몸을 돌렸다.

"좀 괜찮아요?"

"네."

"미안한데, 전화가 계속 와서."

"네?"

서우가 주은이 내민 제 휴대폰을 내려다보았다. 화면이 꺼져 까맣게 비치는 액정을 보며, 문득 제가 태경을 뭐라고 저장해 놨는지 기억을 더듬었다.

"계속 오는 거 보니까 급한 용건 같은데."

서우가 손을 내밀어 휴대폰을 받아 들며 주은을 올려다봤다. 눈이 마주치는 순간 깨달았다.

주은은 알고 있다.

"그럼 난 그만 들어가 볼게요. 천천히 와요."

하지만, 어떻게?

"남 대리님."

저도 모르게 매달리듯 뱉었다. 그렇게 불러 놓고 정작 서우가 말이 없자 주은이 슬쩍 눈살을 찌푸렸다. 난감한 얼굴로 무언가 말하고 싶은 듯 입술을 달싹이던 주은이 어쩔 수 없다는 듯 한숨을 푹 내쉬며 중얼거렸다.

"내가 무슨 말을 해야 할지 모르겠네요."

어쩌면 그녀는 서우에게 화가 났는지도 몰랐다.

"과장님, 아니, 이제 서 팀장님이죠."

"……."

"팀장님이 걱정 많이 하고 있을 거예요."

하지만 이 같은 상황에서까지 그를 표출하는 건 옳지 않다고 여긴 건지도 모른다.

"나중에 얘기하고 전화부터 해 줘요. 얼마나 애가 탈 거야."

주은이 약간 망설이는 투로 작게 덧붙였다. 서우는 새하얗게 빈 머리로 저도 모르게 고개를 수그렸다. 주은이 휴게실을 나갔다. 혼자 남은 서우가 이번엔 까만 액정에 비친 제 얼굴을 내려다봤다. 손끝이 차가워졌다. 반대로 몸속은 뜨거워졌다.

참담했다. 전과는 비교도 할 수 없이. 훤한 대로에서 속살을 다 까발려 보인 사람처럼 부끄러웠다. 만약 상대가 주은이 아니었다면, 혹은 제 기만이 들통난 이 순간이 시험에서 떨어진 지금이 아니었다면 좀 덜 수치스러웠을까.

"하……."

머릿속이 뒤죽박죽이었다. 눈알이 따끔거려 질끈 눈을 감자, 안쪽에 희게 뭉개진 무늬들이 정신없이 얼룩졌다. 휴대폰이 다시 진동하는 게 느껴졌지만 쳐다보지도 않았다.

'피곤해.'

갑자기 무기력해졌다. 어마어마할 정도의 탈력감이 밀려왔다. 당장이라도 이 화장실 타일 바닥 위에 쓰러져 눕고 싶었다. 소금 기둥처럼 녹아 하수구로 흘러들어 형체도 존재도 없이 사라지고 싶었다.

화장실을 나온 서우가 자리에 앉자마자 현진우가 다시 사무실로 들어왔다. 벌떡 일어선 현정이 그 곁으로 다가가 다급하게 몇 마디 묻는 게 보였다. 작게 한숨을 쉰 것도 같고 서우 쪽을 본 것도 같지만 현진우는 아무 말도 하지 않고 제자리로 돌아갔다. 그 침묵이 답이었다. 몇 번이고 망설이던 현정이 이내 굳은 표정으로 서우에게 다가왔다.

"서우 씨, 유감이야."

파티션 너머로 뻗어 온 손이 서우의 어깨에 살짝 내려앉았다 거두어졌다.

"다음에 또 기회 있을 거야. 이런 말 위로가 안 되겠지만……."

"아니에요, 과장님. 고맙습니다."

서우가 현정을 돌아보며 웃었다. 빈말이 아니고 저를 위로하고자 하는 마음이 진심이라는 건 서우도 알고 있었다.

정규직이라 해서 계약직의 서러움을 모르는 게 아니다. 그저 우연히 한 팀에 근무하는 사이에 불과할 뿐이라 해도 다 올라간 줄 알았던 사다리에서 미끄러져 떨어진 동료에게 동정심마저 가지지 않을 몰인정한 사람들도 아니다.

"몸은 괜찮아요? 아까 코피까지 흘리고."

"괜찮아요. 걱정 마세요."

"김서우 씨."

그때 현진우가 자리에서 일어나며 서우를 불렀다. 허리를 세우고 눈을 들어 그를 보는 사이 컴퓨터를 끈 현진우가 가방과 코트를 챙겨 서우 곁으로 왔다.

"외근 나가는데 김서우 씨도 같이 나가죠."

"저, 제가요?"

"네, 같이 갑시다."

늦었어요, 얼른, 하면서 현진우가 서우의 어깨를 잡고 일으켰다. 가방, 코트 챙기라는 말에 정신없이 책상 위에 있던 것을 가방에 쓸어 담고 자리에서 일어났다. 멍한 머리를 가누려 애를 쓰며 현진우를 따라 뛰다시피 걸었다.

현진우가 서우에게 같이 외근을 가자고 한 건 처음이었다. 딱히 서우가 돕거나 따로 숙지해 두어야 할 일이 있는 것도 아니면 이건 아마도.

'배려, 혹은.'

저도 모르게 멍하니 현진우를 올려다보는데 서늘한 공기가 뺨에 닿는가 싶더니 어느새 회사 밖이었다. 택시를 탄 두 사람은 20분쯤 달려 거래처에 도착했다. 업무는 서로 이미 합의가 끝난 계약서를 확인하는 간단한 것이었고 서우가 할 일은 역시나 없었다.

"퇴근 시간 다 됐네요. 서우 씨는 여기서 바로 퇴근해요."

거래처를 나와 진우가 휴대폰을 꺼내 보며 말했다. 다 됐다고 하기엔 아직 두 시간이나 남았다. 게다가 월말이라 오늘도 야근이 확정이었다.

개인사와 업무는 아무 상관도 없다. 회사의 부품은 비록 그 속이 얼마나 마모됐을지라도 완전히 부서지기 전까지는 조직을 위해 돌아가야 했다.

"아뇨, 회사로 갈게요. 아직 남은 일도 있고."

"들어가 쉬어요. 괜찮으니까."

그 말을 듣자 서우는 그 배려에 감사하기보단 덜컥 조급함이 밀려왔다. 곧 3월이다. 시험을 준비하는 동안 염두에 두지 않았던 계약 연장 시기가 벼락처럼 들이닥쳤다.

"과장님, 저 정말 괜찮아요. 회사로 갈게요."

"서우 씨……."

"잔업 남은 거 많아서 오늘 안 하면 어차피 내일 야근해야 해요."

서우가 도로가로 내려가 택시를 잡으려 하자, 현진우가 어쩔 수 없다는 듯 한숨을 쉬더니 서우의 팔을 잡아끌었다.

"그럼 커피 한잔 마시고 들어가요."

서우는 대답 없이 진우가 가리키는 커피숍을 물끄러미 바라봤다. 진우는 어차피 야근할 거, 커피 한잔 마시고 하나 그냥 하나 별 차이도 없다며 망설이는 서우를 커피숍으로 끌고 갔다.

진우는 아메리카노를 주문하고 서우는 카페라떼를 시켰다. 당 충전을 해야겠다며 진우가 조각 케이크도 몇 개 시켰다. 케이크는 혀가 아릴 만큼 달았다.

"정말 괜찮아요?"

한동안 흐르던 침묵을 진우가 깼다. 살얼음을 디디듯 조심스러운 어조였다.

"미안해요. 바보 같은 질문을 했네요."

"……."

"결과가 그렇게 돼서 정말 유감이에요."

서우는 입술 끝을 겨우 늘리며 말없이 고개를 저었다.

"어떻게 뭐라도 위로를 해 주고 싶은데 내가 그런 재주가 없어서. 제 여자 친구도 늘 그러거든요. 너는 사람 마음 하나 달래 줄 줄을 모른다고. 나도 아는데 이렇게 생겨 먹어서 그런지 통 어떻게 해야 할지 모르겠더라고요."

"아니에요."

서우가 희미하게 고개를 저으며 입술을 달싹였다.

"마음만으로도 충분히 감사해요."

"기운 내요."

서우가 묵묵히 고개를 끄덕이는데 주머니에 들어 있던 휴대폰이 진동했다. 흘깃 꺼내 보니 윤성이었다. 진동을 끄고 도로 집어넣자 진우가 눈짓을 했다.

"괜찮으니까 편하게 받아요. 나 때문이면 신경 쓸 것 없어요."

"아니에요. 급한 거 아니라……."

아까부터 연기처럼 뭉클대던 어리석은 미련이 스멀스멀 형태를 갖췄다. 면접 결과가 발표된 직후 현진우가 다녀온 곳은 인사과였을 것이다. 소용없는 걸 알면서도 무슨 말이라도 듣고 싶었다. 이유라도 알고 싶었다.

제 어디가 부족했는지, 다른 지원자에 비해 뭐가 모자랐는지, 어쩌면 누군가에게 뭔가를 밉보였는지. 망상이라는 걸 알면서도, 혹은 그게 사실이라고 해도 말해 줄 리 없는 걸 알면서도 무슨 말이라도 듣고 싶은 간절함이 치솟았다.

"저기, 과장님……."

"네?"

뭐라 말을 꺼내야 좋을지 알 수 없었다.

"서우 씨?"

"그러니까, 혹시 과장님, 뭔가 들으신 거나, 저한테 무슨……."

얼굴이 달아올랐다. 우물거리는 목소리가 제 귀에도 제대로 들리지 않았다. 진우가 멈칫했다. 살짝 찌푸린 눈매로 서우를 쳐다보던 그가 천천히 허리를 펴고 반듯하게 앉았다.

"혹시 그거 때문이라고 생각하는 거면 그런 생각 하지 말아요."

현진우가 한숨을 쉬었다.

"회사에 물의를 일으킨 것도 아니고 직원들 사생활에 해당하는 부분으로 사측에서 채용을 결정하고 말고 할 리가 없잖아요."

듣고 있던 서우의 얼굴에 언뜻 혼란스러운 빛이 스쳤다. 하지만 진우는 그것을 보지 못하고 반쯤은 나무라듯 혹은 위로하듯 계속 말을 이었다.

"생각 없이 떠드는 사람들, 일부에 불과해요. 대부분은 별다르게 생각하지 않아요. 사내 연애가 한두 커플인 것도 아니고……."

아. 바보 같다.

왜 주은에게만 들켰다고 생각했을까.

자신만 모르고 있었을지도 모르는데.

서우가 온기가 남아 있는 빈 잔을 쥐고 작게 입술을 벌렸다. 순식간에 상황 파악이 됐다.

언제 어디서, 어떻게 걸렸을까 하는 생각은 할 필요도 없었다. 너무도 많은 흔적과 힌트를 흘리고 다녔다. 말이 많고 빠른 회사에서 이 정도면 알아 달라고 광고를 한 거나 다름없다. 알고 있었다. 그럼에도 모른 척하고 싶었다.

서태경에게 빠져서 그 외엔 아무것도 모르는 사람처럼, 사내 연애 같은 건 처음 해 보는 사람처럼, 아무에게도 보이지 않는 투명 인간처럼 그렇게 눈 막고 귀 닫고 싶었다.

그러니 지금 이 결과는 당연한 부메랑이었다.

* * *

"와, 김서우 씨 벌써 결혼해요? 혹시 혼전 임신? 아니라고? 그래, 다들 말은 그렇게 하더라. 김서우 씨 우리 회사 들어온 것도 박수영 대리 소개 아니었어요? 나이도 어린 사람이 참 세상 영악하게 산다. 어? 표정이 왜 그래? 에이, 칭찬이에요, 칭찬. 똑똑하다는 소리야."

8년 전 서우가 결혼한다고 근무하던 팀에 청첩장을 돌렸을 때였다. 누구에게 들은 말인지 지금은 잘 기억도 나지 않았다. 잊고 싶어 잊은 게 아니라 그 비슷한 소리를 했던 사람이 한둘이 아닌 탓에 일일이 구분이 가지 않아서.

몇 번을 겪어도 능숙해지지 않았다. 누군가의 악의가 저를 향하는 순간엔 늘 머릿속이 새하얘지고 그저 어리둥절해서 그 자리를 모면하는 데만 급급했다.

다음번엔 이렇게 대처해야지, 제대로 해명을 해야지, 다짐을 해도 막상 그 순간이 닥치면 마찬가지였다. 당당하고 조리 있게 제 의견을 말하고 스스로를 변호하는 사람들을 보면 어떻게 그럴 수 있는지 신기하고 부러웠다.

뒤늦게 곱씹어 봐야 자괴감만 들고 우울해지기만 해서 아예 아무 생각도 하지 않으려 했다. 내가 잘하면 되겠지. 모든 사람이 다 같은 입장에 설 수는 없으니까, 저 사람들은 저렇게 생각할 수도 있지. 앞으로 더 잘하는 모습 보여 주면 언젠가는 좋게 봐 주겠지.

그렇게 생각했었다.

"어, 김서우 씨. 왜 다시 들어와요? 아까 현 과장이 바로 퇴근한다 그랬는데."

"아직 일이 남아서요."

"그래도 오늘은 좀 쉬지. 아까 코피까지 났으면서."

걱정스러운 표정으로 저를 보는 현정과 주은을 보며 서우는 괜찮다고 희미하게 웃었다. 코트를 벗고 자리에 앉아 컴퓨터에 전원을 넣었다. 한눈팔지 않고 일만 하다 저녁은 매점에서 때웠다. 퇴근하는 타 부서 직원들을 반대로 거슬러 올라오며 태연하게 수고하셨다는 인사도 건넸다.

못 할 것도 없었다. 태경에게 그런 상처를 주고도 멀쩡하게 잠도 자고 밥도 먹고 출근도 했는데, 이제 와 이 사람들의 시선이나 뒷말 따위가 두려울 것도 없었다.

"늦었네."

10시가 넘어서 퇴근을 했다. 버스에서 내리자마자 정류장에 서 있는 태경이 보였다.

태경은 손가락 사이에 불을 붙이지 않은 담배를 든 채 비스듬히 고개를 꺾고 서 있었다. 슈트 차림 그대로인 걸 보면 퇴근하고 아직 집에 들어가지 않은 것 같았다. 어쩌면 여기서 내내 지나가는 버스를 헤아리며 서우를 기다리고 있었는지도 몰랐다.

눈이 마주치자마자 가방을 쥐고 있던 서우의 손에 반사적으로 힘이 들어갔다. 아무 일도 없었다는 듯 담담한 얼굴과는 대조되게 제 표정 하나하나를 뜯어볼 듯 집요한 눈빛에 살갗이 뜨끔거렸다.

흘깃 그를 일별한 서우가 얼른 시선을 내렸다. 자세히 보지 않았음에도 늘 단단하던 낯이 확연히 까칠해진 게 느껴졌다. 뜨끈한 무언가가 금세 목구멍까지 차올랐다.

"왜 버스 타고 다녀?"

"……."

"차에 무슨 문제 있어? 계속 주차장에 서 있던데."

"……."

"밥은 먹었어?"

"……."

"서우야."

끝을 모를 다정함이 발치에서부터 차곡차곡 쌓인다. 질식할 것만 같은 기분에 서우는 뭐라 말도 하지 못하고 그만두라는 듯 고개만 저었다.

"아직도 우리 싸우는 중이야?"

"……."

"그래, 괜찮아. 괜찮은데……."

내려 뜬 서우의 눈에 태경이 들고 있던 빈 담배가 보였다. 불을 붙인 흔적은 없지만 필터 쪽엔 여러 번 물고 씹은 듯 잇자국이 가득했다.

"잠깐 얘기 좀 할 수 있을까."

"······피곤해요."

그 딱딱한 대꾸에도 태경의 얼굴이 환해지는 게 보였다. 말의 내용과는 관계없이 뭐든 답이 돌아온 자체가 기쁜 모양이었다. 그가 제한 마디 한 마디, 반응 하나하나에 목말라 있는 게 서우의 눈에도 확연히 보였다.

"그럼 집에 가면서 얘기하자."

"선배."

"어차피 같은 방향이잖아. 각자 간다고 생각해."

뭐라 대꾸를 하려는 듯 입술을 열었지만 서우는 아무 말도 하지 않고 입을 꽉 다물고 말았다. 그걸 허락의 의미로 여겼는지 태경이 먼저 앞서 걸었다.

몇 걸음 떨어진 곳에서 서우는 그제야 고개를 똑바로 든 채 그의 뒷모습을 바라보았다. 손만 뻗으면 닿을 거리에 있는 그 넓은 어깨와 동그란 머리, 반듯한 등을 하염없이 올려다보았다.

"오늘 아침에 눈을 떴을 때만 해도."

태경이 입을 열었다.

"오늘은 무슨 일이 있어도 그만 화해하자고 할 생각이었어. 싸우는 거 너무 힘들다고, 힘들어 죽을 것 같다고 매달리기라도 하려고 했는데."

"······."

"동정심에 기대서라도, 안 되면 죽는시늉이라도 하려고 했는데."

태경은 괜찮냐고 묻지 않았다. 다음엔 꼭 합격할 거라는 따위의

251

불필요한 위로도 하지 않기로 한 모양이었다.

"미안해."

들을 자격 없는 사과에 놀란 서우가 고개를 젓다 앞에 선 그는 보지 못할 거라는 걸 깨닫고 입을 열어 말했다.

"선배가……."

목이 메어 잠깐 말을 끊었다.

"……선배가 뭐가 미안해요."

"다."

"……."

"그냥 다 미안해."

"……."

"넌 계속해도 돼. 더 해도 돼. 문자 답장 안 해도 되고 전화도 안 받아도 돼. 내가 기다리고 있어도 무시하고 지나가. 꺼지라고 소리 질러도 돼. 네가 하고 싶은 대로 맘껏 해."

말이 귀로 들리는 게 아니라 그대로 한 자 한 자 심장에 박히는 것 같았다.

"내가 더 참을 테니까."

서우가 우뚝 걸음을 멈췄다. 곧바로 알아챈 태경도 멈춰 서서 몸을 돌렸다.

"……선배가 그걸 왜 참는데요?"

엉망으로 떨리는 목소리를 추스를 여유도 없었다.

"선배 나한테 왜 이래요?"

"……."

"진짜 나한테 왜 이래요? 내가 그렇게, 그렇게 선배한테 못되게 굴었는데……."

큰맘 먹고 낸 소리가 무색하게 피식 웃는 소리가 들렸다. 저도 모르게 서우가 홀린 듯 눈을 크게 뜨고 태경을 바라보았다.

저렇게 웃는 얼굴을 보는 게 얼마 만이더라. 염치도 없이, 몇 날 며칠을 캄캄한 동굴 속에 갇혀 있다 비로소 햇살을 맞은 사람처럼 서우는 정신없이 그 휘어진 눈매와 느슨하게 올라간 입꼬리를 눈에 담았다.

"그 정도가 뭐가 못되게 군 거야. 그게 못된 거면 나는 사람도 아니게."

"……."

"아직 한참 멀었다."

"……."

"그렇게 마음 약해서 어떡할래."

김서우, 하고 제 이름을 부르는 다정한 음성과 함께 큰 손이 볼을 감쌌다. 엄지손가락이 더듬듯 몇 번 눈가를 쓸었을 때에야 서우는 제가 울고 있다는 걸 깨달았다. 그러자 걷잡을 수 없이 눈물이 터져 나왔다.

"흐으…… 흑…… 으, 어어……."

"……."

"으으…… 으흐흐흑…… 선배……."

선배, 선배, 하고 매달리는 소리가 울음처럼 쏟아져 나왔다.

"그래, 서우야."

"나 진짜…… 흐윽, 진짜, 어어, 흑, 진짜 열심히 했는데……."

서우의 꽉 쥔 주먹이 태경의 코트 자락을 움켜잡았다. 그 사이로 얼굴을 묻고 서우는 어린아이처럼 통곡했다. 제 귀에조차 낯설게 울리는 통곡 소리가 태경의 가슴에 부딪쳐 곧바로 되돌아왔다.

부끄러웠다. 제가 헤어지자고 해 놓고, 전화도 받지 않고 보고도 무시하고 지나친 주제에 이런 염치없는 짓을 해선 안 된다고 생각했다. 뭐 하나 확신도, 약속도 해 줄 수 없는 상황에 저 좋을 것만 취하는 이런 행동은 뻔뻔하기 그지없는 짓이었다.

하지만 마음과는 달리 지칠 대로 지친 몸은 그에게 매달리고 싶었다. 마구 어리광을 부리고 위로를 구하고 온기를 얻고 싶었다.

"미, 미안해, 미안해……."

"……."

"내가, 선배한테 그러, 흐읍, 그러면 안 됐는데……."

세상 누구도 나에게 선배처럼 해 주지 않았는데, 선배 같은 사람 없었는데.

"내, 내가 선배한테 너무 나쁘게 하고……."

"안 그랬어."

"아니, 아니야…… 나는 정말……."

"넌 좀 더 나빠도 돼."

아니, 제발 좀 그러라고 빌 듯하는 목소리엔 진심이 가득했다.

태경이 서우를 거의 제 몸속에 집어넣을 듯 꽉 끌어안았다. 절대 놓아주지 않을 기세로 양팔로 둘러 옭아매는 힘엔 거의 절박함마저 느껴졌다.

서우는 정말 소리 내 엉엉 울었다. 길거리에서 잃어버린 엄마를 찾은 어린아이처럼 체면도 놓고 창피함도 잊은 채 큰 품에 안겨 마음껏 울었다. 이렇게 운 게 얼마 만인지 기억도 안 났다.

정신을 차려 보니 태경의 집이었다.

"나 결혼한다고 했을 때……."

"……."

"사람들이 나한테 취집하냐고 했어요. 대놓고 신데렐라라고 부르는 사람도 있었고……."

커다란 태경의 침대 위에서, 그가 싸매 준 담요로 몸을 돌돌 말고 한 손엔 그가 빨대까지 꽂아 쥐여 준 물컵을 든 채 서우가 더듬더듬 말을 이었다. 퉁퉁 부은 눈이 잘 떠지지도 않았다.

아직도 꼬리를 물고 흘러내리는 눈물이나 억울함이 덕지덕지 붙은 목소리가 꼭 저 괴롭힌 사람 일러바치는 아이 같은 모양새일 게 분명했지만 더 세울 자존심도 없었다.

"틀린 말도 아니지, 저 사람들은 그렇게 생각할 수도 있지, 그런 척했는데 사실은……."

태경은 커다란 나무처럼 서우의 앞에 가만히 앉아 조용히 그 말을 듣기만 했다.

"사실 나도 속으론 욕했어요……. 신데렐라가 만난 건 왕자인데,

저 사람들은 자기들이 왕자나 공주쯤 되는 줄 아나. 그냥 보통 정규직 사원일 뿐이면서……."

"……."

"그렇게 속으로 비웃었어요. 그리고……."

반응을 보기가 두려워 서우는 고개를 들지 않았다. 턱 끝에서 떨어지는 눈물이 담요에 닿을세라 얼른 손등으로 훔쳐 냈다.

"언니가……."

그 단어를 토해 내는 순간 심장도 같이 뱉어 내는 기분이었다.

"언니가 제 침실, 침대 위에 있는 걸 본 순간……."

굳어 버린 듯 미동도 없던 태경의 몸이 움찔 튄 것 같은 게 제 상상인지 실제인지 모르겠다.

"죽어 버렸으면 좋겠다고 생각했어요."

숨죽인 목소리가 흘러나왔다.

"언니도, 그 사람도 둘 다 죽어 버렸으면 좋겠다고."

서우가 고개를 들었다. 훤히 열린 동공이 무슨 생각을 하는지 알 수 없는 태경의 눈과 마주쳤다.

"나 그렇게 착한 사람 아니에요, 선배."

* * *

맨 처음 제 베개 위에 붙은 긴 머리카락을 발견했을 때 서우는 별 생각 없이 그것을 주워 쓰레기통에 버렸다. 길이도, 색깔도 어느 모로 보나 제 것과는 달랐지만 그 머리카락의 주인으로 추정되는 사람이 한집에 사는 제 언니였기에 큰 관심을 두지 않았다.

언니를 비롯해, 같이 살고 있는 가족들 중 누구도 신혼인 서우와 수영 부부가 쓰는 침실엔 들어오지 않았지만 어떤 경로로든 머리카락 정도야 어디에든 딸려 붙어 이 방에 들어오는 건 얼마든지 있을 수 있는 일이라 생각했다.

조금 이상하다고 생각했던 건 서우가 임신을 한 이후였다.

유산기가 있어 짧게 입원을 했다가 퇴원을 하고 돌아온 날이었다. 평일이라 집엔 아무도 없었다. 퇴원한 후에도 되도록 안정을 취해야 한다는 의사의 권고가 있었기에 옷만 갈아입고 곧장 침대로 들어갔다.

아무도 건드리지 않은 것처럼 반듯하게 정리된 이불을 들추던 서우가 그대로 우뚝 멈췄다. 눈처럼 하얀 시트 위에 작은 귀고리 한 짝이 떨어져 있었다. 서우가 너무도 잘 아는, 근래 서희가 매일같이 끼고 다니던 작은 금귀고리가 마치 포르르 날아간 새가 실수로 떨구고 간 깃털처럼 놓여 있었다.

몸속 불씨에 불이 붙은 건 그때부터였다.

"언니는 원래 따로 살던 집이 있었는데, 내가 결혼하고 이 아파트로 들어오면서 살던 곳을 정리하고 같이 살게 됐어요."

사적 공간을 중시하고 불편한 것을 못 참는 서희답지 않은 선택이었지만 서우는 그 이유를 물을 생각도 하지 않았다. 그즈음 서희가 무슨 일을 하고 어떻게 생활을 하는지 서우는 전혀 아는 바가 없었다. 그저 그럴 만한 사정이 생긴 거겠거니 하고 이해했다.

신혼임에도 불구하고 넓지도 않은 집에 처가 식구들을 줄줄이 데리고 살면서도 수영은 불편한 내색 한번 하지 않았다. 애초에 먼저 합가 얘기를 꺼낸 게 수영이었다. 그게 고맙고 또 미안해서 서우도 있는 힘을 다해 그에게 잘하려고 노력했다.

서희와 수영은 금방 친해졌다. 수영은 누구와도 무던히 잘 어울리는 성품이었고 서희는 원하기만 하면 얼마든지 매력적으로 굴 수 있는 사람이었다. 또 둘에게는 가벼운 음주를 즐긴다는 공통점이 있었다.

임신한 서우가 술을 못 마신다는 핑계로 언젠가부터 둘은 밖에서 따로 어울리기 시작했다. 늦은 밤, 집에 있는 수영을 서희가 불러내거나, 수영의 귀가가 늦어져 전화를 걸면 서희가 받는 일이 잦아졌다.

"내가 미쳤다고 생각했어요. 어떻게 그런…… 말이 안 되는 일이잖아요."

가뭄이 든 땅의 풀처럼 서우는 하루하루 비실비실 말라 갔다. 부정해도 끊임없이 고개를 드는 의심과 그런 자신에 대한 혐오와 죄책감이 혈관을 타고 도는 불길처럼 서우의 몸을 바짝바짝 태웠다. 언제나처럼 아무렇지 않은 척 버티는 게 쉽지 않았다.

아침에 일어나 밤에 잠자리에 들 때까지 서희와 수영이 눈앞에 있었다. 쉴 틈 한 자락이 허락되지 않았다. 차마 입 밖으로 내지도 못할 추잡한 망상을 떨쳐 내지 못한 채 그들을 보면서 웃고 있는 자신이 무엇보다 괴로웠다.

몸도 마음도 너덜너덜해졌다. 임신으로 인한 입덧으로 속은 하루 종일 고속버스를 탄 것처럼 울렁거렸고 스트레스 때문인지 불면증까지 겹쳤다. 12주 차 정기 검진에서 의사는 당장 직장을 그만두고서라도 절대 안정을 취해야 한다는 경고를 했지만 서우는 그 말에 따를 수 있는 입장이 아니었다.

그리고 마침내 안정기에 접어들었다는 16주 차에 그 일이 일어났다.

"회사에 있는데, 언니가 전화가 왔어요. 민재가 집에 혼자 있는데 아무래도 애한테 문제가 생긴 것 같다고, 빨리 좀 가 보라고……."

집안의 모든 사람들이 일을 했기 때문에 당시 네 살이던 민재는 어린이집 종일반을 다니고 있었다. 하필 그날은 전국의 어린이집이 파업에 들어간 상태라 민재는 혼자 집에 남아야 했다. 누가 휴가를 내야 하나 하고 있는데 어쩐 일인지 서희가 자원해서 제가 동생을 보겠다고 했다.

"오후쯤…… 언니가 갑자기 급한 일이 생겨 민재가 자는 사이 잠깐 밖엘 나갔대요. 그러다 혹시나 싶은 마음에 걱정이 돼서 집에 전화를 해 보니 애가 숨이 넘어가게 울고 있더라고……."

자신은 지금 먼 데 나와 있고 다른 사람은 다 갈 형편이 못 된다는 서희의 말에 서우는 정신없이 당시 팀장에게 양해를 구하고 곧바로 집으로 달려갔다.

"택시에서 내려 집에 올라가려는데……."

엘리베이터가 점검 중이었다. 며칠 전부터 공고가 붙어 있긴 했지만 어차피 낮 시간대라 자신과는 상관없는 일이라 생각해서 눈여겨

보지 않았다. 점검이 끝나는 시각은 아직 한 시간도 더 남았다. 그때까지 기다릴 여유가 없었다.

서우의 집은 18층이었다. 현관문 앞에 도착했을 땐 심장이 터질 것 같았다. 최대한 움직이지 말라는 의사의 권고를 따르다 보니 체력이 바닥이었다. 눈앞이 핑핑 돌고 당장이라도 숨이 넘어갈 것 같았지만 민재가 더 급했다.

부들거리는 손으로 도어 록을 해제하고 안으로 들어갔을 때 집은 쥐 죽은 듯 조용했다. 민재는 너무나도 평온한 모습으로 제 방에서 이불을 덮고 쌔근쌔근 잠들어 있었다.

"아."

맥이 탁 풀렸다. 서우는 그 자리에 무너지듯 주저앉았다. 여전히 과하게 펌프질을 해 대는 심장이 숫제 몸 전체에서 뛰는 것 같았다. 다 죽어 가는 짐승처럼 서우가 숨을 헐떡이며 구역질을 했다. 동시에 무언가가 제 몸에서 흘러나오는 느낌이 들었다.

"그때 처음 신경 안정제와 수면제를 먹었던 것 같아요."

저 때문인 것 같았다. 말도 안 되는, 차마 입에 담을 수도 없는 상상을 한 제 죄에 대한 벌인 것 같았다. 그러느라 정작 배 속의 아이에겐 신경도 쓰지 못했다. 저 힘든 것만 급급해서 제게 찾아온 존재를 진심으로 한번 달갑게 반겨 주지도 못했다.

수영은 변한 건 없다고, 그저 전과 같이 돌아갔을 뿐이라고 했지만 결코 전과 같진 못했다. 서우와 수영은 서로 눈치만 보며 상대의 감정을 건드리기를 두려워했다. 그렇게 조심스러워하고 원망하고 가엾어

하는 사이, 그들 사이엔 보이지 않는 간극이 생겼다.

"그리고 언니가 결혼을 한다고 했어요."

그해 가을, 서희는 도윤성과 결혼을 했고 집을 나갔다. 그때 느꼈던 안도를 서우는 부정할 수 없었다. 한동안 조용한 날들이 이어졌다. 서희가 수영을 불러내는 횟수도 줄었고 서우와 수영의 관계도 차츰 평온을 찾기 시작했다.

완벽하진 못해도 어떻게든 앞으로 나아갈 수 있다는 희망이, 제 침대 위에 벌거벗고 잠든 서희를 발견하면서 산산이 부서졌다.

"아까 내가 둘 다 죽어 버렸으면 좋겠다고 말했던가요."

서우가 등잔같이 휘황한 눈을 들었다. 태경을 보는 듯하면서도 그 너머 다른 무언가를 보는 눈빛이었다.

"그저 바라기만 한 게 아니었어요……."

미동도 하지 않았지만 태경의 온몸이 긴장하고 있는 게 느껴졌다. 한껏 숨죽인 채, 근육 하나 솜털 하나까지 바짝 촉을 곤두세우고 제 말을 기다리는 게 느껴졌다.

"그때부터 수면제를 모으기 시작했어요."

어디에 쓰겠다는 계획은 없었다. 그저 무작정 모으기 시작했다. 어느 날 정신을 차려 보면 한 움큼이던 수면제가 절반씩 사라져 있곤 했다.

그걸 어떻게 했는지 기억이 나지 않았다. 제가 먹었는지, 수영이 마시는 물에 녹여 넣었는지, 아니면 그냥 버렸는지, 어쩌면 그 셋 모두 했을지도 몰랐다.

매일 아침이면 수영이 먹는 국에, 커피에, 물병에 수면제를 녹여 섞었고 밤에는 제가 털어 먹기를 반복했다. 잠들어 꿈을 꾸면 서희와 얼굴도 모르는 죽은 아이와 형체도 모를 것들이 한데 뒤엉켜 누가 누군지 알아볼 수도 없었다.

정말 제가 미친 것 같았다. 이 모든 걸 끝내지 않으면 진짜로 미칠 것 같았다.

"눈떠 보니 병원이었어요."

위세척을 받고 시체처럼 누워 있는 서우에게 수영은 대체 왜 이런 짓을 했느냐고 했다. 너를 이해할 수 없다고, 점점 왜 내가 모르는 사람처럼 변해 가느냐고 비탄에 잠긴 얼굴로 소리를 높이는 얼굴이 괴롭게 일그러져 있었다.

서우는 그런 그를 바라보다 조용히 물었다. 언니를 사랑하느냐고.

수영은 아무 말도 하지 않았다. 그저 제가 들은 말이 무엇인지 이해가 안 간다는 표정으로 서우를 한참이나 뚫어지게 보다가 그대로 병실을 나갔다.

"막상 그러고 나니까, 누구도 죽을 필요는 없다는 생각이 들었어요."

병원을 나온 서우는 오랜만에 홀가분한 기분을 느꼈다. 무작정 법원을 찾아 그 근처에 있는 법무사 하나를 무작위로 골라 들어갔다. 충동적인 행동이었지만 한결 안정이 됐다. 죽거나 죽이는 것 말고도 다른 선택지도 있다는 걸 깨닫자 일시적으로나마 평온이 찾아왔다.

"이혼하자고 했어요. 이혼하고 싶다고……."

수영은 그에 가타부타 말이 없었다. 뭐가 문제냐고 묻지도 않았고 서희가 부르면 언제든 나가는 것도 마찬가지였다. 또다시 불안증이 도졌다. 길을 걸으면 발밑이 무너질 것 같았고 방에 앉아 있으면 건물이 흔들리고 천장이 내려앉을 것 같았다.

서우는 수영에게 저 좀 살려 달라고 했다. 이러다가 죽을 것 같고. 혹은 당신을 죽일 것 같다고.

그리고 얼마 후, 수영이 죽었다.

퇴근하고 집에 있던 그는 서희의 전화를 받고 그를 데리러 갔다가 교통사고를 당했다. 시속 80킬로미터 제한 도로에서 과속으로 달리던 중 갑자기 튀어나온 물체를 피하려고 핸들을 꺾었고 그대로 가드레일을 들이받은 차가 전복되어 그 자리에서 사망했다.

"내가 죽인 거 아닌 거 알아요……."

서우가 속삭이듯 입술을 달싹이며 태경을 쳐다보았다. 바로 지척에 있는 그 얼굴이 뿌옇게 흐려져 제대로 보이지 않았다. 뜨거운 울음이 목구멍에서부터 치밀어 올랐다.

"근데 사실은 잘 모르겠어요."

그날 밤, 나가는 수영에게 제가 수면제를 탄 물을 건넨 것 같다. 이게 실제 있었던 일인지, 이전 기억인지 아니면 망상인지 그것조차 불분명했다. 자꾸 돌이켜 생각하다 보니 점점 더 확신이 없어졌다. 진짜 자신이 그랬던 것 같다.

수영은 무언가를 피하려다 사고를 낸 게 아닐지도 모른다.

아니, 맞을 수도 있지만 어쩌면 손쉽게 피할 수 있었던 것을 갑작스러운 졸음 탓에 바로 코앞에 닥쳐서야 알아챘을지도 모른다.

"그런 게, 아니면……."

서우의 목소리가 배터리가 다 떨어진 장난감의 소음처럼 띄엄띄엄 흘러나왔다.

"어떻게 그런 일이 있을 수 있겠어요. 어떻게 그런 사고가 한 집에 두 번이나, 그렇게 기다렸다는 것처럼……."

자책하는 서우를 붙들어 준 건 윤성이었다. 대한민국 교통사고 발생률과 그 확률과 통계가 가진 허점에 대해 설명해 준 것도 그였다.

"도윤성 씨가."

태경이 처음으로 입을 열었다. 서우가 고개를 끄덕였다. 늘 처가 일에 무심하던 윤성은 위기의 순간에 등장해 폭풍을 맞은 난파선의 선장처럼 상황을 수습했다. 사고 뒤처리를 하고 장례를 치르고 남은 가족들을 추슬렀다.

"나는 이런 사람이에요, 선배……."

착하지도 온전하지도 않다.

누덕누덕 기워지고 벌레 먹고 속이 빈 버려진 인형 같은 사람이다.

"이런 내가 어떻게……."

다시 사랑을 입에 담는 자신이 징그러웠다. 이러고도 흘러가는 마음이, 어쩔 수 없이 품고 마는 희망이 정말 죽여도, 죽여도 끈질기게 되살아나는 벌레처럼 지긋지긋했다.

"내가 어떻게……."

선배를 사랑할 수 있겠냐고, 선배에게 나를 사랑해 달라고 할 수 있겠냐는 말은 나오지 않았다. 비겁하고 나약한 김서우는 도저히 그 말을 할 수 없었다. 대신 굵은 눈물을 뚝뚝 흘리며 태경을 향해 허깨비 같은 팔을 들어 올렸다. 수면제를 과다 복용 한 것처럼 머릿속이 눅눅해지고 눈앞이 희게 번졌다.

"……아, 안아, 안아 주세요, 선배……."

오래 기다릴 필요는 없었다. 볼품없이 떨리는 양팔 사이로 태경이 뜨겁고 커다란 몸을 들이밀었다. 서우는 갈급한 사람처럼, 걸신들린 사람처럼 허겁지겁 그의 입술에 제 입술을 붙이고 매달리듯 물고 빨았다. 눈물과 범벅된 타액이 입 속으로, 입가로 줄줄 흘러내렸지만 수치심을 느낄 여력도 없었다.

몸을 감싸고 있던 담요가 벗겨지고 상체가 밀렸다. 깊게 들어온 혀가 입천장을 스칠 때마다 몸이 벌벌 떨렸다. 침대에 누운 서우의 위로 태경이 한 몸처럼 달라붙었다. 옷이 벗겨지는 순간마저도 떨어지고 싶지 않았던 서우의 입에서 앓는 듯한 신음이 새어 나갔다. 성급한 마음에 따라가지 못한 몸이 자꾸 헛발질을 했다. 더 빨리, 더 가까이 붙고 싶었다.

태경의 팔이 서우의 허리를 단단하게 감고 그대로 제 몸을 밀어붙였다.

"아아……."

흐느낌이 흘러나왔다. 눈꼬리를 타고 흘러내리는 눈물을 태경이 혀로 핥았다. 고장 난 것처럼 끝도 없이 새어 나오는 쓴 눈물을 태경은 지치지도 않고 단물을 마시는 사람처럼 계속해서 핥고 빨아 흔적을 없앴다.

쾌감인지 고통인지 모를 행위가 이어졌고 쾌락인지 비애인지 모를 감정에 심장이 오그라들었다 펴지기를 반복했다.

어느 순간 의식이 끊기고 정신을 차려 보니 욕조 안이었다. 딱딱하게 굳은 팔다리를 부드럽게 어루만지는 손과 물의 온기에 또 한 번 정신을 놓았다 눈을 뜨니 다시 침대 위였다.

"……그만 자."

태경의 낮은 목소리가 얼굴 위에서 울렸다. 건조하고 커다란 손바닥이 가물거리는 서우의 눈두덩 위로 조심스럽게 내려앉았다. 그 말이 아니라도 더 버틸 수도 없었다. 죽음 같은 잠이 장막처럼 서우를 덮쳤다.

그리 오래 자지는 못했던 것 같다.

눈을 뜨니 태경의 품 안이었다. 잘 땐 정자세로 누웠던 것 같은데 어느샌가 그와 마주 보고 있었다. 태경의 양팔이 서우의 어깨와 허리를 결박하듯 꽁꽁 두른 채 서우의 몸을 제 몸에 바짝 붙이고 있었다. 그대로 굳어 버린 것처럼 잠든 상태임에도 힘이 풀어지지 않았다.

서우는 그 상태로 슬쩍 고개만 빼내어 태경의 얼굴을 바라보았다. 아직 날이 밝기 전인지 캄캄해서 제대로 보이지 않았다. 가팔라지려는 숨을 가다듬으며 서우는 흐릿하게 윤곽만 보이는 얼굴을 열심히 더듬었다.

반듯한 이마와 높은 콧대, 단단하고 날렵한 턱이 보였다. 선이 뚜렷한 입술과 강한 눈빛 탓에 사람을 뚫는 듯한 눈동자가 보이지 않을 때면 그저 곱게만 보이는 눈매도 보였다.

좀 더, 더 이렇게 있고 싶다는 욕심이 커질 때쯤 서우가 슬며시 몸을 일으켰다. 태경의 팔을 조심스럽게 거두고 침대를 빠져나와 어둠 속을 더듬어 주섬주섬 옷을 찾았다. 방문을 열고 거실을 나갈 때까지도 태경은 깨지 않았다.

작은 미등에만 의지한 채 서우는 옷을 주워 입었다. 떠나기 전, 굉장히 오랜만인 것처럼 느껴지는 거실을 한 번 둘러보았다. 역시나 제 집과 같은 아파트로는 느껴지지 않는다. 알 수 없는 그리움이 밀려왔다. 마치 서우가 태어나고 자랐던, 어쩔 수 없이 떠날 수밖에 없었던 어릴 적 집처럼 안전하고 안온하게 느껴졌다.

언제 이곳에 이렇게 정을 붙였을까.

수영이 사망한 이후로 서우는 침실에서 자지 않았다. 때가 되면 청소를 하는 것 외엔 거의 침실에 들어가지도 않았다. 거실 소파에 웅크리고 자거나 그 아래 이불을 깔고 잤다. 딱딱한 바닥에서 올라오는 찬 기운을 느끼며 서우는 이게 저와 어울리는, 제 자리라고 생각했다.

서우가 현관을 향해 한 발짝 걸음을 뗐을 때였다. 왈칵 방문이 열리고 태경이 모습을 드러냈다.

"어디 가."

낮게 잠긴 음성과 찡그린 미간에서 억지로 잠을 깬 사람의 투정이 얼핏 묻어났다. 서우는 아무 말도 못 하고 그가 저를 지나쳐 주방으로 들어가 불을 켜고 냉장고와 선반에서 부산하게 뭔가를 꺼내는 걸 멍하니 지켜보았다.

등을 돌린 채 잠깐 달그락거리는 소리를 내던 태경이 김이 모락모락 오르는 잔을 받쳐 들고 서우를 돌아보았다. 그러고는 왜 그렇게 서 있냐는 듯 턱을 까딱하며 식탁에 앉으라는 시늉을 했다.

"일단 이거 좀 마시고 있어."

"……."

"왜 그러고 서 있어. 목 안 말라? 어제 그렇게 울었는데."

그 말에야 서우는 그가 아직 잠에서 덜 깼거나 혹은 어젯밤에 있었던 일을 기억하지 못하는 게 아닌가 하던 의심을 거두었다. 너무 아무렇지도 않은 태도라 꼭 아무 일도 없었던 때로, 그의 표현대로라면 싸우기 전으로 돌아간 게 아닌가 싶었던 것이다.

멀뚱히 서 있는 서우에게 태경이 성큼성큼 다가와 손에 잔을 쥐어주었다. 적당히 먹기 좋을 정도로 따뜻한 컵에선 달큰한 꿀 냄새가 났다.

"아침 먹고 가."

"……."

"그리고 누가 인사도 없이 그렇게 가래. 예의 없이."

태경이 쓰다듬고 있던 서우의 볼을 살짝 꼬집었다.

"가만 보면 먹튀가 습관이야, 아주."

"내, 내가 언제……."

이 와중에도 늘어난 볼 때문에 우스운 꼴을 하고 있을 제 얼굴이 신경 쓰여 서우가 고개를 돌리려 했다. 그러기 전에 태경이 먼저 손을 놓고 살짝 달아오른 볼을 달래듯 손바닥으로 쓱쓱 쓸었다.

"그렇게 도망치듯 가지 말고 간다고 말하고 가."

서우는 꼼짝없이 고개를 숙여 손에 들린 꿀물만 내려다보았다. 일렁이는 컵 표면에 비친 제 얼굴이 어떤 표정을 하고 있는지 모르겠다.

급하게 마셔도 데지 않을 만큼 꿀물의 온도는 적당했다. 꿀을 얼마나 넣었는지 물에 꿀을 탄 게 아니라 꿀에 물을 탄 것처럼 걸쭉해서 자꾸 목에 걸렸지만 서우는 한 번의 쉼도 없이 단숨에 잔을 비웠다.

"……."

빈 잔을 내려놓고 서우가 잠시 침묵했다. 가겠다는 말이 나오지 않아 그저 고개만 한 번 꾸벅 숙이고 등을 돌렸다. 거실을 지나 현관문을 열 때까지 태경은 무슨 말을 하지도, 서우를 잡지도 않았다.

다만 곧 돌아올 사람을 배웅하는 사람처럼 느릿느릿 뒤따라와 문간에 섰다.

"또 와."

기다릴게.

그 말은 닫히는 문소리 때문에, 문득 물속에 들어간 것처럼 먹먹해진 귓속 때문에 제대로 들리지 않았다.

* * *

팀장으로 승진한 이후, 태경은 한동안 몹시 바빴다. 팀을 재배치하고 관리자 업무를 인계받는 것과 동시에 하고 있던 실무도 마무리해야 했다.

그 정도는 별다를 것도 없었는데 가장 짜증스러운 건 회식과 접대 자리가 확 늘었다는 점이었다. 가기 싫은 자리라도 평사원일 때처럼 제멋대로 불참하기도 어려웠다.

"나 회사 그만둘까."

문득 태경의 입에서 흘러나온 말에 맞은편에 앉아 있던 여리가 막 술잔을 집어 들다 말고 어이없다는 시선을 보냈다. 구겨진 미간과 삐뚜름히 휘어진 입술만으로 말도 안 되는 소리 좀 작작하라는 의사를 전달한 여리는 대꾸할 가치도 없다는 듯 그대로 잔을 들어 입 속에 털어 넣었다.

"너 승진했다고 상현 씨가 그러던데."

여리가 집게로 얼음 통에서 얼음을 집어 제 잔에 떨어트리며 말했다.

"기껏 승진까지 한 회사를 왜 그만둬. 그만두면, 뭐 하게?"

"글쎄, 그냥 하루 종일 우리 애인 꽁무니나 따라다닐까."

"……미친."

여리가 이번에야말로 제대로 질렸다는 눈초리를 보냈다.

"너 진짜 낯설다. 왜 이래? 연애 처음 해?"

"처음 하는 거면 이래도 돼?"

"……적당히 해. 슬슬 좀 무서워지려고 하니까."

백수 돼서 자기만 보고 있으면 네 애인이 퍽도 좋아하겠다는 여리의 말에 태경이 피식 웃었다. 여리가 와그작와그작 소리를 내며 얼음을 씹었다. 질끈 구겨진 미간이 차가운 얼음 탓인지 뭔지 모르겠다.

"참, 그리고 보니 말 나온 김에."

여리가 들고 있던 잔을 내려놓더니 옆자리에 두었던 제 가방을 뒤적여 뭔가를 꺼내 태경 앞으로 밀었다.

"뭔데 이게."

"별건 아니고. 핸드크림인데 태국 갔다 오면서 면세점에서 샀어."

"필요 없는데."

"너 말고! 네 여자 친구."

"……."

"갖다줘. 여자들 좋아하는 브랜드야. 아마 네 여자 친구도 싫어하진 않을걸."

태경은 심드렁한 눈으로 손바닥만 한 종이 백을 멀거니 쳐다보았다.

"태국은 또 언제 갔어?"

"설 연휴에 연차 껴서…… 야! 너 내가 설에 태국 간다고 몇 번을 말했는데 그걸 아직도 기억을 못 하고…… 하, 됐다. 내가 너한테 뭘 바라겠어."

여리가 쯧쯧 혀를 찼다.

"네 여자 친구는 너 이렇게 무신경한 거 아니?"

"모르겠지."

태경이 또다시 피식 웃었다. 김서우는 진심으로 태경을 착하고 다정하다고 생각한다. 당한 건 까먹고 제가 잘못한 것만 기억하는 착해 빠진 김서우는.

"나 그렇게 착한 사람 아니에요."

틀렸다. 김서우는 착한 사람이다. 너무 착해서 남을 해하지 못하고 자신을 해한다. 그렇게 한계까지 몰리고서도 결국 그녀가 할 수 있었던 건 고작 망상 속에서 약을 타는 것뿐이었고 실제 죽이려 했던 사람은 자신뿐이었다.

'나였다면.'

아마 태경이었다면 시늉이 아니라 실제 약을 타고도 남았을 것이다. 태경은 반드시, 어떻게든 그 상대를 죽여 버렸을 것이다. 혹시 모를 우연한 사고로라도 둘이 같이 죽어 버리기 전에, 먼저 그놈을 서우 옆에서 영원히 치워 버렸을 것이다.

'생각만 해도 열받네.'

상상만으로도 울분에 뒷목이 뻐근해졌다.

어젯밤, 말을 잇는 내내 서우는 안쓰러울 만큼 몸을 덜덜 떨며 괴로워했다. 어찌나 비장하던지 태경은 서우가 제 눈앞에서 천 년 묵은 여우로 둔갑해도 놀라지 않을 것 같았다. 제 얘기를 다 듣고 나면 태경이 저를 괴물 보듯 하리라 생각했던 모양이었다.

결론적으로 태경은 아무렇지 않았다. 죽이고 싶었다는 말도, 착하지도 온전하지도 않다는 고백도 아무런 타격이 못 되었다. 애초에 태경은 서우가 착해서 좋아한 것이 아니다. 물론 불쌍해서도 아니다.

그건 원인과 결과가 도치된 것이다. 좋아하니 착한 게 보였고, 속이 터질 만큼 불쌍해 보였다. 그럼 왜 좋아했냐고 하면.

"근데 넌 네 여자 친구 어디가 그렇게 좋아?"

불쑥 앞에서 들려온 목소리에 태경이 고개를 들었다. 여리가 궁금하다는 표정으로 저를 보고 있었다. 새삼 태경은 지금 제가 여리와 함께 승준의 가게에서 상현을 기다리고 있었다는 사실을 떠올렸다.

"얘기 들어 보니까 네 취향인 것 같긴 하던데."

"내 취향?"

"너 여태까지 사귄 애들 다 그랬잖아."

"그게 어떤 건데."

"하얗고 좀 인상이 희미한데 착하게 생긴 애들."

태경은 고개를 갸웃했다. 잘 모르겠다. 애초에 이전에 만났던 여자들 얼굴도 잘 기억나지 않는다. 그때 승준이 들어왔다. 들어오면서 둘의 대화를 얼핏 들었는지 서슴없이 끼어들었다.

"생각해 보면 처음부터 좀 이상했어. 고등학교 때 말이야. 보통 다른 남자애들은 김서우 얘기 들으면 그거부터 물어봤거든."

"뭐?"

"김서희가 진짜 그렇게 예쁘냐고 말이야."

근데 태경은 그에 대해선 일말의 관심도 보이지 않았다. 원래도 여자든 남자든 남에게 별 관심이 없는 그였기에 별스럽게 생각하지 않았는데, 따지고 보면 그런 그가 김서우에게 관심을 가진 자체가 예외적인 일이었다.

"맞아. 내 취향."

듣고만 있던 태경이 태연하게 대꾸했다.

"김서우 머리끝부터 발끝까지 내 취향이지."

"……."

273

"하얗고 둥근 얼굴에 눈꼬리가 길고 속쌍꺼풀이 있는 눈에, 눈썹은 아치형. 입술은 작은데 너무 붉지 않고 코는 끝이 둥글고 콧대가 넓지 않고 머리카락은 부드러운 직모에 눈 색이랑 같은 갈색, 키는 너무 크지도 작지도 않은 165센티미터 정도. 손톱은 반달 없는 옅은 분홍색에 손은 길고 항상 차가워서 만지면 시원해서 기분이 좋아."

"……아, 그래."

여리가 질렸다는 눈으로 그만하라는 듯 급하게 끼어들었다. 더 놔뒀다간 진짜 발끝까지 묘사할 기세였다.

"내가 괜한 걸 물었다. 아주 그냥 네 취향대로 빚어 놓은 줄도 모르고."

태경이 희미하게 미소를 띠었다.

그랬다. 머리끝부터 발끝까지 김서우는 안 예쁜 구석이 하나도 없었다. 착하고 순한 성격도 취향이고 겁 많고 가끔 속 터지게 구는 것조차 마음이 동했다.

서우의 고통에 후회스러운 것과 별개로, 누덕누덕 해지고 속이 텅 빈 껍데기라는 고백에 온몸이 뜨거워졌다. 제 손으로 하나하나 기워 머리끝부터 발끝까지 직접 새로 채울 생각에 은밀한 환희를 느꼈다.

역시 김서우처럼 착해 빠진 사람한텐 나 같은 놈이 딱이지.

태경이 씩 웃고는 앞에 놓인 종이 백을 가리키며 화제를 돌렸다.

"이거 고마워. 잘 전해 줄게."

"아, 별거 아닌데 뭐. 어머님 선물도 사 왔는데 그건 내가 따로 만나서 드릴 거야."

"최여리."

"어?"

"너 이제 우리 엄마 만나지 마."

딱 잘라 말하는 어조에 여리가 멈칫했다.

"뭐? 왜?"

"신경 쓰게 만들고 싶지 않아."

"……네 여자 친구가 신경 쓰인대?"

태경은 대꾸하지 않고 술잔을 드는 것으로 대답을 대신했다. 서우는 아마 절대 제게 대놓고 그런 말은 못 할 것이다. 그러니 제가 알아서 신경 쓰일 만한 것들은 다 치워야 했다.

잠깐 조용하던 여리가 순순히 고개를 끄덕였다.

"그렇게 할게."

"그래."

"……애인 없는 사람 어디 서러워서 살겠나."

끝내 덧붙이는 볼멘소리에 태경이 픽 웃었다. 둘을 번갈아 보고 있던 승준이 눈치 빠르게 화제를 돌렸다.

"근데 너 이사한다며? 어디로 가?"

"아……."

태경이 말끝을 끌었다.

"일단은 급한 대로 S동으로 들어가려고."

"……그 아파트를 급한 대로 들어간다는 게 부럽다."

"왜, 뭐가 그렇게 급한데?"

여리가 궁금하다는 듯 물었다.

"너 정말 결혼이라도 하는 거야?"

"그랬으면 좋겠지만."

태경이 그냥 봄이 오기 전에 이사를 해야 해서 그렇다고 했다. 그 말에 여리와 승준도 새삼 달력을 헤아려 보았다. 3월이 코앞이었다. 어느새 한 계절이 지나가고 있었다.

*   *   *

3월 초, 서우는 퇴원한 원상을 데리고 집으로 돌아왔다. 거의 한 달만의 귀환임에도 집 안 분위기는 썰렁하기만 했다. 그도 그럴 게 원상은 온전히 회복해 돌아온 게 아니었다.

당장 다음 주부터 투석 치료가 시작된다. 일주일에 두 번, 그것도 얼마나 버틸지 모르니 병원에서는 최대한 빨리 신장 이식을 받기를 권했다. 아직 어린 민재는 기증자가 될 수 없고 영혜는 혈압이 높았다. 가족 중 남은 사람은 서우뿐이었다. 당연히 검사를 받겠다고 하는 서우에게 원상은 딱 잘라 안 된다고 했다.

"안 돼. 넌 안 되니까 검사 같은 거 받을 생각도 하지 마."

"하지만……."

"넌 몸도 약하고 안 돼. 네 삼촌한테 부탁해 볼 테니까 넌 신경 쓰지 마라."

서우는 당황했고 곱씹을수록 서운했다. 저를 위해서 그런 게 아니라 정말 싫어서 거부하는 것처럼 느껴졌다. 부모 마음이 그런 게 아님을 알면서도 그런 철없는 생각만 들었다.

퇴근을 하고 장을 본 뒤 부모님의 빌라로 향했다. 영혜는 오늘 밤 근무라 집엔 민재와 원상만 있었다. 서우의 걸음이 절로 빨라졌다. 마음은 급한데 양손 가득 든 짐을 추스르느라 자꾸만 지체하게 됐다. 그때 골목이 꽉 차 보일 정도로 커다란 차 한 대가 스르르 멈춰서더니 차창이 내려가고 윤성의 얼굴이 보였다.

"타."

"형부……."

"아버님한테 가는 거지? 나도 가는 길이니까 타."

뒷자리에 장 본 물건들을 내려놓고 서우는 조수석에 올라탔다. 고맙다는 말을 중얼거리며 안전띠를 매려는데 어디에 걸렸는지 벨트가 잘 빠지지 않았다. 뭐가 문젠가 싶어 서우가 어깨 부근을 살피는데 불쑥 뻗어 온 커다란 손이 간단하게 벨트를 죽 뽑아 딸깍 소리 나게 버클에 고정시켰다.

"아, 고맙습니다."

겸연쩍어 얼굴이 붉어졌다. 윤성은 별말 없이 차를 몰았다. 집에 도착해 문을 열자마자 기다렸다는 듯 민재가 튀어나와 서우를 맞았다. 누나! 하고 외치며 뭔가를 말하려던 민재가 옆에 있는 윤성을 보고는 그만 입을 딱 다물었다.

"낮에 부동산에서 다녀갔다고 어머님이 말씀하시던데."

동그란 상에 비좁게 둘러앉아 늦은 저녁을 먹던 중 윤성이 입을 열었다. 그의 앞에도 밥그릇과 국그릇이 놓여 있긴 했지만 윤성은 수저엔 손도 대지 않았고, 나머지 사람들은 다 그 사실을 모른 척하고 있었다.

"그럼 처제 아파트로 들어가시는 겁니까?"

원상은 대답하지 않았다. 더 나빠질 것도 없을 것 같던 그의 낯빛이 더 어두워졌다. 동시에 비슷하게 당혹스러운 기색이 서우의 얼굴에도 스쳐 갔다. 힐끔 아버지의 눈치를 살핀 서우가 얼른 입을 열었다.

"일단은 다 같이 지내는 게 좋을 것 같아서요. 밥 먹는 거나, 병원 다니는 것도 그렇고 민재도……."

"됐다."

원상이 중간에 말을 잘랐다. 그게 전부가 아니라는 걸 이 자리에 모르는 사람이 없었다. 서우는 낯이 뜨거워지는 것 같아 고개를 숙였다. 다행히 윤성은 그 뒤로는 별다른 말을 꺼내지 않았다.

충분히 불편한 분위기에서 식사가 끝나고 뒷정리를 했다. 그렇게 한가하지도 않을 텐데 윤성은 서우가 원상의 약과 잠자리를 챙기고 민재를 재울 때까지 떠나지 않았다.

"잠깐 얘기 좀 할까."

잠든 민재의 방문을 조심스럽게 닫고 나오는 서우를 향해 윤성이 말했다. 드디어 한가하지도 않은 그가 일부러 시간을 내어 여기까지 찾아온 용건이 나올 모양인가 보았다.

서우가 고개만 끄덕이자 윤성이 나오라는 시늉을 하며 앞장서 현관을 나섰다. 그를 따라 그의 차에 오르며 서우는 윤성이 저를 집에 데려다주며 얘기를 하려나 보다 생각했다.

서우는 어깨를 웅크리고 시트에 몸을 묻다시피 숨죽이고 앉아 윤성이 입을 열기를 기다렸다. 출발한 뒤에도 윤성은 아무 말도 하지 않았다. 시트는 서우가 매일 밤 잠드는 거실 바닥보다도 훨씬 편했다. 가만히 바닥만 보고 있던 눈꺼풀이 어느샌가 조금씩 내려왔다. 물속을 유영하는 듯한 승차감이 요람처럼 제 몸을 안고 어르는 것만 같았다.

서우는 어느 순간 깜빡 잠이 들었다. 뭔가 이상한 느낌이 들었을 때 차가 이미 멈춘 뒤였다.

"깼어?"

"아……."

당황한 서우가 고개를 들었다. 윤성이 핸들에 기댄 손에 턱을 괸 채 가만히 제 쪽을 보고 있었다.

"많이 피곤했나 봐. 처제가 내 앞에서 잠을 다 자고."

웃음기 어린 낮은 목소리에 얼굴이 확 달아올랐다. 반사적으로 손을 들어 얼굴 아랫부분을 가리며 서우가 중얼거렸다.

"아, 형부. 죄송해요. 제가……."

"괜찮아. 그럴 만도 하지."

"……."

"내려. 다 왔으니까."

다 왔다는 말에 서우는 당연히 제 아파트일 거라 생각했다. 하지만 눈앞에 보이는 것은 분명 윤성의 집이었다.

"형부, 여기는……."

"들어와. 할 얘기 있으니까."

"형부, 집에서요?"

"응, 여기서 해. 처제가 봐야 할 것도 있고."

내리지, 하고 윤성이 먼저 문을 열고 내리는 바람에 서우도 일단 차에서 내렸다. 대문 앞에 멈춰 선 윤성이 어쩔 줄 모르고 주춤대는 서우를 돌아보며 비웃음 비슷한 것을 입가에 떠올렸다.

"걱정 마. 할 얘기 끝나면 곱게 집에 보내 줄 테니까."

"……걱정 안 했어요."

서우가 고개를 저으며 걸음을 옮겼다.

"그럼 괜찮겠네."

"……."

"먼저 들어가."

윤성이 열린 문을 잡고 턱짓을 했다. 쭉 뻗은 그의 팔 아래로 서우가 열린 문틈으로 몸을 밀어 넣었다.

두 번째로 온 집에서 서우는 처음으로 2층으로 올라가는 계단을 밟았다. 윤성이 안내하는 대로 얌전히 그의 서재로 들어갔다. 마호가니 목으로 된 널찍한 책상 앞에 서우를 앉혀 둔 윤성은 잠깐만 기다리라고 하고는 밖으로 나갔다. 곧 다시 돌아온 그의 손엔 김이 모락모락 오르는 차 두 잔이 담긴 쟁반이 들려 있었다.

"마셔. 밤이라 허브티로 했어."

감사합니다, 중얼거리며 서우가 반들거리는 책상 위에 놓인 잔을 두 손으로 쥐었다. 책상을 빙 돈 윤성이 맞은편 의자에 앉았다. 그러자 꼭 면접을 보는 오너와 지원자 같은 구도가 되었다.

"요즘 그 선배네 가게 매일 나간다면서."

"아, 네……."

"힘들지? 얼마나 피곤하면 내 앞에서 잠을 다 잤겠어."

"할 만해요……."

"그런데 병원엔 조직 적합성 검사까지 잡아 놨다며."

서우가 반질거리는 책상의 표면에서 눈을 떼 윤성을 올려다보았다. 그걸 윤성이 어떻게 알았지? 일단 검사부터 받아 놓고 원상을 설득하려고 혼자만 알고 있었는데.

"넌 좀 자기 자신을 과신하는 경향이 있는 것 같아."

"……."

"아버지한테 신장 떼어 주고 나면, 그 뒤는 어떻게 하려고."

"……."

"지금처럼 잠도 제대로 못 자고 투잡 뛰면서 아버지 간병하고 빚 갚고 민재 키우고 그렇게 살 수 있을 것 같아?"

"……."

"당장 회사도 재계약 안 돼서 사택도 나가야 되잖아."

서우의 고개가 확 들렸다. 이번에야말로 놀란 서우의 눈이 크게 벌어졌다.

"그걸 형부가 어떻게……."

"그건 중요한 게 아니고."

사무적인 어조로 서우의 말을 자른 윤성이 책상 서랍을 열어 검은색 가죽으로 장정된 파일 하나를 꺼냈다. 서우의 시선이 멍하니 그에게 꽂혔다. 일부러 그러는 것처럼 느리게 움직이는 손이 파일을 펼쳐 서우의 앞으로 내밀었다.

"……이게 뭔데요."

"계약서."

서우는 멍하니 시선을 아래로 내렸다.

"읽어 봐."

그 말대로 제목란에 계약서 석 자가 아래 내용보다 큰 바탕체로 인쇄되어 있었다. 서우의 눈동자가 그 아래로 기울었다.

[도윤성(이하 '갑'이라 칭한다)과 김서우(이하 '을'이라 칭한다)는 상호 간에 아래와 같은 스폰서 계약을 체결한다.]

거기까지 읽은 서우가 고개를 들어 윤성을 쳐다보았다. 허브티의 쌉싸름한 향기가 코끝을 스쳤다. 눈이 마주치자 윤성은 아무렇지도 않게 계속 읽으라는 듯 턱을 까딱하고는 차를 마셨다. 수국이 음각된 하얀 자기 잔을 집어 든 긴 손가락 끝에 단정하게 손질된 손톱이 보였다.

잠깐 그에 눈길을 주던 서우가 다시 계약서로 고개를 내렸다. 처음부터 끝까지 이번엔 쉼 없이 단숨에 죽 읽어 내린 다음, 다시 되돌아가 한 자 한 자를 꾹꾹 누르듯 읽었다. 내용이 그리 길거나 복잡하지도 않아 두 번을 읽어도 시간이 많이 걸리지도 않았다.

"혹시 이해가 안 되거나 질문할 것이 있다면 물어도 좋아."

서우가 말없이 눈만 깜박이고 있자 윤성이 먼저 입을 열었다.

"내가 써 본 계약서 중, 가장 짧고 단순한 내용이니 딱히 그럴 필요도 없겠지만."

그 말의 의미가 무엇인지 이상하리만큼 정확하게 이해가 됐다.

"그 사람이 어떤 사람인지 아무도 몰라. 나도 모르지. 알고 싶지도 않고."

서희의 말이 무슨 뜻인지도 이제야 알겠다. 서희가 아는, 알아야 하는 도윤성은 딱 이 계약서만큼이었던 것이다.

"보면 알겠지만 그다지 나쁜 조건은 아닐 거야. 그 반대면 모를까. 믿든 말든 상관없는데 나로서도 이렇게 밑지는 계약은 처음이거든."

전형적인 장사꾼 같은 말투였지만 그 속에 희미한 자조의 빛이 담겨 있었다. 미간을 슬쩍 구겼다 편 윤성이 이내 쓸데없는 생각을 털어 버리듯 빠르게 말을 이었다.

"그래도 만약 추가하거나 수정하고 싶은 조항이 있다면 긍정적으로 고려해 보지."

구슬리는 듯하면서도 어딘가 초조한 울림이 느껴지는 말이었다.

서우는 그가 집에 들어온 순간부터 저를 처제가 아닌 너, 로 지칭하고 있다는 걸 깨달았다. 꽉 맞잡은 양손을 책상 아래 숨기고, 서우는 혼란으로 뒤죽박죽인 머릿속을 어떻게든 정리해 보려 애를 썼다. 무슨 말부터 해야 좋을지, 자신이 어디까지 알고 싶은지 알 수가 없었다.

"네가 내용에 동의하고 사인을 하는 즉시 계약은 성립돼. 너뿐만 아니라 나에게도 구속력이 생기는 건 마찬가지야."

"왜 이런, 이런 걸⋯⋯."

서우가 말을 끊었다. 팔딱팔딱 뛰는 심장이 금방이라도 튀어나올 것 같았다. 왜 이런 것을 하냐는 질문에 윤성은 약간 멈칫하더니 당연한 것을 묻는다는 듯 살짝 웃었다. 노련한 대학 교수가 철없는 새내기를 향해 지을 법한 웃음이었다.

"그야 당연히 하고 싶으니까지."

"하지만 이건⋯⋯ 단순한 스폰 계약서가 아니잖아요."

윤성은 대답하지 않았다. 그게 뭐 어쨌냐는 투로 서우를 쳐다보기만 했다.

"⋯⋯언니와도, 그러니까 이전 결혼도⋯⋯."

"이런 식이었냐고 묻는다면 대답은 '그래'야"

늘어지는 서우의 질문이 답답하다는 듯 깔끔하게 뚝 잘라 돌아오는 대답에 서우는 어떻게 제게 이런 제안을 할 수 있는지 물을 필요가 없다는 걸 알았다. 한 계약이 끝나고 다른 계약으로 옮겨 간 것일 뿐, 애초에 그에게 자신은 처제인 적도 없었던 것이다.

"그래도……."

그러지 않으려 했지만 목소리가 덜덜 떨리는 것을 막을 수 없었다.

"결혼이잖아요. 그걸 어째서 이렇게……."

스폰서 계약을 체결한다, 고 되어 있지만 실질적인 내용은 법적 결혼이었다. 서우에게 대가를 지불하는 것으로 윤성이 원하는 건 자신의 배우자가 되어 달라는 것이었다.

"뭐가 문제지?"

약간 귀찮다는 투로 윤성이 눈썹을 찌푸렸다.

"설마 내게 설교라도 하고 싶은 거야? 왜 이렇게 사냐고."

"……."

"반지를 내미는 거나 계약서를 주는 거나 다를 게 없어, 내겐. 단지 반지보다 좀 더 결혼의 본질에 가까운 방식을 택하는 것뿐이지."

"결혼의 본질이 계약인가요?"

"아니라고 말하고 싶은 거야?"

윤성이 흥미롭다는 듯 입꼬리를 올리며 빈정거렸다.

"다른 사람도 아니고, 설마 네가 그렇게 생각할 줄은 몰랐는데."

"……."

"결혼의 신성함이라든가 사랑의 영속성이라든가. 그게 얼마나 부질없는지 너만큼 잘 아는 사람도 없다고 생각했는데."

서우는 말문이 막혔다. 슬쩍 벌어진 입술 사이로 간신히 숨만 들이켰다.

"어차피 너도 나도 그렇게 순진하게 살긴 틀린 사람들이야."

세상은 동화가 아니다. 변하지 않는 사랑 따위는 없고 절대 배신하지 않을 사람 따위도 없다. 낮밤으로 바뀌고 해가 뜨고 질 때마다 풍화되는 감정처럼 변덕스럽고 불안한 것에 일생을 건다는 것이야말로 어리석은 게 아닌가.

"하지만 문서는 다르지. 계약이라는 말이 정 그렇게 거북하면 다른 단어로 바꿔도 상관없어. 갑이든 을이든, 배우자든 반려자든 껍데기만 달라질 뿐 본질은 변하지 않아."

도윤성은 김서희를 과대평가했다.

5년 전, 김서희와 작성한 계약서에 명시된 결혼 유지 기간은 7년이었다. 7년은 한 아이가 태어나고 자라 국가가 부여하는 의무 교육을 받기에 충분하다고 계산된 시간이었다.

늘 해 오던 것과 달리 김서희와 결혼이란 형식으로 계약을 맺은 것은 아이가 필요해서였다. 핏줄에 대한 애착과는 별개로 도윤성과 그의 집안엔 그들의 부와 세를 세습할 적법한 자식이 필요했다.

김서희는 외모가 그럴싸했고 두뇌도 나쁘지 않았으며 젊고 건강했다. 무엇보다 자신에게 눈곱만큼의 관심도 없고 철저하게 자기중심적이라는 점이 마음에 들었다.

스폰도 사람 사이의 일이라 감정이 섞여 들 때가 있고 그렇게 되면 귀찮은 일이 발생한다. 김서희는 윤성이 만난 사람 중 가장 본인과 가까운 타입이었고, 그렇게 자기밖에 모르는 사람이면 계약을 어기는 따위의 어리석은 짓은 하지 않을 거라 계산했다.

결론적으로 윤성의 실책이었다. 김서희는 그의 생각만큼 똑똑하지 못했다. 이기적인 만큼 충동적이고 욕심은 많은데 근시안적이었다. 보통 윤성은 스폰 상대의 정절에 관심이 없었지만 이 경우는 목적이 아이에 있는 만큼 김서희는 7년 동안 다른 사람을 만나선 안 됐다.

김서희가 원하는 만큼의 호사스러운 생활을 지원하는 대신 그녀는 두 명 이상의 아이를 낳아야 했고 물론 그에 따른 보상 항목도 별도로 명시되어 있었다.

충분히 관대한 조건이라고 생각했는데 김서희가 채 1년도 못 버티고 나가떨어질 줄은 몰랐다. 그보다는 더 똑똑하고 영악하게 굴 줄 알았다. 윤성의 계산 착오였다.

"나와 같이 가."

그래서 윤성은 이번엔 그와 정반대의 사람을 택했다.

"나와 같이 미국으로 가면 네 가족의 생활은 내가 책임져 주겠어. 아버님 신장도 찾아 드리고 남은 빚도, 그 후의 생활 전반까지 내가 다 책임지지. 민재 교육비도 물론이야. 당장은 안 되겠지만 민재가 대학 갈 무렵이 되면 우리 쪽으로 데려와도 좋겠지."

윤성이 무미건조한 어조로 나를 택하라고 말했다.

"어차피 너도 여기 지긋지긋하지 않아?"

엉망진창인 삶. 그걸 돌이킬 수 있는 기회를 주겠다고.

"다 새로 시작할 수 있어. 네 이름도, 얼굴도, 과거도 아무도 모르는 곳에서 다른 무수한 익명의 존재들과 똑같이 새롭게, 다시 태어난 것처럼 살 수 있어."

서우의 멍한 눈망울이 저 먼 어딘가를 보듯 윤성을 향했다.

언젠가 그를 데리러 갔던 거대하게 빛나던 공항의 광경이 떠올랐다. 목적지도 모를 비행기의 배를 동경하듯 올려다보던 기억과 길게 꼬리를 긋던 비행운의 흔적이 손에 잡힐 듯 보였다.

"……새로운 삶이요?"

그 뒤로 가 본 적도 없던 도시의 풍경이 신기루처럼 펼쳐졌다. 캘리포니아, 눈앞이 쨍할 만큼 강렬한 햇살과 바다로부터 불어오는 소금 냄새가 나는 바람, 무거워 보일 정도로 커다란 오렌지들이 주렁주렁 매달린 나무들과 이국의 언어로 쓰인 간판들과 낯설고 생소한, 그래서 되레 안심이 되는 얼굴과 시선들.

서우는 언제나 저를 데리고 떠나 줄 사람을 원했다. 이 현실에서 탈출시켜 줄 구원을 갈망했다.

"그래."

윤성이 확신에 찬 태도로 고개를 끄덕이며 손을 내밀었다.

"나와 같이 떠나."

형식이 계약이란 형태를 빌리는 것뿐, 누구보다 충실한 남편이 될 것이다. 도구 취급하는 일도 없고 싫다는 것도 강요하지 않는다.

"아이 하나만 낳아."

"……."

"그리고 내 옆에서 살아."

"……."

"길게 생각할 것도 없어. 생각할수록 네 인생에서 이보다 더 좋은 기회는 없다는 걸 알 테니까."

윤성이 웃었다. 금기를 어기라 속삭인 뱀처럼 유혹적인 미소였다. 서우는 아무 말도 하지 않고 그를 보다 이내 시선을 떨어트렸다. 그대로 가만히 눈을 몇 번 깜박이다 문득 생각이 난 것처럼 앞에 있던 찻잔을 당겨 쥐더니 꿀꺽꿀꺽 들이마셨다.

이내 잔이 비자 소리 없이 도로 잔을 책상 위에 내려놓은 서우가 허리를 곧게 폈다.

"형부는 벌써 알고 계시는 것 같지만."

서우가 입을 열었다.

"저 KG와 3월 31일부로 계약 종료 돼요."

현진우는 그 말을 전하며 서우의 눈을 제대로 보지도 못했다. 간단한 말을 힘들게 돌려 하다 보니 말투도 어색했다. 지원 인력 감축으로 계약 연장이 무산된 게 그의 탓도 아닌데, 너무 미안해하는 바람에 오히려 서우가 그를 위로해야 하지 않나 싶을 정도였다.

현진우가 저를 위해 애를 쓸 만큼 썼다는 걸 서우도 알고 있었다. 어차피 새 팀장이 오면서 그도 팀장 대행에서 물러났고 이 일과 관련해 그가 할 수 있는 건 하나도 없었음에도 불구하고.

"혹시 팀을 옮기면 안 될까요? 총무팀 감축이면 다른 부서라도 어떻게……."

그럼에도 서우는 그에게 매달렸다. 이런 구차한 말을 하게 될 줄은 서우도 몰랐다. 막상 상황이 이렇게 되자 남들의 시선이나 뒷말 따위는 부차적인 문제였다. 불과 얼마 전만 해도 태경과 제 관계가 알려지면 더는 회사에 다닐 수 없을 거라 생각했었던 건 정말 철모르는 객기에 불과했다.

현진우는 그런 서우에게 미안하단 말밖에 하지 못했다. 미안한 건 끝까지 그를 난처하게 만든 서우였다. 사택을 비우는 데엔 그러고도 한 달의 여유 기한이 더 주어졌지만 집은 벌써 정리가 거의 다 된 상태였다.

힘들 것도 없었다. 어디로 이사를 가든 이 집에 있는 것의 절반도 가져가지 못할 테니 다 버리면 그만이었다. 그렇게 결혼 당시 장만했던 침대와 장롱, 냉장고, 세탁기 따위를 실어 가는 재활용 업체의 트럭을 바라보며 서우는 왠지 모를 후련함 같은 걸 느꼈다.

이제 그 집에 남은 건 자신뿐이다.

미련 같은 건 없었다. 서우는 언제나 떠나고 싶었고 새로 시작하고 싶었다. 여기가 아닌 곳이라면 그게 캘리포니아든 얼음으로 뒤덮인 남극이든 어디든 상관없었다.

아무도 자신을 모르고 자신도 알지 못하는 사람들 틈에서, 선입견도 편견도 없는 시선 속에서 조용히 새롭게 살고 싶었다. 그런 서우에게 누군가 리셋 버튼을 쥐여 준다면 그걸 누르지 않을 이유가 없었다.

하지만.

"저는 계약직이 싫어요."

서우가 과장도 웃음도 없는 담담한 어투로 말했다.

"지금까지 쭉 계약직으로만 일했었는데, 1년 내내 맘 편한 날이 별로 없었던 것 같아요. 매번 감원 걱정해야 하고 언제 떨려 나갈지 몰라 전전긍긍하고."

윤성은 무서울 정도로 집중한 얼굴로 서우를 빤히 보고 있었다. 서우의 입에서 나오는 단어 하나하나를 놓치지 않고 의도를 파악하려는 표정이었다.

"그래서 이제 계약직은 되도록 피하려고요."

가벼운 농담을 하는 사람처럼 서우가 고개를 살짝 갸웃했다. 애써 어설프게 띤 미소가 오래 머물지 못하고 이내 흐려졌다.

"형부한테는, 정말 감사하게 생각하고 있어요. 사실, 지금도 잘 이해가 가진 않지만, 어쨌든 저와, 저희 집 많이 도와주신 건 맞으니까…… 그걸 제가 어떻게 모르겠어요."

그와 김서희의 관계가 이 계약서대로일 뿐이라면 윤성은 김서희의 가족에게 호의를 베풀 까닭이 전혀 없었다. 오히려 앙심을 품지 않은 게 다행일지도 모른다.

그런 윤성이 무슨 의도를 가지고 계속 그들 곁에 머물렀는지, 어째서 이제 와 이런 제안까지 하는지는 모르겠지만 서우는 굳이 자신이 그것까지 알 필요는 없다고 느꼈다.

"그러니까 이제부터 저는, 저희 가족은 어떻게든 알아서 할게요. 걱정 마세요. 그냥 하던 대로 살면 돼요. 이보다 더 심각한 상황일 때도 어쨌든 죽진 않았으니까."

그냥 살면 된다. 어차피 인생이 서우에게 그렇게 친절한 적 없었다. 지금까지 해 왔던 것처럼 버티면 된다. 천재일우의 기회나 뜻밖의 행운 같은 건 감당할 기운도 없었다. 서우는 그냥 딱 하루분만큼,

눈을 감고 다음 날 눈을 뜰 수 있을 만큼의 여력만 있으면 족했다.

조용히 듣고 있던 윤성이 피식 웃음을 흘렸다.

"허세 부리네."

그 뒤로 귀엽게, 하고 혼잣말처럼 덧붙이는 것에 서우의 눈빛이 살짝 긴장됐다.

"몸값 올리려는 수작 한두 번 본 거 아냐. 대체로 설득되기는커녕 짜증스럽기만 했고 말이야."

"……."

"근데 넌 생각보다 귀여워서 내 마음이 동했어."

뭐가 문제야? 계약 기간이 문제인가, 하며 윤성이 깍지 낀 양손을 책상 위로 올리고 상체를 앞으로 기울였다. 협상의 여지가 있다는 수용적인 자세였다.

김서희와 달리, 김서우와의 계약서엔 구체적인 기한이 명시되어 있지 않았다. 다만 갑에게서 별도의 의사 표시가 없을 시, 자동으로 1년씩 연장된다는 구절이 있을 뿐.

"어차피 중요한 것도 아니니 원한다면 무기로 고쳐도 좋아."

"……."

"물론 몇 가지 추가 사항이 붙겠지만."

듣고만 있던 서우가 힘없이 입술을 달싹였다.

"형부……."

"민재도, 그 애를 두고 가는 게 정 마음에 걸리면 같이 데려가는 것도 좋겠지. 그편이 그 애의 학업에도 유리할 테고."

"형부."

"네 최대 채권자가 누군지 잊지 마. 네 모친이란 사람이 지금 누구한테 돈을 가장 많이 빌렸는지 잊지 말라고."

돌연 어조를 바꾸어 윤성이 차갑게 말했다. 서우의 입술이 스륵 벌어진 채 그대로 굳어졌다.

"하던 대로, 지금까지처럼 살면 된다고?"

윤성이 냉소를 지었다.

"아직 살 만한가 보네."

조롱하듯 비아냥대는 말에 서우는 아무 대꾸도 하지 않았다. 생각나는 말도 없었고 어떤 말도 쓸모없을 것 같았다. 내내 경직돼 있던 어깨가 아래로 축 처졌다.

이상하게 허탈하기도 하고 후련하기도 한 묘한 기분이 들었다. 결국 제게 주어지는 선택이란 건, 기회란 건 다 이런 식이었다.

"최근 승진했다면서."

"……."

"그 서태경 씨."

서태경의 이름이 윤성의 입에서 나오는 순간 서우가 번쩍 고개를 들었다. 김서희와 스폰 관계였다는 것을 알게 되었을 때보다 더 크게 동요하는 그 표정을 잠시 감상하듯 바라보던 윤성이 무감한 어조로 말을 이었다.

"그 사람 때문이야?"

서우는 아무 말도 하지 않고 윤성을 똑바로 쳐다보기만 했다. 보기

드물게 단호한 그 시선을 한동안 마주하던 윤성이 이내 옅은 숨을 내쉬고 짧게 고개를 저었다.

"넌 항상 네가 상대하는 게 어떤 사람인지 잘 몰라. 그게 문제야."

돌연 그 말에 응답이라도 하듯 윤성의 휴대폰이 울렸다. 무심한 손놀림으로 휴대폰을 꺼내 들던 윤성의 눈동자에 문득 이채가 스쳤다.

"양반은 못 되겠네. 이 사람도."

윤성이 빙긋 웃으며 보란 듯 휴대폰을 책상 위, 정확히 서우와 자신의 중간 지점에 놓았다. 발신자명은 없었지만 액정에 뜬 번호를 서우는 단번에 알아볼 수 있었다. 아, 하는 탄성이 부지불식간에 흘러나왔다.

"네가 안 받으니 나한테 했나 보지."

그 말에 서우가 가방 속에 진동으로 돌려 둔 제 휴대폰을 떠올렸을 때였다.

딩동-.

현관 벨이 길고 날카롭게 울렸다. 서우와 윤성의 시선이 동시에 문 쪽으로 향했다.

"누군지 안 봐도 너무 짐작이 가는데."

"……."

"그가 너한테 위치 추적기라도 붙였나 봐?"

윤성이 중얼거리는 동안에도 초인종은 신경질적으로 계속 울려 댔다. 거의 간격이 없다시피 울리는 건 윤성의 휴대폰 벨 소리도 마찬가지였다. 벌떡, 서우가 자리에서 일어나는 것과 동시에 윤성이 서우의 손목을 낚아챘다.

"앉아."

"형부……."

윤성이 서우의 손목을 잡지 않은 다른 손으로 책상 위에 놓여 있던 휴대폰의 응답 아이콘을 눌렀다.

─문 열어.

스피커 모드로 전환된 휴대폰에서 태경의 음성이 흘러나왔다. 그 목소리를 듣자마자 서우는 얼어붙고 말았다. 마치 그가 제 눈앞에 있기라도 한 것처럼 숨이 턱 막혔다.

"다짜고짜 전화해서 대체 그게 무슨 말입니까."

─문 열라고.

"서태경 씨."

─서우 거기 있는 거 다 아니까 개소리 말고 당장 문 열어!

"서, 선배."

그때 서우가 입을 열었다. 당황스럽고 혼란한 건 저도 마찬가지였지만 목소리만으로도 일촉즉발의 분위기가 전해졌기에 일단 태경부터 진정시켜야겠다는 판단이었다.

─김서우.

"네, 저예요. 선배, 저 지금……."

하지만 태경은 서우의 목소리를 듣자 그나마 잡고 있던 이성의 끈까지 놓아 버린 것 같았다. 서우의 말이 채 끝나기도 전에 쾅,

하고 뭔가가 부서지는 소리가 휴대폰과 창밖에서 동시에 들렸다. 일순 서우도 윤성도 동작을 멈췄다. 휴대폰마저 미세하게 진동하는 듯했다.

"선배……."

이 정도로 소리가 들릴 만한 거리가 아니었다. 정원 너머 대문을 후려치는 소리가 마치 바로 코앞의 방문을 두드리는 것처럼 생생하게 들렸다. 서우는 손발이 벌벌 떨리고 심장이 터질 것 같았다. 무엇으로 저런 소리를 내고 있는지 모르지만 저러다 태경이 혹시 어디 다치기라도 할까 겁이 났다.

"선배, 선배! 지금 뭐 하시는 거예요. 그러지 마시고 저 지금 나가니까 잠시만……."

그때 윤성이 전화를 뚝 끊어 버렸다. 당황한 서우가 고개를 들어 그를 쳐다보았다.

"네 맘대로 어딜 나가."

"……."

"나 아직 얘기 안 끝났는데."

침착한 것 같았지만 그 역시 눈빛이 정상이 아니었다. 서우는 저도 모르게 한 발 뒤로 물러났다.

"저, 제가 드릴 말씀은 다 했어요……."

가슴이 너무 뛰어 목소리가 덜덜 떨렸다. 서우가 있는 용기를 다 끌어모아 말을 이었다.

"더는 형부와 할 얘기가 없어요. 그러니 그만……."

그때 거짓말처럼 문을 두드리던 소리가 멈췄다. 대신 잠시 후 쾅-하고 전과 비교할 수 없는 굉음이 들렸다. 동시에 집 안에 요란한 경보음이 울리기 시작했다. 윤성의 고개가 창으로 돌아갔다. 서우는 나가려던 것도 잊고 책상을 돌아 그 옆으로 달려가 창문에 매달리다시피 밖을 보았다.

"아⋯⋯."

차고였다. 차고의 문을 박차고 그대로 안쪽까지 들이받은 차가 다시 후진해 나오는 게 보였다. 운전석에 탄 사람까지 보이지는 않았지만 볼 필요도 없었다. 태경의 SUV였다.

"하."

윤성의 입술 사이로 헛웃음인지 뭔지 모를 것이 터져 나왔다. 서우의 목구멍에서도 바람이 새는 듯한 기묘한 소리가 울렸다. 골목을 빠져나가려는 것처럼 후진해 나가는 차의 범퍼와 보닛이 눈에 띄게 찌그러진 게 보였다.

서우의 입에서 숨이 헉 터져 나오는 순간 차가 후진을 멈췄다. 마치 그들과 눈이라도 맞추듯, 혹은 보란 듯 잠시 그대로 멈춰 서 있던 차가 갑자기 전속력으로 달려 대문을 들이받았다.

서우는 자신이 비명을 질렀는지조차 몰랐다. 어차피 소음에 묻혀 들리지도 않았을 터였다. 혼이 나간 듯 굳어 있던 몸은 이내 차에서 멀쩡하게 내린 태경을 봤을 때야 다시 피가 도는 듯했다.

태경은 반쯤 부서진 문을 발로 몇 번 걷어차 완전히 연 다음, 안으로 들어왔다. 그러고는 허리를 곧게 펴고 정확히 불이 켜진 2층의 서재, 윤성과 서우가 서 있는 창을 바라보았다.

"나와."

* * *

"뭐? 서태경? 그 새끼 말도 꺼내지 말아요. 내가 그때 얼마나 개고
생을 했는지 생각하면 지금도 치가 떨려. 한여름에 통깁스하고 꼼짝
도 못 하는 게 얼마나 죽을 맛인 줄 알아요? 일주일이 넘게 씻지도
못하고 꼼짝없이 침대에 누워 있기만 했다고. 그뿐인 줄 알아? 여기
이거 보이죠? 여기부터 이쪽까지 싹 다 새로 해 넣었어. 열여덟에 틀
니 신세 지게 생긴 심정 알아요? 그 새끼 땜에 지금도 내가 갈비를
시원하게 못 뜯는다고."

"합의금? 받기야 받았지. 근데 그러면 다인가? 사람 그렇게 죽도록
패 놓고 돈 몇 푼 던져 주면 다냐고. 지금도 찬 바람 불면 그때 부러
진 다리랑 갈비뼈가 아리는데. 나이 들수록 더 해."

"그러니까 정확한 날짜는 모르겠는데 대충 7월 말쯤이었어요.
왜, 십몇 년 전에 큰 태풍 하나 있었잖아. 그다음 날이었거든. 방
학이라 뒹굴거리고 있는데 아침 댓바람부터 그 새끼가 날 찾는다
잖아. 뭔 일인가 싶어 연락을 했지. 다짜고짜 나오라길래 나갔는데
보자마자 말도 없이 선방을 날리는 거야. 방심하고 있어서 제대로

맞았지. 안 그랬으면 그렇게 몇 주나 입원한 건 내가 아니라 서태경이었을 거야."

"왜 그랬냐고요? 그걸 내가 어떻게 알아. 그냥 미친개가 미쳐서 날 뛴 건지 뭔지. 나도 몰라. 그 새끼가 왜 갑자기 빙글 돌았는지. 뭐 평소에도 나한테 열등감 같은 게 좀 있긴 했어. 내가 고등학교 땐 좀 잘나갔거든. 뭐? 누구? 아, 김서우? 그래, 그러고 보니 걔 얘길 했었지. 근데 모르겠어. 다신 만나지도 말고 쳐다도 보지 말라던데 왜 그런 얘기를 했는지. 그냥 핑계였을지도 몰라."

"아, 말하다 보니 또 짜증 나네. 근데 이런 건 왜 물어요? 서태경은 김서우나 김서희하곤 별 관계도 없었는데. 하여튼 재수 없게 미친놈한테 잘못 걸려서 나만 피 봤지. 그 새끼, 또라이야. 겉으론 멀쩡한 척하고 있는데 알고 보면 문제 있는 놈이라고. 진짜 위험한 건 그런 놈이야."

"……서태경, 씨요? 그 사람은 왜요? 혹시 그가 나에 대해 뭐라고 하던가요? 무슨 말을 했는진 모르겠는데…… 서 과장하고 난 아무 접점이 없어요. 서 과장 미국에서 온 지도 얼마 안 됐고 나도 병가 내고 있다가 금방 울산으로 내려와서."

"계단에서 사고가 나서 병원에 입원해 있을 때 다른 직원들하고 한 번 찾아오긴 했었는데…… 그때도 그냥 빨리 낫고 건강하라는 말밖에 안 했어요. 정말이에요. 그 사람하고 나는 같은 회사에 적을 두고 있다는 거 말곤 아무 관계도 없어요. 부서도 총무팀하고 개발팀이라 서로 딱히 엮일 일도 없고."

"그냥 딱 요즘 젊은 사람 같은 사람이죠. 능력 있고 일은 잘하는데 약간 자기중심적이고…… 뭐 굳이 개인적인 인상을 물으시니까 하는 얘긴데, 가끔 눈빛이 좀 안 좋다고 느낀 적은 있어요. 무슨 생각을 하는지 알 수가 없다고 해야 하나. 돌발 행동을 할 것 같기도 하고……."

"뭐랄까, 사회화가 잘된 소시오패스? 아, 이 말은 실수입니다. 못 들은 걸로 해 주세요. 단어 선정이 잘못됐어요. 그냥 쉬운 말로 예를 들자면 그렇다는 거죠. 나 서태경 씨 잘 몰라요. 소시오패스도 모르고. 이제 이 얘기는 그만하고 싶네요."

* * *

문이 열리고 윤성이 나왔다. 느긋하게 걸어오는 그의 뒤로 문이 저절로 닫히자 정원은 다시 흐릿한 어둠에 휩싸였다. 닫힌 문에 잠시 시선을 주던 태경은 더 이상 나오는 사람이 없다는 걸 인지하고 눈을 돌려 윤성을 바라보았다.

"내놔."

"무턱대고 남의 집에 쳐들어와 그게 무슨 소리죠?"

윤성이 걸음을 옮길 때마다 그의 발밑에서 마른 잔디가 바스락거리며 짓밟히는 소리가 났다. 팔을 뻗으면 닿을 만한 거리에 멈춰 선 윤성이 삐딱하게 고개를 기울이고 태경을 똑바로 쳐다보았다.

"내놓으라니, 내가 서태경 씨 것을 훔치기라도 했던가요."

태경은 잠시 아무 말도 하지 않았다. 어스름한 정원등에 비친 얼굴은 무표정하고 침착해서 마치 어둠의 일부 같았다. 내쉬는 숨마저도 고요해서 방금 전 그렇게 당장 죽일 듯이 소리를 지르고 초대도 받지 않은 집의 닫힌 문을 차로 들이받아 부수고 난입한 사람이라곤 생각할 수 없었다.

"도둑 쪽은 오히려 서태경 씨 같은데."

윤성이 다분히 작위적인 태도로 눈살을 찌푸리며 반쯤 뜯겨 나간 채 너덜거리며 매달려 있는 문을 가리켰다.

"야간 주거 침입은 가중 처벌 되는 거 아시죠?"

"수리비 청구해. 합의금도 부르고 싶은 만큼 불러."

"이런, 서태경 씨 돈이 그렇게 많아요?"

윤성의 입술이 비스듬한 호선을 그렸다.

"매사를 돈으로 해결하려는 경향이 있는 것 같은데, 그거 나쁜 버릇이에요. 지금 서태경 씨, 내가 말 한 마디만 잘못해도 특수 절도 혐의까지 추가될 수도 있습니다."

태경이 피식 웃으며 윤성을 보았다. 이제 보니 흰자위가 붉게 빛날 정도로 핏발이 가득 서 있었다.

"절도는 무슨. 네가 가진 쓰레기 같은 것들 중에 훔치고 싶을 만큼 탐나는 건 하나도 없어. 난 내 것을 찾으러 왔을 뿐이야."

"내 것이라니, 그게 뭔데요?"

윤성도 그 시선을 피하지 않고 맞받았다.

"아, 혹시 지금 내 집에 숨어 나오지도 않는 우리 처제를 말하는 건가요? 두 사람, 헤어진 거 아니었습니까?"

"잘못 알고 있네."

"잘못 아는 쪽은 서태경 씨 아닙니까? 나도 우리 처제가 왜 서태경 씨와 헤어지려 했는지 이해가 안 갔는데 이제 보니 알겠네요. 평소에도 이렇게 폭력적이었어요? 수틀리면 언성부터 높이고 주먹부터 나가는?"

윤성이 걱정스럽다는 듯 고개를 절레절레 저었다.

"지금도 서태경 씨 하는 거 보고 무서워서 안에서 꼼짝도 못 하고 있어요. 잘 모르시는 모양인데 우리 처제 폭력에 굉장히 민감한 사람입니다. 나보고 대신 나가 좀 돌려보내 달라고 부탁하더군요."

"……."

"그러니 그만 나가 주시죠. 여기 서태경 씨 환영하는 사람 아무도 없습니다. 계속 이러면 경찰 부르는 수밖에 없어요. 형부로서 난 가족을 보호할 의무가 있으니까."

"형부는 무슨 씨발."

태경이 같잖다는 듯 픽 웃었다.

"개소리 좀 작작 하지. 그놈의 가족 타령, 지겹지도 않아?"

"……."

"하긴 네가 가족이나 돈이 아니면 뭘 할 수 있겠어. 뭘로 김서우를 쥐고 흔들 수 있겠냐고. 애초에 가족으로 더럽게 엮이지 않았다면 너 따위 거들떠보지도 않았을 텐데."

윤성의 얼굴이 살짝 굳었다.

"말조심해요."

"이해해. 갖고 싶었을 거야. 구정물 같은 네 인생에 어디서 그런 애를 봤겠어. 욕심났겠지."

자꾸 눈이 가고 짜증이 나고 끼어들어 간섭하고 싶고, 근데 왜 그런지 딱히 이유는 모르겠고, 한심하고 답답한데 용케 버틴다 싶어 신기하기도 하고, 정작 아무것도 바라는 게 없으니 그게 더 환장하겠고.

아주 부수어 버리고 싶다가도 고스란히 손안에 넣고 지켜 주고 싶기도 하고.

"근데 김서우를 욕심내기엔 넌 너무 더럽게 살았잖아. 양심이 있어야지."

"……말조심하라고 했습니다."

"애도 아니고 이제 철 좀 듭시다. 도윤성 씨. 알량한 돈 몇 푼 따위로 사람 갖고 노는 거 그만하라고. 김서우 주변에 어슬렁거리면서 질척거리지 말고 네 그 쓰레기 같은 장단에 어울려 줄 다른 사람 찾아보란 말입니다."

"하."

윤성이 실소를 터트렸다. 태경을 노려보는 눈에 서슬이 시퍼렜다. 두 사람 모두 평연하게 대화를 나누고 있는 듯했지만 스치기만 해도 폭발할 것 같은 긴장이 피부로도 느껴질 정도였다.

"그러는 서태경 씨는 달라요?"

"뭐가."

"돈이든 힘이든 뭐든 써서 사람 치워 버리는 거, 서태경 씨도 종종 하던 일 아닙니까?"

"내가?"

"뒷조사는 당신만 하는 게 아닙니다."

"그래요?"

"하긴, 그런 부친 밑에서 뭘 배웠겠습니까."

악의에 찬 윤성의 눈동자가 번들거리며 태경을 도발했다.

"서태경 씨 어머니가 한둘이 아니던데요. 그분들한테 위자료 다 주려면 그 많은 재산도 얼마 못 갈 것 같던데, 미리 좀 챙겨 두지 그래요."

태경이 차갑게 웃었다.

"걱정해 줘서 고마운데 그 정도로 축날 재산이 아니라서. 그리고 위자료로 거덜 나는 사람도 있습니까? 하긴 도윤성 씨는 잘 알겠네요. 나는 잘 몰라서."

"……."

"슬슬 지겨운데 그만하고 좀 비켜 주죠? 아님 내가 직접 치워 드릴 수도 있는데."

"……말귀 못 알아들어요? 서우가 서태경 씨 만나고 싶지 않다잖아."

태경이 잠시 입을 다물었다 다시 열었다.

"헛소리."

"서태경 씨야말로 억지 좀 그만 부려요. 싫다는 사람 잡고 매달리지 말고. 지금 겨우 마음잡고 얘기 잘되어 가고 있는데 찬물 끼얹지 말란 말입니다."

"무슨 얘기?"

"서우, 나와 같이 떠나기로 했습니다."

태경이 윤성의 눈을 빤히 바라봤다. 안광이 불길하게 번뜩이고 힘이 바짝 들어간 턱이 불룩하게 튀어나왔다.

"내가 그 말을 믿을 것 같아?"

"믿든 말든 그게 사실인데요."

태경은 아무 말도 하지 않았다. 잠시 그대로 멈췄다 천천히 몸을 구부린 그가 한 손에 사람 머리통 반만 한 정원석 하나를 집어 들었다. 그를 본 윤성의 몸에 반사적으로 힘이 들어갔다.

"뭐 하는 거죠, 지금?"

대답 대신 정원석이 날아들었다. 윤성이 몸을 피하려 했지만 그럴 새도 없었다. 결코 가볍지 않은 돌덩이를 태경은 그야말로 고무공처럼 간단하게 내던졌다. 그 행동과 달리 결과는 가볍지 않았다.

쩡- 하고 귀를 울리는 파열음과 함께 윤성 뒤에 있던 거실 창이 박살 났다. 어지간한 충격엔 꿈쩍도 하지 않는 강화 유리가 쫙 금이 가더니 조각조각 부서져 순식간에 바닥으로 와르르 쏟아졌다.

순간적으로 굳어 버린 윤성이 무슨 행동을 취할 새도 없이 태경이 훤히 열린 창을 통해 집 안으로 들어갔다. 거침없는 걸음을 안쪽으로 옮기며 탐색하는 눈으로 1층을 잠시 둘러보는데 위층에서 뭔가 달그락거리는 소리가 들렸다. 지체 없이 계단을 오른 태경이 소리를 쫓아 달려가니 잠긴 문 하나가 나왔다.

"물러서."

태경이 소리치자 안쪽에서 문고리를 잡고 비틀어 대던 소리가 멈췄다. 한 번 더 비키라고 당부한 태경이 몇 걸음 뒤로 물러서 크게 힘을 실어 그대로 문을 걷어찼다. 쾅- 소리와 함께 단번에 잠금장치가 부서져 버린 문이 휙 열렸다. 태경이 안으로 들어갔다. 방 안을 훑던 눈이 바닥에 웅크리고 있는 서우를 보자 그대로 얼어붙듯 멈췄다.

"김······!"

태경이 외치려 했다. 분명 그러려고 했는데 목이 꽉 막혀 말이 나오지 않았다. 목소리가 성대와 혀끝 그 사이 어딘가에서 사라져 버린 것 같았다.

"하, 하아······."

서우가 고개를 들었다. 창백한 얼굴이 온통 땀투성이였고 내뱉는 숨이 거칠었다. 덜덜 떨리는 팔로 간신히 제 몸을 지탱하고 있던 서우는 태경을 보자 흡 소리가 날 정도로 크게 숨을 들이쉬었다.

둘은 잠깐 서로를 두려운 듯 쳐다봤다. 그것도 잠깐, 서우가 다시 헉헉거리며 어깨를 떨자 태경이 얼른 그 곁으로 달려갔다.

"왜 그래? 괜찮아?"

"······."

"무슨 일인데? 저 새끼가 네게 무슨 짓을 한 거야?"

서우는 대답하지 않았다. 못 하는 것 같았다. 쌕쌕거리는 가쁜 숨소리가 비좁은 목구멍이 버겁다는 듯 위태롭게 들렸다. 당황한 태경이 서우의 상체를 부축해 안았다. 어쩔 줄을 모르고 어떻게든 서우를 진정시켜 보려 하는데 서우는 자꾸 그에게서 몸을 떼고 고개를 저으며 무슨 말을 하려 했다.

"알겠어! 알았으니까 말하지 말고 숨 쉬어. 숨 쉬라고."

태경이 다급하게 손을 펼쳐 서우의 얼굴 아랫부분을 감싸듯 입과 코를 막았다. 뜨거운 입김과 습기로 금세 손바닥이 축축해지는 게 느껴졌다. 서우가 떨리는 손을 들어 태경의 손목을 잡았으나 힘이 하나도 없어 저지하려는 건지 뭔지 알 수 없었다.

"괜찮아! 무슨 말이든 나중에 다 들어 줄 테니까 지금은 일단 숨 쉬어."

"흐읍······."

"천천히, 하나, 둘, 셋······ 그래, 잘하고 있어."

태경이 숫자를 세며 서우가 그에 맞춰 천천히 호흡을 할 수 있게 유도했다. 금방이라도 꼴깍꼴깍 넘어갈 것 같던 숨이 차차 진정되는 게 느껴졌다. 그 와중에도 서우의 눈동자는 태경에게서 떨어지지 않았다. 정신없이 물기 가득한 눈을 아래위로 굴리며 그의 얼굴과 몸을 훑었다.

"선배⋯⋯."

서우가 억지로 목소리를 쥐어짰다. 태경이 여전히 입을 가린 손을 놓아주지 않아 웅얼거리는 소리밖에 낼 수 없었다.

"어디, 어디 다친 데는, 아픈 데는 없어요?"

겉으로 보기에 큰 이상은 없는 것 같았다. 그럼에도 서우는 안심이 되지 않았다. 태경의 차가 문으로 돌진하는 광경이 떠오르자 피가 얼어붙고 폐가 오그라드는 것 같았다. 서우가 부들거리는 양손을 들어 제 입을 막고 있던 태경의 손을 끌어 내리며 가냘픈 소리를 냈다.

"병원, 병원 가요, 선배 빨리⋯⋯."

"⋯⋯."

"빨리, 선배⋯⋯."

태경은 대답이 없었다. 그의 흉곽이 크게 부풀어 오르고 거칠게 내쉬는 숨소리가 느껴졌다. 덜컥 불안해진 서우가 저도 모르게 손을 내미는데 그보다 먼저 커다란 손이 불쑥 뻗는 손을 잡아챘다.

"아."

예상치 못하게 뻗어 온 손에 멈칫한 것도 잠시, 태경이 그대로 제 볼로 서우의 손을 가져갔다. 볼을 지나 머리로, 목으로, 어깨로, 이내 심장으로 차례차례 옮겨 가며 제 무사함을 확인시켰다.

"괜찮지."

"……."

"봐 봐. 나 아무렇지도 않아."

서우가 멍하니 그의 가슴 위에 얹힌 제 손을 쳐다보았다. 손바닥 아래 느껴지는 박동이 약간 빠른 듯도 했지만 강건하게 안정적으로 뛰고 있었다. 그제야 서우가 약간 안도한 듯 표정이 누그러졌다. 태경이 품 안에서 손수건을 꺼내 서우의 얼굴의 땀을 닦고 흐트러진 머리칼을 쓰다듬어 뒤로 넘겨 주었다.

"이럴 줄 알았어야 했는데."

"……."

"미안해."

낮게 중얼거리는 말에 서우는 무슨 뜻인지 모르겠다는 듯 그를 올려다봤다. 태경은 반복해 미안하다고만 했다. 그 눈과 마주치자 가슴이 시큰거렸다.

언제나 냉정하고 침착하고 다정한, 서우가 아는 서태경 그대로였다. 변함없이 따뜻한 눈빛이었다. 서우는 온몸의 맥이 탁 풀리는 것 같았다. 이내 귓가가 웅웅거리고 시야가 뿌옇게 흐려지다 곧 암전되었다.

* * *

시끄러운 소리에 눈을 떴다. 밝은 서재 대신 흐릿한 어둠이 드리워져 있었다. 서우는 잠시 눈만 깜박이며 자신이 처한 상황을 돌이켜

봤다. 천천히 고개를 돌리자 하얀 커튼과 병원명과 로고가 박힌 이불, 손등에 꽂힌 주삿바늘이 보였다. 그 모든 것을 눈에 담고 서우가 다시 바깥에서 들리는 소리에 귀를 기울였다.

"너는 대체 왜 그러냐."

"내가 뭘."

"아무리 급해도 그렇지, 그렇게 대책 없이 날뛰면 어떡해. 뒷수습은 어떻게 하라고."

"누가 너보고 하래."

통명스러운 대꾸에 욕설을 뱉는 목소리는 분명 승준이었다.

"암튼 넌 왜 김서우만 연관되면 정신을 못 차리냐."

"……."

"예전부터 그랬어. 은근히 고등학교 때도……."

"시끄러워. 서우 깨."

"지랄한다. 애초에 애를 저렇게 쓰러트려 놓은 게 누군데?"

승준이 계속해서 타박을 늘어놓았다. 아직 정신이 맑진 않았지만 태경을 탓하는 소리가 듣기 싫어 서우가 몸을 뒤척였다. 침대가 삐걱거리는 소리를 내자마자 벌떡 일어난 인영 하나가 성큼성큼 다가오더니 조심스럽게 커튼을 젖혔다.

"선배……."

보자마자 표정이 흐트러지는 건 어쩔 수 없었다. 반가움과 그리움에 겨운 미소가 절로 나왔다. 염치도 없이 그저 얼굴을 보니 좋았다. 팔딱팔딱 뛰는 심장이 철이 자석에 이끌리듯 뛰쳐나가 그에게 들러

붙으려는 것 같았다.

"……."

태경은 말도 없이 가만히 서우를 내려다보기만 했다. 그제야 약간 머쓱해진 서우가 슬그머니 시선을 피했다. 내리깐 시야에 벌겋게 상처가 난 태경의 손등이 들어왔다. 놀란 서우가 고개를 들고 뭐라 말을 하려는데 그 손이 불쑥 제 눈앞으로 덮쳐들었다.

"아."

태경이 서우의 한쪽 볼을 꼬집었다. 힘이 거의 실려 있지 않아 아프지도 않았지만 그보단 놀라서 서우가 작게 소리를 질렀다.

"김서우."

이름을 부르는 목소리에 숨소리가 섞여 조금 떨리는 듯했다.

"너 정말 사람 미치는 꼴 보려고 그러지."

"네? 아, 저 선배, 잠깐……."

"전화도 안 받고, 밤중에 아무나 막 그렇게 따라가고."

"아, 죄송해요. 근데 이거 좀 놓고…… 손 좀 놔주세요. 선배……."

서우가 어쩔 줄 몰라 하며 불분명한 발음으로 사정하자 선심 쓰듯 손을 놓은 태경이 이내 달래듯 그 위를 몇 번 쓰다듬었다. 뭔가를 억누르듯 혹은 안도한 듯 길게 내뱉는 숨소리에 서우가 멍하니 고개를 들었다.

"선배……."

눈이 마주치자 순간 온몸에 힘이 풀리는 것 같았다. 홀린 듯 서우는 그 얼굴에서 눈을 떼지 못했다.

"선배……."

"왜."

"괜찮으세요?"

"나한테 하는 말이야?"

물을 필요도 없다는 어투였다.

"……차, 차가 많이 부서졌던데……."

"괜찮아."

정말 괜찮다고 태경이 재차 말하는데 뒤에 있던 승준이 괜찮긴, 하고 끼어들었다.

"남의 집 대문을 그렇게 박살을 내 놨는데 괜찮을 리가 있어?"

"야."

"재물 손괴에 주거 침입에 고소당해도 할 말이 없지."

"야!"

"뭐? 내 말이 틀려? 이런 말이 듣기 싫으면 그런 짓을 왜 해? 무턱대고 손부터 나가는 그런 건 벌써 졸업할 나이 아니냐. 네가 아직도 피 끓는 청춘인 줄 알아?"

너 그만 가라고 태경이 막 승준의 가슴팍에 손을 올려놨을 때였다.

"하지 마세요……."

태경과 승준의 시선이 동시에 서우에게 꽂혔다.

"선배한테 그러지 마세요……."

서우가 우물거리면서도 승준을 똑바로 보며 말했다. 약간 얼떨떨한 표정을 짓던 승준이 미소가 완연한 태경의 얼굴을 보고 더 기막히게 변했다.

"참, 애인 없는 사람 서러워서 살겠나."

입 속으로 뭐라 중얼거린 승준이 서우에게 몸은 좀 어떠냐고 물었다. 서우는 자신이 왜 병원에 있는지도 몰랐기에 그저 괜찮다고 고개만 끄덕였다.

"괜찮긴. 과호흡으로 실신했어, 너."

"아."

"그 와중에 빈혈에 영양실조라던데 대체 몸 관리를 어떻게 한 거야?"

영양실조란 말에 서우가 제일 먼저 태경의 눈치를 보았다. 아니나 다를까 태경의 미간에 짙은 주름이 잡혀 있었다.

"암튼 이 기회에 검사 좀 싹 받아 보자고 했으니까 일단 내일까진 병원에 누워 있어."

"네? 아니, 그건 안 되는데……."

"되는지 안 되는지는 네 옆에 있는 사람하고 의논하고. 난 그만 가야겠다."

그러고 보니 그는 한창 가게에서 일할 시간이었다. 서우의 얼굴에 드러난 의문을 읽었는지 승준이 눈썹을 찌푸리며 태경을 쏘아보았다.

"쟤가 불렀어. 자기는 뒤처리할 게 있다고 나보고 너 좀 지키고 있으라고. 그 와중에도 어찌나 짜증을 내는지, 누가 누구한테 부탁을 하는지 알 수가 없······."

"안 가? 간다면서."

태경이 승준의 어깨를 밀어 억지로 밖으로 내보내며 뒤로 커튼을
확 쳐 버렸다. 승준의 투덜거림이 들리더니 곧 병실 문이 닫히고 혼
자 돌아온 태경이 서우의 침대맡에 앉았다.

"웃지 마. 나 아직 화났어."

그날 태경은 서우의 병실에서 밤을 보냈다. 중간에 얼핏 자다 깨서
인지 서우는 통 잠이 오지 않았다. 몇 번 서우를 재울 시도를 하던
태경도 포기한 듯 침대 옆에 붙어 앉았다.

태경은 주삿바늘이 꽂히지 않은 서우의 손을 만지작거리며 별말도
없이 누워 있는 서우를 물끄러미 내려다보기만 했다. 저렇게 쳐다보
고 있으면 아침까지도 잠들기는 틀렸다고 서우가 생각하고 있는데
태경이 입을 열었다.

"도윤성이 오늘 뭐라고 했어?"

잠깐 고민하던 서우가 우물거렸다.

"별말 아니었는데······."

그 대답에 태경이 눈을 찡그렸다. 그래도 그게 서우의 솔직한
심정이었다. 윤성의 제안은 서우를 잠깐 놀라게 한 것 이상도 이하
도 아니었다. 불과 몇 시간도 채 지나지 않은 일인데 이상하게 그
서재에서 있었던 모든 기억이 흐릿하게만 느껴졌고 계약서에 적혀
있던 것 중 어떤 조항도 떠오르는 게 없었으며 그게 딱히 궁금하

지도 않았다.

"그냥, 저보고 같이 미국에 가자고 했어요."

서우가 공기처럼 가벼운 어조로 덧붙였다.

"근데 전 안 간다고 했어요."

태경은 입을 꾹 다물고 미간을 약간 찌푸린 채 서우를 뚫어지라 쳐다보기만 했다. 불쾌한 건지 그 속을 알 수 없는 서우는 숨을 죽이고 눈치만 살폈다. 몇 초쯤 그러고 있던 태경이 이내 가볍게 한숨을 내쉬고 서우의 손을 만지작거리던 손아귀에 힘을 주었다.

"선배는 저 거기 있는 거 어떻게 알고 왔어요?"

윤성이 위치 추적 얘기를 했던 게 떠올랐다. 그럴 리는 없을 거라 생각하지만 그럼 또 어떻게 오늘 제가 윤성의 집에 간 것을 알았는지도 알 수가 없었다. 태경은 조금도 거리끼는 기색 없이 당당하게 대답했다.

"스파이를 심어 놨거든."

"스파이?"

그게 뭐냐고 서우가 되물었지만 태경은 스파이가 왜 스파인데 그걸 알려 주겠냐며 대답하지 않았다. 말문이 막힌 서우가 알쏭달쏭한 표정을 짓고 있는데 그 얼굴을 본 태경이 서우가 무슨 생각을 하는지 알겠다는 듯 고개를 저었다.

"위치 추적 앱 같은 거 안 깔았어. 네 휴대폰엔 손도 안 댔다고."

"그럼……."

"스파이라니까."

"……."

"내가 네 허락도 없이 함부로 위치 추적 따위나 할 것 같아?"

그거나 스파이나 뭐가 그리 다른가 싶었지만 서우는 아무 말도 하지 않았다. 대신 아까 승준이 했던 말 중 내내 마음에 걸리던 걸 물었다.

"아까, 그러니까 거기서 형부랑 다투셨어요?"

뒷수습을 하느라 승준을 불렀다고 했다. 서우가 정신을 잃고 깨어나기까지 약 세 시간이 흘러 있었다. 그동안 그와 윤성 사이에 무슨 일이 있었는지 모르는 서우는 불안할 수밖에 없었다.

"혹시…… 형부가 고소 같은 거 한대요?"

"아니, 그런 거 아니니까 그렇게 떨지 마."

저도 모르는 새 서우의 심장이 쿵쿵 뛰고 있었다. 태경이 안심하라는 듯 이불 위로 서우의 몸을 토닥이며 부드럽게 말했다.

"말 그대로 뒷수습이었어. 어쨌든 남의 집 대문을 그렇게 해 놨잖아."

'그렇게 해 놓은' 것이 대문만이 아니었지만 둘 모두 그 부분은 무시했다.

"원상 복구 시키고 보상하는 걸로 합의했어."

"……정말 그걸로 끝이에요?"

"그래."

태경이 단호하게 대답하자 서우는 모호하게 고개를 끄덕이면서도 걱정스럽다는 듯 조그맣게 중얼거렸다.

"그거, 수리비 많이 나올 것 같은데…… 그 집 형부가 직접 인테리어한 거라고 했거든요. 문 하나, 등 하나도 아무거나 안 썼다고 그러던데……."

수심이 가득한 그 얼굴을 보고 있던 태경이 피식 웃었다. 그러곤 천연덕스럽게 난감한 표정을 지으며 맞장구를 쳤다.

"어쩐지 합의금을 높게 부르더라니."

"……."

"괜찮아. 뭐 어떻게든 되겠지."

그 말에 완연한 장난기를 알아채지 못하고 심각한 표정을 짓고 있던 서우가 두서없이 중얼거렸다.

"어쩌면…… 제가 잘 얘길 하면……."

"네가 그 자식한테 무슨 얘길 해?"

일순 태경의 미간이 사납게 구겨진 것 같았지만 서우가 눈을 한 번 깜빡이는 순간 사라져서 제 착각인가 싶었다.

"괜찮아. 내가 알아서 해. 넌 걱정하지 마."

그 말에도 서우는 안심이 되지 않았다. 이달로 사택을 떠나야 할 사람은 저뿐만이 아니니 태경도 아마 이사 준비를 하고 있을 터였다. 전에 사택 퇴거 신청을 했다는 말은 농담이 아니었다.

'집도 구해야 할 텐데.'

KG의 팀장급 연봉이 결코 어디 가서 꿀릴 수준은 아니라는 걸 알지만 그보다 더 악명 높은 게 서울의 집값이다. 게다가 태경의 성향으로 보아 저처럼 옥탑이든 반지하든 몸 하나 누일 곳이면 족할 리도 없다. 한 푼이라도 아쉬울 판에 이런 일에 휘말려 쓰지 않아도 될 돈을 쓰게 되다니.

'어떡하지.'

고민한들 뾰족한 수가 없었다. 답이 없는 건 서우도 마찬가지였다. 주제에도 안 맞는 걸 알지만 이럴 때 선뜻 도와주겠다는 말 한마디 못 하는 제 처지가 속상하고 답답했다.

'그때 그 이천만 원, 계속 모르고 있었으면 큰일 날 뻔했지.'

그나마 그거라도 돌려줘서 다행이다. 서우가 한숨을 쉬었다. 윤성이 말해 주지 않았다면 서우는 지금도 그 사실을 까맣게 모르고 있었을 테니 그 부분만큼은 윤성에게 고마워해도 좋지 않을까.

"혼자 무슨 생각을 그렇게 해."

태경이 서우의 얼굴 앞에 손을 흔들어 보이며 물었다.

"아직도 내 걱정이야?"

서우가 곁눈질로 그를 흘깃 쳐다보며 약간 탓하는 어조로 조금만 참지, 하고 중얼거렸다.

"조금만 기다렸으면 내가 알아서 나갔을 텐데……."

"그러게, 그럴걸."

갇혀 있었던 사실을 상기시키는 대신 태경이 선뜻 맞장구를 쳤다.

"앞으로 다신 그러지 마세요. 저 정말 놀랐어요."

차로 대문을 들이받다니. 지금도 생각하면 숨이 가빠졌다. 태경이 미안하다는 듯 서우의 손을 꼭 쥐고 손등을 쓰다듬었다.

"일부러 그런 거 아니고, 브레이크랑 액셀을 헷갈려서."

"……뭐라고요?"

"말하자면 운전 미숙이지."

서우가 어안이 벙벙한 표정을 지었다. 서우는 태경만큼 운전을 잘하는 사람을 본 적이 없었다. 주차를 할 때도 단번에 각도를 찾아 자로 잰 것처럼 정확하게 하는 사람이었다.

"네가 나랑 말도 잘 안 하려고 하니까 사람이 바보가 되잖아."

"……."

"그러니까 이제 우리 그만 싸우자."

이러다 정말 바보 되면 앞으로 데리고 살 너만 힘들다는 말에 서우는 결국 어처구니없다는 듯 웃을 수밖에 없었다. 따라 웃던 태경이 몸을 굽혀 살짝 열린 입술 위에 쪽 입을 맞췄다.

"너야말로 몸조심해."

까칠하게 각질이 일어난 입술을 달래듯 제 입술로 쓸며 태경이 속삭였다.

"……영양실조가 뭐야? 나 마음 찢어지게."

여러모로 말문이 막힌 서우는 더 무슨 말을 할 수 없었다. 그 뒤로 태경이 건수라도 잡은 듯 영양실조를 두고 어찌나 잔소리를 하는지 듣다 지친 서우는 결국 막판엔 잠든 척을 해야 했다.

다음 날 아침 일찍 병실을 나서며 태경은 서우에게 오늘까지 출근하지 말라고 했다. 어차피 반발해 봐야 통하지도 않을 걸 알기에 서우는 순순히 고개를 끄덕였다. 회사에까지 자기가 말하겠다고 하는 걸 화들짝 놀라 막고 제가 알아서 하겠다고 겨우 말렸다.

"얼른 가요. 늦겠어요."

"응, 갈게."

인사를 하고서도 태경은 움직이지 않고 한참을 서우를 쳐다보기만 했다. 이리저리 눈을 피하고 슬쩍 턱을 쓰다듬고 머리를 만지는 척 딴청을 부리던 서우가 결국 참지 못하고 왜 그러냐고 물었다.

"아니, 그냥. 아침부터 너무 예뻐서."

서우의 얼굴이 붉어졌다. 태경은 씩 웃고는 허리를 굽혀 입을 한 번 쪽 맞추고 푹 쉬고 있으라며 밖으로 나갔다.

"휴."

서우가 떨리는 숨을 가다듬으며 화끈거리는 얼굴에 손부채질을 했다. 좀 진정이 되자 현진우에게 전화를 걸어 사정을 설명하고 오전만 반차를 쓰겠다고 했다. 태경이 알면 또 화를 내겠지만 어쩔 수 없었다. 끝까지 온전하게 속하진 못했지만 그래도 20대의 대부분을 몸담고 있던 회사다. 이제 며칠 안 남은 기간만이라도 유종의 미를 거두고 싶었다.

그런 뒤 간호사실에 가서 퇴원 얘기를 했다. 담당 의사의 확인이 끝나면 병실로 연락을 줄 테니 그때 내려와서 수속을 하면 된다고 했다. 병실로 돌아온 서우는 대충 주변을 정리하고 주섬주섬 옷을 갈아입었다. 하룻밤 자고 일어난 거라 따로 준비할 것도 없었다.

멍하니 앉아 있는데 노크도 없이 병실 문이 열렸다. 간호사인가 하고 고개를 드는데 문을 닫고 들어선 사람은 뜻밖에 영혜였다.

"엄마?"

서우가 놀라 영혜를 불렀다. 너무 의외라 순간적으로 말문이 막혔다. 서우와 눈이 마주치자 영혜는 못마땅하다는 듯 눈살을 찌푸리며 침대 쪽으로 걸어왔다.

"엄마, 여긴 어떻게……."

"어떻게는 어떻게야. 도 사장한테 듣고 왔지."

말투도 얼굴도 까칠한 게 영혜는 몹시 피곤해 보였다. 서우가 앉아 있던 침대 옆 수납함 위에 들고 있던 가방을 탁 소리 나게 내려놓으며 영혜가 단도직입적으로 물었다.

"도 사장 하는 말이 다 사실이야?"

"네……?"

"너 대체 무슨 짓을 하고 다니는 거니?"

그가 무슨 얘기를 어디까지 했는지 몰라 서우는 그저 물끄러미 영혜를 올려다보기만 했다. 영혜는 그런 서우가 속 터진다는 듯 미간에 잔뜩 주름을 잡고 크게 혀를 찼다.

"너는 어떻게 된 애가 뭘 물으면 한 번에 대답하는 법이 없어?"

"……."

"너 진짜 남자 만나?"

서우는 입을 꾹 다물고 눈을 내리깔았다. 그 모습을 지켜보던 영혜가 잠시 후 기가 막힌다는 듯 헛웃음을 터트렸다.

"너 생각이 있는 애니, 없는 애니? 속도 좋다. 지금 집이 이 꼴인데 연애 같은 거 할 생각이 들던?"

"……."

"이래서 죽은 사람만 불쌍하다는 거야."

"엄마……."

"남자를 만나도 좀 제대로 된 사람을 만날 수 없어? 어디서 그런 미친놈을 만나? 도 사장 얘기 들어 보니까 아무짝에도 못 쓸 인간 같던데. 내가 밤새 팔 빠지게 뚝배기 나르고 아침부터 그런 얘기나 들어야겠어?"

"……."

"경찰까지 왔다면서. 도 사장이 네 얼굴 봐서 고소는 안 한다는 거, 내가 그럴 필요 없다 했다."

"경찰이 왔다고요?"

서우가 흠칫 놀라 내내 푹 처박고 있던 고개를 들었다.

"그럼 그런 미친놈이 집 안까지 들어와 설치는데 불러야지, 안 불러?"

"혀, 형부가 고소하겠대요?"

"해야지."

서우의 입에서 참고 있던 숨이 터졌다. 영혜가 속사포처럼 이 와중에 남자나 만나고 다니는 정신머리와 그도 모자라 그런 무식한 폭력배를 고르는 서우의 안목을 비난했다.

"그, 그런 사람 아니에요……. 어제는, 어제는 상황이 좀 그랬는데 정말 그런 사람 아니고……."

"아니긴 뭐가 아니야? 얘가 정말 정신이 빠졌나, 지금 어디서 그런

놈 편을 들어. 너 정말 그놈 계속 만날 건 아니지?"

침묵이 답이었다.

"당장 끝내."

"엄마."

"아니면 도 사장이 안 한대도 내가 고소할 거다."

"엄마……!"

서우가 떨리는 눈으로 영혜를 올려다보았다.

"왜 그런, 그렇게만 말씀하세요……. 어제 진짜로 무슨 일이 있었는지도 모르시면서…… 그 사람이 왜 그랬는지 들어 보시지도 않고……."

"더 듣고 말고 할 게 뭐 있어? 하나만 봐도 열을 알지."

"……."

"어디서 그런 쓰레기를. 남자 때문에 집 한 번 말아먹은 것도 모자라? 나더러 두 번이나 그 꼴을 보라고?"

"쓰레기 아니에요. 저한테 과분한 사람이에요."

서우가 소리쳤다. 어느새 벌겋게 붉어진 눈동자에 맑은 물막이 맺히기 시작했다.

"형부가 싫어해서죠."

영혜는 아무 말도 하지 않았다. 서우가 이를 악물었다.

"엄마 진짜 그 사람에 대해 아무것도 모르잖아. 그냥 형부가 싫어하니까 그러시는 거잖아요."

심장이 점점 빠르게 뛰었다. 서우는 가쁜 숨을 어떻게든 가누려

323

애를 썼다. 목구멍에서 학학 소리가 새어 나왔다. 서우가 영혜에게 몸을 내밀며 애원하듯 그녀의 손을 잡았다.

"엄마, 형부한테 기대하지 마요. 형부 이제 우리 가족 아니에요."

"무슨 소리야? 또."

"아니, 어쩌면 예전에도 아니었을지도 몰라요."

"얘가 점점."

"그러니까 이제 그만 인정해요, 엄마도……."

서희도 분명 처음 선택은 자신이 했을 것이다. 하지만 가족의 이런 태도가 이후에라도 아무런 압박이나 짐이 되지 않았다고 누가 말할 수 있을까.

"형부, 아니, 도윤성 씨 우리 가족 아니에요."

"네가 정말 남자한테 미쳐서 정신이 나갔구나?"

영혜가 서우의 손을 휙 뿌리쳤다.

"도 사장, 아니, 도 서방이 우리한테 어떻게 했는데! 사람이면 은혜를 알아야지. 너는 염치도 없어? 그런 사람을 이제 와 남이라고 해? 얘가 점점 왜 이렇게 변해? 지금 네가 만난다는 그 남자 때문이야?"

"엄마."

"길게 말할 거 없어. 너 당장……."

자리를 뜰 것처럼 가방을 집어 들던 영혜가 그 아래 놓인 무언가를 발견하고 우뚝 멈췄다.

"……이게 뭐니."

영혜가 집어 든 것은 보통의 A4용지 같았다. 서우도 그게 뭔지 몰 랐다. 그런 게 거기 있는 줄도 몰랐다. 병실 사용 안내라도 되는가 싶어 쳐다보던 서우는 곧 제일 앞면에 타이핑된 글자를 보고 일순 숨이 멎는 것 같았다.

"아."

어제 윤성이 건넨 스폰 계약서였다.

"이게 뭐야?"

영혜의 손끝이 조금 떨리는 듯했다. 크게 부릅뜬 영혜의 눈을 보던 서우가 숨을 한 번 내쉬고 천천히 말했다.

"그게 이제 도윤성 씨와 우리가 가족이 아닌 이유예요."

"……."

"전에도 가족이 아니었던 이유기도 하고요."

무슨 뜻인지 영혜는 알아들은 듯했다. 혼탁해진 눈동자에 핏발이 잔뜩 섰다.

"그래서."

"……."

"왜 안 되는데."

영혜의 것 같지 않은 뒤틀리고 쉰 목소리가 흘러나왔다. 서우는 그 얇고 메마른 입술을 멍하니 쳐다보았다.

"너, 너 설마 이걸 거절했니?"

서우가 영문을 모르겠다는 표정으로 영혜를 바라보며 눈을 몇 번 깜빡였다.

"엄마."

부름에 영혜는 대답하지 않았다. 순간 벼락같은 깨달음이 서우를 덮쳤다.

"엄마……."

서우의 입술이 파랗게 질리고 오한이 들었다. 병원복을 입은 몸 전체가 덜덜 떨리기 시작했다.

"엄마!"

"왜! 그럼 나더러 어쩌라고? 내가 알았을 땐 다 끝난 뒤였는데!"

영혜가 표독스럽게 소리를 질렀다. 핑계가 아니었다. 영혜가 서희와 윤성의 진짜 관계를 알게 됐을 땐 이미 그들이 결혼을 하고도 한참이나 지난 뒤였다.

"어떻게 그런 말을 해요……?"

서우가 부들부들 떨리는 목소리로 말했다. 어느새 눈물이 버거울 정도로 뚝뚝 떨어져 앞이 제대로 보이지 않았다.

"어쩌란 말이냐고요?"

"……."

"엄마, 엄마잖아."

"……."

"당연히 혼냈어야지. 왜 그랬냐고 야단쳤어야지!"

"너네가 어디 내 말 듣는 애들이니?"

영혜가 맞받아 소리를 질렀다.

"다들 제멋대로 해 놓고 왜 나한테 난리들이야? 다 니들 하고 싶은 대로 한 거잖아. 내가 그런 결혼 하라고 떠밀었어? 내가 너 억지로 결혼시켰어? 다 니들이 좋아서 해 놓고 왜 나한테 그래?"

영혜가 미친 사람처럼 악을 썼다. 서우도 맞받아 엄마! 하고 소리를 질렀다. 단 한 번도 엄마에게 언성을 높이기는커녕 말대꾸조차 해 본 적 없던 서우였다. 그런 서우가 있는 힘을 다해, 태어나 첫울음을 터트리는 아이처럼 필사적으로 목청이 터져라 부르짖었다.

"엄마!"

"……."

"엄마, 엄마, 엄마!"

나 아픈대. 지금 병원에 있잖아. 엄마 여기 들어선 뒤로, 내 얼굴 본 뒤로 한 번도 어디가 아프냐, 왜 아프냐 묻지 않았어. 어제 무슨 일이 있었는지, 그런 일이 있었는데 놀라진 않았냐고 걱정하는 척도 하지 않았어.

"……나한테, 흐흡, 어, 언니한테 어떻게 그럴 수 있어?"

온몸이 쥐어짜지는 것처럼 고통스러웠다. 탄성 한계를 넘어 버린 심장이 영원히 찢긴 채 결코 회복되지 않을 것 같았다. 어딘가 고장 나 버린 것처럼 쉴 새 없이 눈물이 흘러나왔다.

"지금 그게 급한 게 아니잖아."

"……그럼 뭐가 급한데?"

엄마한텐 언제 내가 급한 일이 되는데?

"죽을 때까지…… 그런 일은 없을 거야."

"······."

"내가 죽을 때까지 기다려도 엄마는 그럴 거야······."

서우가 덜덜 떨리는 턱을 들고 어떻게든 몸을 가누려 애를 썼다. 가슴이 찢어질 듯 아팠다. 뭐가 이렇게 서럽고 서운하고 속상한지 모르겠다. 무슨 기대가 남았다고. 더 바랄 게 뭐가 있다고.

"나 형부, 아니, 도윤성 씨와 인연 끊을 거예요."

"뭐?"

"그리고 엄마와도 끝이야."

"······."

"이 시간 이후로 나한테 연락하지 마세요."

"너 지금 그걸 협박이라고 하니?"

영혜가 차가운 비웃음을 떠올렸다.

"마침 잘됐다 싶지? 이참에 나만 나쁜 년 만들어서 너만 쏙 빠져나가면 되겠다 싶지?"

서우는 대답하지 않았다.

"그래 봐야 너도 내가 낳은 내 딸이야. 너한테 세상에 나 말고 누가 또 있는 줄 아니?"

"······."

"너한텐 아무도 없어. 태어날 때부터 그랬으니까."

영혜는 그렇게 말하고 몸을 돌려 걸어 나갔다. 가방을 꽉 쥔 손등이 하얗게 질려 있었다. 문을 나서며 그 옆 벽에 기대서 있던 태경과 스쳤지만 거기 사람이 있는지 알아보지도 못하는 눈치였다.

그 뒷모습을 차갑게 지켜보던 태경이 휴대폰을 꺼내 누군가와 짧게 통화를 하고는 곧 병실 안으로 들어가 서우를 안아 들었다.

"서우야."

가자, 집에.

10

태경은 그 길로 곧장 서우를 덜렁 안아 들고 병원을 나섰다. 앞 범
퍼가 망가져 공업사에 들어간 SUV 대신 끌고 온 검은색 세단에 서
우를 태우고 벨트를 채웠다.

눈물은 이미 그쳤지만 서우의 얼굴은 물론 목까지 이미 흘린 눈물
콧물로 엉망이었다. 손수건을 꺼낸 태경이 조심스러운 손길로 서우
의 얼굴을 꼼꼼히 닦았다. 얼굴이 깨끗해지자 제 손은 티슈로 대충
문지른 태경이 뒷좌석에 있던 담요를 가져다 서우의 몸 위를 덮었
다. 조수석 의자 등받이까지 편하게 조절해 준 다음에야 차를 출발
시켰다.

태경도 말이 없었고 서우도 말이 없었다. 20분 남짓 달리는 동안 서우는 태경이 어째서 다시 병원에 나타났는지, 회사는 어쩌고 여기 이러고 있는지, 지금 어디로 가는지 아무것도 묻지 않았다.

낯선 차에 실려 난생처음 보는 아파트 출입구로 진입했을 때도, 입주 카드를 패드에 인식시켜야 불이 들어오는 엘리베이터에 들어섰을 때도 지친 얼굴로 눈만 한 번 깜박였을 뿐이었다.

키패드로 문을 열고 현관에 들어선 태경이 서우의 신발을 벗기고 저도 아무렇게나 발을 탈탈 털어 신발을 벗어 던진 후, 안으로 들어갔다. 짧은 복도를 지나자 갑자기 나타난 탁 트인 공간에 눈이 환해지는 것 같았다.

층고가 높은 복층형 아파트였다. 한쪽 면 전체가 통유리로 이루어진 거실 왼쪽엔 주방이 있었고 오른쪽엔 위층으로 통하는 나무 계단이 있었다. 태경이 거실 소파 위에 서우를 내려놓자 푹신한 가죽이 서우의 형태대로 우묵해졌다.

"잠깐 앉아 있어."

그렇게 말하고 잠시 자리를 떴던 태경이 금세 다시 돌아왔다. 재킷을 벗고 와이셔츠의 단추를 푼 그가 소매를 걷어 보기 좋게 근육이 잡힌 팔뚝을 드러내며 말했다.

"목욕부터 하자."

태경이 또 서우를 달랑 안아 들고 욕실로 들어갔다. 어두운 빛의 타일이 깔린 널찍한 욕실엔 커다란 자쿠지 욕조가 설치돼 있었고 벌써 반 정도 채워진 온수가 지금도 수도꼭지에서 흘러나와 수면을 차곡차곡 높이고 있었다. 그 덕에 욕실 안은 훈기로 가득했다.

태경은 욕조 가장자리에 서우를 앉혀 놓고 무심한 손길로 옷을 벗겼다. 다 벗긴 다음엔 팔꿈치를 넣어 물 온도를 확인하고 자쿠지 버튼을 눌러 거품이 보글보글 이는 욕조에 서우를 앉혔다. 목욕물에 아로마 오일을 몇 방울 떨어트리고 제가 처음 해 준 그대로 구기고 있는 서우의 팔다리를 펴서 편한 자세를 취하게 한 다음, 미리 가져다 놓은 물컵을 내밀었다.

"물 좀 마셔."

서우는 고분고분 태경이 제 턱 밑에 들이미는 컵의 빨대를 물고 미지근한 물을 몇 모금 삼켰다. 서우가 그렇게 인형처럼 가만히 있는 동안, 태경은 홀로 분주히 움직였다.

서우의 머리를 감기고 거품으로 몸을 문지르고 굳은 어깨와 팔다리의 관절을 주물러 부드럽게 만들었다. 그렇게 한참을 하자 핏기 하나 없이 창백했던 서우의 두 뺨이 불그스름하게 달아오르기 시작했다. 더 할 필요가 없을 때까지 태경은 몇 번이나 반복해서 정성껏 서우의 몸을 마사지했다.

물이 미지근하게 식었을 때쯤에야 태경이 서우를 건져 내어 수건으로 물기를 닦고 가운을 입혀 다시 거실로 데려갔다.

"졸려?"

욕실에서부터 눈동자가 가물가물하던 서우의 고개가 끝내 툭 떨어졌다. 꾸벅꾸벅 졸기 시작한 서우를 소파에 살짝 기대 놓고 태경이 젖은 옷과 수건을 빨래통에 버린 후 헤어드라이어를 가져왔다.

"머리만 말리고 자자, 응? 안 그러면 감기 걸려."

태경이 서우를 끌어다 등을 돌린 채 제 다리 사이에 앉혔다. 자꾸만 꺾이는 고개를 몇 번이고 추켜올리며 차근차근 머리를 말렸다. 머리를 말리는 동안 잠이 깨면 뭘 좀 먹으려고 했는데 서우는 오히려 더 깊이 잠들어 버렸다. 요란한 드라이어 소리 따위에도 아랑곳하지 않는다는 듯 잠 속으로 도망쳐 버렸다.

어쩔 수 없다는 표정이 된 태경이 서우를 안아 들고 위층으로 통하는 계단을 올랐다. 아래층엔 거실과 주방, 서재가 있었고 침실은 위층이었다.

하얀 시트가 깔린 침대 위에 서우를 눕히고 창문의 커튼을 꼼꼼히 닫아 빛이 들어오지 않게 한 다음, 태경은 저도 이불을 들치고 서우의 옆자리에 누웠다. 금방 목욕을 해서인지 서우의 몸이 뜨끈뜨끈했다. 갓 구운 빵처럼 보드랍고 따뜻한 몸을 한 품 가득 끌어안고 태경이 깊이 숨을 들이쉬었다.

"……."

어제 윤성의 집을 나오며 챙긴 계약서를 서우의 병실에 둔 건 다름 아닌 태경이었다.

늘 가족을 이용해 서우를 옥죄어 온 도윤성이라면 이번에도 다르지 않을 거라 생각했고, 그 계약서를 서우와 영혜 모두가 함께 볼 수 있는 곳에 둔 건 서우에게 제 엄마란 사람의 실체를 똑바로 보게 하려는 의도만 있었던 건 아니었다. 김서우의 생물학적 엄마라는 사람에게 태경이 주는 마지막 기회이기도 했다.

하지만 영혜는 지금까지 했던 그대로, 전혀 달라진 게 없는 선택을 했다. 그리고 그 선택이 지금까지 그랬듯 앞으로 그녀 자신의 삶을 바꿀 터였다.

"으음……."

생각에 잠겨 저도 모르게 팔에 힘이 들어갔는지 서우가 작게 끙끙거리며 미간을 찌푸렸다. 태경이 얼른 힘을 풀고 거리를 약간 벌리자 서우가 무의식중에도 머리를 비비며 태경의 품을 파고들었다.

태경이 서우의 허리를 감아 제게 바짝 끌어당기고 마른 등을 조심스럽게 쓰다듬었다. 불현듯 애정을 넘어선 묘한 보호 본능 같은 것이 솟구쳤다. 이대로 이 작은 몸을 세상으로부터 감추고 아무도 못 보게 하고 싶었다. 어떤 날카롭고 뾰족한 것도 상처 하나 내지 못하게 제 몸속에 집어넣고 내놓고 싶지 않았다.

수면제와 술 없이는 잠도 잘 이루지 못했다면서 뭐가 그렇게 힘들고 지쳐 죽은 듯이 늘어져 있는지.

아기처럼 숨소리조차 크게 내지 않고 잠들어 있는 얼굴을 보자니 가슴이 미어졌다. 병실 밖까지 새어 나오던, 처음으로 제 엄마에게 원망을 토해 내던 가냘픈 절규를 떠올리면 짜릿한 전율이 일다가도 어쩔 수 없이 마음이 시렸다.

'너를 어쩌면 좋을까.'

하지만 이대로 충분치 않다는 것도 태경은 알고 있었다. 머리로는 알지만 주저하게 되는 것도 어쩔 수 없었다.

서우가 눈을 떴을 때는 그러고도 한참이 지난 뒤였다. 그대로 누워 눈만 굴려 낯선 방을 둘러보았다. 널찍한 방엔 저 혼자밖에 없었고 반쯤 열린 커튼 사이로 새벽빛인지 저녁놀인지 모를 빛이 어슴푸레하게 들어오고 있었다.

"……선배?"

꿈도 없이 긴 잠을 잤다. 자신이 지금 어느 공간, 어느 시간에 있는지 파악이 되지 않았다. 서우가 태경의 이름을 부르며 부스스 상체를 일으켰다. 그것만으로도 힘이 죽 빠지는 것 같아 긴 숨을 후 내쉬며 손바닥으로 심장 부근을 눌렀다.

"아……."

그제야 제가 가운 하나만 입고 있다는 것을 깨달은 서우가 괜히 얼굴을 붉히며 가운 자락을 추슬렀다. 그러면서 혹시 근처에 제 옷이 있나 찾아보았지만 없었다. 방 한쪽 구석에 옷장처럼 보이는 붙박이장이 있긴 했지만 거기 제 옷이 있을 것 같진 않았다.

그쯤 돼서야 방 안 풍경이 제대로 눈에 들어왔다. 서우는 제 몸을 덮고 있는 구름처럼 희고 폭신한 이불을 내려다보았다. 하얀 시트도 베개도 뭐가 묻을까 걱정될 정도로 하얬다. 그렇다고 무균실처럼 마냥 살풍경하지는 않았다.

레이스가 달린 침대 커버와 잔꽃 무늬 자수가 놓인 커튼, 연한 푸른색 벽지가 발린 벽은 하얀 몰딩으로 장식되어 전체적으로 깔끔하면서도 로맨틱한 분위기를 내고 있었다. 커다란 침대와 세트로 보이는 원목 장식장 위엔 양초가 놓인 쟁반이 있고 꽃병엔 신선한 꽃까지 꽂혀 있었다.

이렇게 간질거리는 것은 어느 모로 보나 태경의 취향은 아니었다. 서우는 대체 그가 저를 어디로 데려온 건가 한층 더 궁금해졌다.

차림새가 신경 쓰였지만 계속 이러고 있을 수도 없으니 아무튼 일어나긴 해야겠다는 생각에 서우가 침대 밖으로 몸을 내밀었다. 바닥을 딛고 몸을 세우는 순간 핑, 하고 어지럼증이 밀려와 그만 쿵 주저앉고 말았다.

"아⋯⋯."

그때 밖에서 다급한 발소리가 들려오더니 문이 활짝 열리고 태경이 들어왔다. 넘어져 있는 서우를 보고 놀란 얼굴이 된 그가 허겁지겁 달려와 서우를 부축했다.

"왜 그래?"

"선배⋯⋯."

"왜 쓰러진 거야? 어디 아파?"

"아뇨, 그냥 잠깐 어지러워서⋯⋯."

괜찮다고 해도 태경은 계속해서 서우의 열을 재고 안색을 살피고 맥을 짚는 등 부산을 떨었다. 한참을 그러다 겨우 큰 문제는 없다고 판단했는지 어깨에 힘을 빼며 옅게 한숨을 쉬었다.

"사람 좀 그만 놀라게 해라."

태경이 서우의 이마를 손가락으로 아프지 않게 톡 튕기며 핀잔을 주었다.

"내가 너 때문에 제 명에 못 살겠다."

무슨 말을 해야 할지 몰라 그를 가만히 올려다보던 서우가 작게 죄송해요, 한마디 했다. 그게 뭐가 웃긴지 픽 소리 내 웃은 태경이 배가 고파서 다리에 힘이 풀린 거냐며 놀렸다.

"그럴 만도 하지. 잠을 그렇게 잤으니."

태경이 서우의 이마에 입을 맞추고는 밖에 밥 차려 놨다며 나가자고 서우를 일으켰다. 서우가 시선을 내려 제 팔목을 붙잡은 손목에 찬 시계를 보았다. 7시가 조금 못 된 시각이었다. 막 퇴근을 하고 온 길인지 태경은 와이셔츠에 넥타이를 맨 차림이었다.

"아, 벌써 시간이 이렇게……."

많이 자긴 했다는 생각에 서우가 낯을 붉혔다. 병원을 나온 게 오전이었는데 하루 종일 잤다. 결국 출근도 못 했다. 그 당황하던 모양을 가만히 보던 태경이 입을 열었다.

"출근은 오늘도 못 할 텐데."

"네?"

"지금 아침 7시야. 난 퇴근한 게 아니고 출근 준비하는 중이었고."

서우가 살짝 입을 벌린 채 멍하니 태경을 올려다보았다.

"네가 먹을 건 저녁밥이 아니라 아침밥이고."

이러고 있을 시간 없다며 태경이 다짜고짜 서우를 잡아끌고 방을 나섰다. 올라온 기억도 없는 계단을 내려가 서우가 식탁 앞에 앉자마자 태경이 그 앞에 뭔가를 턱 내려놓았다.

"자, 이거 먹고 다시 올라가 자."

서우가 어안이 벙벙한 표정으로 커다란 대접에 담긴 김이 모락모락 올라오는 전복죽을 바라보았다.

"남기지 말고 다 먹고 약 챙겨 먹어. 약봉지는 식탁 옆에 있어. 점심은 냉장고 안에 있으니까 데워 먹기만 해. 설거지는 그냥 놔두고. 그럼 나 다녀올게."

"아니, 선배. 잠깐만……."

"왜, 늦었어. 나."

"아, 근데 저……."

"아 참, 너 병가 냈어. 그렇게 알고 일단 쉬고 있어. 회사 걱정은 하지 마. 현 과장이 다 알아서 처리했으니까. 옷은 침실 옷장에 보면 적당한 게 있을 거니까 불편하면 갈아입고. 어차피 올 사람도 없으니까 아무거나 입고 있어도 별 상관은 없을 거야."

속사포처럼 제 할 말만 늘어놓은 태경이 재킷을 입고 코트를 한 팔에 걸친 채 가방을 들고 빠른 걸음으로 현관으로 갔다. 정말 그대로 나가 버릴 것 같은 기세라 서우가 벌떡 일어나 그 뒤를 쪼르르 따라갔다.

"아니, 선배. 잠깐만요……."

"응, 그래. 편하게 있어. 퇴근하고 바로 올게."

태경이 서우의 입술에 쪽 입을 맞추고 힘주어 한 번 끌어안더니 서우가 뭐라 할 새도 없이 나가 버렸다. 닭 쫓던 개처럼 우두커니 현관 앞에 서 있던 서우는 하릴없이 다시 돌아서는 수밖에 없었다.

뭐가 뭔지 하나도 모르겠어서 잠시 멍하니 있다가 일단 시킨 대로 식탁 앞에 앉아 죽을 다 먹고 약을 먹었다. 그런 다음 양치질을 하고 세수를 하니 정신이 좀 드는 것 같았다.

"대체……."

여기가 어딘지 말도 안 해 주고 제 가방이며 휴대폰이 어디 있는지도 가르쳐 주지 않았다. 집 안엔 전화는커녕 텔레비전도 없고 시계조차 없었다. 밖에 나가 보려 해도 지갑도, 신발마저 없었다. 아예 외부와 차단된 거나 다름없었다.

서우는 한동안 이곳저곳을 헤매며 제 물건을 찾아보았지만 보이지 않았다. 소유주가 누군지 확실치도 않은 집을 함부로 헤집고 다닐 수도 없어 그쯤에서 포기하고 태경이 말한 옷장으로 갔다. 아무도 없어도 가운은 익숙하지 않아 어색하고 불편했다.

옷장 문을 연 서우는 더 영문을 알 수 없는 기분이 됐다. 안쪽엔 제 사이즈의 여자 옷이 가득 걸려 있었다.

'이걸……'

진짜 입어도 되나 싶어 조금 망설이다 결국 옷을 다 입고 거실로 내려갔다. 아무것도 할 일이 없어 아무것도 안 하고 있자니 또 졸음이 왔다. 저도 모르게 꾸벅꾸벅 졸던 서우가 비척비척 소파로 걸어가 쓰러지듯 누웠다. 그렇게 오전 내내 자다가 오후 느지막이 일어나 점심을 먹고 약을 먹었다. 하루 종일 그 외엔 아무것도 한 일이 없었다.

* * *

─고객께서 전화를 받을 수 없습니다. 다음에 다시 걸어 주십시오.

벌써 몇 번째 듣는 안내 음성이었다. 통화를 종료한 윤성이 그대로 휴대폰을 내려놓았다. 생각에 잠긴 얼굴로 한동안 조각상처럼 꼼짝도 않던 그가 자리에서 일어나 객실의 미니바로 향했다. 냉장고에서 캔 맥주 하나를 꺼내 단숨에 비우며 생각보다 제가 목이 많이 말랐음을 깨달았다.

어제 마지막으로 통화한 이후, 영혜가 계속 전화를 받지 않았다.

이런 일은 지금까지 단 한 번도 없었다. 이유가 짐작이 가지 않는 바는 아니었지만 영혜가 이런 식으로 행동할 줄은 몰랐다. 김서희조차 눈감았던 사람이다. 그 알량한 모성애가 이제 와 새삼 김서우를 상대로 발동될 리도 없을 텐데.

그렇다고 한들 윤성은 영혜를 비난할 마음은 눈곱만큼도 없었다. 세상 사람의 얼굴이 모두 다른 것처럼 모든 엄마가 다 같은 방식으로 자식을 사랑하지 않는다.

알게 모르게 이런 식으로 영혜를 길들여 온 것도 윤성이었다. 영혜는 유혹에 약하고 불안이 많은 사람이라 휘두르기 쉬웠다. 서희와 서우, 영혜 중 가장 길들이기 쉬운 게 영혜였고, 반대로 가장 약해 보이는데 가장 마음대로 안 되는 게 서우였다.

"그에게 가려고?"

태경이 문을 부수고 정원으로 들어온 것을 보자마자 서우는 곧장 뒤돌아 방을 나가려 했다. 제 앞을 가로막는 윤성도 눈에 보이지 않는 듯했다. 둘은 서재 안에서 짧은 몸싸움을 벌였다. 가쁜 숨을 몰아쉬며 몸부림치는 서우의 두 팔을 단단히 붙잡아 결박하며 윤성도 숨을 헐떡였다.

"서태경한테 가서 뭘 어쩌겠다는 거야? 그 남자라고 뭐 다를 것 같아?"

윤성이 두 팔과 다리로 서우의 몸을 짓누르며 사납게 중얼거렸다. 이마엔 땀이 송골송골 맺혀 있는데도 서우의 몸은 차갑기만 했다. 창백한 안색에 입술도 퍼렇게 핏기를 잃어 갔다.

"어차피 다 못 믿을 사람이고 다 변할 마음이야. 얌전히 내 손 잡아. 계약서에 사인만 하라고."

그 딱딱하게 굳은 몸을 억누르며 흥분하는 스스로에게 윤성은 놀라고 말았다. 윤성은 강압적인 관계에 흥미를 느끼는 타입은 아니었다. 고분고분하고 순종적이며 적극적인 상대에게 어디까지나 봉사를 받고 그에 맞는 대가를 지불하는 게 그가 아는 관계였다.

윤성은 거칠어지지 않기 위해, 선을 넘지 않기 위해 온 힘을 다 써야 했다.

"이게 마지막 기회야. 이대로 그에게 가면 너 후회할 거야. 반드시 그럴 거라고."

서우가 눈을 깜박이며 윤성을 올려다봤다. 물기 어린 갈색 눈동자에 온갖 감정이 다 담겨 있었다. 슬픔과 혼란, 후회와 망설임, 의문과 두려움. 하지만 거기에 자신을 위한 슬픔은 없었다. 김서우는 스스로를 연민할 줄 몰랐다. 그게 그의 약점이자 강점이었다.

"어떻게……."

서우가 윤성과 똑바로 눈을 맞추며 입술을 달싹였다.

"어떻게 후회를 안 하고 살 수 있어요?"

"뭐?"

"어떻게 살면서 후회를 안 할 수가 있냐고요."

그 말을 듣는 순간 윤성은 저도 모르게 손에 힘이 풀렸다. 동시에 자신이 김서우를 왜 그렇게 갖고 싶어 했는지 어렴풋이 알 것같았다.

구겨진 캔을 쓰레기통에 던져 넣고 윤성이 창가로 걸어갔다. 서태경의 변호사는 윤성이 요구한 것보다 더 높은 등급의 호텔 스위트룸을 제공했다. 부서진 집의 대문과 거실 창이 수리될 때까지는 물론, 마음이 가라앉을 때까지 얼마든지 머물러도 좋다고 했다.

경찰을 부른 건 순전히 심술로, 윤성은 애초부터 이번 일에 공권력을 과도하게 개입시킬 생각은 없었다. 어차피 서태경 정도라면 얼마든지 빠져나갈 수 있을 테니 쓸데없는 소모전만 될 터였다.

서태경은 윤성이 당초 예상했던 것보다 더 대단한 뒷배를 가지고 있었다. 모친 쪽은 단순히 돈푼깨나 있는 그저 그런 집안이었지만 부친 쪽은 차원이 달랐다. 부친이 워낙 여성 편력이 심해 일찌감치 집안 어른들의 눈 밖에 났다지만 실세인 조부는 서태경을 꽤 아끼는 모양으로, 부친과 거의 왕래가 없다시피 한 태경도 조부와는 나름 돈독했다.

창밖을 내다보던 윤성이 한 번 더 영혜에게 전화를 걸었다. 받지 않을 걸 알면서도 전화를 거는 것은 매달리는 것과 다름없었다. 윤성은 지금껏 간절할 정도로 뭔가를 바란 적이 없었다. 원하는 건 무엇이든 손만 까딱하면 얻을 수 있었고 간혹 뜻대로 안 되는 게 있어도 털고 돌아서면 그만이었다.

문득 그는 궁금해졌다. 만약 이게 진심이란 거라면, 한 사람이 다른 사람에게 진심이 된다는 건 어떤 의미인지.

"진심이라……."

윤성이 중얼거리며 주머니에 손을 넣어 안에 든 것을 꺼냈다. 한 손에 쥐면 보이지 않을 만큼 작고 납작한 그 물건은 박수영과 김서희가 사망한 날의 영상이 담긴 차량 블랙박스 메모리였다.

* * *

태경은 제가 한 말대로 퇴근 시간이 되자 곧장 귀가했다. 그때까지 소파에서 졸고 있던 서우를 깨워 밥을 먹이고 다 먹자마자 곧장 침대로 데려갔다.

서우는 제 휴대폰과 가방에 대해 묻고 싶었지만 오늘따라 태경이 유난히 집요하고 거칠게 구는 바람에 입을 열 기회가 없었다. 일이 다 끝난 후엔 완전히 녹초가 돼서 태경이 샤워실로 데려가 씻겨 주는 것도 모르고 잠들고 말았다.

다음 날 아침엔 태경이 늦지 않게 서우를 깨웠다. 태연하게 차려 놓은 밥을 먹고 같이 나가자 하기에 서우는 당연히 출근을 하나 보다 했다. 옷장 안에서 태경이 꺼내 준 바지와 니트, 코트를 입고 현관으로 가니 어제까지만 해도 없던 새 구두가 있었다. 이 역시 제 발에 꼭 맞았다.

"선배, 저 휴대폰이랑 가방……."

"늦었어. 일단 나가."

"저 그럼 회사 가기 전에 저희 집에 한 번 들렀다 가야 될 것 같은데요. 그냥 근처 지하철역에 세워 주시면……."

"늦었어. 나중에 얘기해. 나 지금 늦었다고 세 번째 말하는 거야."

태경은 서우의 입을 막고 현관을 나섰다. 거의 이틀 만에 서우는 집 밖으로 나올 수 있었다. 오는 길에도 분명 봤을 텐데 전혀 기억이 나지 않는 엘리베이터를 타고 지하로 가니 역시나 낯선 차들이 즐비한 낯선 주차장이 나왔다.

태경이 머뭇거리는 서우 곁을 지나쳐 날렵하게 빠진 검은색 세단 앞에 멈춰 섰다. 티끌 하나 없이 반짝거리는 차와 그 옆에 비슷하게 어두운색 봄 코트를 입고 선 사람이 기막히게 어울려서 서우는 잠시 말문이 막혔다.

"이 차는……."

조수석에 올라타 차 내부를 둘러보는 서우에게 태경이 차 수리가 끝날 때까지만 렌트한 거라고 대답했다. 그러기엔 방향제며 이런저런 액세서리들이 너무도 태경 취향이었지만 서우는 더 묻지 않았다.

"선배."

"응?"

"제 휴대폰이랑 가방……."

"아, 그거 말인데……."

태경이 난처하다는 듯 서우를 흘깃 보았다.

"그날 병원에서 나오면서 잃어버린 것 같아."

나중에야 알고 전화도 걸어 보고 찾아가 보기도 했지만 없더라고 태경이 미안하다고 사과했다. 서우가 아니라고 고개를 저었다. 애초에 제 물건이니 제가 챙기는 게 맞았다. 퇴원 수속도 태경이 다 했을 텐데.

그래도 휴대폰이 없으면 안 되니 오늘 퇴근하고 휴대폰 매장에 가 보자고 생각했다. 퇴사가 결정 난 이후 팀에서 서우에겐 야근을 시키지 않으니 오늘도 정시에 퇴근할 수 있을 터였다.

따지고 보면 사흘 만인데 서우는 아주 오랜만에 출근하는 기분이 들었다. 업무 분장은 어떻게 됐을까. 서우가 떠나면 공석이 생길 텐데 새 인턴이 들어오는 건가. 아니면 기존 직원이 이동을 하게 될까.

"저기, 서우 씨. 이거 내가 괜히 하는 말 같기는 한데……."

퇴사 얘기 끝에 현진우가 아주 많이 망설이다가 넌지시 한마디를 했었다.

"혹시 서 팀장님한테 말씀 좀 드려 보면 어때요."

그가 알기로 개발부서 쪽에 지속적으로 사무 인력 충원 요청이 있었다고 했다. 그게 받아들여진 게 얼마 전이고 아마도 계약직 형태로 고용할 것 같은데, 서 팀장이라면 충분히 인원 선발 권한이 있을 거라고.

하지만 서우는 아무 의욕도 느껴지지 않았다. 그때나 지금이나 태경에게 어떤 말도 할 생각이 들지 않았다. KG와 서우의 인연은 여기서 끝나는 게 맞는 것 같았다.

서우가 고개를 돌려 태경을 바라보았다. 운전대를 잡은 옆얼굴에 아침 햇살이 찬란하게 빛났다. 아무리 봐도 익숙해지기는커녕 볼 때마다 감탄하게 되는 얼굴이다. 서우는 홀린 듯 그에게서 눈을 떼지 못했다. 분명 바로 손만 뻗으면 닿을 거리에 있는데 저 먼 곳에서 투영된 환상처럼 현실감이 없었다.

"뭘 그렇게 봐?"

태경이 서우 쪽은 돌아보지도 않고 덤덤하게 물으며 불쑥 손을 뻗어 서우의 손을 잡았다.

"그렇게 잘생겼어?"

서우는 그냥 웃고 말았다. 태경은 서우의 손을 잡은 채로 운전을 했다. 기분이 좋은지 드물게 콧노래까지 흥얼거렸다. 속으로 따라 부르던 서우는 문득 바깥 풍경을 보고 고개를 갸웃했다. 눈을 씻고 봐도 회사로 가는 길은 아니었다.

"선배, 여기가 어디예요?"

주도로를 빠져나와 막 외길로 접어드는 것까지 보고 있던 서우가 태경을 돌아보며 물었다. 태경이 대답 대신 턱짓으로 앞을 가리켰다.

"병원은 왜요? 나 회사 가야 되는데."

서우의 음성이 당황한 듯 약간 튀었다. 당황에 이리저리 방황하던 눈동자가 휙 태경에게 고정됐다.

"선배, 어디 아프세요?"

"아니, 난 건강해. 아, 말 나온 김에 나중에 집에 가면 건강 검진 결과표 보여 줄게."

"그런데 왜……?"

"네 건강 검진표도 내가 봐야겠으니까."

"……."

"왜 그런 표정이야? 애초에 난 회사 간다고 한 적도 없었어."

서우는 자신이 무슨 표정을 짓고 있는지 알 수 없었다. 태경이 피식 웃으며 서우의 손을 잡고 있던 손에 힘을 더 꽉 주었다. 착하게 진료 잘 받으면 끝나고 맛있는 걸 사 주겠다며, 태경이 순진한 아이를 꼬드기는 악당처럼 속삭이며 서우의 볼에 쪽 하고 입을 맞췄다.

각종 검사가 끝나고 드디어 서우가 풀려난 시각은 오후가 훌쩍 지나서였다. 결과를 기다려야 할 검사도 있었지만 저혈압과 빈혈, 영양실조 외에 큰 이상은 없다고 했다. 의사와 상담이 끝나고 태경이 서우를 먼저 내보냈다.

병원은 늘 사람이 많았다. 로비 안은 사람들로 붐벼 앉을 자리도 없었다. 정문을 나선 서우는 입구 바로 옆에 있는 벤치에 앉았다.

어느새 공기에서 봄기운이 느껴졌다. 햇살도 온화하고 바람도 부드러웠다. 시간은 누구에게나 공평하게 흘러간다. 행복한 이의 한 시간이나 불행한 이의 한 시간도 모두 같은 한 시간이다.

그때 병원 문이 열리고 한 여자가 어린아이 하나를 업고 하나는 앞으로 안은 채 힘겹게 벤치에 앉았다. 서우는 일어나 비켜 주려다 자리도 넉넉한데 그편을 더 부담스럽게 여길 것 같아 살짝 끝으로 붙어 앉는 데 그쳤다.

여자는 누군가에게 전화를 걸며 안고 있던 아이를 옆에 기대 앉혔다.

어디가 불편한지, 아니면 뭐에 심술이 났는지 자꾸 투정을 부리던 아이가 의자 위에 늘어지듯 반쯤 드러누웠다. 아이의 신발이 서우의 옷자락을 밟았다. 서우는 그 작은 발을 가만히 내려다보며 꼼짝도 하지 않았다.

"빨리 와. 지금 정문 앞이야. 애들 둘 다 잠들어서…….."

아이 엄마가 휴대폰에 대고 말하는 소리가 들렸다. 그때 비슷하게 근처에 서서 통화를 하던 남자가 그들 앞을 지나가며 들고 있던 담배꽁초를 툭 내던졌다. 불씨가 채 꺼지지 않은 꽁초가 아이의 발 바로 옆에 툭 떨어졌다.

"아."

서우는 아무 생각 없이 담배꽁초를 향해 손을 뻗었다. 서우가 맨손으로 덥석 꽁초를 움켜쥐자 칭얼대던 아이와 엄마, 무심코 담배를 던진 남자까지 모두가 눈이 휘둥그레진 채 서우를 바라보았다. 서우는 그들을 놀라게 했다는 생각에 주먹 쥔 손을 얼른 주머니에 넣었다.

"김서우!"

그때 득달같이 달려온 태경이 서우의 주머니에서 손을 꺼내 그때까지도 쥐고 있던 꽁초를 떨쳐 버렸다. 희미하게 타는 냄새가 났다. 벤치에 있던 여자가 아이를 끌어안고 불안한 눈으로 서우를 보았다.

서우는 멍하니 그들을 보다 제 손의 화상 자국을 쳐다보고 고개를 들었다. 눈이 마주치자 태경의 얼굴이 일그러졌다. 그 까만 눈동자 속에 비친 얼굴이 낯설었다.

그 얼굴은 웃고 있었다.

계속 태경의 눈치를 보며 늦은 점심을 먹던 서우는 결국 먹은 걸 다 토하고 말았다. 곧바로 집으로 돌아온 태경은 서우를 씻기고 옷을 갈아입힌 다음, 새로 약을 먹였다. 지쳤는지 서우는 금세 잠이 들었다.

침대 머리맡에 앉아 잠든 얼굴을 내려다보던 태경이 슬며시 손을 뻗었다. 두껍게 붕대가 감긴 서우의 오른손을 조심스럽게 만지작거리는 손끝이 보일 듯 말 듯 떨렸다.

화상 범위는 좁았지만 담뱃불의 온도는 중심부가 500도에 가까울 만큼 높기 때문에 결코 우습게 볼 게 아니었다. 그걸 스친 것도 아니고 꼭 쥐기까지 했으니 서우의 손바닥은 3도 화상을 입었다. 치료가 끝나도 흉터가 남을 게 분명하다.

그것만으로도 속이 뒤집힐 것 같은데.

'웃었다.'

웃을 수가 없는 상황이었다. 저도 모르게 반사적으로 꽁초를 집었다 해도 바로 놓는 게 정상이었다. 하물며 그 주먹 쥔 손을 주머니에 집어넣고 웃을 수는 더더욱 없었다. 서우는 그저 주위 사람들이 너무 놀란 표정들이라 괜찮다는 뜻에서 웃은 거라고 변명했지만 그 역시 정상적인 반응은 아니었다.

"……."

어느새 땅거미가 지고 있었다. 흘긋 시계를 본 태경이 무거운 얼굴로 자리에서 일어났다. 이런 날 서우의 곁을 뜨고 싶진 않았지만 오늘만큼은 어쩔 수 없었다. 살짝 흐트러진 이불을 정리하고 잠든 얼굴을 한 번 쓸고 밖으로 나온 태경이 잠깐 고민을 하다 어디론가 전화를 걸었다.

"어, 너 지금 어디야? 집?"

믿을 만한 사람을 데려다 서우를 맡기고 태경이 향한 곳은 조모의 위패가 모셔진 절이었다. 오늘은 오래전 돌아가신 조모의 제삿날로 연중 바쁜 일가친척들이 모두 모이는 몇 안 되는 날 중 하나였다. 부모의 이혼 이후, 태경이 어떻게 처신하든 간섭하지 않는 조부도 이날 만큼은 꼭 그를 참석하게 했다.

아직 제를 올릴 시간도 되지 않았는데 주차장은 물론 그 아래로 이어진 길까지 벌써 커다란 차들이 즐비했다. 태경도 주차를 하고 느린 걸음으로 오르막을 올라 절 안으로 들어갔다.

입구에서부터 환하게 밝혀진 등에 내부는 대낮처럼 밝았다. 곱게 비질이 된 대웅전 앞마당에 들어서자 안면이 있는 얼굴들이 여기저기 흩어져 있었다. 태경을 보고 한두 마디씩 건네는 그들의 입가에 하얀 입김이 서렸다. 산속이라 그런지 공기가 한겨울처럼 차가웠다.

"늦었구나."

대웅전 옆방에 앉아 차를 마시고 있던 조부가 들어선 태경을 보고 냉담하게 말했다. 대답 대신 보란 듯 시계를 쳐다보며 늦지 않았음을 어필하는 태경의 태도를 보고 조부가 못마땅하다는 듯 혀를 쯧쯧 찼다.

"어찌 매번 그리 시간에 딱 맞춰 와. 자주 비치는 얼굴도 아닌데 일찍 와서 안부도 묻고 얘기도 좀 나누고 하지 않고."

"뭐 반가운 얼굴들이라고요."

통명스럽게 답하는 손자를 노려보면서도 그 앞에 김이 모락모락 올라오는 차를 따라 건네는 손길엔 애정이 담겨 있었다. 여든을 넘긴 나이에도 아직 정정한 조부는 기골이 장대하고 거동도 불편한 데가 없었으며 백발이 성성했으나 눈빛은 맑았다.

이목구비가 태경과 그렇게 똑 닮은 것도 아닌데 몸의 형태가 풍기는 이미지가 비슷해 이렇게 마주 앉아 있자니 영락없는 할아버지와 손주였다.

"회사 그만뒀다면서."

"벌써 들으셨어요? 소문 빠르네."

"그럴 걸 뭘 그렇게 애써서 승진까지 해."

"그다지 애쓴 건 없는데요."

"여전히 들어올 생각은 없고?"

"없어요. 할아버지도 족벌 경영에 대한 집착을 버리세요. 그거 기업 망치는 지름길입니다."

태경의 말에 조부가 그를 또다시 노려보았다. 한참 그렇게 이런저런 담소를 나누는 동안 조용히 문을 두드리고 들어온 스님이 시간이 다 되었음을 알렸다.

제를 올리는 동안 조부는 태경을 자신의 지척에 서 있게 했다. 제각기 검은 양복과 한복을 입고 도열해 선 사람들 한구석에 낯익은 얼굴이 보였다. 태경의 아버지였다.

그는 지루한 듯 멍한 표정으로 먼 산을 바라보고 있었다. 일찌감치

351

집안 어른들의 눈 밖에 난 그는 저 자신을 알아 애초에 큰 야망이나 욕심을 품지 않았다. 그저 그렇게 한량처럼 살다 가는 게 속 편하다고 판단한 건 그를 위해서나 집안을 위해서나 다행이 아닐 수 없었다. 그런 태도에 속이 타는 건 아마 그의 새 부인밖에 없을 것이다.

지루한 건 태경도 마찬가지였다. 한 시간가량 제사가 이어지는 동안에도 태경은 얼른 집으로 돌아갈 생각밖에 없었다. 제사가 끝나자마자 태경은 조부가 다른 데 정신이 팔린 틈을 타 후딱 자리를 떴다.

산문을 막 빠져나가는데 그 앞에 한복을 입은 여자와 열두어 살쯤 되는 남자아이가 서 있는 게 보였다. 그대로 스쳐 지나려는데 저를 골똘히 올려다보는 아이의 눈을 보니 문득 떠올랐다.

그는 제 동생이었다. 그 옆에 선, 그의 새어머니가 낳은 아들. 한 번도 제대로 된 대화조차 나눈 적 없고 눈길조차 준 적 없는 배다른 동생.

"……안녕."

원래대로라면 늘 그랬듯 이번에도 그저 흘깃 보고 지나쳐야 했다. 유령처럼, 보고도 못 본 것처럼 외면했어야 했다. 하지만 그 순간 태경은 멈춰서 인사를 했다. 소년의 눈이 믿을 수 없다는 듯 커지는 게 보였다. 그 옆에 선 모친도 마찬가지였다.

"많이 컸네, 너. 초등학생인가?"

"……주, 중학생인데요."

교복과 비슷한 검은 정장을 입은 소년이 붉게 달아오른 얼굴로 더듬거렸다. 그 얼굴을 잠시 바라보던 태경이 손을 들어 그의 어깨를 한번 두드릴 듯하다 그냥 내리고 말았다.

"그래, 잘 지내고."

"……."

"또 보자."

뒤늦게 마주 인사를 하는 소년의 말끝이 긴장으로 뒤집혔다. 태경은 귀신을 본 듯 굳어 있는 새어머니에게도 눈인사를 하고 성큼성큼 오던 길을 내려갔다. 조부나 다른 친척 어른들에게 붙들려 귀찮아지기 전에 얼른 가야 했다.

태경은 외동으로 태어나 외동으로 자랐고 여전히 자신이 외동이라 생각했다. 아마 앞으로도 그 생각은 변함이 없을 것이다.

저 소년은 죄가 없다. 태어나 보니 어머니가 다른 형이 있을 뿐이다. 그걸 알기에 태경은 그에게 딱히 정이 있지도 않았지만 미워하지도 않았다.

아니, 어쩌면 조금은 싫어했을지도 모르지만 그건 자신에게 동생이란 게 있다는 사실에 대한 반감이었지 저 아이 자체를 싫어하는 건 아니라고 여겼다. 때문에 저 소년에게 죄가 없듯 자신도 저 아이에게 잘못한 것은 없다고 생각했다.

하지만 태경은 반대로 그에게 자신이 어떻게 비춰질지를 한 번도 생각해 본 적이 없었다.

1년에 겨우 한두 번 보는 얼굴을 잊지도 않고 시선은 내내 저를 따라다니며 생각 없이 건네는 눈길 한번, 말 한마디에도 얼굴을 붉히는 저 아이에게 자신은 어떤 형이었을지. 그 형이라는 사람이 자신의 존재 자체를 지우고 유령처럼 무시했을 때 그의 기분이 어땠을지.

저 소년에겐 죄가 없다.

정말 자신은 그렇게 생각했을까. 그리고 자신은 정말로 그에게 잘못한 게 없을까.

"아저씨!"

태경이 문을 열고 들어가자 민재가 버선발로 뛰쳐나와 저를 맞았다. 지루하던 차에 반가운 기색이 역력했다. 태경이 포장해 온 아이스크림을 그의 품에 안기고 등 뒤부터 훑었다. 서우는 보이지 않았다.

"누나는?"

"자요."

"아직도? 저녁은?"

민재가 기죽은 듯 목을 살짝 움츠리며 고개를 저었다. 태경의 눈매가 금세 위로 솟구쳤다.

"내가 꼭 깨워서 저녁 먹이라고 했잖아. 약도 먹어야 된다고."

"깨우긴 했는데, 속이 안 좋다고 안 먹는다는데 어떡해요."

"그렇다고 그걸 그냥 둬? 넌 동생이라는 게 어떻게 그 모양이야?"

도저히 서른 넘은 누나를 두고 갓 열 살이 된 동생에게 할 비난으론 적합하지 않았지만 태경은 전혀 그런 기색 없이 뻔뻔하게 민재를 몰아붙였다.

"그게 누나가 좀 이상했단 말이에요."

그 말에 태경이 멈칫했다.

"이상해? 뭐가?"

"자꾸 잠꼬대같이 딴소리를 하고……."

민재가 말끝을 흐렸다. 뭐라 얘기해야 할지 자기도 잘 모르는 눈치였다. 그때 소란스러운 소리를 들었는지 서우가 아래층으로 내려왔다. 민재가 누나, 외치며 얼른 그쪽으로 달려갔다.

"어, 민재야?"

"누나."

"네가 어떻게 여기……?"

서우는 어리둥절한 눈으로 동생을 쳐다봤다.

"무슨 소리야. 아까 봤잖아. 얘기도 했는데."

민재의 말에 서우는 아, 소리를 내며 멍하니 중얼거렸다.

"그랬지. 근데 나는 그게 꿈인 줄 알았어……."

민재는 약간 얼떨떨한 눈으로 서우를 쳐다봤다. 누나가 지금 제게 장난을 치는 건가 의문스러운 표정이었다.

"아니, 어떻게 그걸 꿈인 줄 알아. 아까 내가 누나한테……."

"김서우 너 저녁도 안 먹었다며?"

그때 태경이 민재의 말을 자르며 끼어들었다.

"밥부터 먹자."

늦은 저녁을 먹고 태경은 아래층 빈방에 민재의 잠자리를 봐 주었다. 자고 가라는 말에 민재는 좋아하면서도 아버지 걱정을 했다. 민재가 잠이 들자 태경은 서우도 침실로 데려가 눕게 했다.

"얼른 자."

누운 채 눈을 말똥말똥 뜨고 저를 올려다보는 서우를 향해 태경이 말했다. 연신 제 이마를 쓰다듬는 큰 손에 눈이 살짝 가늘어진 서우가 약간 망설이다 물었다.

"선배."

"응."

"저, 내일은 회사 갈 수 있어요?"

"내일 토요일인데."

"아."

"연차 3일이었어. 안 그래도 다음 주엔 나가야 돼."

그 일주일이 마지막 근무가 될 터였다. 생각에 잠긴 표정을 짓고 있는 서우의 머리칼을 계속 쓸어 넘기며 태경이 물었다.

"퇴사하고 뭐 하고 싶은 거 없어?"

"뭐요?"

"뭐든. 여행도 좋고."

"여행이요?"

"응. 한두 달 같이 외국에나 갔다 올까?"

"어떻게 그래요."

서우는 태경이 농담을 한다는 듯 살풋 웃었다.

"선배도 퇴사하시게요?"

"응."

"어?"

"어?"

"아, 아니…… 그게 잠깐, 뭐라고요? 퇴사한다고요? 선배가?"

당황한 서우의 말이 꼬였다. 태경이 웃으며 손가락으로 서우의 콧등을 쓸었다.

"맞아. 나도 퇴사할 거야."

서우의 눈동자가 1초에 수십 번은 흔들린 듯했다. 무슨 생각을 하는지 얼굴이 점점 굳어져 가는 게 보였다.

"……혹시 회사에서 무슨 일 있어요?"

"무슨 일?"

서우가 입을 다물고 태경을 올려다봤다.

"아무 일도 없어. 누가 나한테 무슨 짓을 해. 내가 하면 몰라도."

"네?"

"그런 일 없다고."

이전부터 생각은 하고 있던 일이었다. 나가서 제 회사를 차리는 것은. 다만 시기가 좀 앞당겨졌을 뿐. 태경이 구겨진 서우의 미간을 눌러 펴며 계속해서 말했다.

"이것저것 준비할 것도 있고 해서 급하게는 안 하려고. 그 전에 몇 달 쉬면 좋을 것 같아서. 이때 아니면 쉴 기회도 없을 것 같고."

"……."

"축하 안 해 줘?"

"축하해요."

말이 떨어지기 무섭게 서우가 대답했다.

"그래? 걱정은 안 돼? 망할 수도 있잖아."

"걱정 안 해요."

서우가 고개를 저으며 즉각 대답했다. 뜻밖의 소리라 놀랐을 뿐, 태경이라면 어디서든 잘할 것이다.

"그래. 나도 안 해."

서우가 웃자 태경도 따라 웃었다.

다음 날은 셋이 함께 외출을 했다. 병원에 들러 서우의 손을 치료하고 태경이 미리 알아본 식당에서 밥을 먹었다.

날씨가 화창했다. 카페 야외 테라스에 앉아 커피를 마셔도 그다지 춥지 않았다. 곧 벚꽃도 필 것 같았다. 신나게 아이스크림을 떠먹으며 물장구치듯 발을 앞뒤로 흔들고 있던 민재가 갑자기 어, 소리를 하더니 주머니에서 휴대폰을 꺼냈다.

"아빠다."

민재와 서우가 동시에 약간 주춤했다. 태경이 무표정한 얼굴로 얼른 받아 보라는 듯 턱짓을 했다. 전화를 받은 민재가 몇 마디 하더니 서우에게 휴대폰을 건넸다. 서우가 살짝 떨리는 손으로 전화를 받았다.

—서우냐.

원상의 목소리는 여상했다.

—너 전화가 안 되던데.

"아, 그게 휴대폰을 잃어버려서……."

—네 엄마 집 나갔다.

그래서 서우는 그 목소리와 말의 내용이 얼른 조합이 되지 않았다.

—돈 될 건 다 가지고 나갔더구나. 일하던 곳에도 그만둔다고

남은 일당 정산받아 갔다 하고. 그나마 집 보증금은 내 명의여서 다행이지.

"네……?"

―민재 집으로 보내라.

갑자기 쏟아지는 말에 서우는 정신을 차릴 수 없었다.

"아니, 잠깐만요, 아버지. 지금 무슨 소릴 하시는, 그게 아니고 엄마가 진짜, 정말로……."

―…….

"찾아는 보셨어요? 그냥 잠깐 외출하셨을지도 모르잖아요."

―네 아버지하고 같이 갔다.

"……네?"

―네 친아버지 말이다.

처음으로 원상의 목소리가 떨린 것 같았다.

* * *

"쟤네 엄마 아빠 이혼했대."

속삭이는 음성엔 미처 숨기지 못한 호기심과 거부감, 약간의 측은함과 우월함이 담겨 있었다. 서희는 제 귀에 바짝 얼굴을 붙이고 있는 친구에게서 약간 몸을 떼며 그가 가리킨 사람을 힐끗 쳐다보았다.

분명 다 들릴 텐데도 악착같이 못 들은 척하고 있는 그는 책상 아래로 주먹 쥔 손을 꽉 움켜쥐고 있었다. 거침없고 활달한 성격이던

359

그 애는 며칠 사이에 서리 맞은 박처럼 시들어 스스로를 다른 이들과 분리시키고 있었다.

이제 고작 초등학생이었다. 이혼이 뭐가 대수인데? 하고 넘어갈 수 있는 나이가 아니었다. 남의 일이라면 대범한 척이라도 할 수 있지만 막상 제 일이 되면 그럴 수가 없었다. 불합리하다. 부모는 선택해서 태어날 수 없는데, 그들의 흠은 고스란히 자식의 흠이 되고 만다.

서희가 제 흠에 대해 알게 된 건 열 살 때였다.

학원 수업이 취소되어 신이 나 집에 일찍 돌아온 그날, 엄마와 외할머니가 나누던 대화를 우연히 엿들은 게 다행인지 불행인지 서희는 훨씬 더 자란 뒤에도 판단을 할 수 없었다.

그들이 있던 방문 뒤 숨죽여 서 있던 20여 분의 시간 동안, 서희는 엄마에게 첫사랑이 있었고 성품이나 배경이 형편없던 그와 엄마를 외할머니가 억지로 떼어 내 서희 아버지와 결혼을 시켰으며, 몇 년 뒤 우연히 재회한 두 사람 사이에 아이가 생겼고 그 아이가 지금 자신과 한집에 사는 동생이라는 사실을 알게 되었다.

세상에서 단둘, 본인과 서우의 친부밖에 몰랐던 비밀을 영혜는 처음으로 제 모친에게 털어놓았다. 그 과정에서 영혜가 의도한 건 아니었지만 서희도 포함되고 말았던 것이다.

순간 머리가 돌 정도로 화가 난 서희는 그 자리에서 방문을 박차고 들어가 영혜에게 고함을 질렀다. 목청이 터져라 악을 쓰고 손에 잡히는 대로 물건을 내던졌다.

그렇게 화가 난 까닭은 엄마의 부도덕함이나 그렇게 오랜 세월 모두를 속이고 아빠를 배신하고 기만했다는 데 있지 않았다. 서희가 가장 화가 난 건 그런 일을 그렇게 생각 없이 제멋대로 떠들고 다니는 경솔함이었다. 혼자 간직하고 삼킬 용기도 결기도 없으면서 무턱대고 저지르고 그 무게를 견디다 못해 남에게 털어놓고 마는 그 나약함이었다.

"아빠한텐 절대 말하지 마. 들키면 나 엄마 용서 못 해. 죽어도 용서 안 할 거야."

그 뒤로 서희는 인생에 시한폭탄 하나를 안고 살게 되었다.

서우는 착했다. 그 전까지 서희는 서우에게 아무런 불만도 없었다. 굳이 따지자면 꽤 마음에 드는 동생이었다. 서우는 제 동생 자리에 딱 맞춘 듯이 어울리는 아이였다. 언니로서 보람 있을 만큼 적당히 어리숙하고 데리고 놀기 부끄럽지 않을 만큼 귀엽고 제가 돋보일 정도로 적당히 부족하고 그러면서 말도 잘 들었다.

하지만 제게 시한폭탄을 안겨 준 이상 서희는 이전처럼 서우가 태평하게 사는 꼴을 볼 수가 없었다. 가끔 바보같이 웃으며 저를 따르는 걸 보면 저도 모르게 애틋한 마음이 들다가도 네가 이렇게 웃고 살면 안 되는 거 아닌가 하는 생각이 어김없이 올라왔다.

'내가 누구 때문에 이렇게 전전긍긍하고 사는데.'

내 완벽한 인생에 흙탕물이 튄 게 누구 때문인데. 서우만 없었어도, 그 애만 태어나지 않았어도 한순간의 실수로 치부하고 아무에게도 들키지 않고 넘어갈 수 있는 일이었다. 하지만 저 존재가 버젓이 있는 이상 서희는 어떻게 이 일을 죽을 때까지 없던 일처럼 감출 수 있을지 알 수가 없었다. 아무리 머리를 굴려도 이건 숨겨질 일이 아닌 것 같았다.

자라면서 완전히 다른, 우리 가족 누구와도 닮지 않은 얼굴이 나타나면 어떡하나. 언젠가 저 애의 친부라는 사람이 나타나면? 그래서 부모님이 이혼이라도 하면? 그렇게 내 평탄한 인생이 박살 나면?

아무 일도 없는 나날들이 이어져도 서희는 불안함을 떨칠 수가 없었다. 나중엔 이렇게까지 전전긍긍하는 제가 이상한가 싶을 정도였다.

영혜조차 아무렇지 않아 보이는데 제가 문제인가. 제가 너무 걱정이 많고 예민하고 신경질적인가. 그렇게 멀쩡한 제 성격조차 의심하게 만드는 것까지 견딜 수가 없었다. 아무것도 모르는 아버지가 서우를 보고 웃는 것을 보면 대신 울화가 치밀다가도 그 반대일 땐 혹시나 하는 마음에 가슴이 더럭 내려앉기도 했다.

'내가 왜 이렇게 살아야 하지?'

시한폭탄은 결국 서희가 스물세 살이 되던 해 터지고 말았다.

그즈음 서희는 연예계 데뷔를 준비하고 있었다. 어릴 때부터 적지 않은 제의를 받았고 그중엔 정말 좋은 기회도 있었지만 그동안은 모두 거절해 왔다.

마음이 없었던 건 아니었다. 혹시라도 너무 유명해지면 자신과 가족을 비롯한 개인사가 알려질까 두려운 마음 때문이었다. 멀쩡히 잘 살던 연예인들이 과거가 털려 고통받는 걸 보면 일어나지 않을 법한 일도 아니었다. 딱히 잘못하고 산 것도 없는데. 이렇게 떳떳하지 못한 것도 다 김서우 때문이었다.

하지만 그런 생각도 세월이 흐르고 나이가 드니 좀 희미해졌다. 대학에 들어가 시야가 넓어지니 자신감도 붙고 용기도 생겼다. 당초 생각했던 것보다 연예계란 더 험한 곳이었지만 못 할 것도 없을 것 같았다. 미모를 칭송받고 그것으로 돈을 버는 게 저만큼 잘 어울리는 사람이 있을까.

그때 원상이 갑작스러운 교통사고를 당했다. 그리고 영혜가 숨기고 있던 빚이 드러났다.

"내가 도박을 했다고?"

영혜는 도박을 한 게 아니었다. 도박을 한 건 서우의 친부였다. 빚에 몰리다 못한 그는 영혜를 찾아와 서우의 존재를 들먹이며 협박을 했다. 가정을 지키고 싶다면 돈을 달라고. 영혜는 그가 두려워 집을 담보 잡아 대출까지 받아 그에게 몇 번이나 돈을 건넸다.

하지만 서우의 친부는 약속을 지키지 않았다. 원상은 결국 모든 사실을 알게 됐고 둘은 이혼 직전까지 갔지만 공교롭게도 당시 늦둥이를 가진 영혜가 막 출산을 앞두고 있었다. 원상은 차마 막 태어난 어린 아들을 두고 이혼을 할 수 없었다.

후안무치한 서우의 친부는 서희의 뒤를 밟아 계약 얘기가 오가던 기획사까지 얼씬거렸다. 얼마 뒤 그는 서희의 집안일과 관계없이 불법 도박과 사기, 폭력 등의 혐의로 구속되어 수감되었지만 이미 모든 게 예전으로 돌아갈 수 없었다.

"결국 이럴 줄 알았어. 네가 내 인생을 이렇게 망칠 줄 알았다고."

그런데도 서우는 아무것도 몰랐다. 아무것도 모르고 그저 이 모든 불행이 우연히 일어난 사고 같은 거라고, 단순히 하늘이 내린 시련쯤으로 여기고 몸이 부서져라 일을 하며 가족의 생계를 책임졌다.

잠잘 시간조차 없이 낮에는 일을 하고, 밤에는 우울증에 걸린 영혜 대신 민재를 보고 돈을 아낀답시고 라면 하나를 쪼개 두 번씩 나눠 먹는 서우를 보며 서희는 전혀 동정심이 들지 않았다.

서우는 당연히 받아야 할 대가를 치르고 있는 거였다. 부모의 흠은 자식의 흠이 되고 무지한 것도 죄가 된다. 아무것도 모른 채 저만 혼자 누리고 있을 마음의 평화에 대한 대가를 그런 식으로라도 치러야 한다고.

'넌 내 걸 다 빼앗아 갔으니까 나도 네 걸 다 훔칠 거야.'

그렇게 마지막의 마지막까지 몰아붙이고 결국은 저처럼 눈이 벌게지고 망가져서 덤벼드는 꼴을 보고 싶었다. 악의와 증오와 분노로 차서 일그러진 채 울부짖는 얼굴을 보고 싶었다.

그렇게 되면 그때 말해 줄 작정이었다. 그 사람이, 서우의 친부가 수감돼 있다는 교도소까지 데려가 똑똑히 보여 줄 셈이었다.

네 아비가 누구고 어떤 사람인지. 그 사람이 나와 우리 가족에게 어떤 짓을 했는지. 과녁을 빗나간 화살처럼 네 그 분노와 미움이 얼마나 그릇된 것인지.

하지만 그런 날은 영영 오지 않았다.

빗나간 화살이 날아가 꽂힌 곳은 김서희 자신의 심장이었다.

* * *

출근 마지막 날은 날씨가 흐렸다. 희부연 창 너머로 스산한 햇빛이 내비치는 복도를 따라 관련 부서를 빙 돌며 인사를 한 서우가 마지막으로 들른 곳은 1층 로비의 커피숍이었다.

"그동안 감사했습니다, 사장님."

환하게 웃으며 건네는 인사에 사장은 말을 잇지 못하고 복잡한 얼굴로 서우를 쳐다보았다. 언제든 일자리가 필요하면 여기라도 다시 오라는 말이 목구멍까지 올라왔지만 그건 아마도 어려울 것이란 걸 서로가 알고 있었다.

"그래, 서우 씨도 그동안 수고했어요."

서우는 고개를 저으며 웃기만 했다. 사장이 잠깐 망설이다 입을 열었다.

"혹시 아르바이트할 생각 있으면 아는 친구가 하는 카페가 있는데."

믿을 만한 친구라며 소개해 주겠다는 말에 서우는 고맙다면서도 벌써 갈 데가 있다고 했다.

"어디?"

"아는 선배가 하는 가게가 있는데 거기서 일 돕기로 했어요."

그렇구나, 잘됐네요, 하며 고개를 끄덕이는 사장의 눈빛에 아쉬움이 가득 묻어났다. 서우가 그럼, 하고 한 걸음 뒤로 물러섰다.

이제 정말 헤어질 시간이었다. 시간 나면 가끔씩 들르라고 했지만 사실 그러기 쉽지 않다는 걸 둘 모두 알고 있었다.

'그래도 그 남자가 있으니까.'

창백한 햇살이 비치는 얼굴로 마지막까지 웃으며 나가는 서우의 뒷모습을 보며 사장은 생각했다.

처음엔 너무 까다롭고 세 보여서 탐탁지 않던 남자였다. 매일 아침 누구보다 일찍 출근해 커피를 주문하는 태경을 마주할 때마다 사장은 알 수 없는 긴장감을 느껴야 했다.

이 일을 한 지도 10년이 넘어가는데, 태경이 커피를 한 모금 삼키고 습관처럼 미간을 찌푸릴 때마다 왠지 조마조마한 기분이 들었다. 본능적으로 느껴지는 진상의 기운과는 다른, 심사 위원 앞에서 평가라도 받는 초보 바리스타가 된 것과 비슷한 느낌이었다.

하지만 실제로 태경이 그에게 괜한 트집을 잡은 적은 단 한 번도 없었다. 그가 처음으로 사장에게 눈살을 찌푸린 날은 사장이 서우의 이름을 꺼냈을 때였다.

"그건 김서우 씨 주세요."

벌써 몇 달 전이었다. 서태경이 서우에게 처음으로 커피를 사던 날이었다. 뭐 마시겠냐는 말에 서우는 누가 제게 뭘 사 준다고 할 때면 늘 하던 대로 가장 저렴한 아메리카노를 주문했다.

서우의 취향을 잘 알던 사장은 말없이 아메리카노를 라떼로 바꿔 내놨다. 주문과 다르게 나온 메뉴에 의아한 듯 그를 보는 태경에게 사장이 친절하게 설명했다.

"김서우 씨는 아메리카노 안 좋아하거든요. 라떼 좋아해요."

태경은 제법 긴 시간 동안 정색하고 그를 빤히 쳐다보았다. 어리둥절해진 사장은 혹시 제가 커피에 침이라도 뱉었다고 말을 잘못했나 싶은 생각까지 들었다. 은은하게 미간을 구긴 채 흘깃 시선을 들어 머리 위 메뉴표를 본 태경이 다시 지갑을 꺼냈다.

"천 원 더 드리면 됩니까."

"아, 괜찮습니다. 이건 제가 그냥 김서우 씨한테 드리는 서비스예요. 단골이라서……."

태경은 됐다고 사양하는 그에게 내던지듯 차액을 계산하고 횡 하니 등을 돌려 가 버렸다.

그때 처음으로 좀 이상하다고 생각했다.

'저 남자.'

사람을 많이 상대하다 보니 눈치가 점쟁이 수준으로 단련된 사장이었다. 서로 마주 보는 눈빛만 봐도 저게 소개팅인지 연애 중인지 웃으면서 속으론 침 뱉는 중인지 95퍼센트의 확률로 맞힐 자신이 있었다.

아니나 다를까 얼마 지나지 않아 사내에 서태경과 김서우가 사귄다는 소문이 들리기 시작했다. KG 직원들의 사랑방이나 다름없는 커피숍에도 그 발 없는 말들이 들어오지 않을 리 없었다. 그리고 얼마 후, 태경이 그에게 찾아와 부탁 하나를 했다.

"내일부터 김서우 씨한테 아침 메뉴 좀 챙겨 줄 수 있습니까. 서우 씨한텐 말하지 말고요. 계산은 제가 하겠습니다."

들어 본 중 가장 정중한 어조였다. 사장은 참지 못하고 그에게 물었다.

"안 그래도 소문이 들려서 긴가민가했는데, 정말 김서우 씨랑 사귀는 거 맞아요?"

"그런데요."

거침없이 돌아오는 대답에 사장은 저도 모르게 걱정스러운 표정이 되었다. 김서우는 이전에도 구설수 때문에 마음고생이 많았으니 태경이 좀 신경을 썼으면 하는 바람이었다. 하지만 태경은 되레 뻔뻔하게 응수했다.

"이왕 이렇게 된 거 사장님이 제대로 소문 좀 내 주시죠. 제가 김서우 씨 겨우겨우 꼬셔서 지금도 차일까 봐 벌벌 떨면서 사귀고 있다고."

"서 과장님."

"굳이 밝힐 것도 없고 그럴 필요도 없어 그냥 둔 거지, 숨길 이유가 있어서 말 안 한 거 아닙니다."

"……."

"그리고 저 과장 아니고 팀장입니다."

"……승진하셨나 보네요."

축하한다는 맥 빠진 사장의 말을 뒤로하고 태경은 제 용건만 마치자 휭 하니 커피숍을 나섰다. 빳빳한 목과 죽 뻗은 어깨와 곧게 선 허리선이 뒷모습만 봐도 한 번도 고개 숙여 본 적 없는 사람 같은 당당함이 느껴졌다.

역시 센 사람이다. 감당하기 벅차다.

그런데 이상하게 그의 날카로움이 서우와 있으면 무뎌지는 게 느껴졌다. 반대로 서우는 그 아슬아슬함이 덜어지는 것 같았다. 출퇴근 시 로비에서 둘이서 종종 남몰래 주고받는 눈빛을 훔쳐볼 때면 사장은 괜히 제 가슴이 간질간질해지는 것 같았다. 세모와 동그라미가 만나 반짝이는 별 모양이 되는 것 같았다.

전혀 어울리지 않는다고 생각했는데.

'괜찮겠지.'

그 남자가 있으니 아마 앞으로도 김서우는 괜찮을 거다. 다른 건 몰라도 사람 보는 눈 하나는 있다고 생각한 사장이었다. 욕심도, 고집도 보통 이하인 김서우에게 필요한 건 서태경 같은 사람이었다. 그가 좋은 인간인지는 몰라도 김서우에겐 좋은 남자일 거란 확신이 들었다.

그럼 된 거 아닌가.

* * *

퇴근 후에는 서우의 송별회가 있었다. 부담스럽다고 서우는 극구 사양했지만 곧 죽어도 송별회는 해야 된다고 우기는 팀원들의 성화를 이기지 못했다.

1차인 고깃집에서는 서로 눈치를 보느라 분위기가 약간 경직되어 있었다. 덕택에 오히려 다들 술을 더 많이 마시게 되었다. 새로 발령받은 팀장이 먼저 자리를 뜨고, 2차로 간 술집에서야 본격적인 송별회 분위기가 났다.

"서운해요. 그냥 하는 말 아니고 진짜, 나 많이 서운해."

주은이 반쯤 서우에게 몸을 기울이며 꼬인 혀로 말했다.

"이상하네. 안 그럴 줄 알았는데. 진짜……."

서우는 그냥 풀썩 웃기만 했다. 주은만큼이나 서우도 제법 취한 상태였다.

"어떡하지? 나 이제 언니랑 좀 친해질 수 있을 것 같았는데."

언니라고 불러도 괜찮죠? 하고 주은이 내미는 술잔에 제 잔을 맞대며 서우가 웃었다.

"이제부터 친하게 지내면 되죠."

"어머, 눈웃음. 이 봐 이 봐, 이 언니 갈 때 되니까 애교 부리는 거 봐."

"아닌데."

"서 팀장님이 이 애교에 넘어갔나?"

"주은 씨."

그나마 온전한 정신이던 현진우가 눈치를 보며 말렸다. 하지만 주은이나 현정, 심지어 서우조차도 아랑곳 않고 웃기만 했다. 술에 취해서인지 아니면 정말 마지막이라는 생각 때문인지 주은과 현정 모두 거리낌이 없어졌다. 둘은 기탄없이 앞다투어 그동안 눙쳐 놨던 궁금증들을 풀기 시작했다.

"근데 김서우 씨, 진짜 서태경 팀장하고는 어떻게 된 거예요?"

"아, 그래. 서우 씨 서 팀장 회사에 들어간다면서."

"아닌데요. 저는 퍼플캣에 가는데."

"퍼플캣? 거기가 어딘데?"

"승준 오빠, 아니, 아는 선배가 하는 바요."

"바면 술집? 아니, 술집을 왜 가? 서 팀장한테 자리 하나 달라고 해요. 서태경 씨 그러려고 회사 차리는 거 아닌가?"

"맞아요!"

주은이 난데없이 테이블을 탁 치며 말했다.

"내가 진짜 사내 연애 들켰다고 퇴사하는 커플은 봤어도 회사 차려 나가는 커플은 처음 봐. 서 팀장님 진짜 대단해요. 아니, 김서우 씨가 대단한 건가."

"그렇지. 김서우 씨가 대단하지."

"내가요?"

"아니, 난 모르겠어. 김서우 씨 매력이 뭔데? 현 과장님이 한번 말해 봐요."

주은이 그 자리에 단 하나 있는 남자에게 화살을 돌렸다.

"아니, 그걸 왜 나한테…… 서태경 씨 본인한테 물어봐야죠."

"지금 본인이 여기 없으니까 하는 소리 아니에요."

"그게…… 딱히 이유가 없는 거 아닌가? 좋은 데 이유가 어디 있어요. 그냥 좋은 거지…… 설령 이유가 있다고 해도 그걸 다른 사람이 어떻게 이해를 하겠어요."

"아, 과장님 또 선문답하네. 누가 그런 뻔한 소리 듣고 싶대요? 그렇게 다 아는 사람이 왜 아직도 장가도 못 갔어요?"

주은의 핀잔에 현진우가 한숨을 푹 쉬었다. 현정이 그 옆에서 혼자 사는 게 제일 속 편하다며 결혼 같은 거 하지 말라는 소리를 했다. 주은이 결혼한 사람들이 꼭 저런다며 토를 달았다. 이리저리 마구 튀는 화제에 서우가 큰 소리로 하하 웃었다.

아이러니하게도 제 송별회 자리가 서우의 회사 생활을 통틀어 가장 즐거운 회식이었다. 마음 편히 마셨고 이제 이 사람들은 회사 동료도 아니고 친구도 아니다. 그래도 함께 술을 마시고 농담하고 웃을 수 있다. 그게 좋아서, 마지막이라는 것까지 이상하게 좋아서 자꾸 웃음이 나왔다.

"뭐가 그리 좋아서 계속 웃어."

들리는 목소리에 정신을 차려 보니 눈앞이 흔들리고 있었다. 무의식중에 서우가 몸을 비틀자 힘센 손이 다시 제 몸을 꽉 붙들어 맸다. 부유하던 시야에 초점이 잡히자 널찍한 등과 잘생긴 뒤통수가 보였다.

"아, 선배."

그러고 보니 기억이 났다. 술집을 나와 노래방에 있는데 태경이 데리러 왔었다. 반쯤 잠이 들어 소파에 널브러져 있던 저를 일으켜 업고 밖으로 나왔지. 싸늘한 바깥 공기에 반사적으로 몸을 웅크리며 그의 등에 바짝 올라붙은 기억이 마치 간밤에 꾼 꿈처럼 멀게 느껴졌다.

"선배······."

"응."

그저 선배, 하고 또 부르는 소리에 태경이 또 응, 하고 대답하며 걸음을 옮겼다. 서우가 그의 목을 꼭 껴안고 어깨에 볼을 비볐다. 따뜻했다. 저도 모르게 흡족한 신음이 흘러나왔다. 그러는 동안 태경이 주차장 앞을 몇 번이나 더 지나쳤다는 건 서우는 알지 못했다.

"선배, 있잖아."

"응."

"선배는 나 왜 만나요?"

"응?"

"나는 선배한테 아무것도 줄 게 없는데."

정말 아무것도 없다. 그냥 껍데기나 다름없다. 직업도, 돈도, 건강도 아무것도 없다. 부모조차 제가 알던 사람이 아니었다. 제가 가진 건, 혹은 가졌다고 생각한 건 처음부터 다 가짜였다.

"그걸 네가 왜 걱정해."

"······."

"내 건 내가 알아서 잘 챙기고 있으니까 걱정 마."

눈시울이 뜨거워졌다. 서우가 태경의 등에 얼굴을 비벼 눈물을 털어 냈다. 양팔에 힘을 주어 그의 목을 더 꽉 껴안았다.

"선배······."

"응."

373

"……우리 어디 가?"

"집에 가야지."

"그 선배 새 아파트?"

그거 선배 집이냐는 물음에 태경은 말없이 고개만 한 번 저었다. 서우가 잘됐다는 듯 반갑게 웃으며 다리를 앞뒤로 흔들었다.

"내가 돈 많이 벌어서 선배 집 사 줄게."

"정말?"

"응. 지금 그 아파트보다 더 좋은 거 사 줄게."

"녹음해 놔야겠네. 나중에 못 잡아떼게."

"응. 해. 내가 집도 사 주고 차도 사 줄게. 시계도 사 주고, 옷이랑 신발도 사 주고, 밥도 사 주고, 어 또, 담배도 사 주고."

"나 담배 끊었는데."

"언제?"

태경은 대답 없이 제 턱 아래에서 달랑거리는 서우의 손을 힐끗 보기만 했다. 그 손이 화상을 입은 이후로 담뱃불은 쳐다보기도 싫다는 말은 굳이 하지 않았다.

"승준 오빠가 열심히 해서 퍼플캣 2호점 낼 거래. 그러면 나보고 거기 점장 하래."

"……거기서 일하는 거 좋아?"

"응, 좋아."

"……."

"이제 매일매일 나갈 거야. 나가서 정말 열심히 일할 거야. 이제 회사도 안 가도 되고, 엄마도, 아빠도 없고, 민, 민재도 없으니까……."

말하던 서우의 목이 메는 게 느껴졌다.

"민재는 곧 다시 볼 수 있을 거야."

태경이 서우를 고쳐 업으며 담담하게 사실을 알리듯 말했다.

"그럴까."

"응."

서우가 태경의 목덜미에 고개를 파묻었다. 정말 그럴까? 속삭이는 음성에 물기가 스몄다.

그날, 서우를 불러다 앉힌 원상은 참으로 간단하게 그간의 일을 요약해 들려주었다. 얼마나 혼자 이 순간을 되풀이했는지 더 이상 감정이 북받치지도 않는 모습이었다.

말끝에 자신은 동생 집 근처로 내려간다고 했다. 그가 신장 이식도 해 주고 당분간 사는 것도 돌봐 준다고 했으니 수술을 받고 동생 가족 근처에서 민재와 몸이 회복될 때까지 지내겠다고.

"너는 내가 매정하다고 생각하겠지."

하지만 이게 최선이라고 원상은 말했다. 더는 괜찮지 않은 걸 아무렇지 않은 척 누르고 살고 싶지도 않고, 진즉 이렇게 하지 못한 건 어쩌면 자신의 비겁함 때문일지도 모르겠다며.

"이제는 정말 그만하고 싶다. 네 엄마도, 너도."

너를 미워하지는 않는다. 네 잘못이 아니란 것도 안다. 하지만 더 보고 싶지도 않다. 이제 그만 이 악연을 끊고 싶다.

그게 원상이 한 이야기의 골자였다.

"나 이상하게 이해가 됐어."

언니는 왜 그렇게 나를 싫어하고 엄마는 왜 날 그렇게 꺼림칙하게 보고 아빠는 왜 그렇게 나한테 무관심할까. 아무리 생각해도 이유가 없었다. 머리가 터지게 생각하고 또 해도 납득이 가지 않았다.

"근데 진짜로 이유가 있었던 거야. 그냥 덮어놓고 미워하진 않았던 거야."

그걸 알게 되자 오히려 마음이 편했다. 이유가 있었다. 동시에 어차피 제가 할 수 없는 건 아무것도 없었다는 걸 깨달았다. 그러자 이상한 해방감과 서러움이 체념처럼 서우를 덮쳤다.

"나라도 싫어했을 거야."

"아니, 넌 안 그랬을 거야."

태경이 담담하게, 하지만 반론의 여지는 없다는 듯 단호한 어조로 말했다.

"그 사람들이 나쁜 거야."

네 잘못이 아니야. 그걸 알면서도 그들은 비겁하게, 가장 손쉽게 제 분노를 전가할 대상을 찾은 것뿐이야.

서우는 대꾸하지 않았다. 조용한 길 위에 들리는 건 태경의 발소리뿐이었다. 맞받아 불어오는 밤바람이 습했다. 비가 오려나, 태경이 달도 보이지 않는 하늘을 올려다보다 조용히 입을 열었다.

"그만 울어. 기운 빠져."

"으응. 근데……."

눈물이 그치지가 않았다.

"나 이상하지, 선배."

"안 이상해."

"아니야, 나도 알아. 나 이상한 거. 예전에도 그런 적 있었거든."

"……."

"근데 잘 안 돼. 안 이상해지려고 해도 자꾸……."

"괜찮아. 예전처럼 안 될 거야."

이젠 그때와 다른 결말을 맺을 거다.

"그때는 내가 없었잖아."

* * *

퍼플캣에 부지런히 출근해 2호점의 점장이 되어 태경에게 집을 사 안기겠다는 서우의 야심 찬 포부는 뜻밖의 난관에 부딪쳐 표류되고 말았다. 이전부터 벽체의 균열과 결로 현상으로 골머리를 앓던 승준 이 건물주와 끈질긴 담판을 벌인 끝에 과감하게 한 달 휴업을 걸고 내부 수리를 단행했기 때문이다.

덕분에 서우는 미처 대비할 틈도 없이 정말로 백수가 되고 말았다. 퇴사 이후 일주일 동안, 서우는 제 기억이 존재하는 한 인생에서 가 장 나태한 날들을 보냈다.

언제 불면증이 있었냐는 듯 매일 열 시간이 넘게 잠을 잤고 해가 중천에 뜨면 일어나 태경이 출근 전 차려 놓은 밥을 먹었다. 밥을 다 먹을 때쯤 되면 가사를 돕는 아주머니가 출근했다. 그가 식탁을 치우고 서우에게 점심을 차려 주고 집 청소를 하고 저녁을 만든 후 태경이 돌아오기를 기다려 교대하듯 퇴근했다.

서우는 정말 아무것도 할 일이 없었다. 간단한 집안일이라도 할라치면 아주머니가 절대 안 된다며 펄쩍 뛰었고 태경 역시 들은 척도 하지 않았다. 컵 하나 씻기는커녕 제 몸을 씻고 옷을 입히고 벗기는 것조차 태경이 다 했다.

태경은 아직 서우의 손이 온전히 낫지 않았다는 핑계를 댔지만 어느 모로 보나 과한 처사였다. 그는 서우를 꼭 중병에라도 걸렸다 회복 중인 환자 대하듯 했다.

이렇게 아무 하는 것 없이 시간을 보낸 게 얼마 만인지 몰랐다. 집엔 여전히 텔레비전도 없고 휴대폰도 없어서 할 일이라고는 책 읽기나 노트북으로 영화를 보는 것밖에 없었다.

서우는 하루에 책을 한 권씩 읽었고 내키면 영화도 연달아 몇 편을 몰아 보았다. 아마 지난 10년간 본 영화보다 요 며칠 동안 본 게 훨씬 더 많을 것 같았다. 그러다 눈이 피로하면 가만히 서재 바닥에 누워 고풍스럽게 생긴 태경의 스피커로 제목도 모르는 음악을 들었다.

한여름 베짱이만큼이나 태평하고 게으른 일상이었다. 하지만 태경이 서우를 그렇게 내버려 둔 것도 딱 일주일뿐이었다.

"김서우, 일어나."

퇴사 후 두 번째로 맞는 주말, 서우는 태경이 부르는 소리에 잠을 깼다. 별로 높지도 않은 목소리였는데 순식간에 잠이 달아나는 것 같았다. 그동안 태경은 서우가 몇 시에 일어나든 절대 깨우는 법이 없었다.

"어, 선배……."

벌써 아침이냐고 묻고 싶었는데 창밖이 캄캄했다. 4월 초라 밤도 꽤 짧아졌는데 이 정도면 아직 까마득한 새벽이었다. 서우가 어리둥절한 눈으로 창과 침대 곁에 장승처럼 서 있는 태경을 번갈아 보는데 태경이 팔을 뻗어 서우를 답삭 일으켜 세웠다.

"운동하러 가자."

"운동이요?"

태경은 벌써 운동복을 입고 있었다. 미처 상황 파악을 할 새도 없이 등 떠밀린 서우가 대충 얼굴을 씻고 나왔다. 언제 준비했는지 태경이 자신과 똑같은 디자인에 사이즈만 다른 트레이닝복을 내밀었다. 서우가 옷을 갈아입자 태경이 그 위에 조끼를 입히고 모자를 씌워 주었다.

"가자."

서우는 태경의 손을 잡고 처음 보는 운동화를 신고 밖으로 나왔다. 주차장으로 가나 했는데 태경은 그대로 걸어서 아파트를 나섰다. 단지를 빠져나가자 하천을 낀 산책로가 금방이었다.

"와."

서우의 입에서 저도 모르게 탄성이 나왔다. 컴컴한 길엔 아무도 없을 줄 알았는데 뜻밖에 사람이 많았다. 산책로 곳곳에 설치된 운동

기구들을 이용하는 이들과 아래쪽 자전거 도로에서 자전거를 타는 이들, 이어폰을 꽂고 조깅을 하는 사람들이 제법 되었다.

아직 해도 뜨기 전인데 부지런히 하루를 시작하는 사람들이 이렇게나 많구나.

서우는 어리벙벙한 눈으로 그들을 바라보다 부옇게 물안개가 오르는 하천과 동쪽 끄트머리부터 푸른빛이 돌기 시작하는 하늘과 밤이슬을 맞고 한껏 생생해진 수목들을 차례로 돌아보았다.

"춥지 않아?"

태경의 물음에 서우가 고개를 저었다. 그러고 보니 이렇게 밖에 나온 것도 일주일 만이었다. 그새 봄이 왔는지 새벽임에도 그리 춥지도 않았다. 산책로를 따라 쭉 늘어선 벚나무엔 가지마다 통통하게 물이 오른 꽃망울들이 건드리기만 해도 터질 듯한 기세로 가득 매달려 있었다.

"처음부터 무리하면 안 되니까 오늘은 적당히 하자."

그 말로 시작한 태경은 간단한 스트레칭 후 한 시간이 넘게 서우를 끌고 걷다 뛰다를 반복하게 했다. 처음 10분 정도는 숨이 차고 다리가 떨려 도저히 못 하겠다 싶었는데 어찌어찌하는 사이에 근근이 태경이 말한 적당량을 채우긴 했다. 아마 5킬로미터가 넘는 조깅 코스의 절반을 걸어서 지난 덕분일 터였다.

"앉지 말고 똑바로 서."

헉헉대는 서우를 향해 태경이 매정하게 말했다.

"한 달 안에 이 코스를 쉬지 않고 달려서 30분 내로 주파하는 게 목표야."

물병을 건네며 하는 태경의 말에 서우는 말도 안 된다는 듯 그를 흘겨보며 대꾸도 하지 않았다. 물을 마시며 한숨 돌리고 있는데 옆으로 자전거 한 대가 지나갔다. 서우가 그 뒷모습을 한참 보고 있자 태경이 자전거가 타고 싶냐고 물었다.

"아뇨, 탈 줄도 모르는데요."

"잘됐네. 나한테 배우면 되겠네."

"선배한테요?"

서우가 떨떠름하게 되물었다. 몸으로 하는 건 뭐든 잘하는 태경은 애초에 몸이 뜻대로 움직이지 않는 사람의 심정을 잘 알 것 같지 않았다.

"왜, 나 가르치는 거 잘해."

과연 그럴까는 둘째 치고 누구에게 가르쳐 본 적은 있을까 싶었지만 그 말을 하는 태경이 어쩐지 기분이 좋은 것 같아 서우는 그냥 웃고 말았다.

집에 돌아오자 어느새 하늘이 훤했다. 축축하게 젖은 옷을 벗어 세탁기에 넣고 태경은 먼저 서우부터 씻게 했다. 다 씻은 서우를 데려다 머리를 말리고 담요로 몸을 꽁꽁 싸매 거실 소파 위에 앉힌 뒤에야 자신도 샤워를 하러 갔다.

"으으, 다리야."

저린 팔다리를 감싼 담요에서 포근한 냄새가 났다. 서우는 가늘게 뜬 눈을 깜박이며 몸을 축 늘어트린 채 창밖을 바라보았다. 끝까지 올라간 블라인드 덕에 부드러운 아침 햇살이 흡족하게 내려앉았다. 정수리가 뜨끈해지는 게 꼭 따뜻한 손이 머리를 쓰다듬는 느낌이 들었다.

점심을 먹자마자 태경이 갈 데가 있다며 늘어져 있던 서우를 끌고 밖으로 나갔다. 어딜 가는 줄도 모르고 따라나섰던 서우는 잠시 후에야 태경의 목적지가 그들이 이전에 살던 아파트라는 걸 알았다.

"회사엔 내일까지 집 뺀다고 얘기 다 됐어. 간단히 필요한 것만 챙길 거야."

"……."

"웬만하면 다 버리는 걸로 하자."

말을 하고도 못 미더웠는지 태경은 서우를 따라 집 안까지 들어왔다. 현관에 처음 발을 들일 때부터 잔뜩 구겨진 미간이 무수히 많은 할 말을 참고 있는 것 같았다. 처음 그를 집에 들였다는 감회에 젖을 새도 없이 서우는 멍하니 서서 대부분의 세간들이 빠져나가 휑해 보이는 집을 둘러보았다.

"자, 여기."

"……."

"딱 이 가방에 들어갈 만큼만 담아."

태경이 차에서부터 가져온 보스턴백 하나를 내밀며 말했다. 서우가 눈을 살짝 찡그렸다. 패딩 점퍼 하나만 넣어도 꽉 찰 듯싶었다. 그 패딩 점퍼조차도 태경은 필요 없다고 빼 버렸다.

결국 서우가 챙긴 건 통장과 도장을 비롯한 각종 금융 관련 서류와 그간 써 온 다이어리 정도였다. 나머지는 전부 태경에게 반려당했다. 변변치 못한 옷장과 신발장 안을 보고 눈살을 찌푸리던 태경은 귀중품이라곤 짝을 잃은 금귀고리 하나인 걸 보고 아주 할 말을 잃은 듯했다.

"불났을 때 챙길 거 없어 좋겠네."

핸드백보다 조금 더 큰 크기의 보스턴백조차 다 채우지 못했다. 태경이 가방을 들고 일어서자 서우도 따라 몸을 세웠다.

"먼저 나가 있을게."

태경이 몸을 돌려 나갔다. 혼자 남은 서우는 마지막으로 눈을 들어 20대의 대부분을 보낸 집을 돌아보았다.

문득 눈앞이 일렁이더니 귀에서 소란스러운 이명이 들리는 듯했다. 어서 나가라는 경고 같기도 하고 가지 말라고 붙잡는 소리 같기도 했다. 동시에 둘 모두 자신의 망상일 뿐이라는 것도 안다.

원상과 인연을 끊으며 서우는 10년간 제 손발을 묶고 있던 빚에서도 해방됐다. 원상은 영혜가 남기고 간 빚까지 자기가 다 알아서 한다고 했다. 막대한 수술비며 병원비에 생활비까지, 어떻게 알아서 할지는 모르겠지만 서우는 이제 그에 간섭할 자격도 없는 듯했다. 아마도 삼촌이 좀 도와주겠다 했으리라 추측할 뿐이었다.

가족에서 해방되자 빚에서도 풀려났다. 기뻐할 일인지 어떤지도 알 수가 없었다. 다시금 삐, 하고 날카로운 금속성의 이명이 들렸다. 거실 벽에 손을 기대고 있던 서우가 고개를 들어 안방 문을 바라보았다. 거기엔 이제 말 그대로 아무것도 없다는 걸 알면서도 습관처럼 숨이 가빠졌다.

그때 누군가의 손이 어깨를 잡더니 서우의 몸을 돌려세웠다.

"김서우."

태경이었다.

"나 배고파. 빨리 가자."

"……."

"가자."

서우가 무슨 말을 할 새도 없이 태경이 손을 꽉 잡고 성큼성큼 걸어 나갔다. 뒤 한번 돌아볼 새도 없었다. 어설픈 미련이라도 쫓아올세라 태경은 안전벨트로 서우의 몸을 단단히 묶고 액셀을 밟은 발에 꾹 힘을 주어 쏜살같이 아파트를 빠져나왔다.

가는 길 내내 태경은 말이 없었다. 입술을 꾹 다물고 전방만 주시하는 모습에 서우는 이유는 모르겠지만 그가 화가 난 것 같다는 생각이 들었다. 어쩔 줄 몰라 눈만 굴리던 서우가 결국 조심스럽게 입을 뗐다.

"선배, 배 많이 고파요?"

"응?"

"뭐 드시고 싶은 거 있으세요? 제가 사 드릴게요."

점심을 먹은 지 얼마 되지도 않았다. 태경은 픽 웃으며 잡고 있던 핸들에서 한 손을 떼 서우의 손을 잡았다. 마침 신호에 걸려 차가 멈추자 태경이 상체를 뻗어 서우의 입술에 쪽 입을 맞췄다.

"먹고 싶은 게 있긴 있는데 지금은 곤란하고."

서우는 어안이 벙벙한 얼굴로 그를 쳐다보았다.

"갈 데가 있거든."

"또요?"

서우의 얼굴에 약간 경계의 빛이 떠올랐다. 새벽부터 어딘지도 모르게 계속 태경에게 끌려다녔다. 갑자기 늘어난 활동량에 피곤하기도 했지만 이번엔 또 어딘가 하는 생각에 지레 불안해졌다.

"걱정 마."

그런 기색을 읽은 듯 태경이 씩 웃으며 의미심장한 눈으로 서우를 보았다.

"좀 피곤하긴 하겠지만 나중엔 기분 좋아질 거야."

그 말에 서우의 경계가 순식간에 더 높아졌다. 태경이 주로 저런 말을 하는 때는 침대 위나 욕조 안, 아무튼 그런 일을 하기 직전이었기 때문이었다.

하지만 기대와는 달리 태경이 서우를 데려간 곳은 침대도 욕실도 아니었다. 그와는 또 다른 의미에서 기가 빨리는 곳이었다. 세 시간쯤 뒤, 백화점에서 나온 서우는 말 그대로 녹초가 되어 있었다.

"졸리지?"

도착할 때까지 좀 자라며 태경이 서우가 앉은 의자 등받이를 뒤로 젖혀 주었다. 서우는 말할 기운도 없는지 그대로 눈만 깜빡이며 태경을 보았다.

"선배, 저 뭐 하나만 물어봐도 돼요?"

"뭔데."

"선배 혹시 부자였어요?"

태경은 터지는 웃음을 참을 수 없었다. 그걸 이제 알았나.

"막 그렇게까지 부자는 아니고."

"……."

"그냥 너한테 사 주고 싶은 옷 몇 벌은 사 줄 수 있는 정도?"

서우가 납득하지 못하겠다는 표정을 지었다. 태경이 방금 백화점에서 서우에게 사 준 건 옷 몇 벌 정도가 아니었다. 구두나 가방, 액세서리 등등은 생략했다는 게 문제가 아니라 그 가격이 문제였다.

"사업하면 돈 많이 들 텐데 아무리 그래도……."

"사업은 자기 돈으로 하는 거 아니란 말 못 들어 봤어? 그리고 사업하면 돈이 많이 드는 게 아니라 많이 버는 거지. 그러려고 하는 거고."

뭔가 말이 안 된다 싶으면서도 말이 되는 것 같다. 아까 백화점에서도 증명됐듯이 서우는 말로는 절대 태경을 이길 수 없었다.

입을 닫고 몸에 힘을 빼자 금세 잠이 쏟아졌다. 어느 순간 차가 멈춘 것 같아 눈을 뜬 서우는 온통 붉게 물든 시야에 일순 사고가 정지하는 듯했다.

"아."

"깼어?"

하늘도 아래도 모두 불타는 것처럼 붉었다. 잠든 사이 어디 다른 행성에라도 옮겨졌나, 엉뚱한 곳으로 튀던 사고가 옆에서 들려온 부드러운 목소리에 제자리로 돌아왔다. 고개를 돌리니 저를 보고 웃고 있는 태경이 보였다. 그 옆얼굴도 지는 노을에 장밋빛으로 물들어 있었다.

"가다가 노을이 지기에."

가던 길이 아니었다. 일부러 찾아서 온 것이다. 가장 예쁘게 해가 지는 곳을 찾아 가장 좋은 시간에 서우에게 보여 주려고.

"……예쁘네요."

"그래, 예쁘다."

태경이 대꾸했다. 여전히 몸은 서우에게로 향한 채 앞은 쳐다보지도 않았다. 서우가 홀린 듯 정면에서 눈을 떼지 못했다. 눈이 부시지도 않는데 눈이 시리고 눈물이 날 것 같았다.

서우는 좀 전 태경이 백화점에서 사 주었던 보석함을 떠올렸다. 앞으로 가장 예쁜 보석들로만 꽉꽉 채워 주겠다던 그 고풍스러운 상자 속에 저 붉은 빛을 담아 영원히 갖고 싶다는 충동이 들었다.

* * *

퇴사를 하면 태경은 최소 반년은 푹 쉬며 서우를 데리고 여행을 다닐 생각이었다. 국내도 좋지만 아무래도 이렇게 오래 쉴 기회가 향후 몇 년 안에 쉽게 오지 않을 테니 해외로 가는 편이 나을 것 같았다.

누구나 다 가는, 죽기 전에 꼭 가 봐야 하는 관광지 100선에 실릴 것만 같은 곳도 좋고 특색이 없어서 관광객이 드문 곳도 좋다. 북쪽으로 거슬러 올라가 빙하 위를 물들이는 오로라를 보는 것도 좋고 반대로 남쪽으로 내려가 사막의 모래 언덕 위에서 금방이라도 부서져 내릴 것 같은 은하수를 보는 것도 좋을 것이다.

기다리는 것이 있으면 시간은 더디게 흘러가는 법이었다. 설상가상 퇴사를 앞두고 태경은 점점 더 바빠졌다. KG와 빠르고 순조롭게 이별한 서우와 달리 태경은 아직 엮여 있는 일들이 많았다.

사직서를 낸 그는 인수인계가 끝나는 4월 말까지 출근하겠다는 의사를 표했고, 그 안에 손댔던 일들을 충분히 마무리할 자신이 있었지만 조직 사회란 게 제 뜻대로만 돌아가는 게 아니라 퇴근이 늦어지는 날도 잦아졌다.

그런 때라도 태경은 아침 달리기를 거르는 법이 없었다. 서우 역시 단 한 번도 싫은 내색 없이 고분고분 태경이 시키는 대로 따라왔다. 형편없는 체력을 그나마 성실함으로 메꾸는 셈이었다.

대견하다고 속으론 생각했지만 워낙 서우의 몸 상태가 안 좋았던지라 한 달 안에 쉬지 않고 5킬로미터를 30분 안에 주파한다는 목표를 달성하기는 어려울 것 같았다.

그래도 서우는 묵묵히 달리기를 계속했다. 해가 점점 길어지고 아침에 집을 나설 때마다 보이는 풍경과 함께 서우의 얼굴도 점점 밝아졌다.

달리기를 시작한 지 며칠이 지났어도 서우는 매번 나올 때마다 활기 넘치는 사람들과 나날이 푸르름을 더해 가는 하천의 수변 공원을 마냥 신기하다는 눈으로 쳐다보았다. 그럴 때면 태경은 꼭 갓 태어나

처음으로 세상 밖으로 나온 강아지를 보는 것 같았다.

벚꽃이 만발하던 어느 날 아침, 서우는 처음으로 중간에 걷거나 쉬지 않고 5킬로미터를 완주했다. 비록 걷는 것보다 약간 빠를 정도로 느린 속도인 데다 목표인 30분엔 어림도 없는 기록이었지만 그래도 서우는 벅찬 표정을 지었다.

땀에 젖어 이마에 달라붙은 머리카락과 발갛게 달아오른 얼굴로 저를 보며 활짝 웃는 서우를 보자 태경은 제가 마라톤 완주라도 한 것처럼 숨이 차오르는 것 같았다. 그 길로 냉큼 서우를 업어 들고 집으로 돌아온 태경은 곧바로 침대로 직행했고, 처음으로 맛본 타인의 땀이 이렇게 달 수 있다는 것에 놀랐다.

"요즘은 식사도 잘해요. 오늘 점심땐 밥 조금 더 달라고도 했고요."

도우미 아주머니의 말대로 서우는 밥도 잘 먹고 잠도 잘 잤다. 혈색도 좋아지고 체력도 부쩍 는 게 눈에 보였다. 여전히 집안일은 못 하게 했지만 일부러 매일 간단히 장을 보는 건 서우에게 시켰다. 잃어버린 것 대신 쓰라며 태경이 새로 사 준 지갑엔 태경의 카드 한 장만 꽂혀 있었다.

순조로운 날들이었다. 주말엔 같이 외출해 밥을 먹고 예쁜 카페를 찾아 차도 마셨다. 근교로 드라이브를 가거나 집 앞 마트가 아닌 좀 떨어진 대형 마트나 백화점에서 함께 장을 보기도 했다.

"이게 신혼부부가 아니면 뭐야?"

마트에서 장을 보고 돌아오는 길에 태경이 불쑥 말했다. 차창 밖을 보며 어젯밤 태경의 서재에 꽂혀 있던 음반에서 들은 노래를 흥얼거리고 있던 서우가 뒤늦게 네? 하고 되물었다.

"이 정도면 이제 너 나 책임져야 되는 거 아냐?"

"······."

"나 정도면 괜찮잖아? 잘생기고 힘도 좋고 돈도 많고."

어린아이가 자랑이라도 하는 듯한 말에 서우는 울지도 웃지도 못하는 표정을 지었다. 무슨 말이라도 하려는 듯 몇 번 달싹이던 입술이 끝내 아무 말도 뱉지 못하자 그 모양을 가만히 지켜보던 태경이 어쩔 수 없다는 듯 가볍게 웃었다.

"뭐 난 상관없어."

"······."

"더 늦어져도 주름지고 백발이 성성한 늙은 신랑 데리고 식장에 들어가는 건 내가 아니라 너니까."

그 말에 망설이던 서우가 조심스럽게 눈을 들어 태경을 바라보았다.

"지금도."

"응?"

"그냥, 지금 이대로도 좋잖아요."

잠시 입을 다물고 있던 태경이 앞을 향한 채로 손만 뻗어 서우의 이마를 쓸었다. 작년 가을, 재회했을 때보다 제법 많이 자란 부드러운 머리카락이 저항 없이 쓸려 올라갔다.

"좋으면 가져야지 왜 놓을 생각부터 해?"

서우의 눈동자가 살짝 굳는 듯했다. 태경의 말투는 한없이 부드러웠지만 미동도 없이 앞을 직시하는 눈빛은 견고하기 그지없었다. 태경이 서우의 머리를 쓸던 손을 내려 그대로 서우의 무릎 위에 놓여 있던 작은 손안으로 밀어 넣으며 말했다.

"욕심내. 네 거야. 가져. 지켜. 이렇게 꼭 쥐고 놓지 말라고."

작은 손아귀에 억지로 꾸역꾸역 제 손을 집어넣고 태경이 고개를 약간 기울여 서우의 눈을 바라보았다.

"알겠어?"

"……."

"앞으로는 가위바위보 할 때도 주먹만 내."

서우는 희미하게 웃을 뿐, 아무 말도 하지 않았다.

서우는 예상외로 고분고분했다. 분명 한 번쯤은 집세라든가 생활비 얘기를 꺼내거나 더는 신세 질 수 없으니 방을 구하겠다는 소리를 하며 속 터지게 만들 줄 알았는데 전혀 그런 기색이 없었다. 휴대폰도, 전화도 없이 사실상 만나는 사람이라곤 태경과 도우미 아주머니뿐인 고립된 생활에도 군소리 한번 없었다.

동시에 서우는 집에 화분 하나도 들이지 않았다. 지나가던 수족관 앞에서 금붕어를 한참이나 들여다보다가도 막상 우리도 키울까 하는 태경의 물음엔 고개를 저었다. 마치 제가 책임져야 할 건 더 늘리지 않으려 하는 것 같았다.

태경도 알고 있었다. 서우는 그저 자신이 원할 때까지 제 곁에 머물러 주려는 것이다. 언제든 그 기한이 끝났다고 판단되면 서우는 두말없이 물러설 터였다. 내일이라도 당장 태경이 다른 여자가 생겼으니 그만 나가 달라 해도 서우는 반문 한마디 없이 빈손으로 돌아설 터였다.

하지만 태경은 그 광경을 상상하는 것만으로도 가슴이 찢어지는 듯했다. 아직 아무 짓도 하지 않았고 그럴 마음도 없는 상상 속 자신조차 죽을 때까지 용서할 수 없을 것 같았다.

김서우에게 상처를 주는 건 이제 상상도 할 수 없는 일이 되었다.

"저, 팀장님."

파티션 너머로 다가온 이민기가 조심스럽게 말을 붙였다. 보고 있던 서류에서 눈을 뗀 태경이 고개를 들었다.

"무슨 일입니까."

"점심시간 다 됐는데……."

태경이 손목에 찬 시계로 눈길을 주었다. 어느새 시계가 정오를 가리키고 있었다.

"먼저들 가 보세요. 나는 외부에 약속이 있어서 나갔다 올 겁니다."

"아, 네. 그럼 식사 맛있게 하세요."

민기가 황급히 고개를 숙이고 다른 직원들과 함께 사무실을 나섰다. 그는 지금 저 홀로 태경과 어색한 내외를 하는 중이었다. 다니는 대기업을 등지고 나갈 용기도 없으면서 태경이 저 말고 저와 동기인 다른 팀원에게 스카웃 제의를 한 걸 알고 내심 섭섭해하는 눈치였다.

마지막으로 남은 서류까지 처리하고 태경이 자리에서 일어나 재킷을 집어 들었다. 회사에서 좀 떨어진 정식집에서 승준과 상현이 저를 기다리고 있을 터였다.

"왔냐."

태경이 안내받은 방으로 문을 열고 들어가자 마주 보고 앉아 있던 승준과 상현이 고개를 들고 알은체를 했다. 태경이 비어 있던 한쪽 자리로 가 앉자 금세 식사가 나왔다. 나중에 돌아갈 회사도 없는 승준이 둘에게 허락도 구하지 않고 술을 시켰다. 태경은 본 체도 하지 않았지만 상현은 웃으며 그의 상대가 되어 주었다.

"가게 공사는 어떻게 돼 가?"

"말도 마. 막상 뜯어보니까 누수가 한두 군데가 아니야. 바로 위층도 아니고 그거 잡는 데만도 한참 걸려서 아직 내부 공사는 제대로 들어가지도 못했다. 건물주는 나 피하는 게 일이고."

"아이고, 고생이 많네. 그래도 장사 하루 이틀 할 것도 아닌데 이참에 싹 고치고 들어가면 좋지."

"슬슬 더워지기 전엔 장사 시작해야 되는데 걱정이야. 휴업 길게 가면 안 좋은데."

둘이 무슨 얘기를 하든 말든 태경은 젓가락만 가지런히 놀리고 있었다. 그 모양을 불만스럽게 쳐다본 승준이 못 참겠다는 듯 한마디 했다.

"이게 다 누구 때문인데."

"말은 바로 해. 누구 덕이냐고 해야지."

"흥."

태경의 대꾸에 승준은 입술을 삐죽이면서도 더 말하지 않고 술잔을 기울였다. 가게 수리와 인테리어 재단장은 언제든 해야 할 일이었다. 하지만 이 타이밍에 강행을 제안한 건 태경이었다. 그에 따른 비용이나 휴업 동안 손실 난 매출은 모두 자신이 책임지겠다는 것을 조건으로.

그 정도 돈은 그에게 별것도 아니란 걸 알기에 승준은 짧게 고민한 끝에 받아들였다. 하지만 가게 수리가 끝나도 서우가 퍼플캣에 출근할 일은 없을 것 같았다.

메시지가 왔는지 휴대폰을 확인하던 태경이 갑자기 풋 웃음을 터트렸다. 승준은 왜 그러냐고 묻는 상현을 급히 제지하려 했지만 한발 늦었다.

"서우가 떡볶이를 샀대."

그게 뭐가 웃긴가는 둘째 치고, 그런 시시콜콜한 것까지 보고를 받냐고 상현이 물었다. 태경이 고개를 저었다.

"카드 결제 문자야. 내 카드라서 긁으면 나한테 오거든."

순간 승준과 상현의 눈길이 마주쳤다.

"만날 딱 장 보는 데만 쓰더니 오늘은 어쩐 일로 군것질을 하네."

"……."

"삼천 원."

그게 그렇게 웃긴 일인가. 숫제 젓가락까지 내려놓고 입가에 완연한 미소를 띤 채 휴대폰을 들여다보는 태경을 보고 승준과 상현은 할 말을 잃었다.

"김서우 아직도 폰 없어?"

"응."

"작작 좀 해라."

승준이 핀잔을 주었지만 태경은 들은 척도 하지 않았다.

"돈도 많은 놈이 카드를 뭐라고 하고 줬기에 애가 떡볶이밖에 안 사? 김밥에 튀김에 순대도 없이."

"원한다면 하루에 천만 원을 써도 된다고 했어."

"근데 그걸 서우가 받았어?"

"농담인 줄 알던데."

태경이 한탄하듯 고개를 저었다. 원한다면 떡볶이가 아니라 떡볶이집이라도 사 줄 수 있는데.

"로또를 맞아도 변하질 않아, 사람이."

"……너 자신을 로또로 표현하는 게 더 대단하다."

"로또 맞지. 내가 그렇게 만들어 줄 거거든."

태연하게 대꾸하는 태경을 보고 승준이 더는 말이 안 통한다는 듯 고개를 젓고는 상현을 안타깝게 쳐다보았다.

"너 앞으로 쟤랑 어떻게 일할래? 이제라도 동업하는 거 취소하지 그래?"

"응? 어, 나는 괜찮은데."

"……."

"우리 부인 앞에서만 안 하면 뭐."

나는 한도 없는 카드 같은 건 쥐여 줄 자신 없다며 어설프게 웃는 상현을 보고 승준은 혼자 쓰라린 속을 부여잡고 술을 들이켰다. 고등학교 터가 안 좋았나. 이놈도 만만치 않은 사랑꾼이라는 걸 잠시 잊고 있었다.

＊　＊　＊

　마트를 나와 집으로 돌아가던 서우의 발이 주춤했다. 꽃무늬가 그려진 장바구니를 한 손에 든 채 멈춰 선 서우의 시선이 향한 곳은 요즘 보기 드문 공중전화 박스였다. 단지 입구 근처, 매일 적어도 하루 두 번은 그 옆을 스쳤을 텐데 어째서 이제야 눈에 띈 건지 모를 일이었다.

　서우는 무언가에 이끌린 듯 박스 안쪽으로 들어갔다. 훑어보니 꼭 동전이나 전용 카드가 없어도 일반 신용 카드로도 사용이 가능한 듯했다.

　조금 망설이던 서우는 감자와 꽈리고추 따위가 든 장바구니를 한쪽 구석에 내려놓고 수화기를 들었다. 투입구에 카드를 밀어 넣고 머릿속에 있던 번호를 불러왔다. 신중하게 버튼을 누르는 손가락이 살짝 떨렸다.

　처음엔 받지 않았다. 지금은 학교를 마쳤을 시간인데. 아마 낯선 번호라 받지 않는지도 몰랐다. 서우는 한 번 더 통화를 시도했다. 몇 번 신호음이 울린 끝에 달칵 상대방이 응답하는 소리가 들렸다. 약간 긴장한 채로 서우가 귀에 대고 있던 수화기를 바투 잡았다.

　─여보세요.

　낯익은 순한 음성에 눈물이 핑 돌았다. 서우가 다정하게 동생의 이름을 불렀다.

—누나?

"어, 응. 민재야. 누나야."

이렇게 오래 민재와 떨어져 지낸 적이 없었다. 죄책감과 그리움에 속절없이 목소리가 떨렸다. 아무것도 모르는 민재가 자신이 저를 잊었다고, 내팽개쳐 두었다고 생각할까 내내 가슴을 졸였다.

—누나 잘 있지? 공부는 잘하고 있어?

"응?"

—아빠가 그랬는데. 누나 더 좋은 회사 가려고 당분간 다른 데서 공부해야 된다고. 방해하면 안 된다고.

"아, 아, 그래. 맞아 맞아."

—공부는 열심히 하고 있어? 나 걱정해서 전화한 거지? 나는 괜찮아. 밥도 잘 먹고 여기 학교도 좋아. 아빠도 잘 있고 아빠 도와주시는 분들도 다 친절해.

"……."

—그러니까 나랑 아빠 걱정 말고 누나도 한눈팔지 말고 공부 열심히 해. 그래야 빨리 다시 보지.

들려오는 목소리가 의젓했다. 서우는 민재가 제 목소리를 듣자마자 마구 화를 내고 심술을 부릴 거라 생각했다. 어디냐고 당장 오라고 발을 동동 구르며 울고불고 떼를 쓸 줄 알았다.

—아, 근데 누나 있잖아. 나 지금 학원 갈 시간이라 오래 통화 못 해.

"너 학원도 다녀? 무슨 학원 다니는데?"

―응, 피아노랑 태권도. 지금 차 왔어. 가야 해.

서우가 다급하게 물었다.

"두 개나 다녀? 학원이 어딘데? 학교 근처야? 학교 이름은 뭔데? 지금 사는 집하고 가까워? 너 혼자 걸어서도 다닐 수 있어?"

―어, 누나, 뭐라고? 여기 시끄러워서 못 알아들었어.

"민재야."

―누나, 보고 싶다.

처음으로 민재의 목소리가 약간 메는 듯했다. 서우는 목구멍이 꽉 막히는 것 같았다. 하지만 민재는 언제 그랬냐는 듯 씩씩하게 말을 이었다.

―아빠 걱정은 하지 마. 내가 옆에서 잘 보고 있을게. 아빠 아픈 거 다 낫고 누나도 공부 다 하면 그때 다 같이 살 수 있대. 그러려면 시간이 좀 걸린다고 그랬어. 나는 언제든 다시 볼 수만 있으면 괜찮아. 기다릴 수 있어.

"……"

―누나, 나 진짜 가야겠다. 급한 일 있으면 아저씨한테 연락할게.

민재가 뛰는지 급한 발소리와 숨소리가 들렸다. 서우는 정신없이 뛰지 말고 차 조심하라는 당부를 급하게 남겼지만 민재가 제대로 들었는지도 알 수 없었다.

통화가 끊기자 전화기가 삑 소리를 내며 카드를 뱉어 냈다. 그것을 받아 들 생각도 못 하고 서우는 한참을 우두커니 박스 안에서 있었다.

　그날 태경은 퇴근이 늦었다. 예정에 없던 일이었다. 밤 9시가 넘어서까지 서우와 함께 있던 도우미 아주머니는 괜찮다고, 그만 퇴근하셔도 된다는 서우의 말에 몇 번이나 망설이다가 떠밀리듯 현관을 나섰다.

　"서태경 씨가 올 때까지 봐 달라고 했는데."

　"괜찮아요. 내일 일찍 볼일 있으시다고 하셨잖아요. 제가 어린애도 아닌데 걱정 마시고 얼른 가 보세요."

　"아휴, 참. 이래도 되나 몰라……."

　"괜찮다니까요."

　그리 늦지 않는다던 태경은 12시가 다 되어도 오지 않았다. 이번 주가 마지막 출근이니 어쩌면 송별회 같은 걸 하는지도 몰랐다. 오랜만에 혼자인 밤이었다. 그래서인지 잘 시간이 지났는데도 잠이 오지 않았다. 태경이 언제 올지 몰라 신경이 자꾸 현관으로만 쏠렸다.

　서우는 침실로 올라가지 않고 거실에 미등 하나만 켜 놓은 채 높이 솟은 창가에 우두커니 앉았다. 제 입김 탓에 흐릿하게 서리가 끼는 창을 무성의하게 소매로 닦아 내고 물끄러미 하늘을 올려다봤다. 먹색 밤하늘에 띄엄띄엄 매달려 있는 별들이 두려움에 떠는 것처럼, 혹은 숨죽여 웃는 것처럼 잘게 빛나고 있었다.

　서우가 손가락을 들어 제일 밝게 빛나는 별 하나를 짚었다. 다리를 놓듯 죽 선을 그어 그와 가장 가까운 별과 연결했다. 더는 엮으려도 보이는 별이 없었다. 갈 곳을 잃은 손가락이 잠시 그대로 머무르다

유성처럼 아래로 뚝 떨어졌다.

"아."

순간 문득 땅이 흔들린 기분이 들었다. 깜짝 놀란 서우가 숨을 멈춘 채 잠시 굳었다가 얼른 고개를 들어 천장에 매달린 전등을 보았다. 전등은 미동도 없었다.

재빨리 창가에서 물러난 서우가 소파로 몸을 피했다. 푹신한 가죽에 몸을 묻어도 계속해서 뒤통수가 당겼다. 목덜미에 소름이 돋고 무언가 자꾸 옆에서 알아듣지 못할 말들을 속삭이는 듯했다. 큐브가 기울고 무시무시한 중력이 가차 없이 저를 저 아래로, 바닥으로 끌어내릴 것 같았다.

'이건 다 가짜야. 내 마음이 만들어 낸 가짜.'

귓속에 벌레가 들어간 것 같았다. 이럴 때 태경이 어떻게 하라고 했지?

필사적으로 떠올리던 서우가 본능적으로 가장 환하면서도 사방이 꽉 막힌 곳을 찾아 들어갔다. 샤워기의 물을 틀고 욕조 안으로 기어들어 가 머리를 무릎 사이에 처박았다.

물줄기가 머리 위로 쏟아지자 그제야 어떤 소음도 들리지 않았다. 물은 순식간에 수면을 높이며 굳어 있던 서우의 몸을 이완시켰다. 턱 끝까지 물이 차올랐을 때야 서우가 샤워기 레버를 잠갔다.

이 집의 욕조는 길이도 넓이도 서우 한 명 정도는 팔다리를 죽 뻗고 데굴데굴 굴러도 좋을 정도로 널찍했다. 아래로 좀 더 몸을 미끄러트리자 금세 머리끝까지 완전히 물속에 잠겼다.

서우는 물속에서 눈을 뜨고 제 입과 코에서 빠져나간 기포가 보글보글 위로 올라가는 걸 쳐다보았다. 수면 너머 흐릿하게 흔들리는 욕실 조명이 언젠가 바닷속에서 보았던 햇빛 같았다.

"김서우! 너 지금 뭐 하는 거야?"

그때 눈앞에 어둠이 드리워지며 커다란 손 하나가 서우를 덥석 붙잡았다. 촤악 물이 쏟아지는 소리와 함께 어느새 몸이 욕조 바닥에 끌려 나왔다. 눈을 들자 언제 왔는지 태경이 슈트 차림 그대로 욕실로 들어와 있었다.

서우는 무슨 말을 할 틈도 없이 격렬한 기침을 토해 냈다. 끌려 나오며 저도 모르게 입을 벌리고 숨을 쉬는 바람에 물이 어디로 잘못 들어갔는지 코와 얼굴 전체가 아릿하게 쑤시고 목구멍이 따끔거렸다.

"선배⋯⋯."

겨우 기침을 멈추고 이제 왔냐고 물으려던 서우의 입술이 얼어붙었다. 장승처럼 우뚝 선 채 꼼짝도 않고 저를 보는 태경의 표정을 보고서야 서우는 현재 상황이 눈에 들어왔다.

"아."

태경은 아무 말도 하지 않고 서우를 일으켜 세웠다. 젖은 옷을 벗기는 손길에 과도하게 힘이 실려 부들부들 떨리고 있었다. 수건을 꺼내 서우의 몸을 닦고 가운을 입히고 밖으로 데리고 나왔다.

"저, 선⋯⋯."

"아무 말도 하지 마."

태경이 무감정한 어조로 말했다. 표정에 드러나진 않았지만 서우는 그가 화가 났다는 걸 알았다. 지금 무슨 생각을 하는지도 알 것 같았다. 옷을 입은 채로 욕조에 머리를 박고 있었으니.

그냥 물속에 잠겨 있는 게 좋아서, 귀를 갉는 소리도 들리지 않고 보호받는 것 같아 그랬다고 변명해 봐야 더 화만 낼 것 같았다. 그리고 그게 정말 다인지 서우도 확신할 수 없었다.

그대로 서우를 침실로 데려다 놓고 태경이 곧장 방을 나갔다. 계단을 내려가는 발소리와 함께 말소리가 들리는 걸 보니 누군가에게 전화를 건 듯했다.

"오늘까지 일한 걸로 하시죠. 급여는 그렇게 정리하겠습니다."

도우미 아주머니인 듯했다. 서우가 흡, 숨을 삼켰다. 그러지 말라고 하고 싶었지만 태경을 쫓아 내려갈 엄두가 나지 않았다. 그 냉랭한 음성을 들으니 얼굴을 보는 게 겁이 났다.

'왜 그렇게 화를 내요.'

가끔 태경은 저를 두렵다는 듯 쳐다볼 때가 있었다. 꼭 당장이라도 서우가 어디론가 증발해 버리기라도 할 것처럼.

'나는 죽으려고 한 게 아닌데.'

설령 그런 일이 생긴다 해도 사람은 어차피 죽는다. 언제, 어디서, 어떻게 죽을지 정할 수 있는 사람은 아무도 없다. 죽음은 생각보다 가까이 있고 삶은 눈 깜짝할 새 불타올라 떨어져 버리는 유성 같은 거다.

제일 행복할 때 죽는 게 정말 그렇게 나쁜 걸까.

오히려 축복 아닐까.

하지만 서우는 그중 어떤 말도 태경에게 할 수 없었다.

다음 날 태경은 오전에 짧게 출근을 했다 금세 다시 돌아왔다. 도우미 아주머니는 정말 출근하지 않았다. 저 때문에 죄도 없이 멀쩡한 일자리를 잃게 만든 것 같아 서우는 죄책감이 느껴졌다.

설상가상, 비가 오는 바람에 아침 달리기도 하지 못했다. 하던 일을 걸러서인지, 더 이상 바닥을 칠 수 없는 집 안 분위기 때문인지 서우는 자꾸 손이 떨리고 평소보다 높은 심박 수에 안절부절못했다. 간밤에 전혀 잠을 자지 못한 것도 한몫할 터였다.

하루 종일 숨 막히는 공기 속에 눈치만 보던 서우는 결국 지쳐 잠이 들고 말았다. 민재가 단 한 번 썼던 손님방에 괜히 자신을 가두고 있던 서우의 잠든 몸을 누군가 들어 옮기는 게 느껴졌다. 부드럽게 머리를 쓰다듬는 손길이 좋아 저도 모르게 어리광을 부리듯 머리를 비볐다. 가벼운 한숨 소리 같은 게 들렸다.

그때 어디선가 전화벨 소리가 울렸다. 이어 머리 위에 있던 손이 떨어지고 여보세요, 하는 태경의 나직한 음성이 들렸다. 멀어지는 소리에 서우는 귀를 쫑긋 세워 보았지만 토막 난 문장밖에 들리지 않았다.

"······소개할게요. 오늘은 곤란······ 다음에······ 나중에 이쪽으로 한번······."

맥락을 알 수 없는 통화를 듣다 어느새 깊게 잠에 빠졌다. 눈을 뜨니 아무도 없었다. 주변을 둘러보던 서우가 침대에서 조심스럽게 몸을 일으켰다. 아래층으로 내려가니 불이 켜져 있고 컴컴한 창밖에는 여전히 비가 내리고 있었다. 휴대폰도 테이블 위에 그대로 있는 걸 보니 태경은 서우가 잠든 틈을 타 잠깐 자리를 비운 듯했다.

조금 망설이던 서우가 휴대폰을 집어 들었다. 순간 놀랍게도 화면의 잠금이 해제됐다. 믿을 수 없어 다시 해 봐도 마찬가지였다.

"이게 왜……."

언제 해 놨는지 모르겠지만 태경이 제 휴대폰에 서우의 지문을 등록해 둔 모양이었다. 상황을 파악할 틈도 없이 갑자기 요란하게 전화벨이 울렸다. 깜짝 놀란 서우는 하마터면 휴대폰을 바닥에 떨어트릴 뻔했다. 뭘 어찌할 새도 없이 반사적으로 꽉 쥔 전화가 응답으로 돌아가고 말았다.

―여보세요? 태경아?

액정에 뜬 이름은 어머니였다. 서우는 차마 끊지도 못하고 어쩌지도 못한 채 허둥지둥했다.

―태경아? 얘가 왜 말이 없어. 서태경? 태경아.

"아, 네. 서태경 팀장님 휴대폰입니다."

서우가 겨우 목소리를 쥐어짜 대답했다. 태연하려 있는 힘을 다했다.

―응? 누구세요?

"네, 저, 서태경 팀장님이 잠깐 자리를 비우셔서요. 나중에 다시 걸어 주시면……."

―전화 받는 사람은 누구예요? 태경이 아까 집이라고 했는데.

무슨 말을 해야 할지 모르던 서우는 자신을 가사 도우미라고 해 버렸다.

　―아, 정말? 잘됐네.

　"네?"

　―거기 주소가 어떻게 되나요? 내가 지금 그쪽으로 갈 참이거든
요. 아까 주소를 듣긴 했는데 깜빡하고 메모를 안 해서.

　"아, 지금, 지금이요?"

　―아니, 주소요. 주소가 어떻게 되냐고.

　더 어떻게 말을 돌리고 핑계를 댈 여력도 없었다. 서우는 하릴없이
집 주소를 불러 주고 말았다.

　―걔 잠깐 외출한 거 맞죠? 얘는 사람이 간다는데 갑자기 집을 비
우고 말이야.

　"네, 네. 아마 금방 들어오실 거예요⋯⋯."

　―고마워요.

　그대로 전화가 끊겼다. 마른하늘에 날벼락 같은 일이었다. 잠시 정
신을 빼 놓고 있던 서우가 이내 빠르게 몸을 놀렸다. 태경의 어머니
는 서우를 본 적 없지만 그 앞에서 뻔뻔하게 가사 도우미라 할 자신
은 없었다.

　불나도 챙길 거 없어 좋겠다는 태경의 말은 사실이었다. 딱히 챙길
것도 없이 집 안에 대충 제 흔적만 정리해 둔 서우는 지갑만 하나 든
채로 도망치듯 집을 나섰다.

　공중전화로 가 방금 제가 거실 테이블 위에 두고 온 휴대폰에 음
성 메시지를 남긴 서우는 내친김에 민재에게도 전화를 걸어 보았다.

바쁜지 민재는 전화를 받지 않았다. 그대로 수화기를 내려놓은 서우는 우산을 펼쳐 들고 아파트 단지를 나섰다.

정처 없는 걸음이 자연스럽게 익숙한 산책로 쪽으로 향했다. 비 내리는 길엔 오가는 사람이 거의 없었다. 비옷을 걸친 남자 하나가 묵묵하게 뛰어오다 서우를 마주치자 살짝 눈인사를 했다. 서우도 마주 꾸벅 고개를 숙였다.

흐린 날씨 탓인지 언제 해가 진 줄도 모르게 어느새 밤이었다. 맞은편에서 어깨를 나란히 하고 걸어오던 학생 무리를 피해 잠시 길가에 멈췄던 서우는 갑자기 제 우산 아래로 뛰어든 여학생을 보고 눈을 크게 떴다.

"저기 죄송한데 저 저기까지만 같이 우산 좀 쓰고 가면 안 될까요?"

교복이며 머리카락이 온통 젖어 있었다. 서우는 선뜻 고개를 끄덕이며 우산을 쥔 손을 여학생과 제 사이로 옮겼다. 어디까지 가냐고 묻자 버스를 타러 간다기에 그쪽으로 길을 잡았다.

"언니도 버스 정류장 가세요?"

"네."

여학생이 고맙다며 싱긋 웃었다. 키는 서우보다 컸지만 확실히 웃는 얼굴을 보니 애티가 완연했다. 그런 나이였다. 열여덟, 열아홉, 얼핏 보기엔 어른과 다름없이 다 자란 것 같지만 아직 어린 나이였다.

버스 정류장에 도착하자 여학생은 서우에게 인사를 하고 가장 먼저 온 버스를 타고 떠났다. 한동안 멍하니 서서 목적도 없이 시시각각으로 변하는 버스 도착 정보 전광판을 보고 있는데 왠지 모르게 익숙한 번호의 버스가 막 도착 예정을 알렸다.

서우는 홀린 듯 그 버스에 올라탔다. 비에 젖어 번쩍거리는 도로를 달려 버스가 정류장을 하나하나 지나칠수록 잊고 있던 풍경들이 눈에 들어오기 시작했다.

10여 년 전 도망치듯 떠났던 어릴 적 동네는 딱 서우 자신만큼 변했고 또 그대로였다. 골목을 따라 올라가자 금세 옛집이 보였다. 대문엔 새로 페인트를 칠한 흔적이 있고 보안 장치도 새로 한 것 같았지만 서우의 기억 속 모습과 너무도 똑같아 오히려 놀랄 정도였다.

지금이라도 당장 끼익 소리와 함께 대문이 열리고 어릴 때부터 늘 거침없이 당당하게 걷던 서희와 그런 언니를 놓칠세라 종종걸음을 치며 그 뒤를 쫓는 서우가 나타날 것 같았다.

문득 어린 시절의 기억 하나가 떠올랐다.

중학교 때였던 것 같다. 학교에서부터 몸이 좋지 않았다. 내내 열이 나고 속이 뒤집힐 듯 울렁거리던 서우는 집 현관에 들어서자마자 그대로 토하고 말았다. 뒤이어 막 집에 들어서던 서희가 그 광경을 보고 비명을 질렀다.

"언니, 미안해. 미안해."

하필 현관에 서희가 무척이나 아끼던 새 구두가 있었다. 산 지 일주일도 안 된 구두가 엉망이 되자 서희는 정말 많이 화가 났는지 잔뜩 일그러진 얼굴로 서우를 밀치고 제 방으로 들어가 버렸다.

속이 뒤집히고 머리가 빙빙 도는 와중에도 서우는 언니에게 연신 사과를 하며 울었다.

"애가 일부러 그런 것도 아니고 아파서 그런 걸 가지고."

원상이 서희를 나무랐지만 서희는 입을 꾹 다물고 저녁도 먹지 않고 방에 틀어박혀 꼼짝도 하지 않았다. 서우 역시 아픈 티도 못 내고 대충 약을 먹고 제 방에 누웠다. 열이 올랐다 내렸다 하며 밤새 혼자 소리 없이 끙끙 앓았다.

새벽이 가까워질 무렵 방문이 달칵하고 열리며 서우의 얕은 잠을 깨웠다. 서희였다. 발소리도 없이 다가온 서희는 침대맡에 서서 서우를 가만히 내려다보더니 차가운 손으로 서우의 이마를 짚었다.

서늘한 느낌이 좋아 저도 모르게 어리광을 부리는 투로 그 손에 얼굴을 가져다 비비며 서우가 까슬한 입술을 벌렸다.

"언니, 언니…… 미안해. 화내지 마. 내가 잘못했어. 내가 잘못했어."

서희는 한참이나 아무 말도 하지 않다가 그대로 뒤돌아 나갔다. 꾹 닫힌 방문을 보고 있자니 서러움에 또 눈물이 나왔다. 그때 문이 다시 열리고 서희가 커다란 대야를 양손으로 들고 들어오는 게 보였다.

"입 벌려."

서희는 사탕 하나를 서우의 입 속에 집어넣고는 대야에서 물수건을 짜 서우의 이마에 올려 주었다. 동이 틀 때까지 그렇게 서우 옆에 앉아 몇 번이고 물수건을 갈아 주었다.

"넌 애가 왜 이렇게 잘 울어?"

"……안 울게."

"그렇게 많이 아파?"

고요하게 묻던 서희의 음성이, 그 눈빛이 떠올랐다. 울컥 뭔지 모를 감정이 치밀어 올랐다. 서우는 입술이 터지도록 깨물었다.

그 모든 게 거짓이라고 생각할 수가 없었다. 거짓과 위장, 가식과 기만. 그게 그들 사이에 있던 전부라 해도 감정은 그렇게 간단히 재단할 수 있는 게 아니었다.

그 사탕의 단맛과 서늘한 물수건의 감촉은.

'어쩌면 언니가 이미 죽어서 그런지도 몰라.'

그래서 더 관대해질 수 있는지도 몰랐다. 반대로 그래서 이제 그들은 어디로도 나아갈 수 없었다.

서희가 자신을 그저 미워하고 끔찍해하기만 했는지, 그 속에 조금이라도 사랑은 없었는지, 저를 향해 웃던 얼굴은 그저 거짓일 뿐이었는지, 한 번쯤은, 짧게 찰나라도 미안하다고 생각한 적은 있는지.

서우는 그저 짐작하고 추측하고 더듬기만 할 뿐 영원히 알 수 없을 터였다.

한참을 집 앞에 우두커니 서 있던 서우는 지나가던 이가 수상쩍은 눈길로 쳐다봤을 때에야 걸음을 옮겼다. 왔던 길을 그대로 되짚어 나가 막 도착한 버스에 올라탔다. 30분쯤 달리자 서우와 태경이 다니던 고등학교가 있는 동네가 나왔다.

빗줄기 사이로 보이는 건물은 어쩐지 낡은 필름을 무명천에 영사한 것처럼 현실감이 없어 보였다. 아니, 저 광경이 비현실적인지, 여기 서서 학교를 바라보고 있는 자신이 비현실적인지 구분이 가지 않았다.

정문이 바로 보이는 길목에 서서 서우는 누군가를 기다리는 사람처럼 하염없이 그쪽을 바라보며 꼼짝도 않고 서 있었다. 그때 환상처럼, 기다림에 대한 응답처럼 어두운 그림자 하나가 교문을 나오는 게 보였다.

교복을 입고, 훤칠하게 키가 크고 날렵한 체격의 그가 서우의 눈엔 꼭 태경처럼 보여 가슴이 덜컥 내려앉는 듯했다.

"……"

그럴 리가 없다는 걸 알면서도 눈이 자꾸 그를 따라갔다. 제 곁을 스치며 무심하게 저를 훑는 눈길에 눈물이 핑 돌 정도로 그리움이 사무쳤다. 서우는 손을 뻗어 그를 붙잡고 싶었다. 그를 잡아 세우고 간절하게 묻고 싶었다.

고 1 여름 방학을 얼마 앞두고 태경에게 여자 친구가 생겼다는 소문이 돌았다. 공부한다는 건 핑계고, 대학생 여자 친구가 생겨 노는 데 안 나오는 거라고 했다.

그럴 만도 하다고, 그런 사람이 여태 여자 친구가 없는 게 이상한 일이었다고 생각하면서도 서우는 의기소침해졌다. 그에게 여자 친구가 있든 없든 달라질 건 없을 거라는 걸 알면서도 풀이 죽는 건 어쩔 수 없었다.

그리고 얼마 뒤 하교를 하던 날이었다. 여느 때와 마찬가지로 혼자 버스 정류장에 앉아 있는데 누군가 털썩 옆자리에 앉았다. 무심코 고개를 돌린 서우는 그만 심장이 뚝 떨어지는 것 같았다.

"집에 가?"

태경이 비스듬히 고개를 기울인 채 길쭉한 눈매로 저를 보고 있었다.

"네, 안녕하세요, 선배……."

서우는 갑자기 제 차림새가 신경 쓰이기 시작했다. 혹시 교복 셔츠 깃에 때가 묻진 않았는지, 거칠게 일어난 입술이 보기 싫진 않은지, 낮에 체육도 했는데 나쁜 냄새가 나진 않는지 머리끝부터 발끝까지 신경이 쓰여 숨도 제대로 쉴 수 없었다.

"그, 너 말이야."

서우가 온몸을 긴장시킨 채 거의 보이지 않을 정도로 조금씩 태경과 거리를 벌리는 데 온 신경을 쏟고 있을 때였다. 태경이 답지 않게 머뭇거리는 태도로 입을 열었다.

"네?"

"……기말시험은 잘 봤어?"

"네? 아, 네. 그럭저럭……."

대충 얼버무리고 말 심산이었는데 태경이 뭔가를 기다리듯 계속 저를 빤히 바라보는 바람에 서우는 연신 눈을 굴리며 그가 원하는 게 무엇인지 맞히기 위해 애를 써야 했다.

"어, 그…… 선배님도 집에 가세요?"

"아니."

"그럼 어디 가시는데요?"

"알아서 뭐 하게."

"아, 그렇죠……."

"……."

"저, 선배님은 기말시험……."

"너보단 잘 쳤을걸."

어렵사리 묻는 것마다 냉담한 반응만 돌아오자 서우는 그냥 입을 다물기로 했다. 옆에서 긴 한숨 소리가 들려왔다.

"나 여자 친구 없어."

서우는 놀라 눈이 휘둥그레진 채 태경을 바라보았다. 태경이 오만상을 찡그린 채 저를 보고 있었다.

"혹시 그런 소리 떠드는 것들 있으면 정정해 주라고."

"……."

"나 여자 친구 없다고."

태경이 벌떡 자리에서 일어났다. 영문은 모르겠지만 갑자기 급격히 기분이 저조해진 모습이었다.

"집에 곧장 가라. 딴 데 새지 말고."

그 말대로 서우는 그날 곧장 집으로 갔다.

'돌아가고 싶어.'

목구멍에서 안타까운 흐느낌이 새어 나왔다.

돌아가고 싶었다.

지금 제 얼굴을 적시는 이 비가 거꾸로 내릴 수 없듯이, 불가능한 일이란 걸 알면서도 서우는 절실히 원했다. 누구든, 악마라도 좋으니 제게 과거의 어느 시절로 딱 한 번 돌아갈 수 있게 해 준다면 제 영혼을 수십 번 바쳐서라도 그때로 돌아가고 싶었다.

한참을 방향도 없이 걸었다. 그러다 지쳐 아무 버스에나 탔다. 서우가 아는 곳, 갈 만한 곳은 몇 군데 없었다.

외부에서 보기에 퍼플캣은 지하 문 앞에 붙은 안내문 외엔 전혀 공사 중이라는 흔적이 없었다. 비도 오고 이미 밤도 깊었으니 인부들도 다 퇴근했을 터였다.

늘 얼룩 한 점 없이 깨끗하던 계단이 흙과 돌가루 따위로 하얗게 덮여 있는 것을 차례로 밟아 아래로 내려간 서우가 굳게 닫힌 문을 마주했다.

상식적으로 아무리 공사 중이라도 문을 잠그지 않을 리가 없었다. 알면서도 왜 여기로 왔는지는 서우도 몰랐다. 혹시나 누구라도 있으면 여기서 시간을 좀 때울 수 있지 않을까 했지만 사실 그렇게 구체적인 생각도 없었다.

그런데 아무 기대 없이 당긴 문이 그대로 열렸다. 안으로 들어가자 뜻밖의 온기가 느껴지고 안쪽에 희미하게 불빛이 보였다. 누군가 있었다. 주방 쪽인 것 같았다.

"아."

승준인가. 아니면 다른 직원? 그도 아니면 잔업을 하던 인부?

서우가 머뭇거리고 있는데 안쪽에서도 소리를 들었는지 부스럭거리는 소리와 함께 누군가 벌써 왔어? 하고 머리를 내밀었다. 손에 가게에서 쓰는 향초가 들려 있었다. 상대를 확인하는 순간 서우와 그, 둘 다 얼어붙었다.

"누구세요?"

엉겁결에 튀어나온 존댓말처럼 아무리 봐도 성인은 아니었다. 짧게 올려 깎은 머리에 눈이 툭 튀어나온 소년이 경계가 가득한 눈으로 서우를 쳐다봤다.

안쪽에서 뭔데? 왜? 하는 소리가 들리더니 그 옆에 비슷한 차림 새의 소년 하나가 더 섰다. 소년의 입에서 탄식처럼 욕설이 튀어나 왔다.

"⋯⋯아, 씨발."

서우는 대충 상황이 이해가 됐다. 자신들이 그만할 때 폐업한 가구 공장을 아지트로 썼던 것처럼 이 애들도 공사 중인 빈 가게를 자신 들의 놀이터로 삼은 것이다. 아마 아무도 없는 밤에만 몰래 들어와 어른들의 눈을 피했을 테지.

서우가 그런 생각들을 하고 있는 동안, 소년 둘은 서우를 흘긋거리 며 저들끼리 쑥덕거렸다. 그때 뒤에서 문이 활짝 열리더니 소년 몇이 더 들어왔다. 비에 흠뻑 젖은 꼴로 손에는 술병과 과자 따위가 든 봉 지를 들고 있었다.

"뭐야? 이거 뭔데?"

막 들어온 소년 중 하나가 물었다. 서우가 아무 말도 하지 않자 빠 르게 시선을 교환한 소년들이 금세 태도를 불량하게 바꿨다.

"아줌마, 지금 상황 파악 안 돼요?"

"⋯⋯"

"볼일 없음 방해하지 말고 나가세요. 꺼지시라고."

거칠게 윽박지르는 소리에 서우가 한 걸음 뒤로 물러났을 때였다. 막 들어온 소년 중 하나가 그를 제지하며 말했다.

"아니, 너는 왜 소리를 지르고 그래. 놀라시게."

무리 중 키가 제일 큰 소년이었다. 여유 있는 걸음으로 서우의 코 앞까지 바짝 다가선 소년이 흥미로운 장난감을 바라보는 눈빛으로 서우의 얼굴을 꼼꼼히 뜯어보더니 불현듯 빙긋 웃었다.

"죄송한데 좀 만질게요, 누나."

소년이 대뜸 서우의 옷 주머니에 손을 집어넣었다. 서우가 흠칫 놀라 몸을 사릴 새도 없이 빠른 손으로 서우의 몸 이곳저곳을 훑더니 순식간에 서우의 지갑을 꺼내 갔다.

"뭐야, 돈도 없고 신분증도 없네. 카드 하나 달랑."

"……"

"휴대폰도 없고."

"돌려줘요."

서우가 손을 내밀었다.

"주인 없는 가게에 함부로 들어오면 안 돼요. 오늘은 못 본 척해 줄 테니까 다음부턴 다른 데서 놀아요. 물건 부수지 말고 촛불 조심 하고요."

침착하게 말을 마친 서우는 손을 내밀고 가만히 서 있었다. 하지만 소년은 재미있다는 듯 피식 웃을 뿐 지갑을 돌려주지 않았다.

"누나가 뭔데? 이 가게 주인은 아닌 것 같고 그렇다고 손님도 아닌 것 같은데."

"지갑 줘요."

"안 되지. 이거 받고 나가서 경찰에 신고하면 어떡해."

안 한다고 해도 소년들은 믿지 않았다.

"우리랑 놀래요, 누나? 누나도 심심한 것 같은데."

"……."

"말만 잘 들으면 내일 아침엔 보내 줄게요."

무슨 말을 들은 건지 퍼뜩 이해가 되지 않았다. 서우가 멍하니 소년을 올려다봤다. 그대로 지갑도 내버려 둔 채 몸을 돌려 나가려 했지만 금세 가로막혔다. 당황한 서우가 고개를 돌렸다. 어디를 보나 비슷하게 생긴 얼굴들이 히죽히죽 웃고 있었다.

무감각하던 손끝이 그제야 찌르르 저려 왔다. 습관처럼 태경을 떠올린 순간, 기다렸다는 듯 가게 문이 활짝 열리고 습기 찬 바깥바람과 함께 커다란 그림자가 입구를 가득 채우고 섰다.

"김서우."

고개를 든 서우의 눈에 비친 건 태경이 아니었다.

윤성이었다.

"나가."

윤성이 짧게 한마디 했을 뿐인데 소년들은 불을 피하는 벌레 떼처럼 분분히 흩어져 순식간에 달아났다. 서우를 대할 때와는 판이하게 다른 반응이었다.

마지막으로 나간 소년이 엉겁결에 쾅 하고 문을 닫아 버리자 지하엔 몇 개의 촛불만이 남아 어둠을 밝혔다. 충분하진 않아도 지척에선 두 사람이 서로의 표정을 확인할 정도는 되었다.

윤성이라니. 그가 왜 여기 있지?

눈으로 보고도 납득이 가지 않았다. 서우는 아무 말도 못 하고 그대로 우뚝 서서 윤성이 느리게 허리를 굽혀 키 큰 소년이 나가기 전 내버리듯 바닥에 팽개친 제 지갑을 주워 드는 것을 보고만 있었다.

"받아. 네 거 맞지?"

뻗은 손을 몇 초쯤 내려다보던 서우가 말없이 지갑을 받아 들어 주머니에 넣었다.

"오랜만이네."

"……."

"얼굴 보기 참 힘들어. 누가 꽁꽁 싸매고 내놓질 않아서."

지그시 내려다보는 시선에 어처구니없게도 그리움이 엿보였다.

"오늘은 어쩐 일로 떨어져 있는 거야? 다투기라도 했나?"

"……."

"그래도 이런 시간에 혼자 이런 데 오는 건 위험한데."

윤성이 나무라듯 주위를 둘러보며 말했다. 텅 비다시피 한 공간이라 목소리가 약간 울렸다.

"공사 중인 거 알고 있었을 거 아니야."

"형부야말로……."

입을 열던 서우가 문득 말을 끊더니 잠시 후 다시 고쳐 말했다.

"……도윤성 씨야말로 여긴 어떻게 알고 왔어요?"

윤성은 달라진 호칭에도 아랑곳하지 않았다. 오히려 즐겁다는 듯이 웃었다.

"내가 왜 몰라. 여기 너 일하던 곳이잖아. 선배 가게라고 했던가."

417

"그런 뜻이 아니라."

어떻게 하필 이 시간에, 이 장소에 나타났는지를 묻는 거다. 서우는 입을 다물고 알면서도 못 알아듣는 척하는 윤성을 눈으로 추궁했다.

"그게 새삼 뭐 그렇게 궁금해."

"……."

"서태경이 내 집에 찾아왔을 때도 물어봤어?"

서우는 대답하지 않았다. 윤성은 그럴 줄 알았다는 듯 씩 웃었다.

"너는 참 고약한 것들한테만 걸려."

"태경 선배는 고약한 사람이 아니에요."

"그렇게 생각하고 싶겠지."

"그래서, 그게 제 잘못이라는 건가요?"

"뭐? 하하. 그건 아니지."

윤성이 홀 중간쯤 서 있는 서우를 지나쳐 좀 더 안쪽으로 걸어갔다. 소년들이 이곳저곳 두서없이 남기고 간 촛불 덕에 그가 움직일 때마다 그림자 여러 개가 동시에 흔들렸다. 공사 중이라 거칠게 맨살이 드러난 벽이며 바닥에 비친 길쭉한 그림자가 몹시도 기괴하게 보였다.

"아니, 사실은 네 잘못인 것 같기도 해."

대리석 상판이 치워지고 내장재만 덩그러니 남은 바 앞에 멈춰 선 윤성이 혼잣말처럼 중얼거렸다.

"알아? 나도 이렇게까지…… 이러지는 않았거든. 이런 적은 없었다고."

"……."

"그럴 필요가 없다는 것도 알고, 그렇게 대단하지 않다는 것도 알고. 근데 참 이상하지. 자꾸 끝을 보고 싶게 만들잖아."

춤추듯 흔들리는 촛불에 윤성의 얼굴에 드리워진 그림자가 일렁였다. 음영이 뚜렷한 각진 얼굴이 어쩐지 금세라도 깨질 듯 연약하게 보였다. 서우는 침잠한 얼굴로 그를 가만히 쳐다보다 조용히 입을 열었다.

"끝은 이미 났어요. 언니도, 나도."

"……."

"그게 도윤성 씨가 원하던 결말이 아니라 해도 어쩔 수 없는 거예요."

"그건 네 방식이지."

윤성이 차갑게 받아쳤다.

"어쩔 수 없다는 건 적절한 방법을 찾아낼 머리가 없거나 찾았어도 실행할 능력도 의지도 없는 패배자들이 편하게 갖다 쓰는 핑계야."

말끝 하나하나에 경멸이 묻어 있었다. 서우가 눈을 찡그리며 한숨 쉬듯 웃었다. 새삼 그와 저는 정말 물과 기름처럼 다른 존재라는 게 느껴졌다. 아무리 해도 섞일 수 없고 어디서도 접점을 찾을 수 없는.

"오만하네요."

서우가 짧게 대꾸하고 입을 다물었다. 무슨 말을 하든 무의미한

419

설전만 될 뿐이란 걸 알자 아예 입을 열 의지가 생기지 않았다. 윤성이 고개를 비틀어 웃는 것도 화가 난 것도 아닌 기묘한 표정으로 서우를 보았다. 눈빛은 다정하고 입꼬리는 올라가 있는데 그 끝에 냉기가 서린 것 같았다.

"많이 용감해졌네. 김서우가 나한테 그런 말도 다 하고."

"……."

"그러고 보니 안색도 좋아진 것 같고, 요즘은 잠도 잘 자는 모양이지?"

대답이 돌아오지 않아도 윤성은 아랑곳하지 않았다. 미간을 찌푸린 채 뭔가를 숙고하듯 고개를 숙이고 한참이나 눈앞의 촛불을 들여다보고 있던 윤성이 머뭇대듯 입을 열었다.

"내가 오만한 게 아니라."

"……."

"그만큼 너를 좋아한다고 하면 어떨까."

다른 곳을 보고 있던 서우의 시선이 윤성에게로 돌아갔다. 윤성은 여전히 서우와 시선을 마주하지 않은 채 약간 강박적인 손놀림으로 양초 주변을 두드리고 있었다.

"죄송하지만 사양할게요."

서우가 담담한 음성으로 말했다.

"저는 따로 좋아하는 사람이 있어서요."

상식적이고도 정석적인 거절이었다. 잠시간 멈칫했던 윤성이 이내 짧게 웃음을 터트렸다.

"안 통하네."

"……."

"그래, 사실 네 말이 맞아."

윤성이 솔직하게 시인했다.

"난 오만하고 안하무인이라 뭐든 내 뜻대로 되지 않는 걸 싫어해. 시작도 끝도 내가 내야 직성이 풀려. 멋대로 내 손을 빠져나가려는 것들은 하나같이 그 대가를 치렀지."

도윤성은 늘 그렇게 살았다. 하고 싶은 건 했고 갖고 싶은 건 모두 손에 넣었다. 그럴 능력이 있고 힘이 있는데, 그러지 않아야 할 이유를 알 수 없었다.

"어차피 이래도 안 되고 저래도 안 된다면 오만해지는 것도 어쩔 수 없지 않아?"

신경질적인 웃음소리가 윤성의 입술 사이에서 흘러나오자 촛불이 위태롭게 흔들렸다. 의도인지, 실수인지 모를 손길에 초가 바 뒤편으로 툭 굴러떨어졌다.

"너는 아직도……."

윤성이 문득 말을 멈췄다. 돌연 다른 생각에라도 빠진 듯 입을 다물고 서우를 빤히 쳐다보았다. 곁에 있던 촛불마저 사라지자 윤성의 얼굴은 어둠에 묻혀 표정을 읽을 수 없었다.

"……네 친아버지는 작년 말에 교도소에서 출소했어."

불현듯 윤성이 단조로운 어조로 빠르게 내뱉었다. 급하게 말을 돌린 것 같은 느낌은 그 내용이 가져다준 충격에 비하면 아무것도 아니었다.

"뒷조사로 그를 수소문해 찾아내고 부추겨서 네 엄마를 데리고 도망치게 한 게 누군지 알아? 바로 서태경이야."

"……."

"네 아버지에게 이식 수술을 지원해 주고 빚을 갚아 주는 대가로 너와 인연을 끊게 만든 것도 서태경이고."

서우의 얼굴에서 표정이 사라졌다.

"이쯤 되면 누가 더 오만한지 알 수 없지 않아?"

빠르게 쏟아 내듯 말을 마친 윤성은 무언가를 기대하듯 숨을 죽이고 서우를 바라보았다.

순식간에 가뭄에 마른 나무 같은 모습이 된 서우가 생기 없는 시선을 윤성에게로 돌렸다. 한참을 그대로 빤히 윤성을 보던 서우는 천천히 눈을 내리깔고 제 손을 쳐다보다 이내 천장을 올려다보더니 마지막으로 다시 윤성에게로 시선을 주었다.

"그래서요."

서우가 입을 열어 지친 음성으로 되물었다. 피곤했다. 갑자기 팔다리를 지탱하고 서 있기도 힘들 만큼 압도적인 피로감이 온몸을 덮쳤다. 당장 어디라도 좋으니 머리를 대고 눕고 싶은 심정이었다.

"알고 있었어요."

입에서 나오는 대로 아무렇게나 중얼거리며 서우는 태경을 생각했다. 그와, 몇 시간 전 제 발로 나왔던 그의 집을 생각했다. 지금 태경은 뭘 하고 있을까. 어머니는 만났을까. 제가 남긴 음성 메시지는 들었을까.

분명 화가 났겠지.

아마 그랬을 거다. 알면서 그랬다. 그가 걱정하고 화낼 걸 알면서 그럼에도 봐줄 걸 알아서, 그래서 발을 뻗었다.

"다 알고 있었어요……."

"알고 있었다고?"

윤성이 믿을 수 없다는 듯 되물었다.

"정말 알고 있었다고?"

"상관없어요."

그가 어떤 사람이든. 자기 모르게 어떤 짓을 했든.

"상관이 없어?"

윤성이 서우 쪽으로 성큼성큼 걸어왔다. 그 손이 덥석 아플 정도로 세게 제 어깨를 움켜쥐는 걸 느끼면서도 서우는 뿌리칠 기력도 없었다.

"어떻게 상관이 없어? 왜 상관이 없어? 그는 너를 속이고 기만했어! 그도 나와 똑같이 눈 하나 깜짝 않고 사람을 이용하고 제멋대로 주무르는 인간이라고!"

윤성이 서우를 마구 흔들며 소리쳤다.

"그런데 왜 실망하지 않아? 왜 화를 안 내? 그와 내가 다를 게 뭔데?"

골이 통째로 흔들리는 것 같아 서우가 눈살을 찌푸렸다. 속이 토할 것 같이 울렁거렸다. 간신히 몸을 비틀어 그에게 저항하며 서우가 힘

423

없이 중얼거렸다.

"어떻게 같아요. 선배는…… 서태경은 내가 사랑하는 사람인데."

아주 오래전부터 지금까지, 내가 죽고 싶을 만큼 사랑하는 사람인데.

윤성이 돌연 손을 멈췄다. 갑자기 누군가 전원을 내려 버린 기계처럼 꼼짝도 하지 않던 그가 떨리는 입술을 열었다.

"……근데 왜 울어?"

"……."

"상관없다면서 왜 우냐고."

그 말을 듣고서야 서우는 제 눈에서 눈물이 쏟아지고 있음을 알았다. 뒤늦게 미간이 쓰리고 콧잔등이 아렸다. 일단 울음이 터지자 걷잡을 수 없었다.

서우는 울음을 그치려는 시도도 하지 않았다. 어차피 되지도 않을 것 같았다. 어깨를 들썩이며 엉망으로 일그러지는 얼굴을 가릴 생각도 없이 서우는 무력한 어린아이처럼 흐느끼며 한참을 울었다.

어깨에 있던 손이 떨어져 나가는 게 느껴졌다. 윤성이 맥 빠진 사람처럼 비틀거리며 두어 걸음 뒤로 물러섰다.

서우가 등잔 같은 눈을 들어 윤성을 올려다보았다. 눈물 때문에 그의 모습이 똑바로 보이지 않았다.

"그래도, 아무래도 상관없어요, 전."

"……."

"……그럼 이제 도윤성 씨는, 어떻게 끝을 내실 거예요?"

서우가 숨을 헐떡이며 물었다. 얼어붙은 듯 서 있던 윤성은 잠시 후 말 한마디 없이 그대로 서우를 내버려 두고 밖으로 나갔다.

쿵, 하고 등 뒤로 문이 닫히는 소리가 들렸다.

그게 그가 내린 결론인지 아니면 또 다른 방법이란 걸 찾아낼 셈인지 모르겠지만 서우는 더 생각할 기력도 없었다. 문이 닫히자마자 서우는 허물어지듯 벽에 몸을 기대고 주저앉았다. 머리가 무거워 들고 있기도 힘들었다.

"나도 집에 가야지…… 얼른 여기 정리하고 집에…….""

입으로만 중얼거릴 뿐, 몸은 꼼짝도 하지 않았다. 따끔거리는 눈꺼풀을 무겁게 깜빡이며 서우는 생각했다.

할 일, 아직 할 일이 남아 있는데 뭐였더라. 그래, 승준에게 연락해서 가게 잠금장치 얘기를 하고, 그런데 휴대폰이 없는데 근처에 공중전화가 있었던가. 지갑은, 카드는 제자리에 있던가? 집에는 어떻게 가지? 여기서 태경의 집까지 가는 버스는 있나? 아니, 그보다 지금 시간은 몇 시지? 버스나 지하철이 다닐 시간이긴 하나?

집중이 되지 않았다. 생각이 하나로 정리가 되지 않고 헝클어진 실타래처럼 마구 엉켰다. 서우가 필사적으로 뒤죽박죽인 머리를 굴렸다. 일단 목록을 세우면 그에 따라 움직이기만 하면 된다. 그것까지만 하면. 그런데.

'아, 너무 피곤하다.'

아무것도 생각할 기력이 없었다. 생각을 해야 한다는 생각만으로도 녹초가 되는 기분이었다. 이게 뭐라고. 별것도 아닌데. 여기까지 이어지면 자괴감에 빠져 손끝 하나 까딱할 수 없게 된다. 숨도 쉬기 싫어진다.

알면서도 서우는 제 몸이 옆으로 기울어지는 것을 막지 않았다. 그대로 바닥으로 쓰러지는 것을 방치했다.

머리가 맨바닥에 닿자 퀴퀴한 먼지와 곰팡이 냄새가 코를 찔렀다. 지하에서부터 올라오는 습기와 냉기가 뼛속까지 스며드는 것 같았다.

승준과 직원들이 매일 쓸고 닦아 얼룩 한 점 없던 바닥은 공사 중이라 바깥 길거리보다 더 지저분했다. 어두워서 제대로 보이지 않는 게 차라리 다행이라면 다행일까.

'이런 꼴로 집에 들어가면 선배가 기함하겠지.'

깔끔해서 잠깐 외출했다가도 손을 씻지 않으면 집 안 물건 하나 만지지 않는 사람인데. 이러고 먼지와 오물 위에 구르고 있는 서우를 보면 기겁을 할 것이다. 집에 들어오지도 못하게 할지도 모른다. 현관에 세워 둔 채로 청소기를 들이밀거나 나가라고 내쫓아 버리거나 혹은.

'그대로 안아서 곧장 욕실로 데려갈지도.'

코끝이 시큰거리더니 눈물이 주르르 흘렀다. 그렇게 울었는데도 또 눈물이 나는 게 스스로도 신기했다. 넌 왜 이렇게 잘 울어? 서희인지, 태경인지 모를 목소리가 들리는 듯했다. 그러게, 나는 왜 이렇게 잘 울까. 지은 죄가 많아서, 태어날 때부터 죄인이라 그런가.

"네 친아버지는 작년 말에 교도소에서 출소했어."

얼마 전까지 존재조차 몰랐던 친아버지가 어떤 사람이었는지, 그 한마디로 다 알게 되었다고 해서 새삼 충격받을 것도 없었다. 태경이 어떻게 그를, 그와 다른 가족들을 제 인생에서 축출해 버렸는지도 알고 싶지 않았다. 태경이 무슨 짓을 했든 어떤 사람이든 서우는 정말 상관없었다.

하지만 그래서 더 서우는 그에게 얘기해야 했다. 비밀을 품고 사는 건 힘든 일이었다. 그런 일을 태경에게 시킬 순 없었다. 괜찮다고, 숨기지 않아도 된다고. 뭐든 다 말해도 된다고, 그래도 함부로 당신을 탓하거나 재단하지 않을 거라고, 정확하게 말해야 했다.

말하지 않으면 어떻게 알까.

나는 오직 당신을 사랑만 한다고. 너무 보잘것없고 비루해서 차마 받아 달라고 하기도 부끄럽지만, 염치없지만 그래도, 그래도 정말 사랑뿐이라고.

"흐윽······."

들끓는 울음에 가슴이 녹아들어 진탕이 되는 것 같았다. 서우는 길게 숨을 내쉬며 소매를 들어 눈물 콧물로 엉망진창이 된 얼굴을 훑었다. 삐거덕대는 고개를 바로 잡고 굳어 버린 손발에 힘을 주고 몸을 일으키자 엉망진창으로 늘어진 머리카락이 바닥을 쓸 듯이 흔들렸다.

'돌아가자.'

간신히 자리에서 일어난 서우가 켜져 있던 촛불을 다 끄고 하나만 손에 든 채 문 쪽으로 걸음을 옮겼다. 발목이 추를 단 것처럼 무거웠다. 얼마 되지도 않는 거리가 천릿길처럼 느껴졌다.

문손잡이를 잡고 당기는데 문이 열리지 않았다. 몇 번을 더 흔들어 봐도 뭐에 걸린 것처럼 덜컹거리기만 할 뿐, 꿈쩍도 하지 않았다.

"이게 왜……."

당황한 서우가 어쩔 줄 몰라 하며 문 여기저기를 더듬듯 만졌다. 세게 밀었다 당겼다 모서리를 두드려 보기도 했지만 아무 소용이 없었다. 어떻게 해도 열리지 않았다.

"왜 이러지……?"

저도 모르게 뒷걸음질을 치며 문을 훑던 서우의 발이 무언가에 걸려 그만 우당탕 넘어지고 말았다. 무방비한 상태의 등과 허리가 돌바닥에 호되게 부딪쳤다. 서우는 그대로 바닥에 누운 채 새우처럼 몸을 동그랗게 말았다. 고통에 찬 신음이 절로 흘러나왔다.

"아윽……."

그 와중에 들고 있던 양초가 떨어지며 불이 꺼지고 말았다. 하나 남은 불빛마저 사라지자 사방은 정말 한 치 앞도 보이지 않는 암흑이었다. 눈앞에서 손을 흔들어도 흔적조차 보이지 않았다.

본능적으로 서우는 기둣이 숨을 헐떡이며 벽 쪽으로 몸을 붙였다. 아무것도 보이지 않는다는 걸 알면서도 눈을 크게 뜨고 사방을 훑었다. 어둠으로 꽉 찬 지하가 순식간에 서우가 모르는, 전혀 다른 공간이 되어 버린 것 같았다.

서우는 어둠을 무서워하지 않았고 오히려 편하게 느끼는 편이었지만 지금 이 어둠은 뭔가 달랐다. 그 속에 뭐가 있는 듯한, 까만 눈알 수천 개가 도사리고 앉아 동시에 서우를 보고 있는 듯한 기분이 들었다. 당장이라도 뭐가 튀어나와 자신을 공격할 것처럼 온몸의 신경이 곤두섰다.

'나가야 되는데.'

점차 숨이 가빠지기 시작했다. 목구멍에서 쌕쌕거리는 소리가 났다. 가슴이 누가 힘껏 내리누르는 것처럼 답답하고 속이 울렁거렸다. 머리가 빙빙 돌고 눈에선 눈물이 하염없이 흘러내렸다.

"하아, 하아, 하아……!"

서우가 무릎 사이에 머리를 처박고 어떻게든 숨을 가누려 애를 썼다. 지금 여기서 공황을 일으키면 안 된다. 그럼 정말로 마지막일지도 모른다는 생각이 들었다. 그 나락에서, 공포에서, 끝도 없는 허무에서 이번에는 도저히 빠져나오지 못할 것 같다는 예감이 들었다.

귓속이 웅웅 울리고 멀미가 나는 것처럼 어지러웠다. 눈을 꼭 감고 있는데도 자꾸 무언가가 코앞에서 얼쩡거리는 듯했다.

'보지 마.'

서우는 필사적으로 눈을 감고 고개를 들지 않으려 했다. 수없이 많은 흰 손이 저를 툭툭 치고 흔들며 귀에 대고 속삭였다. 이쪽을 보라고 제 존재를 알아채라고, 발목을 감아 몸을 타고 올라오며 서우의 숨통을 조였다.

'싫어, 저리 가!'

이건 다 가짜다. 내가 만들어 낸 허상이다.

'살려 줘. 살려 줘…….'

눈을 감고 귀를 막았다. 깔깔거리는 웃음소리와 들릴 리 없는 비명이 자꾸 귀를 쑤셨다. 미칠 것 같았다. 서우는 있는 힘껏 몸부림을 치며 비명을 질렀다.

'하지 마, 그만해, 살려 줘, 도와줘, 누가 좀, 제발…….'

"구원자는 없어."

서희인지 태경인지 모를 목소리가 또 들렸다.

구원자는 없어.

여기서 아무리 너 혼자 소리를 질러도 들어 줄 사람은 없어.

서우의 눈동자가 풀리고 사지가 축 늘어졌다. 온갖 소음과 환영들이 서우의 머릿속을 난도질했다. 가슴이 격하게 들썩이며 울컥 토사물이 올라왔다.

너는 못 나가.

평생 여기 갇혀서 죽을 때까지 이렇게 살거나 떨어져 박살 나거나 둘 중 하나야.

구원자는 없어.

……그래.

그래. 서우가 무심코 고개를 끄덕일 때였다. 일순 눈앞이 번쩍하며 얼음송곳 같은 목소리가 서우의 머리를 꿰뚫고 들어왔다.

"김서우."

서우가 헉 소리를 내며 눈을 떴다. 순식간에 긴장된 몸이 바르르 떨리며 정신이 번쩍 들었다. 얼음장 같은 손이 거세게 제 뺨을 후려

친 것 같았다.

"또 이러고 있지."

"……"

"내가 뭐랬어? 이럴 때 어떻게 하라고 했지?"

"서, 선……."

"대답해, 김서우."

"도, 도망치라고……."

서우가 형편없이 떨리는 목소리로 띄엄띄엄 말했다.

"여기서 이렇게…… 있을 필요도 없고, 그 새끼들 말, 흐윽, 헉, 들을 필요도 없고……."

왜 늘 나를 미워하는 사람들 말에만 귀를 기울였을까. 왜 그렇게 살았을까. 그러지 않아도 됐는데.

"눈 감고 귀 막고 뒤도 돌아보지 말고……."

갑자기 어디서 그런 힘이 솟았는지 모르겠다. 서우가 몸을 채 일으킬 새도 없이 문을 향해 기어갔다. 어차피 보이는 게 없으니 거칠 것도 없었다. 끈끈한 늪처럼 팔다리에 달라붙는 어둠을 온 힘을 다해 뿌리치며 끈질기게 귀에 대고 속삭이는 목소리에 대항해 말도 되지 않는 소리를 질렀다.

마구잡이로 휘젓던 손에 마침내 차가운 철문이 닿았다. 서우가 있는 힘을 다해 문을 잡아당겼다. 아까와 달리 거짓말처럼 문이 활짝 열렸다. 차가운 공기가 얼굴을 덮치자 서우가 헐떡이듯 숨을 몰아쉬었다. 깊은 물 속에 빠졌다 간신히 살아난 사람처럼 필사적으로 호흡했다.

"헉, 헉! 허억!"

달리기를 하며 태경이 가르쳐 준 것 중에 러너스 하이라는 게 있었다. 한계에 달한 몸이 극점을 넘어서는 순간, 거짓말처럼 몸이 가벼워지고 머리가 맑아지며 쾌감 같은 카타르시스가 느껴지는 상태.

서우는 아직 그런 단계에 도달하지 못했고 그런 게 실제로 가능한지 이해도 못 했다. 하지만 이 순간, 문을 열고 밖으로 나와 첫 숨을 들이켠 지금, 그게 어떤 건지 알 것 같았다.

정확히는 계단 앞에 서서 고개를 들었을 때 가장 먼저 보인 광경에 알 것 같았다.

그 극점에서 온다는 마약 같은 행복감이 무엇인지.

한 발, 두 발 서우가 계단을 올랐다. 올라설 때마다 막이 오르듯 익숙한 몸이 차례로 보였다. 티 하나 묻지 않은 구두코와 길쭉한 다리가 보였다. 단정하고 커다란 손과 널찍한 어깨, 곧게 뻗은 목이 보였다.

그리고 얼굴. 서우를 천국에 올렸다가 지옥으로 내동댕이칠 수도 있는 별 같은 눈동자가 박힌 얼굴이 보였다.

계단 하나를 남겨 두고 서우가 멈춰 섰다. 선고를 기다리는 죄인처럼, 연서를 내밀고 답신을 기다리는 사람처럼 설레고도 조마조마한 눈으로 하염없이 그 얼굴을 올려다봤다.

"김서우."

마침내 기다렸다는 듯 뻗어 온 손이 서우의 몸을 훌쩍 들어 마지막 계단 위로 올렸다. 태경의 두 팔이 서우를 힘껏 끌어안았다. 갈비뼈가 바스러져 버릴 것 같은 힘이었다. 그대로 작게 뭉쳐 제 품에 집어넣고 싶은 광기가 느껴졌다. 서우도 두 팔을 들고 죽을힘을 다해 그를 부둥켜안았다.

"선배……."

"김서우."

"결혼하자, 선배. 나랑, 우리 결혼해……."

서우가 말을 더듬었다. 쉴 대로 쉬어 제 목소리로도 들리지 않고 숨소리가 더 많이 섞인 음성은 알아듣기조차 힘들었지만 태경은 되묻지 않고 서우를 꼭 안은 채 기다렸다.

"나 병원 갈 거야. 선배 말 잘 듣고 밥도 잘 먹고 약도 먹고 달리기도 열심히 하고……."

"……."

"건강해져서…… 그러니까 나랑 같이 집에 가서…… 결혼해서, 나랑 죽을 때까지…… 떨어지지 말고 우리……."

횡설수설하는 서우를 태경이 으스러지도록 꼭 끌어안았다. 아직 할 말이 남았는데 숨이 막혀 말을 할 수가 없었다. 그대로 서우를 달랑 들어 안은 태경이 걸음을 옮겼다. 아직 할 말이 남았다는 듯 그의 등을 몇 번 두드리던 서우가 이내 포기하고 축 늘어진 몸을 기댔다. 중요한 말은, 진짜 하고 싶은 말은 대충 한 것 같으니 나머지는 다음에 해도 될 터였다.

눈을 들자 태경의 어깨 너머로 남푸른 하늘에 하얗게 흘러가는 구름이 보였다. 언제 비가 그쳤는지 별들이 총총 고개를 내밀고 있었다. 언젠가 본 하늘과 아주 비슷한 것 같으면서도 다른, 새로운 하늘이었다.

11

　어린이날 테마파크가 얼마나 붐빌지는 굳이 가 보지 않아도 알 수 있는 일이었다. 그럼에도 불구하고 태경은 5월 5일 아침, 자진해서 그 지옥으로 들어갈 수밖에 없었다.

　민재에게 어린이날 선물로 원하는 걸 말해 보라고 했을 때 조건을 달지 않은 게 실수라면 실수였다. 고작해야 게임기나 최신형 휴대폰 따위를 예상했는데 민재는 태경에게 저와 함께 놀이공원에 가 주기를 요구했다. 대충 돈으로 때우면 될 줄 알았는데 몸으로, 그것도 아주 제대로 때우게 생긴 것이다.

　그럼에도 태경은 군말 없이 그의 소원을 들어주기로 했다. 이전에 약속을 한 바도 있었고, 그게 아니라도 민재는 충분히 그럴 자격이 있었다. 그 좋아하는 누나와 떨어져 살아야 한다는 것도, 누나를 위한 일이라는 한마디에 민재는 토 한번 달지 않고 받아들였다. 낯선 환경에 누나가 그리울 때가 적지 않을 텐데 꿋꿋이 참고 견뎠다.

일전에 서우가 윤성과 함께 나갔다는 걸 일러 준 일을 차치하고라도 태경은 그런 민재에게 너그러워지지 않을 수 없었다. 잘 보면 생김새도 서우와 제법 닮기도 했고.

오픈 시간이 되자마자 태경과 서우, 민재는 나란히 놀이공원 입장 게이트를 통과했다. 첫발을 들여놓은 순간 민재의 얼굴에 떠오른 표정에 태경마저도 절로 가슴이 뭉클해지는 것 같았다. 가만히 그 자리에 멈춰선 민재는 눈과 입을 동그랗게 벌린 채 말없이 태경의 손만 힘껏 쥐었다. 한 것도 없이 태경은 거의 나라를 구한 것과 비슷한 덕을 쌓은 기분이 들었다.

알고 보니 민재는 지금까지 한 번도 놀이공원에 가 본 적이 없었다. 그를 데려가 줄 어른이라곤 그나마 서우 하나뿐인데, 서우는 놀이 기구 타는 걸 무서워했다. 때문에 서우는 아직 작은 민재의 키 핑계를 대며 좀 더 크면 가자고 차일피일 미루기만 했었다.

그럼에도 막상 와 보니 여전히 키 제한에 걸리는 어트랙션이 제법 있었다. 민재가 열 살치고는 작은 탓이었다. 하루 동안 모든 놀이 기구를 죄다 섭렵하겠다는 포부를 품고 왔던 민재는 약간 실망하는 듯도 했지만 금세 잊어버리고 태경의 손을 잡고 열심히 놀이공원 구석구석을 누비고 다녔다.

서우는 그런 그들 뒤를 따라다니기만 했다. 사람을 가득 태운 거대한 기구들이 빠른 속도로 빙빙 돌거나 허공에서 뚝 떨어지는 광경을 보기만 해도 식은땀이 났지만 자기만 편하게 있는 게 미안해서 자기도 타 보겠다고 소심하게 나섰다가 태경에게 단칼에 거절당했다.

조금이라도 도움이 될까 싶어 다음 어트랙션 줄을 섰다가 그렇게 마음대로 혼자 떨어지지 말라고 태경이 또 잔소리를 하는 바람에 그것도 못 하게 됐다.

하릴없이 서우는 태경이 민재와 놀이 기구를 타는 동안 짐을 맡고 벤치에 앉아 기다렸다가 물과 간식 따위를 건네주기나 했다.

"넌 그냥 우리 눈에 보이는 데 있어."

태경은 서우가 혼잡한 곳에서 눈만 떼면 사라질 어린아이라도 되는 양 굴었다. 외부가 보이지 않는 놀이 기구를 탈 때면 태경은 탑승해서 안으로 들어가기 직전까지 서우에게서 눈을 떼지 않았다. 다른 사람하고 말하지 말고, 혼자 아무 데나 가지 말고, 휴대폰 꼭 쥐고 있으라고 몇 번이고 서우에게 당부하는 태경을 보고 민재마저도 실소를 흘렸다.

"우리 학교 선생님도 그렇게는 안 해요."

분리 불안 비슷한 태경의 이 증세는 지난번 비 오는 날 서우가 집을 나간 날 이후로 생긴 부작용이었다.

서우 딴에는 음성 메시지도 남겨 놓았으니 그렇게까지 걱정할 줄은 몰랐는데 서우가 사라진 그 몇 시간 동안 태경은 거의 미치기 일보 직전까지 갔던 모양이었다. 왜 마음대로 집엘 찾아오냐고 윤정희와도 대판 싸워 하마터면 모자가 연을 끊을 뻔했다.

그리고 다음 날, 태경은 눈을 뜨자마자 서우에게 새 휴대폰을 사주었다. 지금 서우가 열심히 민재와 태경의 사진을 찍고 있는 휴대폰이 바로 그것이었다. 신형이라 카메라 성능이 좋은 건지, 배경이 좋은 건지, 아니면 모델이 좋은 건지 아무렇게나 찍어도 다 화보 같았다.

특히 태경이 회전목마를 타고 있는 사진은 너무 좋아서 서우는 자기가 찍어 놓고도 한참을 감탄하며 들여다봤다. 정작 말에 탄 채 빙빙 돌고 있는 태경의 표정은 심드렁하다 못해 아무 생각이 없어 보이는데, 그 조명과 배경과 자태가 진짜 동화 속 백마 탄 왕자님처럼 완벽해서 눈을 뗄 수가 없었다.

"야, 저기 저 남자야. 아까 내가 말한 사람."

"누구? 저기 남자애랑 줄 서 있는 사람?"

"응, 청바지에 파란 셔츠."

문득 뒤쪽에서 여자 둘이 나누는 대화가 얼핏 서우의 귀에 흘러들었다. 모른 척 묘사하는 대상을 유심히 듣고 있자니 틀림없는 태경과 민재였다. 애고 어른이고 정말 귀엽고 잘생기지 않았냐는 말에 서우가 속으로 뿌듯한 미소를 지었다. 역시 사람 눈은 다 똑같다.

"아빠 맞는다니까, 아빠야."

"어딜 봐서 아빠야. 저렇게 젊은데."

"요즘 겉만 봐서 나이 몰라. 아빠도 아닌데 혼자 누가 애랑 저렇게 열심히 놀아 줘."

"그래도 애가 너무 큰데."

듣고 있던 서우가 미묘한 표정을 지었다. 제 눈엔 아무리 봐도 태경과 민재가 부자 사이로는 보이지 않았기 때문이다.

'하나도 안 닮았는데.'

그렇긴 해도 태경이 진짜 아빠 못지않게 민재와 잘 놀아 주는 건 사실이라 서우도 내심 놀란 참이었다. 아주 어린 아기는 아니라 해도 그런 경험도 없는 사람이 어린이의 체력과 눈높이에 맞춰 놀아 주는 건 쉬운 일이 아니다. 들떠서 민재도 평소보다 더 고집을 부리고 부산하게 구는데 태경은 짜증스러운 기색 하나 비치지 않았다.

"심심하지 않아?"

오히려 하는 것 없이 편하게 있는 서우를 염려했다. 방금 물 위로 뚝 떨어지는 배를 타고 내려와 여기저기 물이 튄 민재를 잡고 손수건을 꺼내 그의 얼굴을 닦아 주며 태경이 물었다. 제가 하겠다고 내미는 서우의 손은 못 본 척하면서, 서우의 표정만 유심히 살핀다.

"지루하면 나가서 좀 걸을까?"

서우가 괜찮다고 고개를 흔드는데 민재가 태경의 옷자락을 잡고 흔들며 떼를 썼다.

"안 돼요. 이담에 바이킹 타기로 했잖아요. 바이킹!"

"알았어. 지금 예약하고 있잖아."

태경이 잔뜩 집중한 얼굴로 휴대폰을 내려다보는 사이 민재가 폴짝폴짝 뛰어와 서우의 팔을 잡고 늘어졌다.

"누나는 정말 아무것도 안 탈 거야? 바이킹 같이 타지."

"미안. 누나는 좀 무서워서."

"뭐가 무서워. 나도 타는데, 누나는 어른이잖아."

"그러게."

"안 무서운 것도 있는데…… 그럼 바이킹 타고 나서 저거 탈까? 저건 하나도 안 무서워."

그러면서 민재가 손을 들어 하늘처럼 꾸며 놓은 천장에 바짝 붙어 느리게 떠 가는 열기구를 가리켰다.

"저거 타면 저 아래까지 다 보여."

"그렇겠네."

"같이 탈래?"

"글쎄."

"타자, 응?"

민재는 뭐든 서우와 꼭 하나는 타고 싶은 모양이었다. 서우만 빼고 저와 태경만 즐기는 것이 미안한 눈치였다. 휴대폰을 집어넣은 태경이 서우에게 달라붙어 거의 기대듯 치대고 있는 민재를 떼어 냈다.

"똑바로 걸어."

오후까지 쉴 새 없이 신나게 놀다 늦은 점심을 먹었다. 아무것도 안 하고 따라다니기만 하던 서우도 이쯤 되자 조금 피로해지는 것 같았다. 그래도 맞은편에 몸을 딱 붙이고 앉아 사이좋게 머리를 맞대고 밥을 먹는 두 남자를 보니 없던 기운도 생기는 것 같았다.

"편식하지 마."

돈가스에 곁들어 나온 브로콜리와 양배추를 슬쩍 한구석에 밀어 놓는 민재를 보고 태경이 잘라 말했다.

"흘리지 말고."

"브로콜리 맛없는데……"

작게 항의해 보았지만 태경은 대꾸도 없었다. 민재는 어쩔 수 없다는 듯 브로콜리 하나를 집어 굳게 마음먹은 표정으로 꿀꺽 삼켰다. 저절로 찡그려지는 인상을 보고 태경은 픽 웃었다. 그러면서 휴지를 뽑아 민재의 턱에 묻은 소스를 닦아 주었다.

"꼭꼭 씹어. 젓가락 아무 데나 내려놓지 말고."

"네에."

뚱하게 대답하면서도 민재는 태경의 말을 고분고분 잘 들었다. 그 싫다던 양배추와 브로콜리도 남김없이 다 먹었다. 정작 자신은 입에 맞지 않아 나온 음식을 반 넘게 남긴 태경이 민재의 물컵에 물을 더 따라 주며 야무지게 오물거리는 그의 작은 입술을 물끄러미 바라보았다.

결과적으로 자신이 이 아이에게서 엄마를 빼앗은 꼴이 되었지만 태경은 그게 그렇게 미안하지 않았다.

세상에는 없는 게 나은 부모도 있다. 아이에게 부모만이 최선이라 여기는 건 환상이다. 온전한 환경이라고는 할 수 없어도 태경은 민재를 서우만큼 바르고 착하게 키울 자신이 있었다. 아니, 그보다는 조금 더 못되게 키워도 될 것 같다.

"선배, 많이 힘들죠?"

퍼레이드까지 구경하고 나자 어느새 밤이었다. 수백 개의 유리로 된 천장이 인공광으로 빛나고 있었다. 시계를 확인하고 깜짝 놀란 서우가 묻는 말에 태경은 아무렇지도 않게 고개를 저었다.

"저는 좀 피곤한데."

서우가 말했다. 많이 놀았다. 그만 나갈 때도 된 것 같았다. 자신이 중재하지 않으면 민재는 아마 태경을 폐장 시간까지 끌고 다닐 터였다.

"딱 하나만. 응? 누나, 딱 하나만 더 타고."

민재가 조르듯 하는 말에 그러자는 태경의 허락이 떨어지자 서우가 그럼 정말 마지막이라고 다짐을 했다. 행복한 어린이날의 대미를 장식할 마지막 선택을 놓고 민재가 잠시 생각에 잠겼다.

이미 어지간한 건 거의 다 탔다. 고민 끝에 민재가 머리 위로 손을 쭉 뻗었다. 그 손끝이 가리키는 천장 바로 아래, 열기구 모양의 탈것이 오색구름처럼 천천히 흘러가는 게 보였다.

"가자, 그럼."

민재가 양팔에 태경과 서우를 각각 끼고 풍선 기구 탑승구가 있는 위층으로 올라갔다. 가족 단위 관람객이 많이 빠진 시간이라 줄이 그리 길지 않았다. 흔들흔들 굴러온 열기구에 민재가 먼저 냅다 올라타고 태경이 막 타려던 참이었다.

고개를 돌린 그가 뒤쪽으로 빠져 있는 서우를 향해 덤덤하게 물었다.

"같이 탈래?"

그 어조가 너무 가볍고 태연해서 서우는 엉겁결에 고개를 끄덕이고 말았다. 기다렸다는 듯 커다란 손이 뻗어 와 서우의 몸이 빨려들 듯 열기구 안으로 들어갔다. 문이 닫히고 태경이 서우를 거의 제 품 안에 가두듯 감싸 안았다. 살짝 덜컹거리는 진동과 함께 열기구가 앞으로 나아가자 태경의 팔에 힘이 더 들어갔다.

그런 그의 과보호가 민망할 정도로 서우는 아무렇지도 않았다. 다만 위로 솟구치기 시작한 기구 탓인지, 아니면 등 뒤에서 느껴지는 체온 탓인지 심장이 조금 빨리 뛰는 것 같았다.

"누나, 어때? 안 무섭지?"

"응."

애초부터 높은 곳이 무서운 게 아니었다. 빠르게 내달리거나 높은 곳에서 뚝 떨어지는 걸 보고 있자면 추락할 것 같은 느낌이, 궤도를 벗어나 어딘가로 튕겨져 나갈 것 같은 불안이 들었다. 그 기분이 제 몸에 불러올 반응이 겁나는 거였고.

하지만 태경의 팔이 단단히 제 몸을 감고 있는 지금 서우는 전혀 무섭지 않았다. 앉을 곳도 없는, 셋이 붙어 서면 딱 맞을 손바닥만 한 공간이 세상에서 가장 안전한 곳이라도 되는 것처럼 평온했다.

"거봐, 내가 하나도 안 무섭다고 했잖아."

민재가 의기양양하게 웃었다. 그러고는 까치발을 들고 밖을 내려다보며 자신이 탔던 놀이 기구들을 하나하나 되짚기 시작했다. 서우도 태경의 품에서 살짝 고개를 내밀고 밖을 내다보았다. 동화 속 풍경 같은 전경이 한눈에 들어왔다. 눈이 시원해지고 가슴이 벅찼다.

"선배, 저기 좀 봐요. 아까 선배가 저기서 탔던……."

443

활짝 웃은 서우가 손가락으로 아래를 가리키며 고개를 돌렸다. 눈이 마주치는 순간 서우는 태경이 계속 저만 쳐다보고 있었다는 걸 깨달았다. 또한 바깥 풍경 따위에는 일말의 관심도 없다는 것도.

태경이 더 붙을 것도 없는 몸을 더 바짝 붙이며 뭔데? 하고 물었다.

"어, 아니……."

서우는 갑자기 얼굴에 열이 오르는 것 같았다. 뒤늦게 민재의 눈치를 봤다. 민재는 여전히 밖을 보느라 여념이 없었다. 서우가 꾸물거리며 몸을 뺄 기미를 보이자 태경이 뻔뻔한 표정으로 서우를 끌어당겼다.

"누나, 나 사진 찍어 줘."

그때 민재가 고개를 돌리며 말했다. 붉어진 볼을 감추며 서우가 알겠다고 황급히 휴대폰을 꺼냈다. 민재가 반대편에 딱 붙어서며 뒤편까지 다 나오게 찍어 달라고 했다. 서우가 팔을 뻗었다 거두었다 하며 화면을 맞추고 있는데 옆에서 찰칵하는 소리가 기습적으로 들렸다.

얼결에 고개를 돌린 서우의 얼굴이 태경의 휴대폰 화면에 가득 찼다.

"선배……."

당황하는 서우와 달리 민재는 됐고, 얼른 저나 찍어 달라고 했다.

"오늘 내내 저랬는데 뭐."

"……."

"몰랐어?"

열기구를 마지막으로 세 사람은 놀이공원을 나와 집으로 향했다. 모두 지쳤는지 말이 거의 없었다. 뒷좌석에 앉은 민재는 금세 잠이 들었다. 그 위에 담요를 덮어 준 서우가 몸을 돌려 태경을 보았다.

"선배, 오늘 힘드셨죠."

"아니."

"고마워요."

태경이 대번에 미간을 찌푸리며 떨쳐 내듯 고개를 저었다. 태경은 서우에게 자기가 한 일은 모두 저를 위해 한 일이니 고맙거나 미안하단 말을 할 필요가 없다고 했다. 그러면서 그 자신은 서우에게 고맙다, 미안하단 말을 밥 먹듯이 했다. 물컵 하나 건네주는 사소한 일에도 고맙다는 말을 빼놓지 않았고 귀가하기로 약속한 시간에서 1분만 늦어도 미안하다고 사과했다.

단 하나, 서우의 친부와 영혜의 일만은 사과하지 않았다. 전후 사정을 묻는 서우에게 말 그대로 일어난 사실만을 나열했을 뿐, 그에 대한 자신의 감정은 일절 전달하지 않았다. 변명도, 핑계도 대지 않았다.

날이 날이라 그런지 차가 꽤 막혔다. 서우도 눈꺼풀이 슬슬 무거워지는 것 같았다. 저도 모르게 꾸벅꾸벅 졸다 화들짝 놀라 고개를 들기를 반복하자 태경이 웃으며 손을 뻗어 서우를 다독였다.

"졸리면 자."

"아니, 안 졸려요……."

그 말이 무색하게 태경이 아파트 주차장에 차를 세웠을 땐 서우와 민재 모두 잠이 든 채였다. 안전벨트를 푼 태경이 잠시 둘을 번갈아 보다가 지체 없이 몸을 돌려 민재의 어깨를 흔들었다.

"김민재, 일어나. 다 왔어."

"어…… 벌써 다 왔어요?"

민재가 졸린 눈을 비비며 주위를 둘러보았다.

"어, 누나도 자네."

누나, 하고 깨우려는 작은 손을 밀어 내고 태경이 조용히 하라는 듯 제 입술 위에 집게손가락을 세웠다. 조수석 문을 열고 조심스럽게 서우를 들쳐 업은 그가 민재에게 카드 키를 건넸다.

민재는 시키는 대로 입을 꾹 다문 채 카드를 사용해 몇 개의 문을 열었다. 집 안까지 들어오는 동안에도 서우는 일어나지 않았다. 위층 침실에 서우를 눕히고 내려온 태경이 소파 구석에 구겨지다시피 널브러져 있는 민재를 보고 눈살을 찌푸렸다.

"안 씻고 뭐 해?"

"……조금만 쉬다 씻음 안 돼요?"

"안 돼. 쉴 거면 현관에서 쉬든가."

민재가 입을 삐죽이며 몸을 일으켰다. 보란 듯 한껏 불쌍한 표정으로 어기적어기적 걸어서 욕실로 향했지만 뒤에서 들려오는 건 대충 씻지 말고 깨끗이 씻으라는 매정한 소리뿐이었다.

그 말대로 옷을 벗고 뜨거운 물에 적신 몸을 열심히 문지르다 보니 민재는 약간 억울한 생각이 들었다.

'누나는 그냥 재웠으면서.'

나는 더 어린데.

그냥 저도 계속 잠든 척하고 일어나지 말 걸 그랬나 하는 생각이 잠깐 들었지만 민재는 이내 고개를 저었다. 두 사람을 업을 순 없으니 그래 봐야 서태경이 일어날 때까지 깨웠을 거라는 생각이 들었다.

그럼에도 민재는 태경이 밉지 않았다. 늘 스스로를 제일 뒷전으로 미는 서우를 항상 최우선으로 올려 주는 그가 좋았다.

* * *

여름을 얼마 앞둔 정원은 녹음이 한창이었다. 거의 한 달이 넘게 아무도 돌보는 이 없이 방치해 두었음에도 제때를 맞은 풀과 나무들은 알아서 제가끔 붉고 푸른빛을 시커먼 흙 속에서 틔워 냈다.

아마도 이제 두 번 다시 돌아올 일 없을 정원을 무심한 눈길로 돌아보던 윤성의 시선이 오래 머문 곳은 한 그루에 수백이 넘는 금송도 아니고 오랜 시간 공들여 까다롭게 덩굴을 이룬 장미도 아니었다.

발치에 누가 잘못 떨어트린 동전처럼 바짝 붙어 소심하게 고개를 내밀고 있는 이름 모를 흰 꽃이었다.

현관 쪽에서 문단속을 하고 남은 짐을 들고 나오는 김 대리의 기척이 들렸다. 윤성이 대표로 있는, 아니, 있었던 건축 사무소의 직원인 그는 오늘 출국하는 윤성을 공항까지 배웅하겠다 자청했다. 점점 가까워지는 둔탁한 발소리를 들으며 윤성은 여전히 시선을 발아래서 떼지 않은 채 입만 열어 물었다.

"김 대리님, 혹시 이 꽃 이름 압니까?"

"네? 꽃이요? 무슨……."

두리번거리던 김 대리는 이내 윤성이 내려다보는 곳에 소박하게 핀 작은 꽃을 발견했다. 이런 종류의 흔히 볼 수 있는 들꽃들이 그렇듯 어디서 많이 본 듯해도 이름은 몰랐다. 이름이 있는지조차 알 수 없었다.

"글쎄요, 이런 건 그냥 이름 없는 들꽃 아닌가요."

김 대리의 대답에 윤성은 그런가요, 하고 중얼거렸다. 제 대답이 성의 없었다 생각했는지 김 대리가 주절주절 말을 이었다.

"아니, 이름이야 있겠지만 식물학자가 아니고서야 이런 것까지 어떻게 일일이 알겠어요. 산이고 들이고 그냥 저절로 자라는 게 이런 야생화들일 텐데."

정 궁금하시면 요즘 스마트폰에 식물 이름 찾아 주는 앱도 있다던데 한번 받아 볼까요? 하고 김 대리가 물었다. 윤성은 입을 다문 채 고개만 저었다.

"저절로 자란단 말이죠……."

뿌린 이가 없어도 저절로 자란다. 저절로 자라 보는 이도 없이 저 혼자 꽃을 피우고 원망도 미련도 없이 저 혼자 지고.

"대표님, 많이 아쉬우시죠?"

그때 윤성의 눈치를 살피던 김 대리가 은근한 음성으로 물었다. 도윤성의 가족은 모두 미국에 있다. 그 역시 이제 미국으로 가면 다신 한국에 돌아오지 않는다 했다. 그렇게 감상적인 사람이라고 생각한 적은 없지만 막상 조국을 떠나려니 섭섭한 마음이 든 건지도 모른다.

하지만 윤성은 김 대리의 말을 곡해한 듯 딴소리를 했다.

"가져가도……."

"네?"

"저걸 파서 가져가도 거기선 못 자라겠죠."

"네? 아, 네, 뭐 아무래도 풍토 같은 게 있으니까요. 잡초 같은 게 아무 데서나 잘 자란다고는 하지만……."

난처한 듯 얼버무리는 김 대리는 저 꽃이 진짜로 미국에서 살지 못 살지가 아니라 뭘 그렇게까지 하겠냐는 표정을 짓고 있었다. 진짜 여기서 저걸 어디 퍼 담기라도 해야 하나, 식물 같은 건 비행기에 함부로 반입이 안 될 텐데. 고민하던 김 대리는 윤성이 걸음을 옮기자 다행이라는 듯 냉큼 뒤를 따랐다.

"바로 공항으로 갈까요?"

운전석에 앉아 안전벨트를 매며 김 대리가 물었다. 이미 일정이 정해져 있는 걸 알고 있으니 예의상 물은 것인데 정작 윤성이 말이 없자 김 대리는 또 좀 당황했다.

이상했다. 오늘 도윤성은 그가 알던 대표답지 않았다. 망해서 쫓겨나듯 떠나는 것도 아니고 오히려 그가 알기론 회사를 넘기며 크게 이익을 봤다 들었다. 남겨 둔 가족이나 숨겨 둔 애인이 있는 것도 아니고 도윤성이 미련 둘 대상이라곤 없는 것 같은데.

"……사모님 계신 곳이라도 한번 들를까요?"

그러고 보니 사망한 그의 아내가 아직 한국 땅에 묻혀 있었다. 묘를 이장한다는 말도 없었으니 어쩌면 그게 마음에 걸려 그러는 건지도.

"사모님?"

윤성이 뜬금없이 무슨 소리인지 모르겠다는 듯 눈을 깜박이다 이내 픽 웃었다.

"아니, 공항으로 가요."

"네."

김 대리의 대답이 떨어짐과 동시에 미끄러지듯 차가 출발했다. 몇 년간 제집이라 불러 왔던 곳이 눈 깜짝할 새 멀어졌다. 이름 모를 들꽃도, 막 수리한 흔적이 남은 대문도, 옆의 벽들에 비해 새것 같은 차고 문도 한번 돌아볼 새도 없이 멀어졌다.

자그마한 백미러 속에서 꿈결처럼 멀어지는 광경을 보며 윤성은 왠지 모르게 컴컴한 토끼굴로 떨어지는 것 같은 아득한 기분을 느꼈다. 떨어질 듯 떨쳐지지 않는 감기처럼 끈질기게 뒷덜미를 잡아채는 이 감정의 정체는 끈끈한 후회였다.

주머니에 손을 넣은 윤성이 그 속에서 작은 메모리 카드를 꺼냈다. 그리고 그날, 김서우를 마지막으로 만난 날 그에게 원래 하려고 했던 말을 떠올렸다.

"너는 아직도……."

그때 윤성은 김서우를 박살 낼 작정이었다. 이미 살얼음판처럼 위태롭기 짝이 없는 정신으로도 자꾸 고집을 부리는 그를 완전히 무너트려 결국 너덜너덜해지고서라도 제게로 올 수밖에 없게 만들 예정이었다. 그러려고 했었다.

하지만 결국 윤성은 그러지 못했다. 왜 못 했는지는 알 수 없었다. 지금 이 후회도 그때 그러지 못했기 때문인지 아닌지.

'넌 아직도 네 언니와 박수영이 사고로 죽은 줄 알지?'

아니었다.

'김서희는 살해당한 거야.'

박수영에게.

윤성이 끝내 하지 못한 마지막 말이었다.

* * *

유혹에 넘어간 미련한 박수영은 어리석어도 비겁한 사람은 아니었다. 그는 자기가 할 수 있는 최선을 다해 상황을 수습하고 회피하지 않고 현실에 맞서기로 결심했다. 이미 저버린 약속 대신, 새로운 마음을 지키기 위해 어떤 것도 감수할 작정이었다.

사랑에 눈이 먼 박수영은 아내의 언니이자 연인인 김서희에게 다 버리고 저와 함께 떠나자고 했다. 모든 비난과 오욕은 자신이 다 감당할 테니 제 뒤에 숨어서 저만 믿으라고 했다. 박수영은 가엾은 연인의 불행한 결혼과 속박에서 그를 벗어나게 해 주고 싶었다.

"내가 다 책임질게. 같이 떠나자. 서우에게도…… 이게 옳아. 더는 죄짓지 말고, 우리 평생 속죄하는 마음으로 최선을 다해 살면서 서로를 행복하게 해 주고……."

하지만 돌아온 건 차디찬 조소와 경멸뿐이었다. 박수영은 자신이 평생 지키고 헌신한 가족, 가치, 도덕, 신의, 명예보다 더 높은 곳에 김서희를 두었지만 김서희는 그런 그를 원하지 않았다. 변한 게 아니라 처음부터 그랬다.

"당신 무슨 아침 드라마 찍어? 진짜 역겹다."

사랑이 그를 태우고 사랑이 그를 찔렀다. 찢기고 불탄 그에게 이제 남은 건 없었다.

"서희야, 하지만 어떡하지? 이제 나는 너 없으면 못 사는데."

"……너 지금 무슨 소릴……! 뭐 하는 거야? 차 세워! 당장 차 세우라고!"

"나는 너를 위해 다 버릴 수 있는데…… 네가 딴 남자랑 사는 것도 못 보고…… 앞으로도 너 없이는 못 살 것 같은데."

"알았어. 일단 알겠으니까 차 세우고 얘기해. 아니, 속도라도 좀 줄여!"

김서희는 박수영에게 욕을 퍼부었다 달랬다 했다. 협박했다 빌었다 했다.

"도윤성이 그렇게 쉽게 우릴 놔줄 것 같아? 그 사람이 어떤 사람인데!"

"너 미쳤어? 대체 왜 이러는 거야? 싫다잖아. 나는 너 싫어! 처음부터 좋아한 적도 없었어! 그냥 김서우가 싫어서, 걔 괴롭히려고 이용한 거야."

"제발, 당신 이럴 필요 없잖아…… 서우 생각은 안 해? 부모님 생각은?"

충분히 했다. 그랬기 때문에 박수영은 자신의 사랑과 잘못에 책임을 지기로 한 것이다. 그 반절은 김서희의 몫이었다. 그게 사랑이다. 그래야 사랑이다. 박수영은 잡고 있던 핸들을 놓고 있는 힘껏 액셀을 밟았다. 이 죽음은 이 사랑의 증거이자 응징이며 속죄가 될 것이었다.

"아아아아악!"

끔찍한 비명 소리를 끝으로 그들의 마지막 대화가 녹음된 블랙박스 메모리는 윤성이 빼돌렸다. 더 정확히는 윤성이 김서희에게 붙인 사람이 빼돌렸다. 김서희의 배신을 알아챈 윤성은 늘 하던 대로 사람을 붙여 증거를 모으고 있었고 그가 붙인 사람이 사고 현장에 가장 먼저 도착한 건 당연한 일이었다.

곧장 연락을 해 온 그에게 윤성은 일단 블랙박스 메모리 회수를 명했고 그는 그렇게 했다. CCTV 사각지대였고 현장에 다른 목격자들도 있었지만 혼잡한 와중에 다른 이들의 눈을 피해 그가 블랙박스를 만졌다는 건 아무도 몰랐다. 목격자들은 그를 사고 난 차량을 도우려는 사람 중 하나로 알았을 뿐이고 놀란 가슴으로 경찰이며 구급차를 부르기에 급급했다.

경찰은 이를 단순 교통사고로 마무리했다.

어쩌면 윤성은 그 사고를 막을 수 있는 유일한 사람이었을지도 몰랐다. 아니, 그 전에 김서희가 하는 짓거리를 알아챘을 때부터 멀찍이서 구경만 하지 말고 그를 막았으면 좋았을지도 몰랐다.

아니면 반대로 그 둘을 묶어 치워 버렸어야 했을지도. 그래, 그 남자가, 서태경이 했던 것처럼. 김서우를 옭아맬 게 아니라 옭아매고 있는 걸 다 치워 버려야 했던 건지도. 그랬다면 이렇게 후회할 일도 없었을까.

하지만 어떻게 알았을까. 뿌린 적도 없던 들꽃이 제 가슴이 저절로 자라 있었을 줄. 그저 무심히 밟고 지나가 버릴 줄 알았던 그 꽃이 그렇게 예뻐 보이게 될 줄.

"날씨가 좋네요. 1년 중에 이맘때가 제일 좋은 것 같아요."

운전을 하던 김 대리가 콧노래를 흥얼대듯 말했다. 그의 말처럼 좋은 날이었다. 화창한 하늘에 온도도 습도도 더할 수 없이 적당해서 어디 한가롭게 드라이브라도 하는 기분이었다.

"캘리포니아는 늘 이런 날씨겠죠?"

"캘리포니아는 1년 내내 여름이라면서요. 폭염도 없고 한파도 없고 미세 먼지도 없고, 진짜 살기 좋을 것 같아요."

그 살기 좋은 곳에 너를 데려다 놓고 싶었다. 도윤성은 그걸 이제 알았다. 그는 그냥 거기에, 세상에서 제일 아름답다는 곳에 김서우를 데려다 놓고 싶었다.

하지만 김서우는 여기에 남길 원했다. 좋은 기억이라곤 없고 고통스럽기만 했던 이곳에. 믿을 수 없고 불안정한 그 남자 옆에.

'왜.'

윤성의 턱이 굳어졌다. 빙빙 도는 생각을 떨칠 수 없었다. 평생

하던 대로 자꾸만 방법을 궁리하는 머리를 막을 수 없었다. 어디서 어떻게 했다면 돌이킬 수 있었을까. 박수영이 자폭하지 못하게 막았다면, 서태경에게 끝까지 서우를 내주지 않았다면, 그 지하에 김서우를 두고 돌아서지 않았다면.

아니, 지금이라도 이 차를 돌려서 돌아간다면, 그러지 않으면 틀림없이 후회로 가슴을 칠 게 뻔한데도.

"……김 대리님."

"네, 대표님."

"조금만 더 빨리 갈 수 없습니까?"

"아, 네."

속도를 더하는 차에서 윤성은 차창을 내려 주먹 쥔 손을 밖으로 뻗었다. 그대로 손바닥을 펼치자 빨려 들어가는 것처럼 바람을 타고 조그만 메모리 카드가 순식간에 저 멀리 사라졌다. 마치 빛에 녹아든 것 같은 그 자리를 잠시 바라보던 윤성이 차창을 올렸다. 그는 이제 후회를 하지 않는 법이 아니라 후회와 함께 살아가는 법을 배워야 했다.

* * *

온다고 했던 시간이 지났는데도 태경이 돌아오지 않았다. 전화를 해 볼까 고민하던 서우는 손에 쥔 휴대폰을 만지작거리며 창가에 섰다. 저 멀리 심야의 컴컴한 도로 위에 금을 긋듯 작은 불빛들이 굴러가고 있었다.

그중 어딘가에 있을 태경의 차라도 찾는 것처럼 한참을 밖을 쳐다보고 있던 서우가 몸을 돌려 주방으로 갔다.

오늘 태경은 상현과 함께 앞으로 사업상 꽤 중요한 거래처와 미팅이 있었다. 한 시간 전쯤 걸려왔던 전화 내용에 따르면 예상외로 술자리가 길어진 듯했고, 그 때문에 태경은 좀 짜증이 난 것 같았다.

주방 선반에서 꿀단지를 꺼내 놓은 서우가 냉장고를 뒤져 콩나물을 찾았다. 태경은 술을 마셔도 아침에 꼭 정해진 시간에 일어났으니 지금 제가 콩나물국이라도 끓여 놓아야 제대로 해장을 할 수 있을 터였다.

다시마와 멸치, 파 뿌리로 국물을 내는 동안 콩나물을 다듬었다. 파를 송송 썰고 마늘도 다졌다. 냉동실에 얼려 둔 바지락살이 있었지만 꺼내지 않았다. 태경은 찌개보다 맑은국을 좋아했다. 아니, 직접 말한 적은 없으니까 좋아하는 것 같다고 해야 옳을 터였다.

특별히 가리는 음식은 없지만 태경은 입맛이 까다로운 편이었고 맛없고 영양가 없는 걸로 배를 채우는 것을 싫어했다. 그래서 대충 아무것으로나 한 끼 때우면 그만인 식인 서우의 식습관을 두고 잔소리를 많이 했다.

막 콩나물국이 완성되었을 때쯤 현관에서 삑삑거리는 소리가 들렸다. 조리대 위에 널려 있던 도구들을 정리하던 서우가 손을 놓고 재빨리 달려 나갔다. 훤하게 불이 들어온 현관에 선 태경이 보였다.

한 손을 벽에 짚은 채 신발을 벗고 있던 태경이 서우가 온 걸 알아채고 고개를 들었다. 마저 신발을 떨쳐 내듯 벗어 던지고 양팔을 쫙 벌린 그가 서우를 향해 걸어왔다.

많이 취한 건 아닌가 생각하던 서우는 한껏 풀어진 얼굴로 헤헤 하고 웃는 그를 보고 이내 그 생각을 고쳐야 했다.

"김서우······."

묘하게 흐려진 발음으로 제 이름을 부른 태경이 곧장 서우를 끌어 안았다. 어깨 위로 툭 떨구어진 얼굴에서 술 냄새 섞인 숨결이 느껴졌다. 이렇게 가까워질 때면 늘 은은하게 풍겼던 풀 냄새 비슷한 담배 냄새는 더 이상 맡을 수 없었다.

서우의 손에 났던 화상은 이제 자세히 들여다봐야 겨우 흔적을 찾을 수 있을 정도인데 태경은 정말 그 후로 담배는 쳐다보지도 않았다.

"선배."

"으응."

"술 많이 마셨어요?"

막무가내로 제 품으로 파고드는 태경의 등을 마주 꽉 안으며 서우가 물었다. 몸이 자꾸 뒤로 쏠려 버티기 위해 다리에 힘을 주어야 했다. 태경이 고개를 끄덕끄덕하자 그의 머리카락이 살랑살랑 서우의 목덜미를 간지럽혔다.

"왜 이렇게 많이 마셨어요?"

"어, 미안······."

"······."

"빨리 오려고…… 빨리 마셨더니."

빨리 취해 버렸어. 중얼거린 태경이 비틀거리며 서우에게서 몸을 뗐다. 뒤늦게 잘못했다는 듯 손을 물리고 한 발짝 뒤로 물러서는 것을 서우가 붙잡았지만 이내 비틀어 떼어 냈다.

"나 냄새나지?"

"아니, 안 나는데."

"아냐, 날 거야. 나 씻고 올게."

금방 씻고 올 테니 자지 말고 기다리라는 말에 서우가 픽 웃었다. 평소와 달리 아무 데나 옷을 훌렁훌렁 벗어 던진 태경이 늘어지는 말투로 욕실까지 데려다 달라고 손을 내밀었다.

분부대로 손을 잡은 서우가 욕실 문 앞까지 그를 인도하자 태경은 문을 닫기 전까지 자지 말고 기다리라는 말을 두 번쯤 더 했다.

피식피식 웃으며 주방으로 돌아온 서우가 꺼내 놓은 꿀단지에서 꿀을 크게 한 술 떴다. 찬물과 더운물을 섞어 미지근하게 만든 물에 꿀을 넣고 꿀물을 만들어 거실로 갔다.

취해서 그런지 오늘따라 태경은 씻는 시간이 더 길었다. 거실 테이블 위에 쟁반을 내려 두고 서우는 바닥에 널린 그의 옷가지를 정리하기 시작했다.

디링-.

그때 팔에 걸친 태경의 재킷 주머니에서 휴대폰이 울리는 소리가 들렸다. 내버려 두려 했는데 소리가 끊이지 않아 어쩔 수 없이 휴대폰을 꺼냈다. 알람이었다. 오늘 날짜로 자정이 지나면 알람이 울리게 설정이 되어 있었다.

"……."

알람 레이블엔 200이라는 숫자만 달랑 적혀 있었다. 잠시 그 의미를 생각해 보던 서우가 천천히 눈을 굴렸다. 설마 하는 생각이 들면서 심장 박동이 빨라지기 시작했다.

정확한 날짜는 기억도 나지 않지만 대충 12월 초라 상정하고 계산해 보면 대충 이맘때가 그들이 사귄 지 200일쯤 됐을 터였다.

돌이켜 헤아려 보면 100일은 그들이 잠시 헤어졌던, 태경은 끝까지 잠깐 다툰 것뿐이라고 우기던, 3월 중순쯤이었을 터다. 기념일은 커녕 몰아닥치는 일들로 서우는 정신이 하나도 없을 때였다.

'그때도 선배는 혼자 이날을 기록해 두었을까.'

그랬을 거란 확신이 들었다. 서우는 이제 태경에 대해 제법 많은 확신을 할 수 있었다. 겉보기엔 기념일 따위, 생일도 안 챙길 것 같은 그가 얼마나 세심하고 다정한 사람인지 서우는 이제 알고 있었다. 그리고 그의 그런 면이 저에게만 국한된 것도 어렴풋이 알았다.

어째서 어렴풋이냐 하면 직접 들은 적은 없어서 100퍼센트 확신할 수는 없었기 때문이다. 그래도 서우는 그 생각만 하면 가슴이 쿵쿵 뛰고 배 속이 울렁거렸다. 서태경이 모두에게 좋은 사람이 아니고 저에게만 좋은 사람이라는 게 이기적인 생각이라고 해도 좋았다.

문소리가 들리고 태경이 나왔다. 샤워 가운만 입은 그에게 얼른 다가간 서우가 꿀물을 내밀었다. 고맙다는 말과 함께 꿀물을 단숨에 들이켠 태경이 아직 안 잤느냐고 물었다. 서우는 제 볼을 짓누르듯 쓰다듬는 큰 손을 피하며 웃음을 터트렸다.

"선배가 자지 말고 기다리라면서요."

태경은 대꾸도 하지 않았다. 한 손으로 서우의 팔을 고정하듯 꽉 잡은 채 다른 손으로 서우의 볼을 주무르며 연신 입을 맞췄다. 이마며 눈썹이며 코며 볼에 무차별적으로 떨어지는 입술에 제 손까지 닿은 것도 아는지 모르겠다.

"선배, 선배, 이제 그만 자요."

"응?"

"그만 올라가서 자자고요."

듣자마자 알겠다고 고개를 끄덕이고 걸음을 떼던 태경이 문득 서우가 따라오지 않는 걸 알아채고 몸을 돌렸다. 왜 같이 올라가지 않느냐는 표정을 짓는 그에게 서우가 자신은 주방 좀 정리하고 올라가겠다고 했다.

"주방?"

"아까 좀 어질러 둔 게 있어서."

태경은 침실로 올라가지 않고 서우를 따라갔다. 올라가서 기다리거나 아니면 거실에 가 있으라고 해도 막무가내로 서우의 허리를 붙잡고 매달렸다.

강아지처럼 졸졸 서우가 움직이는 대로 따라다녔지만 강아지라면 주인의 목덜미며 정수리에 이렇게 키스를 해 댈 순 없을 것이다. 덕분에 금방 끝날 일이 한참 더 걸렸다.

"아니, 선배, 잠깐만…… 그만 좀, 이것 좀 놓고……."

하는 수 없이 서우는 주방을 대충 정리하고 태경을 데리고 침실로 올라가야 했다. 계단 모서리에 자꾸 발등을 찍어 대는 그를 겨우 끌어 침대에 눕혀 놓고 한숨을 쉬었다.

태경은 얌전히 누워 멍한 눈으로 서우를 똑바로 올려다보고 있었다. 겉으로 표가 안 나서 그렇지 정말 많이 취한 듯했다. 이렇게 취한 건 처음, 아니, 두 번째였다.

"……내일모레 군대 가는 사람도 아니고 뭘 이렇게 많이 마셨어요."

서우가 작게 중얼거렸다. 태경은 꼼짝도 않고 서우만 쳐다보고 있었다. 흐릿한 빛 속에서 까맣게 반짝이는 눈동자는 오롯이 서우만을 보고 서우만을 담고 있었다. 그뿐, 아무것도 하지 않았는데도 서우는 볼에 열이 오르고 심장이 터질 듯 두근거렸다.

"선배……."

"응."

불러 놓고 아무 말도 하지 않았지만 태경 역시 재촉하지 않았다. 가만히 서우를 보던 태경이 목마르다고 중얼거렸다. 서우가 물 가져다주겠다고 몸을 일으키자 태경이 그 팔을 잡았다.

"그 물 말고……."

그대로 태경이 서우를 잡아끌자 서우의 몸이 태경의 몸 위로 겹쳐졌다. 곧바로 입술 사이를 가르고 들어온 혀가 점점 다급한 기색을 띠었다.

목이 마르다고 했는데, 물을 가져다줘야 하는데.

생각은 했지만 서우는 꼼짝없이 그에게 몸을 붙인 채 정신없이

461

혀를 섞고 입술을 빨았다. 누가 먼저랄 것도 없이 움직인 손이 서로의 옷을 벗기기 시작했다.

아무래도 가운 하나만 걸치고 있던 태경이 더 빨리 알몸이 됐다. 서우의 옷을 마구잡이로 잡아당기다 마음대로 되지 않는 게 못마땅했는지 태경의 목구멍에서 위협적인 신음 소리가 울렸다. 반대로 서우의 입에선 웃음소리가 흘러나왔지만 태경이 약 오른 듯 연한 살을 비틀어 올리자 금세 쏙 들어갔다.

"아……."

"윽……."

순식간에 몸도 마음도 달아올랐다. 거친 숨소리와 함께 태경이 몸짓이 좀 더 노골적으로 변해 갔다. 아래로 내려가던 머리가 갑자기 멈추더니 뭐라 중얼거리는 소리가 흘러나왔다. 아랫배 부근에서 느껴지는 숨결에 서우는 급하게 숨을 들이마셨다. 안 돼, 그만, 하는 소리에 하늘이 무너지는 기분이었다.

"뭐가 안 돼. 해요, 해도 돼."

"아니야, 안 돼……."

"아냐, 돼. 계속해요. 하고 싶어."

서우가 애타게 말했지만 소용없었다. 태경은 안 된다는 말만 반복하며 꿈쩍도 하지 않았다. 이렇게 취해선 안 된다고. 혼자 취했을 땐 안 한다고. 그러면서 몸을 뗄 기미도 없었다. 서우는 분통이 터질 지경이었다. 내려가서 저도 술이라도 마시고 올까 싶을 정도였다.

"아, 진짜 선배……."

하지만 이내 포기했다. 이전에도 그랬다.

"너 여기서 뭐 해."

그 모텔방에서의 밤을, 서우는 지금도 똑똑히 기억하고 있다. 인사불성으로 취한 태경은 지금처럼 서우를 안고 미친 듯이 키스를 퍼부었다. 정말 사랑하는 연인을 대하듯 정성스럽게 서우의 몸을 만지고 다정한 눈으로 서우를 보았다. 기적이 일어난 것 같았다.

서우는 죽을 만큼 좋았다. 더는 바랄 게 없다고, 그냥 죽어도 좋을 것 같다고 생각한 것도 똑똑히 기억났다. 일생의 복을 이 하루에 다 썼다고 해도 절대 후회하거나 아쉬워하거나 원망하지 않겠다고 다짐한 것도 잊지 않았다.

"예쁘다……."

"……."

"예뻐, 김서우."

서우의 얼굴을 뚫어지게 바라보며 태경이 말했다. 서우는 울음을 터트리지 않기 위해 있는 힘을 다했다. 진심이 아니란 걸 알지만, 술이 깨고 나면 숙취로만 남을 메아리란 것도 알지만 그래도 이 순간 제 귀에 들어온 그 두 마디를 평생 가두고 못 나가게 하고 싶었다.

하지만 태경은 그때도 결정적인 순간에 몸을 뺐다.

"안 돼. 이렇게는…… 여기서, 이런 식으로는……."

그때도 서우는 지금처럼 졸랐다.

"해요, 해도 돼요. 해요……."

막무가내로 떼를 쓰고 매달렸지만 소용없었다. 억울하다 못해 화가

났다. 차라리 아주 취해 버렸으면 좋으련만 저를 알아보고 거부할 이
성은 남아 있다는 게 아쉽고 속상하고 서러웠다. 그리고 그런 생각을
하는 자신이 싫어 서우는 끝내 울고 말았다.

"울지 마……."

태경은 우는 서우를 품에 안고 달래듯 도닥였다. 소중하고 사랑스
러운 것을 대하듯 부드럽게 쓰다듬고 서우가 흘린 눈물에 입을 맞추
고 닦아 주었다. 그 손길이 너무 다정해서, 눈빛이 너무 따뜻해서 염
치도 없이 혹시나 하는 마음이 들었다.

"선배……."

선배도 제가, 아주 조금은 좋은가요? 많이는 아니라도 술김에라도
입을 맞출 정도로는, 우는 얼굴이 역겹지는 않을 정도로는 그 정도는
좋아해 주시는 건가요.

그러면 됐다고 서우는 생각했다. 끝까지 가지 못한 게 아쉬운 건
아마 앞으론 죽을 때까지 이런 기회가 없을 거라는 걸 알아서였다.
그런 제 욕심에 서우 스스로도 놀랐다. 태경을 오래 짝사랑해 오면서
도 성적인 부분을 의식한 적은 거의 없다고 생각했는데 그게 아니었
다는 걸 알고 새삼스럽게 부끄럽기도 하고 슬프기도 했다.

하지만 태경이 깨어났을 때, 서우는 자신이 끝까지 고집을 부리지
않아 진심으로 다행이라는 생각을 했다.

"내가 너한테 무슨 짓 했어?"

태경은 마치 자신이 겁탈이라도 당한 사람같이 하얗게 질린 얼굴로
물었다. 물으면서도 그 눈동자는 아니라는 대답을 내놓으라는 압박을

가했다. 서우는 그가 원하는 대답을 내놓았다. 기적은 한 잔 술처럼, 한 자락 꿈처럼 짧았다.

안도의 빛이 역력하던 그 얼굴을 내내 되새기며 서우는 집으로 돌아오는 택시 안에서 울고 또 울었다. 그에게 미안하고 고맙고 행복하면서도 불행해서 울었다.

'그 하루에 내 일생의 복을 다 써도 좋다고 생각했는데.'

다행이었다. 어쩌면 그때 끝까지 하지 않아서 지금 이렇게 남은 복을 누리고 있는지도 몰랐다. 엉터리 같은 생각이지만 서우는 그런 생각이 들었다. 지금 현재가, 제 팔 안에 있는 이 사람이 너무 꿈같고 기적 같아서 할 수 있는 생각이었다.

서우는 자신이 복이 없다고 생각하지 않았다. 비록 불륜으로 태어났지만 그래도 평범한 가정에서 때론 울고 웃으며 행복하게, 멀쩡하게 자랐다. 빚에 쫓겼지만 어떻게든 갚을 만큼 일할 수 있는 직장과 건강한 몸이 있었고 저를 싫어하는 사람만큼 좋아하고 아껴 주는 사람도 많이 만났다.

그리고 태경이 있었다. 서우는 이제 섣불리 평생이나 죽을 때까지란 말을 입에 담지 않았다. 그럴 필요가 없었다.

"……."

어느새 잠든 태경이 무의식중에도 서우의 품에 파고들었다. 그 몸을 꼭 끌어안아 주자 잠버릇처럼 입을 맞췄다. 빙그레 미소 지은 서우가 눈을 감았다.

제 인생의 가장 어두운 순간마다 빠짐없이 태경이 곁에 있었고 앞으로도 그럴 것이라는 걸 알아서, 여전히 제 속 한구석 어딘가에 웅크리고 있는 외롭고 쓸쓸한 소녀를, 서태경이 그렇게 아끼는 그 작은 자신을 이제는 저도 사랑할 수 있을 것 같았다.

에필로그

마트 안을 지나치던 사람들의 눈길이 구석에 서 있는 키 큰 남자에게로 흘깃흘깃 쏠렸다. 카트에 한 손을 얹은 채 비스듬히 서 있는 남자는 아무것도 하지 않아도 돌아보지 않을 수 없는 외모를 하고 있었다.

정작 태경은 그런 눈길 따윈 느껴지지 않는 듯 조금 떨어진 곳에서 판촉 사원과 이야기를 나누고 있는 서우만 쳐다보고 있었다. 사실 이야기를 나눈다기보단 일방적으로 서우가 듣고 있는 쪽이었다. 내내 고개만 끄덕이다 무슨 웃긴 소리라도 들었는지 살풋 미소 짓는 서우를 본 태경의 눈썹이 약간 구겨졌다.

"뭐가 그리 재미나서……."

그래 봐야 고작 낙지 조리법일 뿐일 터였다. 더 못 기다리겠다는 듯 태경이 카트를 밀고 서우 곁으로 갔다. 남의 말을 못 끊는 서우는 언제나 상대가 먼저 대화를 끝내길 기다리는 편이었다.

매대 앞으로 간 태경이 말없이 낙지 1킬로그램이 든 봉지를 집어 넣는 것으로 상황을 종결시키자 판매원이 경쾌한 목소리로 맛있게 드시라고 인사를 했다.

그에 꾸벅 인사를 하고 카트를 밀고 걸음을 옮기는 태경의 곁에 얼른 따라붙은 서우가 방금 들은 낙지 조리법 몇 가지를 주절주절 늘어놓기 시작했다.

"볶음을 할 땐 그냥 하는 것보다 파 기름을 내서 하면 더 맛있대요. 오늘 새벽에 갓 잡은 싱싱한 거라 탕탕 썰어서 그냥 기름장에 찍어 먹어도 되고, 아 또, 연포탕을 해 먹어도 되는데 연포탕이 괜히 이름이 어려워서 그렇지 사실 만들기는 그렇게 어렵지 않다고……."

서우는 남과 어울리지 못하는 성격은 아니었다. 알고 보면 어디서나 잘 녹아들고 누구와도 잘 어울리는 게 서우였다. 모르는 사람과도 스스럼없이 얘기를 나누는 데 주저함이 없었고 자신이 도움이 될 수 있는 경우엔 아주 적극적이기까지 했다.

그래도 여전히 말하기보단 듣는 쪽이 더 많았는데 태경이 보기에 그건 혹시라도 제가 말로 타인을 상처 입히거나 모르는 사이에 실수라도 할까 조심스러워서 그러는 것 같았다.

"선배는 뭐가 좋아요? 탕? 볶음?"

"난 탕."

"그럼 두부도 사야겠다."

태경이 두부가 있는 쪽으로 카트를 몰았다. 서우는 유통 기한과 원산지를 꼼꼼히 살피며 두부를 골랐다. 처음 같이 장을 보기 시작했을 때만 해도 서우가 제일 먼저 살핀 건 가격표였고, 유통 기한이 임박해 세일을 하는 물품을 발견하기라도 하면 보물을 찾아낸 듯 기뻐했다.

그럴 때마다 태경은 꼭 저희가 돈에 쪼들리는 대학교 자취생 커플이 된 것 같았다. 그것도 나름 색다른 기분이었지만 태경은 서우에게 장보기란 세일해서 싼 제품을 사는 게 아니라 건강에 좋고 그날 먹고 싶은 걸 사는 것이라는 걸 알려 주어야 했다.

"장 보고 뭐 할까? 영화 보러 갈까?"

"응, 근데 낙지는 얼른 냉장고에 넣어야 되는데."

"집에 들렀다 가면 되지 뭐. 옷도 좀 갈아입고."

마트를 나서자 6월인데도 한여름 같은 햇살이 무자비하게 내리쬐였다. 산책 겸 마트에 들른 것이라 차를 가져오지 않았다. 한 손에 장 본 비닐봉지 두 개를 한꺼번에 든 태경이 서우를 그늘이 진 안쪽에 두고 걸었다.

아파트 입구가 가까워지자 저 멀리서부터 요란하게 들리던 소음의 근원도 함께 눈에 들어왔다. 얼마 뒤 치러질 지방 선거로 며칠 전부터 내내 시끄럽던 참이었다. 태경은 흘깃 눈길만 주고 곧장 시선을 돌렸지만 서우는 무슨 재미있는 거라도 본 사람처럼 계속 그쪽을 쳐다보았다.

마침 후보자 본인이 유세 중이었는지 지나가는 이들 하나하나를 붙잡고 인사를 나누고 있었다.

"안녕하십니까, 선생님."

친근한 척 제게로 쑥 내미는 그 손을, 태경은 맞잡고 흔들 생각이 추호도 없었다. 오히려 절로 눈살이 찌푸려졌다. 가뜩이나 더운 날에, 대체 몇 개의 손이 저 손을 거쳐 갔을까를 생각하니 장갑조차 끼지 않은 맨손에 물이라도 끼얹어 주고 싶은 생각이 들었다.

"네, 수고 많으세요."

그때 서우가 냅다 태경 앞으로 끼어들어 악수에 응했다. 어이가 없어 절로 눈이 부릅떠졌지만 사실 딱히 놀라운 일도 아니었다. 무작위로 걸려오는 광고 전화조차 무시하지 못하고 계속 대꾸를 해 주는 서우다. 게다가 이건 틀림없이 밖에서 뭐든지 만지기 싫어하는 자신을 위기에서 구한답시고 한 행동일 게 뻔했다.

그래도 태경은 기분이 나빴다. 제가 악수를 한 것보다 더 거부감이 치솟았다. 그 정도 눈치는 있는지 태경이 막 무슨 행동을 하기도 전에 서우가 얼른 그의 팔을 붙들고 질질 끌다시피 걸음을 옮겼다. 등 뒤로 낭랑하게 외치는 소리가 들렸다.

"소중한 한 표 부탁드립니다. 기호 X번⋯⋯."

그 이름만큼은 꼭 기억하고 절대 그 사람은 뽑지 않을 테다. 태경이 감히 외간 남자와 제 코앞에서 악수를 나눈 서우의 오른손을 응징하듯 꽉 쥐자 서우가 아, 하는 소리를 냈다.

"왜 그렇게 아무 남자 손이나 덥석덥석 잡고 그래?"

"그거야, 선배 악수하는 거 싫어하잖아요."

서우가 아프다며 왼손으로 태경의 손에 잡힌 제 오른손을 빼내려 애쓰며 변명했다. 그 왼손의 네 번째 손가락엔 태경과 똑같은 모양의 반지가 끼워져 있었다. 며칠 전에 200일 기념으로 나눠 낀 것이었다. 프러포즈 링은 아니고 그냥 커플링이었다.

커플링, 약혼반지, 결혼반지. 처음 조바심 내던 것과 달리, 물론 지금도 조바심이 안 난다고는 할 수 없지만, 태경은 천천히 단계를 밟기로 했다. 이미 같이 살고 있는 마당에 그게 무슨 헛짓거리냐고 승준이 혀를 쯧쯧 찼지만 그래서 더 그러고 싶었다.

충분히 서로 지겨울 만큼 오래 연애를 하다 이제 우리 결혼할 때도 되지 않았어? 하면서 자연스럽게 다음 단계로 넘어가고 싶었다. 겨우 30대 초반인데 서우는 너무 속도와 효율만 따지고 살았다. 너무 많은 것이 생략된, 가성비 위주의 삶을 살았다.

"그걸 알면서 서우야."

태경이 지그시 서우의 눈을 들여다보며 일부러 말끝을 늘였다.

"네가 잡는 건 더 싫은 건 왜 몰라."

서우의 볼이 붉어졌다. 마침 엘리베이터가 집 앞에 딱 멈춘 참이었다. 안 되겠다, 얼른 씻어야겠다, 하고 서우의 손목을 잡고 태경이 빠르게 집 안으로 들어갔다. 장바구니는 아무렇게나 팽개쳐 두고 곧장 욕실로 들어가 그대로 샤워기 아래 서우의 몸을 밀어 넣었다. 젖었다는 핑계로 옷도 벗겼다.

그 뒤는 말하지 않아도 뻔했다. 결국 그날 영화는 보지 못했다.

＊　＊　＊

노랑나비 같은 은행잎 하나가 날아와 앞 유리창에 달라붙었다. 그 너머로 길게 늘어선 학원가 옆 가로수가 노을빛을 받아 불타오르는 듯한 금빛을 띠고 있었다. 11월이 되자 부쩍 낮이 짧아졌다. 태경이 앉아 있는 차 곁을 스치는 사람들이 주머니에 손을 푹 찔러 넣고 종종걸음을 치며 귀갓길을 서두르고 있었다.

라디오에서는 때맞춰 영화 〈스위트 노벰버〉의 OST 'Only Time' 이 흘러나오기 시작했다. 감미로운 가수의 목소리에 귀를 기울이면서도 태경은 차창 너머 고정한 시선을 돌리지 않았다.

잠시 후, 한 건물의 입구에서 서너 명의 사람들에 둘러싸여 나오는 서우의 모습이 보였다. 태경의 차를 발견한 서우가 나머지 사람들에게 인사를 하고 곧장 이쪽으로 뛰어왔다. 서우가 한 걸음 뗄 때마다 황홀한 금빛 물결이 발아래 일었다.

"선배, 많이 기다렸어요?"

조수석에 앉은 서우가 조금 더운 숨을 내쉬며 태경을 쳐다보았다. 살짝 붉어진 볼이 반짝반짝 빛나고 한없는 신뢰와 애정을 담은 갈색 눈동자가 오롯이 저를 담고 있다. 지난여름, 두 달간 지중해 해변에서 지내며 보기 좋게 그을은 얼굴이 이제 거의 제 색으로 돌아와 있었다.

하루에도 열두 번도 더 보는 얼굴인데 태경은 서우가 이렇게 저를 쳐다볼 때마다 매번 가슴이 뭉클해지는 것 같았다.

"배고프지? 저녁 뭐 먹을까?"

서우가 안전벨트를 맨 걸 확인하고 차를 출발시키며 태경이 물었다. 잠깐 생각하던 서우가 아무거나 괜찮은데, 하고는 손을 뻗어 오디오 음량을 살짝 조절했다.

"점심은 뭐 먹었는데?"

"그냥, 집에 있는 거 먹었어요."

"집에 있는 거 뭐?"

태경의 질문에 서우가 작게 한숨을 내쉬었다. 또 영양사처럼 군다, 하고 반쯤 체념이 섞인 표정으로 점심 메뉴를 밑반찬 하나하나까지 줄줄이 읊기 시작했다. 본인은 잘 숨기고 있다고 생각하겠지만 요즘 서우는 종종 태경이 하는 질문이나 간섭에 이건 좀 과하지 않나 하는 기색을 드러내곤 했다.

"아까 같이 나온 사람 중에 못 보던 애가 있던데."

그러든지 말든지 태경은 계속 간섭했다. 이것도 그나마 저로선 나름 자제한 것이라는 걸 서우는 결코 모를 것이다.

"네?"

"검정색 백팩 메고 베이지색 반코트 입은 키 큰 남자."

"아……."

최근에 새로 등록한 원생이라고 서우가 설명했다. 서우는 주중 매일 세 시간씩 미술 학원에서 수업을 듣고 있었다. 벌써 두 달째였고 태경도 두 달째 매일 학원 앞으로 서우를 데리러 왔다.

처음엔 아주 학원 문 앞에 버티고 서서 기다리고 있었는데 서우가 그러지 말라고 해서 차 안에서 기다리는 것으로 합의를 봤다.

"……걔 대학생인데, 나보다 훨씬 어려요."

"그래서."

"……."

"누가 뭐라고 했어?"

서우가 애매하게 웃었다. 레몬을 씹은 것 같은 미소였다. 그러더니 뭔가 할 말이 있는 듯 자꾸 곁눈질을 했다. 일부러 모른 척하고 기다렸더니 침을 한번 꿀꺽 삼키고 결연하게 운을 뗀다.

"근데 선배, 있잖아요."

말끝을 끄는 게 예감이 안 좋았다.

"왜."

"나 내일 학원 마치고 좀 놀다 들어와도 돼요?"

"……누구랑?"

서우가 같이 학원을 다니는 몇몇 이들의 이름을 댔다. 태경도 알고 있는 이름이었다. 마지막 하나만 빼고.

"그건 누군데?"

"아까 선배가 본 그 남학생……."

태경은 말이 없었다. 가도 좋다는 건지 아닌지도 알 수 없는 무덤덤한 얼굴로 그냥 아무것도 못 들은 사람처럼 근처 식당에 가서 밥을 먹고 집으로 왔다. 샤워를 하고 나와 보니 먼저 샤워를 마친 서우가 거실과 욕실 중간쯤에서 서성이고 있었다.

"차 마실래요?"

"그래."

서우가 허브티 두 잔과 쿠키가 담긴 트레이를 가져왔다. 둘은 소파에 나란히 앉아 차를 마셨다. 서우가 계속해서 흘깃흘깃 제 눈치를 살피는 게 보였다. 그 모양이 정면에 놓인, 새로 산 텔레비전의 까만 화면에 고스란히 비치는 줄도 모르는 듯했다.

"선배가 싫으면 안 갈게요."

이윽고 서우가 말했다. 별안간 튀어나온 말에도 태경은 딴청을 부리지 않고 담담히 대답했다.

"네가 가고 싶음 가는 거지, 내 허락받을 게 뭐 있어."

태경이 서우의 어깨를 감싸 안아 제 쪽으로 바짝 당겼다. 서우의 머리에서 희미하게 샴푸 냄새가 났다. 그 위에 입을 맞추며 태경이 혼잣말처럼 중얼거렸다.

"내 눈치 보지 말고 가서 재미있게 놀다 와."

자신이 들어도 인공 지능이 말하는 것처럼 영혼이라곤 없는 목소리였다. 서우가 미심쩍은 눈으로 그를 보았다.

"그런데 왜 그렇게 화가 났…… 아니, 기운이 없어요?"

"내가? 아닌데."

서우가 못 믿겠다는 표정을 지었다. 태경이 서우의 몸을 좀 더 힘주어 껴안았다. 고개를 숙여 서우의 옆머리에 입을 맞추며 속삭이듯 말했다.

"기운 없지 않은데. 확인시켜 줄까?"

"……아니, 굳이 그럴 것까지는."

서우가 몸을 사리자 태경도 산뜻하게 손을 떼고 제자리로 돌아갔다. 말은 안 했지만 서우의 얼굴에 의외라는 기색이 역력했다. 평소 태경은 그만두란다고 그만두는 사람이 아니었기 때문이다.

"화났네."

"아니라니까."

"그럼 뭐예요? 밀당 뭐 그런 거 하는 거예요?"

"뭐?"

태경이 기가 막힌다는 듯 되물었다. 서우의 입에서 밀당이라는 말이 나온 자체가 신기했다.

"밀당이라니, 네가 그런 말도 할 줄 알아?"

"당연하죠."

서우가 되레 어이없다는 듯 당당하게 대답했다.

"그동안도 많이 했는데, 나."

"음?"

"몰랐어요?"

정말 꿈에도 몰랐다.

"적당한 밀당은 연애의 긴장감을 오래 유지시켜 준대요."

"……."

"참고로 지금은 당기는 때예요."

살짝 벌어진 입으로 서우를 보던 태경의 눈에 어느새 웃음기가 가득 맺혀 있었다.

"그걸, 그러니까 그 밀당이라는 걸 네가 한다고 상대방도 어느 정도는 알아야 먹히는 거 아냐?"

"잘 먹히던데."

서우의 말에 태경이 결국 하하 하고 크게 웃음을 터트리고 말았다. 잘 알겠다고, 퍽 감명 깊은 밀당이라고 태경이 고개를 주억거리며 다 마신 찻잔을 정리하고 있는데 서우가 들고 있던 찻잔을 내려놓고 손을 들어 태경의 얼굴로 가져갔다.

"근데 있잖아요."

선배는 코가 어떻게 이러냐며 정말 궁금하다는 것처럼 물은 서우가 집게손가락을 들고 태경의 움푹 들어간 미간부터 콧등까지 죽 뻗은 사선을 따라 그었다. 너무 빤히 보이는 당기기라 태경은 덤덤하게 서우를 보기만 했다.

"선배는 여기부터 여기가 정말 잘생겼어요."

서우의 손끝이 태경의 양쪽 눈썹과 그 가운데 곧게 선 코를 따라 T 자를 그었다. 꼭 석고로 빚은 것 같다며 손끝이 눈 위를 스칠 때는 약간 움찔했지만 태경은 얌전히 잘 훈련받은 사냥개처럼 서우가 코뿐만 아니라 제 인중과 입술과 턱까지 쓰다듬는 것을 내버려 두었다.

"선배 해골은 참 예쁘겠다."

"……."

"진짜로. 내가 해골 좀 그려 봐서 아는데."

"지금 이게 당기는 거야?"

서우가 입을 딱 다물었다. 눈을 가늘게 뜬 채 태경을 쳐다보다 마지못해 고개를 끄덕였다. 태경이 여유 있는 웃음을 지으며 서우를 내려다봤다.

"이게 어떻게 당기는 거야? 이건 그냥 칭찬이지."

"……예전엔 내가 그냥 쳐다보기만 해도 유혹이라고 하더니."

서우가 부루퉁하게 입을 내밀었다.

태경이 그 입에 쪽 입을 맞췄다.

"맞아."

"……."

"넌 그냥 아무것도 안 하고 쳐다보기만 해도 유혹이야."

서우의 귀가 붉게 물들었다. 그 입술이 달싹이며 무슨 말을 더 꺼내기도 전에 태경이 와락 서우의 입술을 덮쳤다. 기다렸다는 듯 거침없이 밀고 들어오는 기세에 균형을 잃은 서우의 등이 완전히 뒤로 넘어갔다.

체중을 싣지 않으려 주의하며 태경이 그 위로 제 몸을 겹쳤다. 서우가 팔을 뻗어 태경의 목을 끌어안았다. 입술을 빨고 혀를 섞으며 태경이 부지런히 손을 놀렸다. 동그란 이마와 볼을 쓰다듬고 귓불을 꾹 꼬집듯 누르자 서우가 앓는 소리를 냈다.

목 줄기와 쇄골을 어루만지고 옆구리를 쓸자 반사적으로 서우의 몸에 힘이 들어가는 게 느껴졌다. 긴장 풀라는 듯 부드럽게 입을 맞추며 등 뒤를 쓸던 손이 척추를 따라 거슬러 올라갔다. 목표한 것을 찾아 한동안 더듬거렸지만 매끈한 맨살 위엔 걸리는 게 하나도 없었다.

"……."

그때 서우가 감고 있던 눈을 떴다. 불시에 눈이 마주쳤다. 의문이 담긴 태경의 눈을 똑바로 응시하며 서우가 제 등 뒤를 더듬고 있던 태경의 손을 앞으로 가져왔다.

곧장 손에 들어오는 뭉클한 느낌에 태경이 흠칫 굳었다. 서우가 살짝 미소를 흘리자 붉게 달아오른 입술 사이로 반짝이는 작은 이가 장난꾸러기 악마처럼 보였다.

"나 이제 집에선 속옷 안 입을 건데."

그 뒤부터는 말도, 생각도 끼어들 틈이 없었다. 이거야말로 제대로 된 당기기였다. 정신이 휙 날아간 태경은 그날 밤새도록 서우를 안고 또 안았다. 소파에서 짐승처럼 뒹굴다 침실로 올라간 뒤에도 지칠 줄도 모르고 하고 또 했다.

마지막엔 거의 실신하듯 정신을 놓은 서우를 깨끗이 씻기고 저도 씻고 잠이 들었다.

아침에 눈을 뜨니 늘 운동을 가던 그 시간이었다.

어쩔까 잠시 고민하던 태경은 서우를 깨우지 않고 이불을 잘 여며 덮어 준 뒤 저 혼자 일어났다. 소리 없이 침대에서 빠져나가려는데 뒤에서 옷깃을 당기는 손길이 느껴졌다.

"선배……."

"깼어?"

"운동 갈 시간이야?"

서우가 억지로 몸을 일으키려는 듯 몇 번 힘을 주는가 싶더니 이내

도로 픽 쓰러지듯 누웠다. 그러곤 처량하게 태경을 올려다보며 선배,
하고 염소 울음 같은 소리를 냈다.

"응."

"오늘은 운동 안 가면 안 돼?"

엄살을 부리는 말투에 웃음이 절로 나왔다.

"그래, 가지 마."

"선배도, 선배도 안 가면 안 돼?"

"왜 안 되겠어."

고민도 없이 태경이 도로 자리에 누워 서우를 끌어안았다. 부드럽
게 등을 토닥이며 다시 서우를 재우며 자신도 눈을 감았다.

급할 건 없었다. 하루쯤 운동 빼먹는다고 무슨 일이 나진 않는다.
앞으로 함께할 무수한 날들이 있으니까. 태경의 팔과 엇갈리듯 서우
의 팔이 뻗어 와 태경의 등을 감쌌다. 설령 무슨 일이 일어난다 해도
이렇게 서로를 안고 있는 한, 자신들은 아무렇지도 않을 것이었다.

〈완결〉